宋词讲读

◎国学讲读·现代插图版

益智博闻 养性养生

黎孟德◎著

上海图书館
上海科学技术文献出版社

图书在版编目（CIP）数据

宋词讲读：现代插图版/黎孟德著.—上海：上海科学技术文献出版社，2011.1

（国学讲读丛书）

ISBN 978-7-5439-4551-7

Ⅰ.①宋… Ⅱ.①黎… Ⅲ.①宋词-通俗读物 Ⅳ.①I222.844

中国版本图书馆CIP数据核字（2010）第215445号

责任编辑：张　树
封面设计：周　明

宋词讲读

黎孟德 著

*

上海科学技术文献出版社出版发行
（上海市长乐路746号　邮政编码200041）
全国新华书店经销
成都艺杰企业策划设计有限公司制作
四川机投印务有限公司印刷
开本240×170mm　1/16　印张　21　字数250 000
2011年1月第1版　2011年1月第一次印刷
ISBN 978-7-5439-4551-7
定价：36.00元
http://www.sstlp.com

弁言/施维

谈到国学，不能不谈到孔子。孔子在《论语》中的第一句话是：

学而时习之，不亦乐乎？

这句话在中国妇孺皆知，只不过这个“皆知”，还停留在表面的字义上。关于学习，天才学者刘咸炘在《推十书》中曾经精辟地说道：

何以为学？学为人也。千万年，千万人，唯此一事而已。

把锤炼品格、为人处世作为了学习和培养人才的第一要务。可惜多数人的学习，是从书本到书本，缺乏在实践中反观批判的功夫，难以找到“学而时习之”的快乐。

但是，孔子这句话确实是读书乃至修身齐家治国平天下的不二法门。可惜知之者少，行之者更少，以致千百年来这句被无数师长用来教导学生用功但不太管用的名言，被大大地“浅读”了。

孔子的学生大多是栋梁之才，夫子因材施教，《论语》中的很多地方都在谈做人的智慧、行为的准则、行走社会的本事。这智慧、这本事在学习中获得，又在实践中反复体悟到了，就得到了“兼善天下”的平台，人生的价值最大化，这难道不是很快乐的事吗？所以宋初名臣赵普说“半部《论语》治天下”（见罗大经《鹤林玉露》），诚非虚言。

漫漫黑夜两千年，或许让孔子满意的正解终于在明代正德年间出现了，诠释者的名字叫王守仁，号阳明子。阳明先生在很长一段时间一直搞不懂为什么读书人不能解决实际问题，为什么反复学习圣贤经典却找不到齐家治国平天下之道？最后在龙溪悟道，找到了他认为畅行天下的智慧：

知行合一

靠着这个“知行合一”，阳明先生成为了当时最能解决疑难国事的大吏、最能打胜仗的统帅、最具人气和创新精神的哲学家。

“学而时习之”与“知行合一”相表里，孔子和王阳明强调的重点都在学习与实践的结合，他们一再强调正确者行之，错误者改之，在实践中体悟做人的道理，运用做事的智慧。但人非圣贤，古往今来真正能够践行者极少，否则为什么芸芸众生大都被性格决定了命运？

但“学而时习之”与“知行合一”又是极简单的道理，只要下定决心，不怕困难（不怕牺牲就免了），排除万难，努力去做，我们就会终身受益，就像今年我国的达人冠军刘伟坚毅地说“他们能我也能（大意）”并持之以恒地做一样。

沉淀了几千年的国学的菁华是可以给予我们智慧、陶冶我们心性、调和我们气韵、改善我们生活的，如果你想自己和子女成为一个底蕴深厚的人、一个豁达机智的人，一个脱离了被性格主宰命运的人，读点国学，汲取精华，躬身践行，必然大有裨益。但目前汗牛充栋的国学读本可谓正读与误解并存，链接与抄袭齐飞，读者和家长对国学读本的选择就至关重要了。

《国学讲读》书系，每一种皆为学术根底深厚并富有识见才情的学者原创，历时四年，五易其稿，形式新颖，视野开扩，内容丰富，针对性强，极便阅读和教学，是目前国学普及读本中不可多见的上乘佳作。其中主要作者黎孟德教授，是国学大师屈守元先生高足、当代极富才艺并甘于寂寞的学者之一，其沉潜国学之深广，解说作品之精辟，诚为读者不可多得的良师；李尚信先生，师从当代巨儒刘大钧先生，是教育部重点研究基地山东大学周易研究中心教授，对《周易》卦序的研究是“迄今为止”“最好的两个推导方法” 之一（清华大学教授、国家“夏商周断代工程”首席科学家李学勤先生评语）；谢正强博士，大学阶段接受化学科学方法训练，后转入道家道教研究，践行道家修身养性之道，理法并重，推崇持之以恒、行之有效、养心养性的自在人生。

我一直期待有一套通透而睿智、优美而易懂、切实而有利今用的国学读本，为青年，为家长，为读者，《国学讲读》书系的出版，或可当焉。

2010年12月20日　于成都乾元斋

目录

宋词简史

003 词的产生
008 宋代都市经济的繁荣
011 宋词概说
016 词与音乐的关系
019 宋词的体裁
025 宋词的流派

著名词人

035 柳永
039 张先
040 宋祁
041 晏殊
042 欧阳修
045 范仲淹
047 王安石
048 苏轼
056 晏几道
058 黄庭坚
061 秦观
063 贺铸
065 周邦彦
068 李清照
072 朱淑真
075 张元干
076 张孝祥
078 辛弃疾
083 陆游
086 陈亮
087 刘过
089 姜夔
092 史达祖
095 吴文英
096 王沂孙
098 周密

099 张炎
100 蒋捷
101 刘克庄

名篇赏析

105 渔家傲/塞下秋来风景异 范仲淹
106 苏幕遮/碧云天 范仲淹
107 天仙子并序/《水调》数声持酒听 张先
108 浣溪沙/一曲新词酒一杯 晏殊
109 雨霖铃/寒蝉凄切 柳永
112 八声甘州/对潇潇暮雨洒江天 柳永
113 凤栖梧/伫倚危楼风细细 柳永
114 踏莎行/候馆梅残 欧阳修
115 采桑子/轻舟短棹西湖好 欧阳修
117 诉衷情/《眉意》 欧阳修
118 玉楼春/东城渐觉风光好 宋祁
120 桂枝香/《金陵怀古》 王安石
123 临江仙/梦后楼台高锁 晏几道
125 鹧鸪天/彩袖殷勤捧玉钟 晏几道
127 念奴娇/《赤壁怀古》 苏轼
129 江城子/《密州出猎》 苏轼
130 水调歌头并序/明月几时有 苏轼
132 蝶恋花/花褪残红青杏小 苏轼
134 水龙吟/《次韵章质夫杨花词》 苏轼
136 浣溪沙/簌簌衣巾落枣花 苏轼
138 江城子/乙卯正月二十日夜记梦 苏轼
140 临江仙/《夜归临皋》 苏轼
142 清平乐/春归何处 黄庭坚
143 浣溪沙/新妇矶边眉黛愁 黄庭坚
145 鹊桥仙/纤云弄巧 秦观
146 踏莎行/雾失楼台 秦观
148 水龙吟/小楼连苑横空 秦观
150 摸鱼儿/东皋寓居 晁补之
152 卜算子/我住长江头 李之仪
154 青玉案/凌波不过横塘路 贺铸

155 鹧鸪飞/重过阊门万事非　贺铸
157 苏幕遮/燎沉香　周邦彦
158 兰陵王/《柳》　周邦彦
160 一剪梅/红藕香残玉簟秋　李清照
161 如梦令/昨夜雨疏风骤　李清照
163 凤凰台上忆吹箫/香冷金猊　李清照
165 永遇乐/落日镕金　李清照
166 声声慢/寻寻觅觅　李清照
168 小重山/昨夜寒蛩不住鸣　岳飞
170 临江仙/《夜登小阁忆洛中旧游》　陈与义
171 扬州慢/淮左名都　姜夔
174 点绛唇/《丁未冬过吴松作》　姜夔
176 暗香并序/旧时月色　姜夔
179 疏影/苔枝缀玉　姜夔
180 忆王孙/《春词》　李重元
182 贺新郎/《送胡邦衡谪新州》　张元干
184 念奴娇/《过洞庭》　张孝祥
187 摸鱼儿并序/更能消几番风雨　辛弃疾
189 水龙吟/《登建康赏心亭》　辛弃疾
191 永遇乐/《京口北固亭怀古》　辛弃疾
194 破阵子/《为陈同甫赋壮词以寄之》　辛弃疾
197 菩萨蛮/《书江西造口壁》　辛弃疾
198 西江月/《夜行黄沙道中》　辛弃疾
200 清平乐/茅檐低小　辛弃疾
200 祝英台近/《晚春》　辛弃疾
202 水调歌头/《送张德茂大卿使虏》　陈亮
204 诉衷情/当年万里觅封侯　陆游
206 卜算子/《咏梅》　陆游
208 双双燕/《咏燕》　史达祖
211 风入松/听风听雨过清明　吴文英
212 唐多令/《惜别》　吴文英
213 齐天乐/《蝉》　王沂孙
215 虞美人/《听雨》　蒋捷
217 解连环/《孤雁》　张炎

宋词故事

221 乞赐金杯作照凭
222 蓬山不远
223 三秋桂子，十里荷花
225 宋高宗西湖改词
226 谁念玉关人老
228 营妓琴操的过人才气
230 是花是人，婉曲缠绵
232 拣尽寒枝不肯栖
233 东坡成人之美
235 此心安处即吾乡
236 相思已是不曾闲
237 和梦也有时不做
239 小红低唱我吹箫
241 凡心转盛陈妙常
243 若得山花插满头，莫问奴归处
245 梅比雪花多一出，雪如梅蕊少些香

宋词格律

249 词的类型
250 词的用韵
250 音韵的时代划分
252 词的用韵
255 词的平仄
258 词的对仗

词牌选萃

264 十六字令
264 南歌子
265 忆江南
266 如梦令
266 诉衷情
267 长相思
268 江城子
269 醉太平

269 生查子
271 点绛唇
272 浣溪沙
272 霜天晓角
273 菩萨蛮
274 采桑子
275 减字木兰花
275 卜算子
276 好事近
277 清平乐
277 忆秦娥
278 更漏子
279 阮郎归
280 烛影摇红
282 西江月
282 醉花阴
283 鹧鸪天
283 虞美人
284 鹊桥仙
285 一斛珠
285 踏莎行
286 蝶恋花
287 一剪梅
287 破阵子
288 渔家傲
289 苏幕遮
289 青玉案
290 风入松
291 祝英台近
292 鹤冲天
293 满江红
294 满庭芳
295 水调歌头
296 八声甘州
297 暗香

298 扬州慢
299 声声慢
300 念奴娇
301 桂枝香
302 水龙吟
303 齐天乐
304 永遇乐
305 望海潮
306 疏影
307 沁园春
308 摸鱼儿
309 贺新郎

311 附/词林正韵（简编）

宋词简史

（宋）马远《踏歌图》

词的产生

在中国诗歌史上，能够和唐诗并称双璧的，是宋词。

词是一种新兴的文学体裁，它与诗有千丝万缕的联系，“剪不断，理还乱”；它和诗有太多的相似之处，如果从广义的角度看，它们根本就是一家，但是，它又与诗有着非常明显的不同，就像国画中的工笔和写意，从大处讲，都是国画，但无论是材料、技法，甚至审美理想和审美趣味都有很大的区别。

诗歌在唐代，已经走到了极致，尤其是近体诗，可以说已经是集诗歌的大成，精美绝伦了，但是，它的一些弊端也就因此表现出来了：

第一，过分的雅化。唐人对诗歌的意境、兴寄、格律、典丽非常讲究，就连比较通俗的“元和体”诗歌都会遭人诟病，再次一点的，就直接被称为“打油诗”了。

第二，句数和字数的严格规定，使其变化较少，尤其是与音乐的配合会显得单调。

这种格律精严的近体诗，有一点像西方歌剧中的咏叹调，美则美矣，但不是一般人玩得起的，在民间，大家喜爱的还是比较通俗的民歌、小调一类的东西。

在隋代，就已经出现了一种新的歌曲形式，它不像近体诗那样严格地规定必须为四句或八句，每句必须为五字或七字，但又不像古体诗那么自由；它有许多种表现形式，每一种也都有固定的程式和曲调，字数和句数也有严格的规定，但是形式很多，长短各异，给人以很大的选择空间，而且它有一个最大的特点，是一定要入乐歌唱的。这种新兴的歌曲形式，叫“曲子词”，简称为“词”。

对于词的起源，历来有许多说法，最常见、影响最大的，是“和声说”“泛声说”“散声说”三种。

朱熹在《朱子语类》卷六十五中说：

> 古乐府只是诗，中间却添许多泛声。后来人怕失了那泛声，逐

一添个实字，遂成长短句，今曲子便是。

沈括《梦溪笔谈》说：

> 古乐府皆有声有词，连属书之，如‘贺贺贺’‘何何何’之类，皆和声也，今管弦中，缠声亦其遗法也。唐人乃以词填入曲中，不复用和声。

胡应麟《遯叟诗话》说：

> 古乐府者，四言五言，有一定之句，难以入歌，其间必添和声然后可歌，如‘妃呼豨’‘伊何那’之类是也。唐初歌曲多用五七言绝句，律诗亦渐有采者，想亦有剩字剩句于其间，方成腔调。其后即以所剩者，作为实字填入曲中歌之，不复别用和声，则其法愈密，而其体不能入于柔靡矣。此填词所由兴也。

方成培《香研居词麈》说：

> 自五言变为近体，乐府之学几绝，唐人所歌，多五、七言绝句，必杂以散声，然后可以被之管弦，如《阳关》必至再叠而后成音，此自然之理。后来遂谱其散声，以字实之，而长短句兴焉。

这几种说法影响非常大，明、清以降直至今日，仍有许多人，包括一些文学史都持此说。

什么是“泛声”？音乐自先秦以来，就有雅乐和俗乐之分。雅乐的特点是“旅进旅退”，意思是说，歌词和音乐是一一相对配合的，一个字一个音，一起皆起，一停皆停，也就是“旅进旅退”的意思。而俗乐则是“烦手淫声，慆堙心耳”的。“淫”是多的意思，“淫声”，即一个字对应两个以上的音，换句话说，一个字对应的可能是一段旋律。音乐复杂了，伴奏的难度就加大了，也就是“烦手”的意思。多出来的音节，就叫“泛声”。正是因为有了泛声，旋律才优美，不知道朱熹为什么要把他们一一填实。

什么是“和声”？有一点像现代领唱后面的伴唱，或者像戏剧高腔中的“帮腔”。汉、魏乐府中的“但歌”（即没有伴奏的“徒歌”），就是“一人唱，三人和”（《晋书·乐志》）的。唐代的《竹枝词》，其唱法是：

杨柳青青（竹枝）江水平（女儿），
闻郎江上（竹枝）唱歌声（女儿）。
东边日出（竹枝）西边雨（女儿），
道是无晴（竹枝）却有晴（女儿）。

《竹枝词》的得名大概也来自于此，这和印度尼西亚民歌《星星索》非常相似。“竹枝”和“女儿”就是后面帮腔者所唱的所谓“和声”，不知道为什么要把它们填成实字，让独唱的人全唱出来。

什么是“散声”？按胡应麟和方成培的意思看（胡应麟所说的“和声”，其实就是方成境所说的“散声”），是因为乐府歌诗原来的曲调较长较自由，而五言或七言四句的诗和旋律不相配，所以要加一些“妃呼狶”“伊何那”之类的“散声”去填实，才能相配，汉、魏乐府已经这样做了。现在要做的，是把那些“散声”用有意义的字填实，或者把四句的词反复多唱几次，就是古人所说的“叠”。

胡应麟所说的“和声”，就是现代歌曲中的“衬词”，在民歌中尤其常见。比如著名的四川民歌《太阳出来喜洋洋》：

太阳出来（罗儿），喜洋洋（罗啷罗），
挑起扁担（啷啷扯光扯），上山岗（哟啷罗）。

这种“衬词”是完全没有必要换成实词的。

其实，诗和词不是母女关系，而是姊妹关系。当唐诗正如日中天，当歌诗之声响彻全国城乡，甚至传唱海外的时候，词也正在民间萌芽、传唱，并迅速进步发展。清汪森《词综·序》说“古诗之于乐府，近体之于词，分镳并骋，非有先后”，是非常正确的。

杨荫浏先生在《中国古代音乐史》中有一段话很有道理，他在引用了朱熹和方成培的话以后说：

照他们的想法，词并不是一种新的歌词形式的创造，而仅是由诗体脱胎而来的一种诗的“又一体”；由诗到词的发展过程，无异是在歌唱风格上由一字多音转变为一字一音的过程；后来的千百词牌都是产生于其前对某些诗句的不同唱法。这种设想，是非常玄虚的。若词牌脱胎于诗体，则在现有数百词牌中，应该有绝大多数，在经过了区分正、衬字的简单手续以后，可以还原为诗。但这是办不到的。词牌的句式，千变万化；诗的句式，一般比较整齐。在句法上，除了极少数与诗比较接近的词牌以外，从绝大多数具体的词牌上，很难看出它们与诗体有何共同之点。

说词并不是由诗蜕变而成的，有一个至关重要而不应忽视的问题，那就是词起自民间，最先并非是由文人创制的。唐代的“敦煌曲子词”，基本上是民间的产物。一方面，我们可以看到，许多词牌已经相当成熟，后人袭用并没有多大的改动，如《菩萨蛮》《雀踏枝》等。一方面，无论从表现的内容，还是表现的形式，尤其是使用的语言，都与文人的诗歌完全不同。可以这样说，文人喜爱的所谓正统的、雅化的文学艺术，与民间所喜爱的非正统的、通俗的文学艺术，完全是在不同的阶层、不同的审美趣味、不同的文化氛围、不同的社会环境中，按照各自的艺术规律产生和发展的。纵观整个文学史，从来都是文人在把某一种文学样式、体裁做到僵死的时候，再从民间去选取一种新鲜活泼的新体裁、新样式，加以改造，加以提高。诗如此，词如此，后来的曲也如此。

说词并不是由诗蜕变而成的，还因为当词在民间大量产生、文人对它发生兴趣并开始仿作的时候，正是唐诗极盛、唱法未失的盛、中唐时期，而并不是如有的人所说的，是“诗亡而后词作”，或者是因为“诗又不胜方板”而不得不变为词。这个时期，人们更没有理由，也没有必要因为害怕失去所谓的“泛声”而去把它们一一填为实字。

当诗歌在唐代发展到极盛，其实也就是极度规范的时候，它和音乐的矛盾也就进一步地激化了。

整齐的五、七言句式，固然限制了音乐的发挥，但是，只要我们不坚持认为唐诗是一字一音的，这种限制实际上是并不严重的，音乐照样有非常广阔的发展空间。真正对音乐和演唱形成制约的，是句数，是

“选词配乐”的演唱方法。

我们都知道，构成乐曲的最基本单位，除去“动机”以外，就是乐句。若干个乐句构成乐段乃至乐章或整个乐曲。当一首歌需要把某种情感表现得淋漓尽致的时候，往往需要反复咏唱，那么，乐句的多少就是一个至关重要的因素。但是，当诗歌在唐代被格律化以后，最习见的是五绝、七绝、五律、七律四种，它们分别是四句或八句，因此无论每一个乐句如何变化，一首歌一般都只有四个或八个乐句，后人说“诗又不胜方板”，指的大概应当是这种情况。

要解决这个矛盾，如许多人所说的添加“泛声”“虚声”“和声”等等都是不行的，唯一的办法是增加句数。最简章的办法是“叠句”乃至“重章”。王维《渭城曲》被演为《阳关三叠》，就是因为原诗只有四句，不能完全表达朋友之间那种依依惜别之情，所以把有的诗句一叠再叠，也就是一句诗反复唱两遍，说白了，是为了增加句数，给音乐的创作留下更多的空间。

那么，古已有之的齐、杂言诗，字数句数均无限制，不是很符合作为歌词的条件吗？确实，它可以达到一唱三叹的效果，也给音乐的创作留下了广阔的空间，但是，它的过分自由，没有规律，又使它不便歌唱。

诗歌的演唱，有“由词定乐”和“选词配乐”两途。

所谓“由词定乐”，是指先有了词，再根据词的长短、平仄、句读、情绪等等因素为之配乐；所谓“选词配乐”，是指先有了曲调，再选取相应的诗歌与之相配。如果是“由词定乐”，即先有歌词，再根据歌词作曲，那么，诗的字数句数的多寡是没有关系的，但是，如果这样，除少数诗歌以外，每一首诗都得重新作曲。如果是“选词配乐”，那么，采用同一曲调，歌词的形式应该差不多，而过分自由，没有规律的古诗，是很难采用现成曲调演唱的。

隋、唐时期出现的曲子词，正是为了既满足不同词牌字数句数自由，而同一词牌又在字数句数乃至平仄韵律上都有严格规定而产生的。它最大的好处是旋律写作自由，绝不“方板”，而又完全满足了人们“倚声填词”，即一般人只管作词，而演唱者都可按固有的曲调演唱的需要。

宋代都市经济的繁荣

公元960年，宋太祖赵匡胤建立了北宋王朝。

建国之初，宋太祖和宋太宗用了二十年左右的时间，并吞了南方的后蜀、南唐和北方的北汉等几个小国，使自晚唐五代以来饱受战争危害的国家和人民得以休养生息。鉴于中唐以来藩镇割据，地方势力对中央政府造成的威胁，宋代自建国之初就采取了一系列重文轻武的政策，使得有宋一代军队缺乏战斗力，对外作战一直处于卑弱屈辱的境地，在辽、西夏、女真的军事威胁下，只有割地、撤防、求和、赔款，南宋时期，更是丧失了长江以北的半壁河山。可以说，在漫长的历史长河中，宋代是一个较为屈辱的时代。

但是，宋代的经济又是很发达的，尤其是商业经济甚至较唐代更为发达，作为商业都会的大城市，也较唐代更为繁荣。据孟元老《东京梦华录》、耐得翁《都城纪胜》、西湖老人《西湖老人繁胜录》、吴自牧《梦粱录》、周密《武林旧事》等书的记载，北宋都城汴梁（今河南开封）和南宋都城临安（今浙江杭州）都非常繁华，到处是茶楼酒肆、店铺商号、歌馆妓院、牙行米市，还有许多供各色艺人表演和群众游艺的勾栏瓦肆。

宋代对文人待遇的优厚，使得宋代的文学艺术非常发达，诗歌散文的创作都达到了与唐代分庭抗礼的高度。代表唐、宋散文最高成就的“唐宋八大家”，宋代就有六人；“以才学为诗，以议论为诗，以文为诗”的宋诗，在已经取得巨大成就的唐诗之外别出蹊径，终获成功，并对后代产生了与唐诗同样巨大的影响。

宋代的统治者对歌舞音乐的喜爱比之唐代有过之而无不及，畸形的都市经济繁荣和对文人的优厚政策又给音乐舞蹈提供了生存发展的土壤。

北宋建国之初，宋太祖赵匡胤鉴于中、晚唐的教训和自己代后周自立的经验，马上以“杯酒释兵权”的和平方式解除了禁兵统帅石守敬等人的兵权，同时告诉石守敬等人，要他们“多积金帛田宅以遗子孙，歌儿舞女以终天年”。此后，这几乎成为宋代许多达官显贵和文人墨客的

（宋）张择瑞 《清明上河图》局部

生活方式。《翰府名谈》载寇准诗说：“将相功名终若何，不堪急景似奔梭。人间万事何须问，且向尊前听艳歌。”寇准一代名臣尚且如此，其他可想而知，所以，宋代的伎乐之盛，超过了唐代。

北宋的都城汴梁（今河南开封），繁华无比。孟元老《东京梦华录》序中描写他于北宋徽宗崇宁年间（1102—1107）在汴梁亲见的情形说：

> 举目则青楼画阁，绣户珠帘，雕车竞驻于天街，宝马急驰于御路。金翠耀目，罗绮飘香。新声巧笑于柳陌花衢，按管调弦于茶坊酒肆。八荒争凑，万国咸通。集四海之珍奇，皆归市易；会寰区之异味，悉在庖厨。花光满路，何限春游；箫鼓喧空，几家夜宴。伎巧则惊人耳目，侈奢则长人精神。

南宋王朝，在女真族的侵略之下，失掉了半壁河山，寄居于江南一隅，但是它统治下的大都市却仍然是异常繁华，处处笙歌嘹亮，一片升平景象。北宋词人柳永在《望海潮》一词中描写杭州（钱塘）的豪奢繁华景象说：

> 东南形胜，三吴都会，钱塘自古繁华。烟柳画桥，风帘翠幕，参差十万人家。云树绕堤沙。怒涛卷霜雪，天堑无涯。市列珠玑，户盈罗绮，竞豪奢。　重湖叠巘清嘉。有三秋桂子，十里荷花。羌

管弄晴，菱歌泛夜，嬉嬉钓叟莲娃。千骑拥高牙。乘醉听箫鼓，吟赏烟霞。异日图将好景，归去凤池夸。

这种情况，在南宋时期并未稍减。林升《题临安邸》诗描写的就是南宋都城临安（杭州）一片歌舞升平的情景：

山外青山楼外楼，西湖歌舞几时休。
暖风熏得游人醉，直把杭州作汴州。

都城以外，一些大城市如洛阳、扬州、成都等地，也是异常繁华，一片笙歌。宋田况曾知成都府，他写了一组《成都遨乐诗》，其中《四月十九日泛浣花溪》说：

浣花溪上春风后，节物正宜行乐时。
十里绮罗青盖密，万家歌吹绿杨垂。
画船叠鼓临芳溆，采阁凌波泛羽卮。
霞锦渐曛归棹促，满城欢醉待旌旗。

统治阶级纵情声色犬马的享受，过着日日游宴、夜夜笙歌、纸醉金迷的生活，工商业的日益发达，使市民阶层的队伍不断扩大，因此整个社会对文化娱乐，尤其是对音乐歌舞、戏曲百戏的需求也越来越大。“箫娘劝我金卮，殷勤更唱新词”（晏殊《清平乐》）；“重头歌韵响琤琮，入破舞腰红乱旋”（晏殊《玉楼春》）；“舞低扬柳楼心月，歌尽桃花扇底风”（晏几道《鹧鸪天》），描述了北宋太平盛世的歌舞升平。“一勺西湖水，渡江来，百年歌舞，百年酣醉”（文及翁《贺新凉》），则更道出了偏安一隅的南宋朝廷醉生梦死不思收复失地的卑弱与腐朽。在这个社会中，歌与舞已成为上至皇帝百官，下至平民百姓生活中不可或缺的一部分。

这种社会现实，大大增加了对乐舞表演的需求，也就增加了对作为宋代表演主流的词的需求。

宋词概说

新兴的“词”，在唐人眼中的地位不高，因为它起自民间，难免有些简陋鄙俚，可能音乐也有一点像白居易在《琵琶行》里所形容的那样“呕哑嘲哳难为听”，但是它清新活泼，有一股来自民间的乡野之风，这是正统的文学艺术中所最缺乏的东西。于是，一些有创新精神的诗人也开始尝试用这种形式写一点东西，比如李白写过《菩萨蛮》《忆秦娥》，白居易写过《忆江南》《长相思》，张志和写过《渔歌子》，温庭筠写过《菩萨蛮》《更漏子》等，而且写得非常好。可惜更多的人，还是囿于正统与非正统的畛域，对这种起自民间的“词”不屑一顾。

这种情况在五代时期却发生了很大的变化。

五代时期中原战乱，但偏安一隅的西蜀和南唐却没有受战争的影响，照样市廛繁荣、歌舞升平。词这种比诗通俗，比诗多样，曲调也比诗动听的新的体裁，立刻受到前、后蜀和南唐君臣的喜爱而得到极大的发展。在西蜀，形成了一个以韦庄等人为首的“花间词派”；在南唐，出现了中主李璟、后主李煜和冯延巳等一大批词坛高手。

宋代虽然一开始就比较软弱，但毕竟是一个大一统的国家，所以在医治战争创伤、大力发展经济的同时，也在努力构建自己的文化。他们把唐人未曾完成的古文运动完成了，并在“唐宋八大家”中争得了六个席位；他们把绘画发展到一个新的高度；他们的书法，迈过唐人，远追魏、晋，取得很大成就。唯独在诗歌领域，宋人遭遇到十分尴尬的局面。

诗歌在唐人的手里，已经达到了极高的水平，出现了后世难以企及的李白、杜甫两座高峰，诗歌的体裁形式也被唐人做完，诗歌的境界也被唐人搜尽。有人说，诗到李贺，连鬼境都做完了，这让宋人感觉难以措手足。但是，诗歌在人们的心目中，地位是最为崇高的，于是，宋人开始艰难地寻求自己的诗歌之路。

他们找到了两条道路，并且都取得了成功。

首先，在唐诗重情感重意境的基础上，宋人探索出一条“以议论为诗”，“以学问为诗”，“以文为诗”的道路。唐诗重情，宋诗则重

（宋）顾闳中 《韩熙载夜宴图》（局部）

理，虽然犹下唐人一等，但是也足以雄视百代了。

其次，他们寻找到一个唐人几乎未曾涉猎的领域，那就是“词”。

有宋一代，诗歌和散文是一直居于正统地位的。北宋前期，诗歌以“西昆体”为宗，统治了宋初近百年的诗坛。文坛最大的事情，是以欧阳修为代表的“诗文革新运动”，不但把韩、柳未能完成的古文运动搞成功了，而且也基本确立了宋诗“以议论为诗，以学问为诗，以文为诗”的风格。而词尚处在发展完善期，地位也不是很高。

宋人一直坚持“诗庄词媚”，词是“艳科”的原则。诗是要传于后世的，人们用它抒写怀抱、畅叙理想、针砭时弊、寄托哀思。虽然诗歌中也有吟风弄月、男欢女爱、浅斟低唱的作品，但是毕竟数量太少，而且历来就不被当作诗歌的正格。晚唐时温庭筠大量制作“艳曲”，就被士林所不齿。正统的文人，并不看重这些“艳曲”而往往将其摒弃在诗集之外。五代时和凝，官至宰相，“少年时好为曲子词，布于汴洛。洎入相，专托人焚毁不暇。然相国厚重有德，终为艳词玷之”（见孙光宪《北梦琐言》卷六）。其他人虽然未必会“托人焚毁”，但是随写随散的情况却是很多的。在宋代，词本是纯然被作为一种消遣性的东西的，抒怀抱、发议论，尽可托之诗文，而优游狭邪、纵情声妓，则寄之于词。像北宋初执文坛牛耳的欧阳修，诗与文皆堂堂正气，为一时之彦，但他的词，却多是轻柔旖旎之作。

但是，宋人实在是无法抗拒词的魅力诱惑。

和相对比较规整而已经显得僵化，而且歌法已经大部分失传的唐诗相比，这种刚从民间步入神圣文学艺术殿堂的词，无论是曲还是辞，都要优美轻松得多，尤其是在休闲娱乐中，更是让人身心愉悦。宋代虽说是理学盛行的时代，但文人们却要比唐人潇洒旷放得多。

宋代文人的待遇十分优厚，立国之初，宋太祖就立法不杀读书人。重文轻武的国策使宋人不像唐人那样希望以军功博取功名富贵，他们不会像唐人那样去高唱"宁为百夫长，胜作一书生"（唐杨炯《从军行》）。和唐代相比，宋代社会没有唐代那么阳刚，而是要阴柔得多，这也因此影响到宋人审美趣味的改变。

宋王灼《碧鸡漫志》卷一说：

> 古人善歌得名，不择男女……今人独重女音，不复问能否，而士大夫所作歌词，亦尚婉媚，古意尽矣。政和间，李方叔在阳翟，有携善讴老翁过之者。方叔戏作《品令》云："唱歌须是玉人，檀口皓齿冰肤。意传心事，语娇声颤，字如贯珠。老翁虽是解歌，无奈雪鬓霜须。大家且道，是伊模样，怎如念奴。"

从古人的"不择男女"，到宋人的"独重女音，不复问能否"，是审美趣味的改变。这种审美趣味的改变，不仅表现在"独重女音"，也表现在需要适合"女音"演唱的歌曲。而词，正是适合这样需要的东西。

宋词多是由歌儿舞女执檀板，在丝竹管弦的伴奏下，在游赏饮宴中演唱的，它的"重女声"，贵婉约，都与此有关。宋刘克庄在《题刘澜乐府》中说："词当叶律，使雪儿、春莺辈可歌。"这些歌儿舞女为了生活，不得不不断地求取、学习"新声"。北宋第一位全力作词、作品流传极广、被称为"凡有井水处，即能歌柳词"（宋叶梦得《避暑录话》卷下）的柳永，有一首《玉蝴蝶》，描写平康小巷的妓女向他索取新词的情况：

> 误入平康小巷，画檐深处，珠箔微褰。罗绮丛中，偶认旧时婵娟。翠眉开，娇横远岫，绿鬓亸，浓染春烟。忆情牵。粉墙曾恁，窥宋三年。　迁延。珊瑚筵上，亲持犀管，旋叠香笺。要索新词，殢人含笑立尊前。按新声，珠喉渐稳；想旧意，波脸增妍。苦留连。凤衾鸳枕，忍负良天。

正是这种佳人当筵“索新词”“按新声”的风气，使词人们的作品必然出现“尚婉媚”的倾向，许多人也因此以婉约为词的正格。

经过五代文人的努力，北宋初年，词已经逐渐成熟，也逐渐被大家所接受。宋初，词的创作开始繁荣起来，这一时期最重要的词人是柳永。

柳永仕途不得意，一生游戏风尘，混迹青楼，他是宋代第一个全力作词的人。他的词，虽然也如花间派词人和南唐君臣一样，多是倚红偎翠、香风绣带之作，但是却保持了民间文学的本色行当。他的最大贡献，是成功地发展了慢词，这是宋词在艺术形式上的第一次重大突破，为宋词的发展提供了很大的空间。

宋初继续走花间派词人和南唐君臣道路的，是以晏殊为代表的显宦词人。

宋初天下基本安宁，没有大的战争，经济在不断地复苏，朝廷内部也没有大的斗争，在这样的情况下做官是很轻松惬意的，比如“西昆派”诗人杨亿、刘筠、钱惟演和婉约词人晏殊等。但负面的影响，却是富贵荣华中无所事事的空虚和落寞。晏殊做了几十年的太平宰相，每天也就是在歌舞饮宴、接待宾客中打发日子。填词的技巧越发纯熟了，而内容却十分空虚。

北宋中、后期，是宋代最具活力，各方面的成就最高的时期。政治上，有王安石变法；文化上，有欧阳修的诗文革新运动；史学上，司马光编纂了《资治通鉴》；书法上，出现了苏、黄、米、蔡“宋四家”，而词也在这一时期发生了巨大的变化而终于成为能代表宋代文化的“一代之文学”。

首先是欧阳修、范仲淹等人的词作。他们的理想抱负与宋初词人已经大不相同，生活经历也丰富得多。尤其是范仲淹，不仅在政治上是“庆历新政”的积极参与者，而且在边塞生活多年，他的词作，不可能再是桃红柳绿的绮丽之作，他的代表作《渔家傲》《苏幕遮》，所表现的是大漠的苍凉和士卒的悲辛，已经完全脱出了“艳科”的范畴。

苏轼的出现，把整个宋代文化提高到一个新的高度，也使宋词摆脱了“艳科”的藩篱。

苏轼的词作抒情写景、咏物纪游、怀古感旧，乃至嘻笑怒骂，无所不有。他把词从“娱宾遣兴”的狭窄途径中解放出来，使之发展成为与诗歌一样的独立的抒情咏物的艺术形式。宋王灼在《碧鸡漫志》中说他“指出向上一路，新天下耳目，弄笔者始知自振”。确实，苏轼把词引上了健康的道路，引向了广阔的社会人生。

苏轼的词开了宋代词坛的豪放一派。南宋时刘辰翁在《辛稼轩词序》中说：“词至东坡，倾荡磊落，如诗，如文，如天地奇观。”正因为苏轼的倡导和实践，才使得宋词能够成为与唐诗分庭抗礼的艺术形式，成为宋代的代表文学。

婉约派词也得到了很大的发展，并不像有的文学史所说的，北宋后期的词作背离了苏轼开创的道路，又回到婉约的老路上去了。即使在北宋中期，婉约派词仍然是词坛的主流。此后以秦观、周邦彦、李清照等人为代表的词人，使婉约派词作也达到了前所未有的高度。

北宋末年到南宋初年，是宋词发展的一个重要时期。

周邦彦、姜夔、李清照等对声律语言的研究与实践，使宋词在声腔和语言上走向高度的完善，而“靖康之耻”带来的亡国之痛，使词的内容发生了很大变化，一是以李清照为代表的北宋遗民，因国破家亡造成的悲痛，一是以辛弃疾为代表的主战派人士，将杀敌报国的豪情和壮志未酬的愤懑一抒于词，扩大了境的境界。

南宋前期，以辛弃疾、陈亮、陆游、刘过等词人为代表的爱国词作，以雄浑之气和成熟的艺术技巧，将宋词创作推上了一个新的高峰。但是，随着时间的推移，许多人的爱国热情渐渐减退，又沉醉于无休止的西湖歌舞之中了，继承周邦彦、姜夔词风的史达祖、吴文英、蒋捷、王沂孙、张炎、周密等人，将词进一步雅化，内容也日渐空泛，渐渐将宋词引入象牙塔中，也就渐渐失去了生意。

南宋末年，蒙古骑兵的铁蹄，踏碎了人们的偏安享乐之梦，在国家紧急存亡的关头，以文天祥为首的一批爱国志士，给宋词带来了一股新的激情与活力，可惜也仅止是回光返照，宋词的辉煌也随着宋朝的灭亡而归于消亡了。

词与音乐的关系

这是一个必须首先要搞清楚的问题。

和诗歌相比，词与音乐的关系更为密切。从理论上讲，有不可歌之诗，却无不可歌之词。词本来就是因为四、五、七言的诗歌形式过于整齐划一，不能适应日渐多姿的音乐而出现的一种句式长短不一，体制或大或小的新的歌诗形式，并形成不同的词牌。

什么是“词牌”呢？

如果你看过诗词格律一类的书，它会告诉你，“词牌”，即一首词的形式要求。它包括了句数、每句的字数、每句的平仄、用韵的规定、分片与否这几个内容。比如《清平乐》是一个词牌，它就包含了这几个内容：八句，分上下两片，各四句。句式结构为四、五、七、六、六、六、六、六。上片句句押仄声韵，下片一、二、四句押平声韵。再加上每句的平仄要求，就会是下面这样的格律（以辛弃疾《清平乐·村居》为例。加圈表示可平可仄，韵脚处用方框。例文韵脚处下面加点）：

清平乐（双调四十六字）

(仄)平(平)[仄]，	茅檐低小，
(仄)仄平平[仄]。	溪上青青草。
(仄)仄(平)平平仄[仄]，	醉里吴音相媚好，
(仄)仄平平平[仄]。	白发谁家翁媪。
(平)平(仄)仄平[平]，	大儿锄豆溪东，
(平)平(仄)仄平[平]。	中儿正织鸡笼。
(仄)仄(平)平(仄)仄，	最喜小儿无赖，
(平)平(仄)仄平[平]。	溪头卧剥莲蓬。

如果我们以为就像写作近体诗一样，只要符合上面的平仄用韵等要

河北曲县王处直墓女伎浮雕

求来填写就行了，那就大错而特错了。因为这忽略了词牌还有一个非常重要的因素——曲调。

每一个词牌，实际上就是一首歌曲，旋律节奏是固定不变的（少数词牌有变体，可能有两种甚至两种以上不同的唱法），词可以填写无数。遗憾的是这些曲谱绝大部分都没有流传下来。张炎《词源》说："音律所当参究，词章先宜精思，俟语句妥溜，然后正之音谱。"又说："词以协音为先。音者何？谱是也。"也就是说，填词的过程是先构思，然后写出文稿，再看一看是否合于音谱，也就是曲调，看是不是可歌，这样才算完成了词的创作。明俞彦《爰园词话》"词须注意音调"说：

> 词全以调为主，调全以字之音为主。音有平仄，多必不中移者，间有可移者，仄有上去入，多可移者，间有必不可移者。倘必不可移者任意出入，则歌时有棘喉涩舌之病。故宋词一调，作者多至数十人，如出一吻。

把词和音调的关系说得很清楚了。

我们常常会看到宋人在歌舞饮宴或朋友聚会的时候，词人们即席填词，马上命歌伎演唱。歌伎们根本不需要准备和学习，一拿到稿子，立刻就能唱出来，原因是她们熟知每一个词牌的音乐，只要按照固定的曲调，把歌词装进去演唱就行了。

我们都知道，音乐是有很强的情感因素的，不同的旋律，可以表现不同的喜怒哀乐等情绪。也就是说，不同的词牌，因为曲调不同，对于情感表现是有不同要求的。一般来说，宋词的曲调偏于柔媚，适合表现那些风花雪月、男欢女爱的情调。宋刘克庄在《题刘澜乐府》中说“词当叶律，使雪儿、春莺辈可歌，不可使气为色”，就是指此而言的。因此，用曲调比较欢快的词牌去填写忧伤愁怨情绪的文字，或者用曲调比较优美抒情的词牌去填写豪放旷达的文字，显然是不合适的。

所以，词的创作讲究的是“倚声填词”。

什么是“倚声填词”呢？每一个词牌都有固定的格式，有固定的音乐。为了与音乐很好地配合，便于演唱，每一个词牌的句数、字数、平仄、对偶等都有非常严格地规定，词人再根据词牌所要求的句式长短与平仄格式进行创作。这里的“声”，不仅仅是指平仄四声，更重要的是指旋律曲调。“倚声”，一是要选择与词的情感表现相近的词牌，二是要讲究平仄用韵，让演唱者不至“拗口”。叶梦得《避暑录话》说柳永“为举子时，多游狭邪。善为歌辞，教坊乐工每得新腔，必求永为辞，始行于世，于是声传一时”。所谓“得新腔”，就是得到新的词牌，严格地说，是得到这一新的词牌的音乐和格式，但它是没有歌词的（或者本身含有一首原始的民歌），因此他们就请“善为歌词”的柳永“倚声填词”。

是不是也有先有词、再为之谱曲的情况呢？也有。《资治通鉴》卷一九四《唐纪》太宗贞观六年载：“九月，己酉，幸兴庆宫，上生时故宅也。因与贵人宴，赋诗。起居郎清平吕才被之管弦，命曰《功成庆善乐》，使童子八佾为《九功之舞》，大宴会，与《破阵舞》偕奏于庭。”胡三省《注》说：“才有巧思，故命以所赋之诗被之管弦以为乐章。”这是唐诗先有词，再为之谱曲的例子。在宋词，则叫做“自度曲”。

“自度曲”，就是创立一个新的词牌，它不像从前的人创一个新诗格那么简单，因为这需要制定字数、句数、片数、平仄、用韵等规律，而且，更重要的，是要为之创作一首曲调，使之成为一种定制，其他的人，包括他自己本人，都必须按照这个新词牌的要求来填词，比如《暗香》《疏影》《淡黄柳》《凄凉犯》《梅子黄时雨》《惜秋华》《西子妆》《梦芙蓉》《玉京秋》等。这就是为什么只有周邦彦、姜夔、张炎、吴文英、周密等少数深通音律的人，才能有“自度曲”的原因。

宋词的体裁

宋词的体裁形式，主要有令、引、近、慢四种。据张炎《词源》所说，它们的区别主要在体制的大小。短者为“令”，又称“小令”，“引”“近”“慢”则逐渐加长。但另一种更为简明的分法，是小令、中调和长调，完全是按照字数的多少来分的。这种分法为近代大多数学者和文学史所采用。

一般来说，五十八字以内为小令，五十八字至九十字为中调。九十字以上为长调。

词牌的数量非常大，宋人常用的有一百余个。而清代乾隆年间编写的《钦定词谱》（《四库全书》作《御定词谱》），就收词调八百二十个。加上变体，一共二千三百零六体之多。

就是如此，为了丰富词的体裁，又有摊破、添字、添声、减字、偷声、促拍、摘遍、犯调等手法。

为什么不直接用一个新的调名，而要在旧有的调名上加上“摊破”“添声”等字样呢？这还是和音乐有密切的关系。另创新调，曲调完全凭空创作。而摊破、添字、添声、减字、偷声而成新调，不仅仅是简单地在原调字数上的增减，而且是音乐发生了变化，或是乐句的增加，或是乐句的减少，因而对歌词有相应的增减要求。其曲调是仍用旧调主题乃至旋律，而采用诸如模进、加花重复、循环、分裂、综合等作曲手法加以变化，二者之间在音乐上是有非常密切的血缘关系的。这样，新成的词调既与旧调不完全相同，又有许多相似之处，相当于音乐作品中同一个主题的多种变奏，和重新创作是完全不同的。

摊破和添声、添字，是在原词牌基础上增加字句，如《摊破江城子》《摊破浣溪沙》《摊破诉衷情》《添字采桑子》《添字渔家傲》《添声杨柳枝》等。

比如《浣溪沙》，原调为上、下两片，六句，共四十二字。《摊破浣溪沙》则是在上、下片后面各增加一个三字句。例：

黎孟德 《少年行》

浣溪沙

苏 轼

簌簌衣巾落枣花，村南村北响缫车。牛衣古柳卖黄瓜。 酒困路长惟欲睡，日高人渴漫思茶。敲门试问野人家。

摊破浣溪沙

李 璟

菡萏香销翠叶残，西风愁起绿波间。还与韶光共憔悴，不堪看。 细雨梦回鸡塞远，小楼吹彻玉笙寒。多少泪珠无限恨，倚阑干。

再如《杨柳枝》，原为七言四句。《添声杨柳枝》则在每句下加一个三字句。例：

杨柳枝

刘禹锡

城外春风吹酒旗，行人挥袂日西时。
长安陌上无穷树，唯有垂杨管别离。

添声杨柳枝

陆 游

竹里房栊一径深。静愔愔，乱红飞尽绿成阴，有鸣禽。　临罢兰亭无一事，自修琴。铜炉袅袅海南沉，洗尘襟。

添字的情况略有不同，它不是增加一个整句，而是在原调某句中增加字数。增加的结果，也可能句数不变，如《添字画堂春》是在《画堂春》的上、下片尾句四字句中各增加一字，变成五字句，但全调句数仍为八句。而《添字采桑子》，则是在上、下片尾句七字句中各加两字，变成上四下五两句。全调由原来的八句变为十句。例：

采桑子

欧阳修

残霞夕照西湖好，花坞苹汀。十顷波平，野岸无人舟自横。　西南月上浮云散，轩槛凉生。莲芰香清，水面风来酒面醒。

添字采桑子

李清照

窗前谁种芭蕉树？阴满中庭，阴满中庭，叶叶心心，舒卷有余情。　伤心枕上三更雨，点滴霖霪，点滴霖霪，愁损北人，不惯起来听。

减字、偷声是在原词牌基础上减少字句。如《减字木兰花》《减字浣溪沙》《偷声木兰花》等。

《减字木兰花》，是将《木兰花》原调上、下片第一句和第三句七字句各减去三字，成四字句。《偷声木兰花》是将上、下片第三句七字句各减去三个字，成四字句。例：

木兰花

欧阳炯

儿家夫婿心容易，身又不来书不寄。闲庭得立鸟关关，争忍抛

黎孟德《黄鹤楼闻笛》

奴深院里。 闷向绿纱窗下睡，睡又不成愁已至。今年却忆去年春，同在木兰花下醉。

减字木兰花

李清照

卖花担上，买得一枝春欲放。泪染轻匀，犹带彤霞晓露痕。 怕郎猜道，奴面不如花面好。云鬓斜簪，徒要教郎比并看。

偷声木兰花

张先

画楼残映横塘路，流水滔滔春共去。目送残晖，燕子双高蝶对飞。 风花将尽持杯送，往事只成清夜梦。莫更登楼，坐想行思已是愁。

促拍是指加快原曲的节奏，所谓“促节繁声”，又称“急曲子”，如《促拍采桑子》《促迫满路花》《促拍丑奴儿》等。节奏的变化，必然导致旋律的变化，乃至乐句的增减，其曲调仍然是旧调主题乃至旋律的变奏，二者之间在音乐上也有着非常密切的血缘关系。比如：

丑奴儿

辛弃疾

少年不识愁滋味，爱上层楼，爱上层楼，为赋新词强说愁。 而今识尽愁滋味，欲说还休，欲说还休，却道天凉好个秋。

促拍丑奴儿

柳 永

香靥融春雪，翠鬓亸秋烟。楚腰纤细正笄年。凤帏夜短，偏爱日高眠。起来贪颠耍，只恁残却黛眉，不整花钿。　有时携手闲坐，偎倚绿窗前。温柔情态尽人怜。画堂春过，悄悄落花天。最是娇疑处，尤殢檀郎，未教拆了秋千。

表面上看，两者之间几乎看不出什么明显的联系。可惜的是词的曲谱早已失传，不然，也许我们可以找出它们之间在音乐上的关系。

摘遍是在大曲中摘取数叠。宋沈括《梦溪笔谈》：“凡曲每解有数叠者，裁截用之，则谓之摘遍。”如《泛清波摘遍》《薄媚摘遍》等，而《水调歌头》《六州歌头》等也应该归入这一类。

这些手法中最值得一提的是“犯调”。

什么是犯调呢?

我们知道，每一个词牌都属于一个固定的宫调，如《菩萨蛮》《踏莎行》《浣溪沙》属中吕宫；《西江月》《感皇恩》属道调宫；《清平乐》《醉桃源》属大石调；《采桑子》《定风波》属双调等。这里面包含了调高和调式两个因素。比如《菩萨蛮》等属中吕宫，按张炎《词源》所列八十四调，当为夹钟宫，也就是说，它属于以宫音为主音的宫调式，而调高则是宫音等于夹钟。而《清平乐》等属大石调，按张炎《词源》所列八十四调，当为黄钟商调，也就是说，它属于以商音为主音的商调式，而调高则是商音等于黄钟。

如果在一个曲子中不改变调式，只改变音高，比如由某一宫调试转入另一宫调式，由某一羽调式转入另一羽调式，叫做“转调”。

如果改变调式，比如由宫调式转入商调式，由羽调式转入角调式等，就是“转调式”。

这两种情况，古代都称作“犯调”，或者叫做“犯宫”。这样做，使乐曲更富有变化，更具有艺术表现力，但是却增加了演唱或演奏的难度。

姜夔在《凄凉犯·自序》中解释犯调说：

凡曲言犯者，谓以宫犯商（案：即宫调式乐曲转入商调式，

> 余类推），商犯宫之类。如道调宫上字住，双调亦上字住，所住字同，故道曲中犯双调，或于双调曲中犯道调，其他准此。唐人乐书云："犯有正、旁、偏、侧。宫犯宫为正，宫犯商为旁，宫犯角为偏，宫犯羽为侧。"此说非也。十二宫所住字各不同，不容相犯。十二宫特可犯商、角、羽耳。

姜夔这里所说的"犯"，是指转换调式而言，即宫调式转为商调式，或转为角调式等。但是它并非无原则地乱犯，而是有一定条件，即新转入之调必须与本调"住字"相同。所谓"住字"，就是"结音""基音"，即今天所说的"主音"。当两调主音音高相同，才可以相犯。

唐人乐书所说的"宫犯宫为正"才是指转调，即调式相同，如正宫、高宫、中吕宫、道调宫等，同为宫调式而音高不同的两调之间的相互转换，相当于现代音乐中的"转调"，如C大调转G大调等，这在现代音乐中使用极多，而姜夔以为"十二宫所住字各不同，不容相犯"，在今天看来是不正确的。

宋词犯调的一般方法，是在不同的几个词牌中各选出几句连缀成一个新词牌。如《四犯翦梅花》（又名《三犯锦园春》），就是由《解连环》第七、八句，《醉蓬莱》第四、五句，《雪狮子》第六、七句，《醉蓬莱》第九、十句连缀而成的。又如《江月晃重山》，上下片上三句《西江月》，下二句《小重山》。此外，还有《三犯渡江云》《小镇西犯》《六丑》《四犯令》《尾犯》《玲珑四犯》《倒犯》《花犯》《八犯玉交枝》等。要注意的是，在各词牌中所选出的句子，是既包括了句式，如字数、平仄、韵律等，也包括了曲调的。因此，并不是随意选裁拼接都行的，拼接以后所形成的新调，旋律一定要流畅优美，便于歌唱。也就是说，在选取某一词牌的某几句时，必须考虑到它与所选的其他词句在音乐上是否能够衔接。

犯调的手法，在唐代就已经很流行了。宋陈旸《乐书》卷一百六十四"犯调"条说："乐府诸曲，自古不用犯声，以为不顺也。唐自天后末年《剑器》入《浑脱》，始为犯声之始。"到宋代，则更为流行。《词源》说：

> 迄于崇宁（1102—1106）立大晟乐府，命美成（周邦彦）诸人

讨论古音，审定古调……而美成诸人又复增演慢曲、引、近，或移宫换羽，为三犯四犯之曲，按月律为之，其曲遂繁。

我们在前面已经说过，这种“犯调”的表现手法，使乐曲不致过分单调而富有变化，但是却使演唱变得困难，需要演唱者有很高的艺术修养。在唐代，能够演唱“犯声歌”，被视为一种了不起的本事。《莲子居词话》说：“《六丑》词，周邦彦所作。上问‘六丑’之义，则曰：‘此犯六调，皆声之美者，然极难歌。’”由此，我们也可以推知唐、宋艺人演唱技艺的高超。

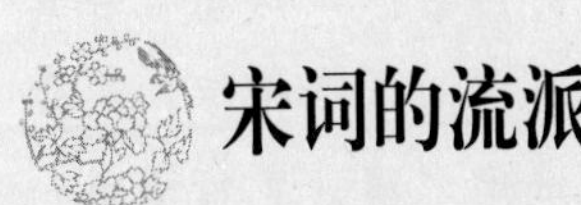

宋词的流派

宋词在发展变化中，确实形成了不同的风格流派。历代的研究者，对宋词的流派有好多种不同的划分。由于所持的标准不一样，所以结果也不同。还有一些分法过于琐碎，以个人风格为依据，分为许多“体”，比如“柳永体”“秦观体”“易安体”“清真体”“稼轩体”等。这些“体”虽然也确实存在，比如辛弃疾词中就有明标是“效易安体”的，但没有必要在总体介绍的时候划分得那么复杂。

如果按照风格来划分，那么，宋词大概可以划分为两大派，即婉约派和豪放派。清王双华《古今词论》“张世文词论”说：“词体大略有二，一婉约，一豪放。盖词情蕴藉，气象恢弘之谓耳。”而在每一派中，又有不同的风格存在。比如婉约派中的柳永比较本色，而李清照则比较通俗，周邦彦、姜夔比较注重格律和音乐，史达祖、吴文英、张炎、王沂孙等则比较注重典雅。豪放派的两大代表人物，苏轼的风格是“旷”，而辛弃疾的风格是“豪”等。

诗在中国历史上的地位是至高无上的，从儒家提出兴、观、群、怨和“温柔敦厚”的“诗教”之后，诗歌就一直被披上一层神圣的面纱，人们用它抒写怀抱、畅叙理想、针砭时弊、寄托哀思，虽然诗歌中也有吟风弄月、男欢女爱、浅斟低唱的作品，但是毕竟数量要少得多，而且历来就不被当作诗歌的正格。

晚唐时期，已经没有了初、盛唐时的恢宏之气，也没有中唐时的中兴气象，五代时期，则更是列国纷争，民不聊生，但是越是这样的时候，统治者往往更迷恋纸醉金迷的享乐生活，文化艺术有时反而会畸形地发达。词这种内容轻松艳冶、旋律婉转多变而便于花前月下、舞榭歌台中歌妓演唱的艺术形式，反而找到了很适合它生长的土壤而迅速壮大起来。五代时后蜀赵崇祚辑录的《花间集》，收录的就是晚唐、五代自温庭筠以下十八家词五百首，欧阳炯在《花间集序》中说：

> 镂玉雕琼，拟化工而迥巧；栽花剪叶，夺春艳以争鲜。是以唱云谣则金母词清，挹霞醴则穆王心醉。名高白雪，声声而自合鸾歌；响遏行云，字字而偏谐凤律。杨柳大堤之句，乐府相传；芙蓉曲渚之篇，豪家自制。莫不争高门下，三千玳瑁之簪；竞富樽前，数十珊瑚之树。则有绮筵公子，绣幌佳人，递叶叶之花笺，文抽丽锦；举纤纤之玉指，拍按香檀。不无清绝之词，用助娇娆之态。自南朝之宫体，扇北里之娼风。何止言之不文，所谓秀而不实。有唐已降，率土之滨，家家之香径春风，宁寻越艳；处处之红楼夜月，自锁嫦娥。

欧阳炯本人就是花间派词人，他也承认这些作品是“言之不文”，“秀而不实”的。

我们看一看花间派代表词人韦庄的三首《浣溪沙》：

一

> 清晓妆成寒食天，柳球斜袅间花钿，卷帘直出画堂前。　指点牡丹初绽朵，日高犹自凭朱栏，含颦不语恨春残。

二

> 颦上秋千四体慵，拟教人送又心松，画堂帘幕月明风。　此夜有情谁不极，隔墙梨雪又玲珑，玉容憔悴惹微红。

三

夜夜相思更漏残，伤心明月凭栏干，想君思我锦衾寒。　咫尺画堂深似海，忆来唯把旧书看，几时携手入长安。

我们再看一看五代时另一文化发达、歌舞升平之地的南唐后主李煜的几首词：

一斛珠

晓妆初过，沉檀轻注些儿个。向人微露丁香颗。一曲清歌，暂引樱桃破。　罗袖裛残殷色可，杯深旋被香醪涴，绣床斜凭娇无那。烂嚼红绒，笑向檀郎唾。

菩萨蛮

花明月暗笼轻雾，今宵好向郎边去。刬袜步香苔，手提金缕鞋。　画堂南畔见，一向偎人颤。好为出来难，教君恣意怜。

浣溪沙

红日已高三丈透，金炉次第添香兽，红锦地衣随步皱。　佳人舞点金钗溜，酒恶时拈花蕊嗅，别殿遥闻箫鼓奏。

韦庄是蜀国宰相，李煜是南唐国君，所作之词尚且如此，其他人所作也就可想而知了。正因为唐、五代，包括北宋初年词的这种特点，使得平时在诗文中衣冠楚楚、道貌岸然的文人学士，可以在词中轻松一下，甚至可以放浪形骸。这一时期词的题材内容相对比较狭窄，也因此形成词的婉媚风格。

和唐诗相比，宋词的旋律要婉转柔媚、悠扬抒情一些，这固然是因为它长短错落的句式而形成的风格多样的曲式，也因为宋代审美趣味的改变。也就是我们前面说到的从古人的“不择男女”，到宋人的“独重女音，不复问能否”的变化。

在宋代，词本是纯然被作为一种消遣性的东西的。抒怀抱、发议论，尽可托之诗文，而优游狭邪、纵情声妓，则寄之于词。因为宋词多是由歌儿舞女执檀板，在丝竹管弦的伴奏下，在游赏饮宴中演唱的，它的“重女声”、贵婉约，都与此有关。词的演唱者多为青楼妓女与家蓄乐妓，我们随便可以举出许多她们歌唱词作的例子：

晏元献（晏殊）之子小晏（晏几道），颇有父风。有宠人善歌舞，晏每作新词，先使宠人歌之。张子野（张先）与小晏厚善，每称赏宠人善歌。（《古今词话》）

柳耆卿（柳永）与孙相何为布衣交，孙知杭州，门禁甚严，耆卿欲见之不得，作《望海潮》词，往谒名妓楚楚曰：“欲见孙相，恨无门路，若因府会，愿借朱唇歌于孙相公之前。若问谁为此词，但云柳七。”中秋府会，楚楚宛转歌之。孙即日迎耆卿预坐。（《古今词话》）

东都防河卒于汴河上掘地得石刻，有词一阕，不题其目。臣僚进上，上喜其藻思绚丽，欲命其名，遂摭词中四字，名曰《鱼游春水》，令教坊倚声歌之。（《古今词话》）

文元贾公守北都，欧阳永叔（欧阳修）使北还，公预戒官妓办词以劝酒，妓唯唯。复使都厅召而嘱之，妓亦唯唯。公怪叹，以为山野。既燕，妓奉觞，歌以为寿，永叔把盏侧听，每为引满 。公复怪之，召问所歌，皆欧公词也。（《后山丛谈》）

范仲温，字元实（秦观女婿），尝预贵人家，会有侍儿，喜歌少游（秦观）长短句。坐中略不顾及，酒酣欢洽，侍儿始问此郎何人。仲温遽起叉手对曰：“某乃‘山抹微云’女婿也。”（案：秦观《满庭芳》词有“山抹微云”句）闻者为之绝倒。（《词林纪事》卷六引《铁围山丛谈》）

从唐代到北宋初年，词都被当作“娱宾遣兴”（陈世修《〈阳春集〉序》）的工具，被称为“艳科”，因此婉约的风格被当作词的正宗，从内容上讲，则多是恋情相思、歌舞饮宴，乃至一些轻浮色情的描写；从文学上讲，则是以华丽绮靡、艳冶轻佻的文词为特色；从音乐上讲，则是低回婉转，适宜十七八岁的女子执红牙板浅斟低唱。从唐代的温庭筠，五代的韦庄、李煜，北宋的柳永、晏殊、晏几道、张先、欧阳修、秦观、周邦彦到南宋的李清照、姜夔、吴文英、张炎、王沂孙等无不如此。其间，虽然有范仲淹边塞风光苍凉，柳永怀才不遇的悲愤和羁旅行役的苦涩，李清照、姜夔等人国家兴亡的沉痛，使得词的题材范围和描写内容有所扩展，但是总的来说，题材范围仍然相当狭窄，格调也不太高。如果就此发展下去，是很难与唐诗形成分庭抗礼的局面的。

通过唐末五代和宋初温庭筠、韦庄、李后主、柳永等人的努力，词已经逐渐完美，从民间走入文学殿堂，它那种多变的形式、优美的旋律、活泼的演唱，都受到宋人的欢迎。尤其是当宋诗一步步走向说理一途的时候，长于言情的词，就更受到宋代文人雅士的喜爱。王国维在《人间词话》中说：“词之为体，要眇宜修，能言诗之所不能言，而不能尽言诗之所能言。诗之境阔，词之言长。”词与诗的这种区别，使词在宋代有了发展的广阔天地。

但是，和诗比，词的题材范围太窄，境界太小，“能言诗之所不能言”者少，“不能言诗之所能言”者多。在宋初，就已经引起一些有识之士的不满而在有意无意地拓展词的题材境界。比如范仲淹，他的有些词，就全然没有风云之状、月露之形，有的，是塞上的秋风、征夫的眼泪、将军的白发。

苏轼的出现，使宋词摆脱了“艳科”的藩篱。

苏轼的词开了宋代词坛的豪放一派。南宋时刘辰翁在《辛稼轩词序》中说：“词至东坡，倾荡磊落，如诗，如文，如天地奇观。”胡寅在《酒边词序》中评论苏轼的词说：

> 眉山苏氏，一洗绮罗香泽之态，摆脱绸缪宛转之度，使人登高望远，举首高歌，而逸怀浩气，超然乎尘垢之外，于是《花间》为皂隶，而柳氏（柳永）为舆台矣。

正因为苏轼的倡导和实践，才使得宋词能够成为与诗分庭抗礼的艺术形式，成为宋代的代表文学。对于这个问题，大家都是认识到了的。不满意苏轼的人，主要是在声律上攻击他，认为他的词不合词的传统要求，是“句读不葺之诗”（李清照《词论》）。和苏轼关系很密切的陈师道也说：“子瞻以诗为词，如教坊雷大使之舞，虽极天下之工，要非本色。”（《后山诗话》）所谓“要非本色”，是囿于词应当是柔美艳丽的“艳科”的陈说。和苏轼关系也很密切的晁无咎说：“居士词，人谓多不谐音律，然横放杰出，自是曲子中缚不住者。”（《能改斋漫录》）所谓“曲子中缚不住者”，说得客气，意思还是不谐音律。

历来研究宋词的人，包括现在的许多文学史，一方面，不能忽视苏轼对宋词的巨大贡献，没有苏轼，宋词恐怕也只能委曲地居于“诗余”的地位；一方面，是震于苏轼的大名，对苏词的不谐音律，总是曲为之说。其实，从音乐的角度来看，后一种说法是不正确的。

我们都知道，词是先有曲调，然后再“倚声填词”的。过去，大家都注意到了作为文学的词有婉约、豪放之分，认为“词别是一家”，不应该去表现好些应该由诗去表现的内容，却忽视了作为词牌重要因素的音乐本身也是有刚柔婉健之分的。用以歌唱风花雪月、男欢女爱的词，其音乐也一定是婉媚的。我们前面所说的宋人独重女声，固然和宋人的审美趣味有关，但是，另一个重要的原因是宋词婉媚阴柔的文词和曲调，都只适合由十七八岁的女郎，执红牙板演唱。可以试想，把这一些婉媚风格的词牌曲调，配上豪放雄健的歌词，即使平仄调合，也是不伦不类，不可歌的。试想，如果把《团结就是力量》的歌词，用《茉莉花》的曲调来演唱，会是一种什么样的效果。反之，如果把《茉莉花》的歌词用《团结就是力量》的曲调来演唱，情况也好不到哪里去。

因此，当苏轼以天纵之才，过人之胆，一扫词的香泽绮艳，写出大气磅礴、纵横捭阖的词作，在让人惊叹之余，确实会出现不合律、不可歌的情况。其实，不是不合律，是刚硬劲健的词，用软绵绵的调子唱出来，一定会有一种非常不协调的感觉。我们看一看下面两首《破阵子》：

燕子来时新社，梨花落后清明。池上碧苔三四点，叶底黄鹂一两声。日长飞絮轻。　巧笑东邻女伴，采桑径里逢迎。疑怪昨宵春梦好，元是今朝斗草赢。笑从双脸生。

——晏殊《春景》

醉里挑灯看剑，梦回吹角连营。八百里分麾下炙，五十弦翻塞外声，沙场秋点兵。　马作的卢飞快，弓如霹雳弦惊。了却君王天下事，赢得生前身后名，可怜白发生。

——辛弃疾《为陈同甫赋壮词以寄之》

试想，把这两首一婉约一豪放的《破阵子》用相同的曲调演唱，会是什么样子。

所以，从音乐的角度讲，豪放词确实是“不合律”的。当然，所谓“不合律”，是指不合于已有的“律”，也就是词牌已有的曲调。

但是，这个问题不是不能解决的。解决的途径不外有三。

第一，选择曲调较为雄壮的词牌来填写豪放词。比如《六州歌头》。明杨慎《词品》卷一说：“《六州歌头》，本鼓吹曲也，音调悲壮。又以古兴亡事实之，闻之使人慷慨，良不与艳词同科，诚可喜也。”

第二，为豪放词另谱新曲。

第三，不合律的词只吟不唱。

第一种办法最可行，但机会太少，因为词牌中绝大部分曲调都偏于柔媚。第二种方法也可行，但能为词谱曲的人毕竟太少，而通晓音律的人，又大多属于婉约派。于是，剩下的一途，就是不歌。正像古诗皆可入乐，但并不是所有的古诗都入了乐，唐人律、绝可歌，但并不是所有的唐人律、绝都被歌唱过一样，宋词中的绝大部分也并没有用于歌唱。其实，诗、词除歌唱外，本身就另有表现一途，那就是吟诵，而且吟诵的艺术效果丝毫不比歌唱差。

所以，词如要可歌，尤其是依旧腔而歌，也只有婉约词才堪与曲调相和，即使是号称“豪放”的词坛苏、辛，也不能完全违背这个规律。苏东坡一代文豪，他的词被称为“横放杰出，自是曲子中缚不住者”，但是像《浪淘沙》（大江东去）那样的作品并不多见。辛弃疾的词被称为“慷慨纵横，有不可一世之概。于倚声家为变调，而异军特起，能于翦红刻翠之外，屹然别立一宗”（《四库全书总目提要》卷一九八）。

但是，辛词很多都是“敛雄心，抗高调，变温婉，成悲凉”（周济《宋四家词选序论》），将百炼精钢化作绕指柔的作品。

现在有的文学史，在婉约与豪放之外，又标出“骚雅”一派。这一派是南宋自姜夔以下，经吴文英、史达祖、高观国、王沂孙、张炎、周密等人的努力，开创出的一个新词派。

所谓“骚雅”，有两层含义，第一，“雅”指的是《诗经》，“骚”指的是《楚辞》，也就是中国诗歌的传统审美理想。第二，实际上所重的就是一个“雅”字，这个“雅”，是与所谓“俗”相对立的。张炎就说“词欲雅而正”，说姜夔的词“不惟清空，又且骚雅”（《词源》），吴文英的词“声调妍雅”（《西子妆慢·序》）。他们既不满意苏、辛的豪放，也不满意北宋婉约词人的俚俗、直露、浮艳、浅薄、狂怪等风格，其实是把词带离了尚留有民间文学清新活泼气息和词作者真情流露的境界，而一步步走入表面典丽雅正，但实际逐渐僵化的象牙塔中。

严格说起来，这一派仍然没有脱离婉约的风格，所以只能算是北宋婉约派的继续或是变体。

著名词人

（清）吴友如 《西园雅集图》

柳永

黄金榜上，偶失龙头望。明代暂遗贤，如何向。未遂风云便，争不恣狂荡。何须论得丧。才子词人，自是白衣卿相。　烟花巷陌，依约丹青屏障。幸有意中人，堪寻访。且恁偎红翠，风流事、平生畅。青春都一饷。忍把浮名，换了浅斟低唱。

这是宋代词人柳永在一次科举考试失败后所写的《鹤冲天》。口气有点大，牢骚有点大，玩笑也开大了。“明代暂遗贤”，简直就是唐代孟浩然在唐明皇面前献诗所说的“不才明主弃，多病故人疏”（《岁暮归南山》）的翻版。当年孟浩然因此得罪了唐明皇，一生不仕；柳永也因此得罪了宋仁宗，被御笔除名，说：“且去填词，何用浮名。”柳永于是干脆自称“奉圣旨填词柳三变”，继续去过他“倚红偎翠”“浅斟低唱”的生活。

皇上都发了话，考官自然不敢录取，但是，作为一个读书人，科举还是唯一的出身之路，最后不得已，他只好把名字改成了“柳永”，才算是蒙混过去，于宋仁宗景祐元年（1034）考中进士，被授睦州团练副使推官，此后一直沉沦下僚，晚年才调回京师，任屯田员外郎，世又称“柳屯田”。

柳永（约987—约1053），原名三变，字景庄。后改名永，字耆卿。排行第七，又称柳七。崇安（今福建武夷山）人。

柳永是宋代第一个以全部精力作词的专业词人，他的最大贡献，在慢词的创造上。

唐、五代的民间曲子词中，虽然已经有了不少的慢词，但是也许是对这种与音乐关系非常密切的新的艺术体裁还不太熟悉，所以一直到北宋初年，文人的制作多为小令。欧阳修、张先等人虽然也创作了一些慢词，但是数量都不太多，而在柳永的《乐章集》里，慢词却占了一半以上，对宋词的发展起到了很大的推动作用。

慢词与小令的区别，绝不仅仅在于字数句数的多寡，也不仅仅是

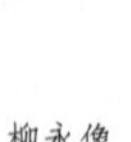

柳永像

柳永纪念馆

从文学创作的角度看，慢词谋篇布局、章法结构、起承转合、回环照应等远较小令复杂。试想，诗歌中的五绝仅二十字，而长诗如屈原《离骚》、汉乐府《孔雀东南飞》、杜甫《自京赴奉先县咏怀五百字》、白居易《长恨歌》、元稹《连昌宫词》等，动辄数百言，但无论章法句法、协韵造语，都非常工稳优美，可见诗人骚客并非没有驾驭长调的能力。那么，为什么自唐代文人涉足词作以来，直至宋初，所作几乎全是小令而绝少慢词呢？这就是因为词与音乐的关系太密切，写长调不难，但要协和音律就不容易了。张炎在《词源》卷下“音谱”中说：

> 慢曲不过百余字，中间抑扬高下，丁、抗、掣、拽，有大顿、小顿、大住、小住、打、掯等字。真所谓上如抗，下如坠，曲如折，止如槁木，倨中矩，句中钩，累累乎端如贯珠之语，斯为难矣。

由于要与音乐配合，所以对唱词的要求也就很高，否则就不可歌。张炎《词源》记载：

> 先人晓畅音律，有《寄闲集》，旁缀音谱，刊行于世。每作一词，必使歌者按之，稍有不协，随即改正。曾赋《瑞鹤仙》一词云：“卷帘人睡起。放燕子归来，商量春事，芳菲又无几。减风光都在，卖花声里。吟边眼底，被嫩绿，移红换紫。甚等闲，半委小桥流水。　还是苔痕湔雨，竹影留云，做晴犹未。繁华迤逦。西湖上，多少歌吹。粉蝶儿，扑定花心不去。闲了寻香两翅。那知人

一点新愁，寸心万里。”此词按之歌谱，声字皆协，惟“扑”字稍不协，遂改为“守”字乃协。始知雅词协音，虽一字亦不放过，信乎协音之不易也。又作《惜花春起早》云“锁窗深”，“深”字不协，改为“幽”字，又不协，改为“明”字，歌之始协。此三字皆平声，胡为如是？盖五音在唇、齿、喉、舌、鼻，所以有轻清重浊之分，故平声字可为上入者此也。听者不知宛转迁就之声，以为合律，不详一定不易之谱，则为失律。矧歌者岂特忘其律，抑且忘其声字矣。述词之人，若只依旧本之不可歌者，一字填一字，而不知以讹传讹，徒费思索。当以可歌者为工，虽有小疵，亦庶几耳。

这一段话说得非常清楚。若只吟诵，则大抵合乎平仄即可，“扑”也好，“守”也好，或者“深”也好，“幽”也好，“明”也好，好象都没有什么关系，读者只要自己读一读就知道了。若要合乐歌唱，就必须字字皆协，平仄固然重要，但是并非只合平仄即可（对此问题，我在下面将有详说）。因为乐谱没有流传下来，我们无法验证何以《瑞鹤仙》中“扑”字不协，改“守”字始协（“扑”是入声字，“守”是上声字）；《惜花春起早》中“深”字不协，改“幽”字又不协，改“明”字始协（“深”“幽”“明”虽然都是平声字，但若按元以后的《中原音韵》，则“深”“幽”属阴平，“明”属阳平。用今天普通话的标准来看，“深”“幽”是一声字，“明”是二声字）。但是，张炎所说是很有道理的。一般文人，于音律一道本来就不甚了了，制作慢词，自然有力不从心之感。

柳永在音乐上殊少贡献，往往是乐工妓女得到“新腔”，再请他填词。从柳永《乐章集》中的词作来看，绝大多数都是慢词，不过他的词确实写得很美，《词林纪事》卷二引陈振孙的话说：“柳词格不高，而音律谐婉，词意妥帖。”“词意妥帖”是从文学的角度对柳词的评价，而“音律谐婉”则是从音乐的角度对柳词的赞美。柳词的这种风格词章华美，无疑对演唱也是有很大帮助的。比如那首著名的《八声甘州》：

对潇潇暮雨洒江天，一番洗清秋。渐霜风凄紧，关河冷落，残照当楼。是处红衰翠减，苒苒物华休。唯有长江水，无语东流。

不忍登高临远，望故乡渺邈，归思难收。叹年来踪迹，何事苦

黎孟德 《妆楼凝望》

淹留？想佳人妆楼凝望，误几回天际识归舟。争知我，倚阑干处，正恁凝愁。

柳永对慢词的贡献，就在于探索出了如何使慢词与音乐相配合的方法，既要做到“词意妥帖”，文词优美，又要做到“音律谐婉”，协韵谐律，吟之琅琅上口，歌之腔圆字正。

柳永的词“浅近卑俗，自成一体，不知书者尤好之”（《碧鸡漫志》卷二），这固然使他的词传播四方，到了“凡有井水处即能歌柳词”（《避暑录话》）的地步。但是过分俚俗儇薄，格调低下，也受到时人的批评。《词林纪事》卷六引《高斋诗话》说：

少游自会稽入都，见东坡。东坡曰：“不意别后，公却学柳七作词。”少游曰：“某虽无学，亦不如是。”东坡曰：“‘销魂当此际’，非柳七语乎？”

秦观虽然不承认自己学柳永，但上面所引，恰好证明他多多少少是受了柳永影响的。不仅秦观如此，宋人填词，几乎没有不取法柳永的，只是口头不承认而已。苏轼学究天人，自视极高，等闲不入于他的法眼，他责备秦观“学柳七作词”，但是他自己其实是很看重柳永的，俞豹《吹剑录》载他“在玉堂日，有幕士善歌，因问：‘我词何如柳词？’”他是把柳永当成够得上称为对手的词人看待的。

当然，柳词的优点还是得到人们的充分肯定的，苏轼就曾经说过：“世言柳耆卿曲俗，非也，如‘霜风凄紧，关河冷落，残照当楼’，此语于诗句，不减唐人高处。”（《侯鲭录》）

张先

张先有两个外号，一个叫“张三中”，一个叫“张三影”。原因是他的几首词中有天下传诵的几个名句。

他早年所写的《行香子》中有“心中事，眼中泪，意中人”句，为人们所欣赏，所以称他为“张三中”。但是他更得意于另外三句词，即“云破月来花弄影”（《天仙子》）；“娇柔懒起，帘幕卷花影”（《归朝欢》）；“柔柳摇摇，坠轻絮无影”（《剪牡丹》），“张三影”的外号就是这样来的。

张先（990—1078）字子野，乌程（今浙江湖州）人。天圣八年（1030）进士。历任宿州掾、吴江知县、嘉禾（今浙江嘉兴）判官。后以屯田员外郎知渝州，又知虢州。以尝知安陆，故人称张安陆。他是北宋初年比较重要的词人之一。

张先一生没有做过多大的官，但平平安安，与晏几道、宋祁、柳永、苏轼等都是好友，安享富贵，诗酒风流，颇多佳话。他活到八十多岁，不仅“能诗及乐府（指“词”），至老不衰”（《石林诗话》），而且照样风流快活。苏轼曾赠诗说：“诗人老去莺莺在，公子归来燕燕忙。”据传张先在八十岁时仍娶十八岁的女子为妾。一次家宴上，苏轼还赋诗调侃他说：“十八新娘八十郎，苍苍白发对红妆。鸳鸯被里成双夜，一树梨花压海棠。”

张先才气不大，所胜者在情。他的词大多反映士大夫的诗酒生活和男女之情，对都市社会生活也有所反映。他对情致心理的体察十分细腻，而刻画又极其生动。比如著名的《一丛花令》刻画闺中女子的思念和怨望心情说：“沉恨细思，不如桃杏，犹解嫁东风。”构思之巧，脍炙人口。贺裳在《皱水轩词话》中评此词“无理而妙”，十分准确。

宋初词人尝试慢词，以柳永为最，张先也是其中之一。他是宋初“婉约派”词人的代表之一，但既不同于柳永，又不同于晏殊，没有柳词的通俗清新，也没有晏殊的富贵气象。他也不像稍晚一点的苏轼的豪放，周邦彦、姜夔的精工。清末词学理论家陈廷焯评说：“张子野词，

（宋）赵昌 《杏花图》

古今一大转移也。前此则为晏、欧，为温、韦，体段虽具，声色未开。后此则为秦、柳，为苏、辛，为美成、白石，发扬蹈厉，气局一新，而古意渐失。子野适得其中，有含蓄处，亦有发越处。但含蓄不似温、韦，发越亦不似豪苏腻柳。规模虽隘，气格却近古。自子野后一千年来，温、韦之风不作矣。亦令我思子野不置。”（《白雨斋词话》）

宋祁

严格的说，宋祁不是词人，而是一位很不错的史学家。欧阳修修《新唐书》，宋祁是主要的作者之一。他传世的词作不是很多，但有一个名句，或者说是一个字用得特别好，为他赢得了千古美名。

宋祁（998–1062），字子京。安州安陆（今湖北安陆）人。天圣二年（1024）与兄宋庠同举进士，当时称为“二宋”。累迁同知礼仪院、尚书工部员外郎、知制诰。又改龙图学士、史馆修撰，拜翰林学士承旨。卒谥景文。

宋祁长于词，作品虽然不多（《全宋词》仅录五首），但写景抒情颇具特色。

为他赢得很大名声的，是那首《木兰花》：

东城渐觉风光好，縠皱波纹迎客棹。绿杨烟外晓寒轻，红杏枝头春意闹。　浮生长恨欢娱少，肯爱千金轻一笑。为君持酒劝斜阳，且向花间留晚照。

其中“绿杨烟外晓寒轻，红杏枝头春意闹”两句为后人所激赏，尤其是一个“闹”字用得极为无理，又极为传神，烘托出浓浓的春意，乃至当时被人戏称为“红杏枝头春意闹尚书”。他有一次去张先家，命人通报说：“尚书想见云破月来花弄影郎中。”张先回答说：“是红杏枝头春意闹尚书吗？”（《词林纪事》引《古今词话》）清王国维《人间词话》说“词以境界为上”，“‘红杏枝头春意闹’，着一‘闹’字而境界全出；‘云破月来花弄影’，着一‘弄’字而境界全出矣”。评价很高。

晏殊

把晏殊的《珠玉词》又读了一遍，不得不叹服他的文笔，用词典丽、音节和谐，真有一串贯珠的感觉。但是，另一个感觉是虽然读了一百多首，但似乎又只读了一首。因为所写的，全是惜春悲秋、嗟时叹老、伤离别、醉春风，不过是换一个词牌，换一些词语，说来说去，就只有那么一点内容。不过这也难怪，他的一生，也确实太富贵、太顺利了些。

晏殊（991—1055），字同叔，谥元献，抚州临川（今江西抚州）人。十四岁即以神童赐同进士出身。此后历任显宦，做了多年的太平宰相，生活非常优越。他的一生，最喜欢的就是接待宾客，歌舞饮宴。《避暑录话》说他“喜集宾客，未尝一日不宴饮”。有一年西北边境正在打仗，遇到下大雪，晏殊又置酒赏雪，欧阳修有点看不过去了，写了《贺晏太尉西园贺发歌》，其中有句说：“主人与国共体戚，不唯喜悦得丰登。须怜铁甲冷彻骨，四十余万屯边兵。”晏殊看了还很不高兴。

晏殊的词，内容狭窄，所写不过平常生活中流连光景和自己的一些淡淡愁绪。但他的词在意境的塑造和语言的使用上都达到了很高的水平。他批评别人夸耀富贵就不离金玉等词是“乞儿相”，用今天的话说就是“暴发户”，而说自己“每吟富贵，不言金玉锦绣，而惟说其气象……如‘梨花院落溶溶月，柳絮池塘淡淡风’之类是也”（吴处厚《青箱杂志》），这确实是他高明的地方。他也写男女之情，尤其是离怀相思，但语不涉狭斜。他曾经和柳永有一段对话。宋张舜民的《画墁录》记载了这样一则故事：柳永有一次去见晏殊，晏殊问他：“你还在作曲子吗？”柳永回答说：“也和你一样，还作曲子。”晏殊说：“我虽然作曲子，但是从来不会写‘彩线慵拈伴伊坐’。”由此可见他的词和柳永的区别。

晏殊的词写得好的不少，最有名的是《浣溪沙》（一曲新词酒一杯）：

> 一曲新词酒一杯，去年天气旧池台，夕阳西下几时回？　无可奈何花落去，似曾相识燕归来，小园香径独徘徊。

其中，“无可奈何花落去，似曾相识燕归来”一联，为千古绝唱。晏殊自己也十分得意，还把它用在一首七律中。他的词，对后世婉约派词人影响很大。

欧阳修

现在的许多文学史和评论文章，对欧阳修在散文、诗歌方面的贡献和成就都给予了高度的评价，但对他的词，评价却不是太高，这似乎有失公允。

评价一位作家在文学史上的地位和贡献，大概是看两个方面。第一，是否对文学的发展或革新有贡献；第二，是否在创作上取得很大的

晏殊

欧阳修

成就，有优秀的作品传世。第一种情况如唐代的陈子昂，本人诗歌创作的水平并不是很高，但是指出了唐诗发展的方向和道路，所以元好问才会说“论功若准平吴例，合著黄金铸子昂”（《论诗绝句》三十首）。第二种情况最多，不必一一列举。当然，如果两个方面都取得极大的成就，那就是一代宗师了。

如果按照这样的标准来评价欧阳修，那么，在诗文方面，他无疑是有宋一代最大的功臣，堪称一代宗师。他的词，没有像柳永一样在慢词上有极大贡献，也没有像苏轼一样，开创豪放一派，但是他的词作，却是取得了极高成就的。仅就作品而言，和他同时代的词人，大概只有柳永、晏几道、苏轼能够与之颉颃，晏殊、张先、宋祁等人都在他之下。

欧阳修（1007–1072），字永叔，自号醉翁，晚年号六一居士，谥号文忠，世称欧阳文忠公。吉安永丰（今属江西）人。出生于绵州（今四川绵阳）。他是北宋时期政治家、文学家、史学家和诗人，北宋诗文革新运动的领导者。苏轼兄弟及曾巩、王安石皆出其门下。晚年自号六一居士，说：“吾《集古录》一千卷，藏书一万卷，有琴一张，有棋一局，而常置酒一壶，吾老於其间，是为六一。”

欧阳修的诗文冠绝一时，词名难免为其所掩。其实他的词无论就数量和质量都是很可观的。他的词，现存于《六一词》和《醉翁琴趣外编》中有两百多首，在宋代词人中，数量算是比较多的。欧阳修自己也说词是“薄伎，聊佐清欢”（《采桑子·西湖念语》），但并不表示他很随意。要知道，欧阳修是一个对写作极其认真，对文名极其看重的人。随便举两个例子：

韩琦建昼锦堂，欧阳修为作《昼锦堂记》，一开头就说“仕宦至将相，富贵归故乡”，韩琦十分喜欢这两句。很快，欧阳修又派人送来修改稿。韩琦看了半天，才发现只是在“宦”字和“贵”字下面名加了一个“而”字，但是读起来，感觉就大不一样了，前者急促，后者舒缓。可见他对文章的认真。

据说欧阳修晚年，还把平生所写的诗文拿出来认真修改。夫人开玩笑说：“何必这么辛苦，难道还怕先生骂你。”欧阳修说：“不怕先生骂，怕后生们笑我。”

可以肯定，欧阳修的词作，数量虽然远不极诗文，但认真态度应该是一样的。

欧阳修一生仕途还算是畅达，但是，也经过几起几落，不像晏殊那么顺利。他在政治上、学术上的抱负远大于晏殊，又执文坛牛耳数十年，所以他的词，虽然基本上走的是五代冯延巳的路子，没有脱出婉约的影响，虽然也有一些饮宴应酬乃至“艳词”，但也有不少对人生的感叹、仕途的遭际及自然风光的描写，对词的境界有所扩大。

欧阳修的词，在艺术上也已经达到极高的水平，远远超过了晏殊、张先等辈。我们试看他的几首词就会明白。

蝶恋花

庭院深深深几许？杨柳堆烟，帘幕无重数。玉勒雕鞍游冶处，楼高不见章台路。　雨横风狂三月暮，门掩黄昏，无计留春住。泪眼问花花不语，乱红飞过秋千去。

生查子

去年元夜时，花市灯如昼。月上柳梢头，人约黄昏后。　今年元夜时，月与灯依旧。不见去年人，泪湿春衫袖。

踏莎行

候馆梅残，溪桥柳细，草薰风暖摇征辔。离愁渐远渐无穷，迢迢不断如春水。　寸寸柔肠，盈盈粉泪，楼高莫近危栏倚。平芜尽处是春山，行人更在春山外。

范仲淹

蝶恋花

几日行云何处去，忘了归来，不道春将暮。百草千花寒食路，香车系在谁家树。泪眼倚楼频独语，双燕来时，陌上相逢否？撩乱春愁如柳絮，依依梦里无寻处。

这些词，也许你早已耳熟能详，也许你并未注意到，它们都是欧阳修的词作。这些词，只要有一首，在宋代词人中就已经可以占有一席之地了。清冯煦《蒿庵论词》说：“宋至文忠（欧阳修），文始复古，天下翕然师尊之，风尚为之一变。即以词言，变疏隽开子瞻，深婉开少游。”评价是很允当的。

范仲淹

范仲淹　（989　–1052　）字希文。吴县（今属江苏）人。他是名臣、名文学家，但很少有人知道，他还是名将。他在仁宗时官至参知政事，相当于副相。敢于犯颜直谏，又积极参与“庆历新政”的革新运动，也因此多次遭贬谪。

宝元元年（1038），原来住在甘州和凉州（今甘肃张掖、武威）一带的党项族人，突然另建西夏国，自称皇帝，并调集十万军马，侵袭

黎孟德 《长烟落日孤城闭》

王安石

宋朝延州（今陕西延安附近）等地。由于三十多年无战事，宋朝边防不修，士卒未经战阵，加上宋将范雍无能，延州北部的数百里边寨，大多被西夏军洗劫或夺去。仁宗派夏竦、韩琦替代范雍，又任范仲淹为陕西经略安抚招讨副使，去西北抗敌。范仲淹充分显示了他的军事才能，西夏人对他十分忌惮，称他为“小范老子”“龙图老子”（范仲淹时为龙图阁直学士），说他“胸中有十万甲兵”。经过数年征战，西夏终于在庆历二年（1042）年向宋朝投降称臣。

范仲淹守边的时候，曾经写过几首《渔家傲》，都以“塞下秋来”为首句，现存一首：

塞下秋来风景异，衡阳雁去无留意。四面边声连角起。千嶂里，长烟落日孤城闭。　浊酒一杯家万里，燕然未勒归无计。羌管悠悠霜满地。人不寐，将军白发征夫泪！

以慷慨苍凉的笔调，一扫宋初词坛的脂粉绮罗之气，将边塞风光与将士艰辛形诸笔端，他还有一首《苏幕遮》，写乡思旅愁，也是别具一格：

碧云天，黄叶地，秋色连波，波上寒烟翠。山映斜阳天接水，芳草无情，更在斜阳外。　黯乡魂，追旅思，夜夜除非好梦留人睡。明月楼高休独倚，酒入愁肠，化作相思泪

王安石

王安石（1021—1086），字介甫，号半山老人，封荆国公，故人称“王荆公”。临川人（今江西抚州）。

王安石首先是一个政治家，其次才是一个文学家。以他的名字命名的“王安石变法”，是我国历史上影响最大的变法革新运动之一。作为一个政治家，他有胆有识、洁身自好。在廉洁自律、克己奉公方面，几乎是无可挑剔的。和他同时代的名人非常多，但自律得近乎苛刻的，大概只有他和司马光两人。《邵氏闻见录》称“荆公（王安石）、温公（司马光）不好声色，不爱官职，不殖货利皆同”。乃至清梁启超写《王安石传》说：“若乃于三代下求完人，惟公庶足以当之矣。”

王安石大概属于那种典型的成大事不拘小节的人。苏洵曾写过《辨奸论》批斥王安石，说他“衣臣虏之衣，食犬彘之食，囚首丧面而谈诗书”。他可以经年不洗澡，衣服也不换，甚至在面君的时候，虱子都爬到胡子上被皇上看见了，他还解嘲说：“这不是普通的虱子，因为它曾经御览，屡游相须。”朋友都看不过去了，约好每一两个月就去定力院洗濯，叫做“拆洗王介甫”，还得给他准备好新衣服。王安石洗完以后，拿起衣服就穿，也不问旧衣服哪里去了，也不问新衣服哪里来的。他的脸黑，门人问医生是什么原因，有没有药可治。医生回答说：“那是污垢没有洗干净，哪有什么病嘛。”他一生没有绯闻。夫人曾经给他买了一个妾，他把这个女子送回去了，钱也不要人还了。他大事小事执拗得很。司马光说，他和王安石一起在包孝肃（就是著名的“包公”）手下，有一次牡丹盛开，包公置酒与他们二人一起赏花。司马光不喜欢喝酒，都勉强喝了一点，但王安石滴酒不沾，连包公拿他都没有办法。

这样的性格和生活习惯，和“艳科”的词似乎是格格不入的。

王安石的诗文都极好。文章是“唐宋八大家”之一，连宋神宗都说他“天下文章第一家”；他的诗自成一家，尤其是罢相以后的诗，被称为“半山体”。他和司马光一样，很少填词。他对晏殊的词就不太满意，魏泰《东轩笔录》记载：“王荆公初为参政，闲日阅晏元献小词而

笑曰：‘宰相为此可乎？’” 他的词，现存不过二十多首，内容绝无脂粉绮罗气息，而是抒写怀抱，感时伤怀。

他的词，以《桂枝香·金陵怀古》最为著名，当时以《桂枝香》词牌写“金陵怀古”的有三十多人，公认以王安石这首为第一：

登临送目。正故国晚秋，天气初肃。千里澄江似练，翠峰如簇。归帆去棹残阳里，背西风、酒旗斜矗。彩舟云淡，星河鹭起，画图难足。　念往昔、繁华竞逐。叹门外楼头，悲恨相续。千古凭高，对此漫嗟荣辱。六朝旧事随流水，但寒烟、芳草凝绿。至今商女，时时犹唱，后庭遗曲。

写景抒怀，都堪称绝唱，连苏东坡看了都说：“此老真野狐精。”（《草堂诗余》引杨湜《古今词话》）

他的一些小词，也写得清新可爱，比如《菩萨蛮》：

数家茅屋闲临水，轻衫短帽垂杨里。今日是何朝？看余度石桥。　梢梢新月偃，午醉醒来晚。何物最关情？黄鹂一两声。

和后来辛弃疾的一些农村词有些相似。

王安石的词，被后人称为“瘦削雅素，一洗五代旧习”（刘熙载《艺概·词概》），对宋词的发展有一定的影响。

苏轼

宋仁宗有一次回到后宫，十分高兴，曹皇后问他有什么喜事，他说：“我今天策试举人，得到两个人才，但是，我已经老了，舍不得用，准备留给后人。”他说的两个人才，就是苏轼和苏辙兄弟。

四川眉山苏氏父子是令人惊叹的。“唐宋八大家”，他们父子就占了三个席位！这样的家庭，大概从古至今都不多见。尤其是苏轼，天纵

苏轼像

英才，不仅是大宋第一才子，如果就成就之全面讲，大概数千年历史中都不作第二人想。

苏轼（1037－1101），字子瞻，又字和仲，号“东坡居士”，世称“苏东坡”。眉州（今四川眉山）人。他是中国文学艺术史上罕见的全才，是我国历史上罕见的集散文家、诗人、词人、书法家、画家等于一身，而且在几乎每一个领域都引领一代风骚的人物，是中国数千年历史上被公认文学艺术造诣最杰出的大家之一。

苏轼青少年时期力学不倦。他的父亲也是“唐宋八大家”之一，对他影响当然很大。他的母亲学识如何不清楚，但他们兄弟小的时候，母亲为他们讲《汉书》，文化素养应该很高。他生长在这样的家庭环境中，加上自己又聪明好学，善于读书，终成饱学之士。

当苏洵带苏轼苏辙兄弟进京赶考的时候，其学识才气一下子震惊了京师。他们兄弟去参加科举考试，宰相韩琦对人说：“二苏在此，这些人居然还敢与他们同场较艺，胆子真不小啊。”据说许多人真的因此退出了考试（见《师友谈记》）。乃至后来参加科举都把苏轼的文章作为样本，有“苏文熟，吃羊肉；苏文生，吃菜羹”的谚语（陆游《老学庵笔记》）。要不是因为欧阳修主考时看到他的文章太美，怀疑是自己的学生曾巩的卷子，怕别人说闲话，故意把此卷取为第二，那么那一科的状元就非苏轼莫属（杨万里《诚斋诗话》）。

苏轼的人生是悲剧性的。他虽然被宋仁宗所赏识，但仁宗不久就去世了。接下来的宋英宗，在位仅四年，且体弱多病，基本上没有什么作为，三十六岁就死了。这时，苏轼才三十二岁，任职史馆，授大理评事。也就在这一年，父亲苏洵去世了。他和苏辙扶柩回乡，守孝三年。当他们再次回京复职的时候，已经是宋神宗熙宁二年（1069）了。

宋神宗是个锐意改革的皇帝，他一即位，立即起用王安石，开始逐步实施变法。王安石变法，打破了祖宗陈法，又侵犯了一些官吏和富商大贾的利益，所以立刻遭到来自各方面的反对。他的好友司马光、欧阳修等人都持反对态度。苏轼也卷入了这一场革新与保守的斗争，他也反对王安石的新法，于是被赶出京城，去担任密州、徐州、湖州等地太守。不幸被人诬陷，御使中丞李定等人说他诗中有谤讪新政的句子，苏轼在御使台（即“乌台”）受审被拘押一百多天，这就是有名的“乌台诗案”。出狱后贬黄州团练副使，实际上是被软禁起来了。

宋神宗死后，哲宗赵煦即位，才十岁，由高太后亲政。高太后是反对新法的，她马上任用司马光，尽废新法。当时王安石已经罢相，到江宁府（今江苏南京）去了。苏轼作为旧党人物，当然也被征召入京，任翰林学士知制诰。他在任地方官时，对新法有清醒的了解，认为新法中有一些还是可行的，因此不主张“尽废新法”，这又引起旧党的不满，甚至认为他和苏辙“俨然又是一个王安石”。于是，他再次请求外放，以龙图阁学士的身份任杭州太守。这算是他一生中比较惬意的一段时光，但不久又奉调回朝，历任兵部尚书、吏部尚书（未赴）、礼部尚书。

这时，宋哲宗长大了，他一亲政，就尽黜旧党。于是苏轼又遭一贬再贬，一直贬到惠州（今广东惠阳）、儋州（今海南儋县）。在宋代，流放儋州是仅比满门抄斩轻一等的重罪。

建中靖国元年（1101）宋哲宗去世，宋徽宗即位，向太后执政，苏轼才被赦内调，复为奉礼郎。不幸在北归的途中病逝于常州（今属江苏）。

苏轼的人生悲剧，也有一部分是他自己的性格所致。作为一个官吏，他不如弟弟苏辙，因为他纯然是一个文人，是一个艺术家。他聪明到令人嫉妒，但天真得令人同情。他幽默旷达，但仍躲不掉小人的陷害。他的博学多才，连极为自负的王安石都感叹说：“不知更几百年，方有如此人物。”（见《西清诗话》）他天真，有时纯如婴儿，在他眼中，世上没有一个不是好人。《悦生随抄》记载说：“苏子瞻泛爱天下士，无贤不肖欢如也。尝言：‘上可陪玉皇大帝，下可以陪卑田院乞儿。’子由晦默少许可，尝戒子瞻择友。子瞻曰：‘眼前见天下无一个不好人，此乃一病。’”他屡遭贬谪，乃至啷当入狱，但仍旷达谐谑。

黎孟德《倚杖听江声》

贬在黄州的时候，等于是软禁，不仅不能签署公文，而且不准离开州治。有一个晚上，他和朋友在东坡饮酒，归家太晚，童仆都睡了，叫都叫不醒，他就写了一首《临江仙》：

夜饮东坡醒复醉，归来仿佛三更。家童鼻息已雷鸣。敲门都不应，倚杖听江声。　长恨此身非我有，何时忘却营营？夜阑风静縠纹平。小舟从此逝，江海寄余生。

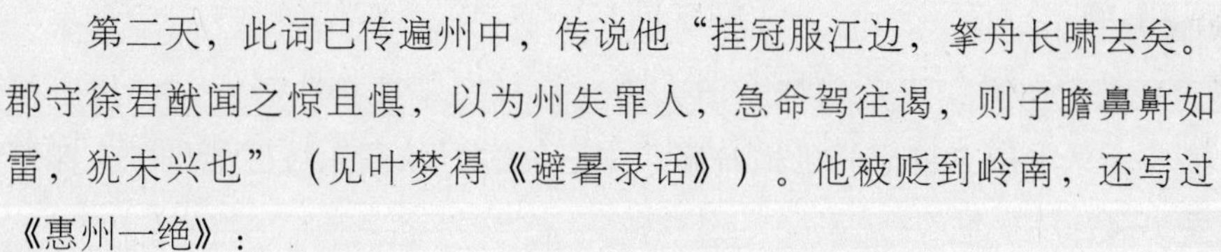

第二天，此词已传遍州中，传说他“挂冠服江边，拏舟长啸去矣。郡守徐君猷闻之惊且惧，以为州失罪人，急命驾往谒，则子瞻鼻鼾如雷，犹未兴也”（见叶梦得《避暑录话》）。他被贬到岭南，还写过《惠州一绝》：

罗浮山下四时春，卢橘杨梅次第新。
日啖荔枝三百颗，不辞长做岭南人。

苏轼对宋代文化的贡献是巨大的。如果没有苏轼，宋代文化将会黯然失色；如果没有苏轼，宋词是否可以成为宋代的代表性文学而与唐诗、元曲分庭抗礼都成了问题。

经过五代和宋初词人的努力，到北宋中叶，词无论是结构形式还是写作技巧，都已经相当成熟，而且已经完全从平康小巷、青楼妓院走入了上流社会的生活之中。歌妓当筵索词演唱，文士即席命笔炫才，已经成为一种时尚。就连方正刻版如司马光，都临席写过一首《西江月》，一开头就说："宝髻松松挽就，铅华淡淡妆成。"虽然范仲淹、王安石等人已经创为别调，有了一些脱出风月绮罗的词作，但是毕竟影响不大，不足以改变天下词风。

宋王灼《碧鸡漫志》"各家词短长"说："东坡先生以文章余事作诗，溢而作词曲，高处出神入天，平处尚临镜笑春，不顾侪辈。"又"指出向上一路"说："东坡先生非心醉于音律者，偶尔作歌，指出向上一路，新天下耳目，弄笔者始知自振。"刘辰翁在《辛稼轩词序》中说："词至东坡，倾荡磊落，如诗，如文，如天地奇观，岂与群儿雌声学语较工拙。"确实，词在苏轼眼中，与诗与文没有什么大的区别，可以言之于文，发之于诗的，也都可以入之于词中，使得词的境界一下子变得无比宽阔，题材变得无比丰富，风格变得无比多样。

苏轼的词，如果仅以数量论，婉约风格的词是占了绝大部分的。他的婉约词，不但多，而且好。比如他的《蝶恋花》：

花褪残红青杏小。燕子飞时，绿水人家绕。枝上柳绵吹又少。天涯何处无芳草。　墙里秋千墙外道。墙外行人，墙里佳人笑。笑渐不闻声渐悄。多情却被无情恼。

上片伤春，下片伤情。清人王士祯《花草蒙拾》云："'枝上柳绵'，恐屯田（柳永）缘情绮靡，未必能过。孰谓东坡但能作'大江东去'耶？"

再如《贺新郎》：

乳燕飞华屋。悄无人、桐阴转午，晚凉新浴。手弄生绡白团扇，扇手一时似玉。渐困倚、孤眠清熟。帘外谁来推绣户？枉教人、梦断瑶台曲。又却是，风敲竹。　石榴半吐红巾蹙。待浮花浪蕊都尽，伴君幽独。秾艳一枝细看取，又恐被、秋风惊绿。若待得君来向此，花前对酒不忍触。共粉泪，两簌簌。

还有前妻王弗去世十年后所写的那首堪比元稹《遣悲怀》的《江

城子》：

十年生死两茫茫，不思量，自难忘。千里孤坟，无处话凄凉。纵使相逢应不识，尘满面，鬓如霜。　夜来幽梦忽还乡，小轩窗，正梳妆，相顾无言，唯有泪千行。料得年年断肠处，明月夜，短松冈。

这样的词，在苏轼现存的二百六十多首词中，占了十分之九。但他对宋词的贡献，却在数量并不多的豪放词上。

胡寅《题酒边词》说：“（柳永）掩众制而尽其妙，好之者以为不可复加。及眉山苏轼，一洗香罗绮泽之态，摆脱绸缪婉转之度，使人登高望远，举首高歌，而逸怀浩气，超然乎尘垢之外。于是花间为皂隶，而柳氏为舆台矣。”

苏轼最为人称道的豪放词，是下面两首：

念奴娇

赤 壁 怀 古

大江东去，浪淘尽，千古风流人物。故垒西边，人道是、三国周郎赤壁。乱石崩云，惊涛裂岸，卷起千堆雪。江山如画，一时多少豪杰。　遥想公瑾当年，小乔初嫁了，雄姿英发。羽扇纶巾，谈笑间、樯橹灰飞烟灭。故国神游，多情应笑我，早生华发。人生如梦，一樽还酹江月。

江城子

老夫聊发少年狂，左牵黄，右擎苍。锦帽貂裘，千骑卷平冈。为报倾城随太守，亲射虎，看孙郎。　酒酣胸胆尚开张。鬓微霜，又何妨。持节云中，何日遣冯唐。会挽雕弓如满月，西北望，射天狼。

这样的词，在宋代出现，确实是有点震聋发聩、恫心骇耳的。王安石曾经说：“礼岂为我辈设哉！”在苏轼眼中，大概也有“法岂为我辈设哉”的气概。

王国维曾经说："东坡之词旷，稼轩之词豪。"（《人间词话》）这个评价是非常准确的。苏轼性格中，旷达占有很重要的地位。他以忠爱之心和天纵之才，却屡遭迫害，但是却能处之泰然，正是因为其旷达。这种旷达，在他的词作中也表现出来。比如他下面的两首词，就最能够表现他的旷达性格：

西江月

顷在黄州，春夜行蕲水中。过酒家饮酒，醉。乘月至一溪桥上，解鞍曲肱，醉卧少休。及觉已晓。乱山攒拥，流水铿然，疑非人世也。书此语桥柱上。

照野弥弥浅浪，横空隐隐层霄。障泥未解玉骢骄，我欲醉眠芳草。　可惜一溪风月，莫教踏碎琼瑶。解鞍攲枕绿杨桥，杜宇一声春晓。

定风波

三月七日沙湖道中遇雨。雨具先去，同行皆狼狈，余独不觉。已而遂晴，故作此词。

莫听穿林打叶声，何妨吟啸且徐行。竹杖芒鞋轻胜马，谁怕？一蓑烟雨任平生。　料峭春风吹酒醒，微冷，山头斜照却相迎。回首向来萧瑟处，归去，也无风雨也无晴。

喝醉了酒，走过溪桥，就枕着马鞍在桥上睡到天亮，起来一看，"乱山攒拥，流水铿然"，鸟语花香，于是在桥柱上题词。山行遇雨，仆人拿着雨具先走了，于是一行人都成了落汤鸡。"同行皆狼狈"，只有他泰然处之，"何妨吟啸且徐行"。这是对雨的态度，也是对待人生的态度，也就是"旷达"。

最后，要说一说苏轼懂不懂音律的事了。

我在前面已经说过，豪放词确实与已有之曲调不合，不尽可歌，但这并不表示以豪放著称的苏轼不懂音律。以苏轼的天才，不可能搞不懂音律，下面两则资料，可以看出他是深通音律的：

《水调歌头》（昵昵儿女语）小序：欧阳文忠公（欧阳修）尝问余："琴诗何者最善？"答以退之（韩愈）《听颖师弹琴》最善。公曰："此非听琴，乃听琵琶也。"余深然之。建安章质夫家善琵琶者，乞为歌词。余久不作，特取退之词，稍加隐括，使就声律，以遗之云。

《哨遍》（为米折腰）小序：陶渊明赋《归去来》，有其词而无其声。余治东坡，筑雪堂于上，人皆笑其陋，独鄱阳董毅夫过而悦之，有卜邻之意。乃取《归去来》词，稍加隐括，使就声律，以遗毅夫，使家僮歌之。

那么，究竟为什么苏词会受到一些人的责难呢？《吹剑录》说：

东坡在玉堂日，有幕士善歌，因问："我词何如柳词？"对曰："柳郎中词，只合十七八女郎，执红牙板，歌'杨柳岸，晓风残月'。学士词，须关西大汉，铜琵琶铁绰板，唱'大江东去'。"坡为之绝倒。

这是一条非常习见的资料。大家都用它来说明苏东坡词与柳永词，或者进一步说，"豪放"派词与"婉约"派词的风格区别。如果进一步考查，结合上面说到的宋人"独重女音，不复问能否"的审美趣味的改变，我们就会明白，说苏轼词"不谐音律"也好，说它"要非本色"也好，说它是"句读不葺之诗"也好，其实都是因为它不合宋代士大夫的审美习惯。而这一点，又恰好是苏轼扩大宋人审美境界，提高宋人审美品味，"新天下耳目"的最大贡献。

还有更为重要的一点，它是从音乐的角度去评价苏词的。所谓使"十七八女郎，执红牙板"歌柳词，与"须关西大汉，铜琵琶铁绰板"歌苏词，正好是说明豪放词与婉约词需要用不同的声腔曲调歌唱，词与曲才能够做到完美的统一。

晏几道

唐代大诗人元稹，曾经亲自去拜访一个七岁的小孩子，居然吃了闭门羹，对方说他是明经科出身（唐代特重进士科），不见。这个小孩子就是李贺。

唐代大才子苏东坡也吃过一次闭门羹。他很倾慕对方的词名，就托对方的好友、他的弟子黄庭坚引见，结果，对方虽然知道他是名满天下的苏东坡，还是不见。理由是“现在当政的人，一大半都是我家从前的旧客人，我都没有空见他们”。这个人就是晏几道。

晏几道（1038—1110），字叔原，号小山。临川（今属南昌进贤）人。晏殊的第七个儿子。他虽然贵为宰相公子，但晏殊死的时候他才十八岁。他是晏殊的儿子中唯一一个继承了父亲填词的本事，而且有出蓝之誉的人。出身既贵，才学又高，也就养成了一种孤傲之气，作为文人，有时可以以此抬高身价，但进入仕途，就是取败之道了。所以晏几道在家道中落以后，也只做过颍昌府许田镇监、乾宁军通判、开封府判官等小官，一生郁郁不得志。

晏几道和黄庭坚是好朋友。黄庭坚称他有四痴：“仕宦连蹇而不能一傍贵人之门，是一痴也。论文自有体，不肯作一新进士语，此又一痴也。费资千百万，家人寒饥，而面有孺子之色，此又一痴也。人百负之而不恨，已信人，终不疑其欺己，此又一痴也。”（《小山词序》）

晏几道是游离于主流社会之外的词人。出身的高贵，养成了他骨子里的傲气；沉沦下僚，使他只能以这种傲气来保持没落贵胄的那一点可怜的尊严，他是生活在对往日美好生活的回忆和对现实生活的无奈之中的。他的词，与社会无关，与别人无关，完全是他自己内心世界的表白，情也好，景也好，都是心中所出。

晏几道的词，最为人所称道的是写情。情真词美，又不涉斜邪。他在自己的词集《小山词》的《自序》中说：“始时沈十二廉叔、陈十君龙家，有莲、鸿、苹、云，工以清讴娱客。每得一解，即以草授诸儿。吾三人持酒听之，为一笑乐而已。”后来“君宠疾废卧家，廉叔下

黎孟德 《犹恐相逢是梦中》

世，昔之狂篇醉句遂与两家歌儿酒使俱流传于人间”。“莲、鸿、苹、云”是四个歌伎，晏几道词中的女主人公，差不多就是她们几个，所谓“情”，也主要是为她们而发的。

临江仙

梦后楼台高锁，酒醒帘幕低垂。去年春恨却来时。落花人独立，微雨燕双飞。　记得小苹初见，两重心字罗衣。琵琶弦上说相思。当时明月在，曾照彩云归。

鹧鸪天

彩袖殷勤捧玉钟。当年拚却醉颜红。舞低杨柳楼心月，歌尽桃花扇影风。　从别后，忆相逢。几回魂梦与君同。今宵剩把银釭照，犹恐相逢是梦中。

这是晏几道最为人称道的两首词，就是回忆当年富贵之时，与莲、鸿、苹、云等歌儿舞女那种缠绵悱恻的情爱以及抚今追昔而生的无限落寞之情。

晏几道的词，现存二百六十多首，以小令居多。他与父亲晏殊齐名，世称“二晏”，他当然也被称为“小晏”。他的词，情感的真挚，语言的技巧都是超过了晏殊的。黄庭坚评价他的词说：“精壮顿挫，能动摇人心，上者《高唐》《洛神》之流，下者不减《桃叶》《团扇》。”（《小山词序》）评价极为精当。清冯煦在《宋六十一家词选·例言》中说：“淮海（秦观）、小山，古之伤心人也。其淡语皆有味，浅语皆有致，求之两宋，实罕其匹。”他的词，实际上是“花间派”的余绪，在宋代词坛中占有比较重要的一席之地。

黄庭坚

有宋一代，如果苏轼退出比赛，那么谁能当选第一才子呢？大概非黄庭坚莫属了。

黄庭坚（1045－1105）字鲁直，自号山谷道人，晚号涪翁，洪州分宁（今江西修水）人。英宗治平进士。这又是一个聪明绝顶而且早慧之人。据传他五岁即诵完“五经”，又用了十天，就把《春秋》背得一字不漏。七岁的时候就写了《牧童诗》，八岁做诗送人赶考说：“送君归去玉帝前，若问旧时黄庭坚，谪在人间今八年。”

黄庭坚是“苏门四学士”之首，一生服膺，大概只有苏东坡一人。邵雍《邵氏闻见后录》记载说：“赵肯堂亲见鲁直晚年悬东坡像于室，每蚤（早）衣冠荐香，肃揖甚敬。或以同时声名相上下为问，则离席惊避曰：‘庭坚望东坡门弟子耳，安敢失其序哉。’”听到苏轼去世的消息，黄庭坚“痛惜久之”（《清波杂志》）。他当时在荆州，士人往吊，他“两手抱一膝，起行独步”（《拊掌录》），大概是说，东坡既已不在，他应该独步当时了。他的诗，在宋代影响极大，是宋代“江西诗派”的创始人；他的书法，是“宋四家”之一；他的文章，与苏轼并称“苏黄”。他的一生，也几乎是随苏东坡的升黜而沉浮。

黄庭坚于宋英宗治平四年（1067）进士及第，初任余干县主簿，后任汝州叶县县尉。熙宁五年入京任国子监教授，在京城呆了七年。元丰元年（1078），他投诗时任徐州太守的苏轼，受到苏轼的赏识，成为

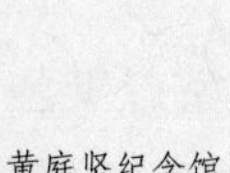

黄庭坚纪念馆

黄庭坚

“苏门四学士”之一。

王安石变法以后，黄庭坚是站在以司马光为代表的旧党一边的，政见与苏轼一致。他虽然没有积极参加这场斗争，但一生都卷在斗争的漩涡里。

元丰三年（1080），黄庭坚任吉州太和县（今属江西）知县，与属新党的通判赵挺之（李清照的公公）意见不合。元丰八年（1085）支持新法的宋神宗去世，哲宗即位，因年龄太小，由支持旧党的高太后听政，司马光、苏轼等都奉调入京，黄庭坚也被召入京任秘书郎，并参与《神宗实录》的编写。后擢升起居舍人、国史编修官。元祐八年（1093）哲宗亲政，起用新党蔡京等人，旧党人物全部遭到贬谪。苏轼被贬往惠州，黄庭坚也于绍圣元年（1094）被贬涪州（今重庆涪陵）别驾、黔州（今四川彭水）安置，后移戎州（今四川宜宾东北），住在一个僧寺中。元符三年（1100年）正月，哲宗去世，徽宗即位，暂时由太后向氏听政。五月，诏复司马光等三十三人入官。十月，蔡京等人相继被贬出京。次年改元为建中靖国元年（1101）。三月，庭坚接到权知舒州的任命。四月，又被召为吏部员外郎。他都没有赴任。崇宁元年（1102）四月接到知太平州（今安徽当涂）任命，不料只过九天，就被免去了知州职务。原来，此时徽宗亲政，起用蔡京为相，新党重新掌权，蔡京等人对旧党人物迫害比绍圣年间更加残酷。崇宁二年四月，下诏销毁三苏、秦观和黄庭坚的文集。九月，又下诏在各地立“元佑党人碑”，几乎把旧党人物一网打尽。这时，赵挺之已被蔡京荐为副宰相，他暗中指使荆州转动判官陈举从黄庭坚所写《承天院塔记》中摘取“天下财力屈竭”等语句，诬告黄庭坚“幸灾谤国”，使他受到“除名羁营宜州（今广西宜山）”的严厉处分。崇宁三年（1104）三月，黄庭坚到宜州贬所，初租民房，后迁僧寺，都被官府刁难。崇宁四年（1105）五月，被迫搬到城头破败戍楼里栖身。崇宁四年九月三十日病逝于戍楼，终年六十一岁。

黄庭坚的词，与秦观齐名，称“秦七黄九”。但后人评价，黄词不如秦词。清沈雄《古今词话》“秦黄优劣”：“陈后山曰：‘今代词手，惟秦七、黄九耳，余人不逮也。词家以秦、黄并称，然秦能为曼声以合律，形容处，殊无刻肌入骨语。黄时出俚浅，可谓伧父。然黄有“春未透，花枝瘦，正是愁时候”，峭健亦非秦能作。’”黄庭坚和苏轼一样，诗文之外，以余力作词，取得很高成就，是很不容易的。

黄庭坚的词，有受苏轼影响的豪放之作，如《念奴娇》：

断虹霁雨，净秋空，山染修眉新绿。桂影扶疏，谁便道，今夕清辉不足。万里青天，姮娥何处，驾此一轮玉。寒光零乱，为谁遍照醽醁。　年少从我追游，晚凉幽径，绕张园森木。共倒金荷家万里，难得尊前相属。老子平生，江南江北，最爱临风曲。孙郎微笑，坐来声喷霜竹。

后人评黄庭坚的词“不是当行家语，是著腔子诗”（《历代词话》引晁补之语）。大概就是指的这一类作品。

他的词，也有旷放如东坡的。比如《定风波》：

自断此生休问天，白头波上泛孤船。老去文章无气味。憔悴，不堪驱使菊花前。　闻道使君携将吏，高会。参军吹帽晚风颠，千骑插花秋色暮。归去，翠娥扶入醉时肩。

黄庭坚一生屡遭贬谪，牢骚很大，有时也作旷达之语。他的词，更多清丽婉转之作。比如《清平乐》：

春归何处？寂寞无行路。若有人知春去处，唤取归来同住。

春无踪迹谁知，除非问取黄鹂。百啭无人能解，因风飞过蔷薇。

这是一首为人激赏的词，在伤春之作中，堪称精品。

秦观

秦观

“苏门四学士”中，苏轼最喜欢的是秦观。于是，在民间传说和小说中，就凭空让苏轼多出一个妹妹苏小妹，聪明绝顶，嫁与秦观为妻，他们在一起吟诗作对、论文商谜，逸闻趣事很多。

秦观受知于苏轼，也就学于苏轼，但也受累于苏轼，最终陷于元祐党争之中，遭一贬再贬，最后在苏轼之前死在藤州。

秦观（1049–1100），字少游，一字太虚，世称淮海居士。扬州高邮（今属江苏）人。他年轻的时候非常贫困，在京城做黄本校勘。曾经写诗给钱穆父说：“三年京国鬓如丝，又见新花发故枝。日典春衣非为酒，家贫食粥已多时。”他参加进士考试不中，但尚未消沉，喜欢读兵书，作文也喜欢“雄篇大笔”。

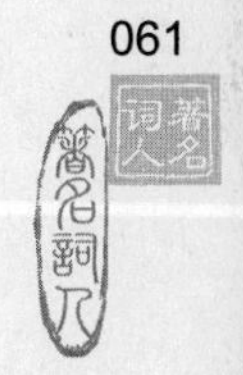

在苏东坡的鼓励和推荐下，他终于在神宗元丰八年（1085）考中了进士，这一年，他已经三十七岁了。最初任定海主簿、蔡州教授。元祐初（1086），苏轼举荐他为秘书省正字，兼国史院编修官。绍圣初（1094）坐元祐党籍，出任杭州通判，又被贬监处州、郴州、横州、雷州等地。徽宗即位后才被放还北归，途中卒于藤州。

宋词发展到北宋中期，出现了正、变两体。变，是指范仲淹、王安石、苏轼一派，以苍凉旷达的豪放风格崛起于词坛。正，指词是“艳科”，词必协律的所谓当行本色的道路发展，这一派词人，以晏几道和秦观为代表。

秦观的性格，没有苏轼的旷放，也没有黄庭坚的通达，所以在仕途挫折中痛苦更大一些。但是，他在情感上比苏、黄更执着，近于晏几道，所以，他的词风也与苏、黄不同。

秦观最有名的词，差不多都是赠与歌妓的，如《满庭芳》：

山抹微云，天连衰草，画角声断谯门。暂停征棹，聊共引离尊。多少蓬莱旧事，空回首、烟霭纷纷。斜阳外，寒鸦数点，流水绕孤村。　销魂。当此际，香囊暗解，罗带轻分。谩赢得、青楼薄幸名存。此去何时见也，襟袖上、空惹啼痕。伤情处，高城望断，灯火已黄昏。

这首词传诵极广，尤其是开头两句，连苏东坡都十分欣赏，戏称秦观为“山抹微云秦学士”。但此词也受到苏东坡的批评。《花庵词选注》载：“秦少游自会稽入京见东坡。坡曰：‘久别，当作文盛甚，都下盛唱公“山抹微云”之词。’”秦逊谢。坡遽曰：‘不意别后却学柳七作词。’秦答曰：‘某虽无识，亦不至是，先生之言，无乃过乎？’坡云：‘“销魂当此际”，非柳七句法乎？’秦惭服。”

其实，秦观词中写艳情的不多，写真情的倒是不少，比如后世流传最广的《鹊桥仙》：

纤云弄巧，飞星传恨，银汉迢迢暗度。金风玉露一相逢，便胜却人间无数。　柔情似水，佳期如梦，忍顾鹊桥归路。两情若是久长时，又岂在朝朝暮暮。

“两情若是久长时，又岂在朝朝暮暮”，不知安慰了多少劳燕分飞、妆楼凝望的情侣恋人，至今仍播在人口。

秦观的词，用词十分讲究，往往出人意表。前面两首词中，“山抹微云”的“抹”字，“天连衰草”的“连”字，“寒鸦数点”的“点”字，“纤云弄巧”的“弄”字，都用得十分精当。我们再看一看他的另一首名词《踏莎行》：

雾失楼台，月迷津渡，桃源望断无寻处。可堪孤馆闭春寒，杜鹃声里斜阳暮。　驿寄梅花，鱼传尺素，砌成此恨无重数。郴江幸自绕郴山，为谁流下潇湘去。

“雾失楼台”的“失”字，“月迷津渡”的“迷”字，“砌成此恨无重数”的“砌”字，都极见功力。

贺铸

后人对秦观的词评价极高，认为他才是北宋婉约派的代表人物，甚至称之为“首首珠玑，为宋一代词人之冠”（李调元《雨村词话》）。虽然有一点夸张，但是也可以看出他在后人心目中的地位。倒是孙兢在《竹坡老人词序》中说得好：“苏东坡辞胜乎情，柳耆卿情胜乎辞，辞情兼胜者，唯秦少游而已。”

贺铸

南唐后主李煜，是一个极不称职的皇帝，便又是一个极为出色的词人，他那句最为人所称道的名句“问君能有几多愁，恰似一江春水向东流”，已经成为后人写“愁”难以为继的“绝譬”。古人写愁思之深的不少，比如李白的“白发三千丈，缘愁似个长”（《秋浦歌》）；刘禹锡的“花红易衰似郎意，水流无限似侬愁”（《竹枝词》）；欧阳修的“离愁渐远渐无穷，迢迢不断如春水”（《踏莎行》）；秦观的“春去也，飞红万点愁如海”（《千秋岁》）等，似乎都不能与李后主的词意相比。能和李后主相比的，大概只有“试问闲愁都几许，一川烟草、满城飞絮、梅子黄时雨”。

全词是这样的：

青玉案

凌波不过横塘路，但目送、芳尘去。锦瑟华年谁与度？月桥花榭，琐窗朱户，只有春知处。　飞云冉冉蘅皋暮，彩笔新题断肠句。试问闲愁都几许？一川烟草，满城风絮，梅子黄时雨。

词的作者，是北宋词人贺铸。

贺铸（1052–1125），字方回，号庆湖遗老。卫州（今河南卫辉）人。宋太祖贺皇后族孙，所娶亦宗室之女。自称是唐贺知章后裔，以知章居庆湖（即镜湖），故自号庆湖遗老。

贺铸人长得极丑，长身耸目，面色铁青，人称贺鬼头。但从小聪明异常，为人很直率，哪怕是达官显贵，权倾一时，只要不满意，“极口诋之无遗辞”（《宋史·贺铸传》），又使酒尚气，所以一直不得美官。直到宋徽宗重和元年（1118），才以太祖贺后族孙恩迁朝奉郎，赐五品服。不久，他就辞官，定居苏州。家藏书万余卷，手自校雠，以此终老。

贺铸的主要成就在词。他的词风格多样，张耒赞为“盛丽如游金、张之堂，而妖冶如揽嫱、施之袪；幽洁如屈、宋，悲壮如苏、李”（《东山词序》）。其中，以婉约蕴藉风格为主。其《青玉案》一词，轰传一时，他也被称为“贺梅子”。

他的妖冶之作，继承唐杜牧、李商隐、温庭筠和宋柳永的风格。比如《浣溪沙》：

落日逢迎朱雀街，共乘青舫度秦淮。笑拈飞絮罥金钗。　洞户华灯归别馆，碧梧红叶掩萧斋。愿随明月入君怀。

他自称“吾笔端驱使李商隐、温庭筠，常奔命不暇”（《宋史·本传》）。所谓驱使，不仅是善于化用他们的词句，也是摹仿他们的意境。比如《鹧鸪天》：

豆蔻梢头莫漫夸。春风十里旧繁华。金缕玉蕊皆殊艳，别有倾城第一花。　春雀舫，紫云车。暗期归路指烟霞。无端却似堂前燕，飞入寻常百姓家。

几乎全是化用杜牧的诗句。

贺铸不同于柳永、秦观的地方，是他的一些词能脱出闺情思念的范围。他的性格本来就近于豪侠，身世又比较坎坷，所以，在词中也不免有一些感叹身世或刚劲豪放的内容。比如《六州歌头》中的“少年侠气，交结五都雄。肝胆洞，毛发耸，立谈中，死生同”；“不请长缨，系取天骄种，剑吼西风”，就非常有气势，无愧为北宋大家。

周邦彦

历代的皇帝，风流成性的很多，更有甚者，已经不满足于三宫六院七十二妃，于是有少数皇帝微服出宫，到青楼妓院、秦楼楚馆去寻找刺激。宋徽宗就是这样一个皇帝。

大宋宣和年间，京师最有名的妓女是李师师。大家对她不会太陌生，因为《水浒》中的宋江，在决定接受招安以后，就是走她的路子接近宋徽宗的。据说宋徽宗经常悄悄出宫与李师师幽会，有的小说甚至说宋徽宗干脆挖了一条地道，从宫中通到李师师家，因为皇上与妓女相会的事是不能让外人知道的，至少在表面上是这样的。

但是，他有一次和李师师相会，却被人躲在床下看了个全过程。这个人，就是著名词人周邦彦。

周邦彦也是李师师的客人之一，而且和李师师的关系很好。大概也就是才子佳人一类的故事。

有一次，宋徽宗生了点小病，李师师以为他不会来了，就悄悄地约了周邦彦。哪知道周邦彦刚到不久，宋徽宗就来了。情急之下，周邦彦赶紧钻到床下躲起来。

宋徽宗特地给李师师带来了江南新进贡的鲜橙，李师师亲手剥了鲜橙二人分食。三更时分，宋徽宗要回宫了，李师师还叮嘱他说“已经三更了，马滑霜浓，你要小心了。”这一切，都被躲在床下的周邦彦看见听到了。

宋徽宗走了以后，周邦彦钻出来，乘兴把他听到的写成了一首《少年游》：

并刀如水，吴盐胜雪，纤指破新橙。锦帏初温，兽香不断，相对坐调筝。　低声问：向谁行宿？城上已三更，马滑霜浓，不如休去，直是少人行。

词确实写得很好，有一次，李师师居然当着宋徽宗的面唱了这首词，宋徽宗一听，就明白那天在李师师家的事被人知道了。他问李师师填词的人是谁。李师师不敢隐瞒，说是周邦彦。

于是，第二天，宋徽宗就下令把周邦彦贬出京城。

宋徽宗又去李师师家的时候，李师师不在。过了一会儿，李师师回来了，但眼睛红红的，显然是哭过了。宋徽宗问她去了哪里，李师师说送人去了。宋徽宗马上问她，是不是送周邦彦去了。李师师点点头。宋徽宗问："他又写了什么东西没有？"李师师说填了一首《兰陵王》。宋徽宗让她唱来听，李师师就唱道：

柳阴直，烟里丝丝弄碧。隋堤上，曾见几番，拂水飘绵送行色。登临望故国。谁识，京华倦客？长亭路，年来岁去，应折柔条过千尺。　闲寻旧踪迹。又酒趁哀弦，灯照离席。梨花榆火催寒食。愁一箭风快，半篙波暖，回头迢递便数驿，望人在天北。　凄恻，恨堆积。渐别浦萦回，津堠岑寂。斜阳冉冉春无极。念月榭携手，露桥闻笛。沉思前事，似梦里，泪暗滴。

宋徽宗听了以后，觉得周邦彦确实是个人才，就赦免了他，还让他做了专管乐舞的大晟府提举。

这件事，记在张端义的《贵耳集》中。

周邦彦（1056－1121），字美成，号清真居士，钱塘（今浙江杭州）人。他是宋代少数几位精通音乐的词人之一。他年轻的时候，写了一篇《汴都赋》，洋洋洒洒七千余言，奏于天子。宋神宗十分欣赏，把他由诸生擢升为太学正，一日之内，声名震海内，他也由此步入仕途。他的仕途不算畅达，但算得上平稳。神宗、哲宗两朝，在庐州（今安徽合肥）、溧水（今属江苏）等地任一些地方小官，徽宗朝才调回京师，任秘书省正字、校书郎、大晟府提举等职，后又出任过隆德、顺昌等地知府。

周邦彦的一生，主要成就在词。

周邦彦生活的时代，已是北宋后期，各种社会矛盾和民族矛盾已经非常尖锐，但又被表面歌舞升平的一片繁华掩盖起来。周邦彦本人并没有太大的抱负，一生经历也没有什么大起大落，所以他的词，题材上并没有什么新的突破，基本上沿袭了前期柳永、晏几道、秦观等人羁旅情愁、酒边月下的情景描写。他的成就，主要表现在艺术性上。

词在周邦彦的手中，变得精美起来。同样的题材、同样的情与同样的景，周邦彦做足了打磨的工夫。宋沈义父《乐府指迷》对他极为推崇，说："凡作词以清真为主，盖清真最为知音，且无一点市井气，下字运意，皆有法度。"无"市井气"，恰好说明他的词已经渐渐雅化而失去清新活泼的气息了。他的词，已经开了自姜夔以来，南宋吴文英、王沂孙、张炎等骚雅派的先河。

周邦彦的另一个贡献，在创调，也就是"自度曲"。

要自创新调，文学素养固然重要，但更重要的是音乐修养。因为创制一个新的词调（词牌），不仅要读起来音节有抑扬顿挫之美，还必须为之创作相应的曲调，并且以此制定出相应的格律。所以有宋一代，能够自度曲的词人并不多见。正像今天唱歌几乎人人都会，而作曲就并非人人所能一样。张炎《词源》说："迄于崇宁，立大晟府，命周美成诸人讨论古音，审定古调……增演慢曲、引、近。或移宫换羽为三犯四犯之曲，按月律为之，其曲遂繁。" 如《拜新月慢》《荔支香近》《玲珑四犯》等，都是他创制的新调。

总的来说，周邦彦的词在艺术性上渐趋于完美，但题材内容却略显苍白。清王国维《人间词话》说："美成深远之致，不及欧、秦，唯言情体物，穷极工巧，故不失为第一流之作者，但恨创调之才多，创意之才少耳。"评价最为允当。

他的一些小词，也写得很有情致，很为人所喜爱。比如下《满庭芳·夏日溧水无想山作》

风老莺雏，雨肥梅子，午阴嘉树清圆。地卑山近，衣润费炉烟。人静乌鸢自乐，小桥外、新绿溅溅。凭栏久，黄芦苦竹，拟泛

（清）王礼 《风老莺雏》

九江船。　年年，如社燕，飘流瀚海，来寄修椽。且莫思身外，长近樽前。憔悴江南倦客，不堪听、急管繁弦。歌筵畔，先安簟枕，容我醉时眠。

还有被王国维称为“真能得荷之神理者”（《人间词话》）的《青玉案》：

燎沉香，消溽暑。鸟雀呼晴，侵晓窥檐语。叶上初阳干宿雨，水面清圆，一一风荷举。　故乡遥，何日去？家住吴门，久作长安旅。五月渔郎相忆否？小楫轻舟，梦入芙蓉浦。

王国维在《清真先生遗事》中说周邦彦词“今其声虽亡，读其词者，犹觉拗怒之中，自饶和婉，曼声促节，繁会相宣，清浊抑扬，辘轳交往，两宋之间，一人而已”。对他的艺术成就作了充分的肯定。

李清照

说起来，李清照是应该叫苏轼师爷的。因为她的父亲李格非以文章见赏于苏轼，是后“苏门四学士”之一。

李格非是著名的文学家，而且思想很解放，所以李清照的童年是充

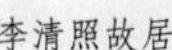
李清照故居

李清照

满了欢乐，而且受到了良好的教育的。她早期的词《如梦令》：

> 常记溪亭日暮，沉醉不知归路。兴尽晚回舟，误入藕花深处。争渡，争渡，惊起一滩鸥鹭。

洋溢着一种无忧无虑的天真活泼。

李清照的婚姻也是非常美满幸福的。他的公公赵挺之在宋徽宗时期做过副宰相，她的丈夫赵明诚是著名的金石学家。婚后，两人感情很好，一起收集古物，编辑《金石录》，生活非常幸福。她的另一首《如梦令》，正是这种生活的写照：

> 昨夜雨疏风骤，浓睡不消残酒。试问卷帘人，却道海棠依旧。知否？知否？应是绿肥红瘦。

这样的生活中，当然也有一些挫折和愁怨。王安石变法虽然已经过去很多年了，但是，由此引起的党争并没有停息。宋徽宗时，蔡京专权，打着“新法”的旗号排除异己，刻《元祐党人碑》，列司马光以下三百九十多人为“奸党”，其中就有李格非，而赵挺之却是蔡京一党。这件事对李清照打击很大。

赵挺之在与蔡京争权的斗争中失败，赵明诚曾一度因此入狱，后来与李清照屏居青州乡里十三年。好在他们的兴趣不在仕途，而在收集整理古物，编辑《金石录》，生活倒还平静。后来赵明诚先后任莱州、淄州知州，李清照没有跟去任所。她前期的许多词，都是写与赵明诚分别后的相思，极有韵致。比如下面两首词：

一剪梅

红藕香残玉簟秋。轻解罗裳，独上兰舟。云中谁寄锦书来？雁字回时，月满西楼。　花自飘零水自流。一种相思，两处闲愁。此情无计可消除，才下眉头，却上心头。

醉花阴

薄雾浓云愁永昼，瑞脑消金兽。佳节又重阳，玉枕纱厨，半夜凉初透。　东篱把酒黄昏后，有暗香盈袖。莫道不销魂，帘卷西风，人比黄花瘦。

这两首词，都是李清照的代表作。词中所表现的，是闺中少妇在慵懒的富贵生活中，对丈夫的思念之情，淡淡的，淡淡的，但却非常感人。据说李清照把《醉花阴》寄给赵明诚，赵明诚大为赏叹，花了三天的工夫，写了五十阕《醉花阴》，然后，把李清照的词杂在一起，送给朋友陆德夫看。陆德夫把玩再三，最后说："只有三句最好。"赵明诚问是哪三句，陆德夫说："莫道不销魂，帘卷西风，人比黄花瘦。"

这样的日子，却因金兵的南侵和赵明诚的去世被完全打破了。

宋钦宗靖康二年（1127），金人攻陷汴京，第二年掳走徽、钦二帝，这就是有名的"靖康之难"，也叫"靖康之耻"。同年，宋高宗赵构在临安（今浙江杭州）即位，改元建炎，史称南宋。春，赵明诚奔母丧到了金陵（今江苏南京），任建康知府。建炎三年（1129）罢知府，改知湖州，还没有赴任，就因病死于建康。这一年，李清照四十六岁。

家破国亡，李清照一下子跌进了痛苦的深渊。而且，她和赵明诚耗尽家财，辛辛苦苦地收集起来，堆满了十几间屋子的图书、古玩、字画等等，全部被金兵付之一炬。李清照在《金石录后序》中记载说："青州故第尚锁书册什物，用屋十余间，期明年春，再具舟载之。十二月，金人陷青州，凡所谓十余屋者，已化为灰烬矣。"

此后，李清照基本上居住在临安，一直到绍兴二十六年（1156）年病逝。

李清照后期生活在经济据拮和感情痛苦的双重折磨之中。《云麓漫抄》载她写给枢密韩公诗的序中说："有易安室者，父祖皆出韩公门下。今家世沦替，子姓寒微……又贫病。"她的词作，也一改前期风格，多写家破国亡、老病孤独的哀思以及与前期生活鲜明的对比，沉痛之情，十分感人，其中，又不可避免地与将家恨与国仇结合在一起，具有一定的现实意义。比如著名的《永遇乐》：

落日熔金，暮云合璧，人在何处？染柳烟浓，吹梅笛怨，春意知几许？元宵佳节，融和天气，次第岂无风雨？来相召，香车宝马，谢他酒朋诗侣。　中州盛日，闺门多暇，记得偏重三五。铺翠冠儿，拈金雪柳，簇带争济楚。如今憔悴，风鬟霜鬓，怕见夜间出去。不如向帘儿底下，听人笑语。

在个人不幸的遭际中，又流露出乡关之思、亡国之痛。

李清照是坚决主张"词别是一家"的，她是婉约派词的代表人物之一。在《词论》一文中，她对北宋几乎所有的词人都有批评，尤其是认为晏殊、欧阳修、苏轼等人的词，都只能算是"句读不葺之诗"，王安石、曾巩的词"不可读也"。评论是否公允这里不去管它，但可以看出李清照本人是严格按照"歌词分五音，又分五声，又分六律，又分清浊轻重"来填写的，所以她的词音节婉丽，有抑扬顿挫的美感。

李清照善于选取日常生活中的小事来表达自己的情感，一些很平常的生活细节，一入于她的词中，顿时神采飞扬。比如形容暮春景色的"绿肥红瘦"；形容晚年寂莫的"守着窗儿，独自怎生得黑"；写暮春时令变化的"乍暖还寒时候，最难将息"等。她的词，语言不尚华丽，但意境却很雅致，很多时候，就以平平常常的家常语入词，但收到极好的艺术效果。比如"三杯两盏淡洒，怎敌他晚来风急"，"这次第，怎一个愁字了得"（《声声慢》）。再看她的《武陵春》：

风住尘香花已尽，日晚倦梳头。物是人非事事休，欲语泪先流。　闻说双溪春尚好，也拟泛轻舟。只恐双溪舴艋舟，载不动许多愁。

几乎全是口语入词。清彭孙遹《金粟词话》说："李易安'被冷香销新梦觉，不许愁人不起’，‘守着窗儿，独自怎生得黑’，皆用浅俗之语，发清新之思，词意并工，闺情绝调。”说的就是李清照词的这种特色。

但这些看似平常的的语言，又是经过精心琢磨过的，比如她最为人称道的《声声慢》开始所用的十四个叠字“寻寻觅觅，冷冷清清，凄凄惨惨戚戚”，不仅音节顿挫，而且十四个叠字勾画出三层意境：“寻寻觅觅”，是晚年寂寞悲痛的词人在寻找一种心灵的寄托，但这寄托究竟是什么，究竟在哪里，她也不知道，当然也就找不着。所以才引入第二层意思“冷冷清清”，这既是生活的冷清，更是内心的冷清，情感的冷清，于是很自然地过渡到第三层意思，词人的心中，就只有“凄凄惨惨戚戚”的感觉了。这十四个字一出，几成绝响，任何人只要一学，立成笑柄。《古今词话》引《贵耳集》说：“（《声声慢》）李易安词首下十四个叠字，乃公孙大娘舞剑法。本朝非乏能词之士，未有下此十四个叠字者。”

后人对李清照的评价极高，虽然也有少数人站在卫道立场和大男子主义立场，对李清照词有些微词，但无伤其宋代词人第一流大家的地位。明杨慎《词品》说：“宋人中填词，李易安亦称冠绝，使在衣冠，当与秦七黄九争雄，不独雄于闺阁也。”可以看作是对李清照词的盖棺论定。

朱淑真

翻开《全宋词》，你会发现，宋代能词的女性还不少，相信因为时代所有的性别歧视，还有很多作品没有流传下来的女词人。现在有作品传世，也为历代学人所公认的宋代女词人，一共有三位，除了李清照以外，还有魏夫人和朱淑真。

她们差不多是同时代的人。魏夫人算是最幸运的，她是曾布的妻子。曾布曾参与王安石变法，官知枢密院事、右仆射，她也因此封鲁国夫人。曾布不可避免的在元祐党争中多次沉浮，所以她的词中也有一些

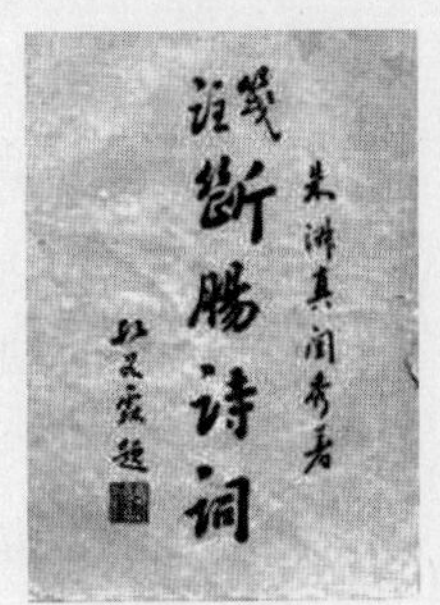

朱淑真《断肠词》

离愁别绪的惆怅之情。朱熹曾说：“本朝妇人能文，只有李易安与魏夫人。”（《朱子语类》卷一百四十）

李清照的身世已经是悲剧性的了，但和她相比，朱淑真的遭遇更加不幸。

朱淑真，一作淑贞，号幽栖居士。生卒年不详，大概生活在南北宋之交的一段时间。浙江海宁人，一说浙江钱塘（今浙江杭州）人。相传为朱熹侄女。

朱淑真的父亲曾在浙西做官，她自幼聪慧，博通经史，善诗画，精音律，是一位才女，据说人也长得很漂亮。照理说，她应该有一个很美好的人生，但是却葬送在一场父母包办的非常不幸的婚姻之中。

朱淑真才貌双全，她心中的白马王子，应该是一位风流倜傥、才华出众，能诗善赋的才子，能够与她花前月下，诗酒唱和。可惜，父母让她嫁给了一个“文法小吏”。因此，婚后生活枯燥乏味，很不如意。朱淑真在《愁怀》诗中说“鸥鹭鸳鸯作一池，须知羽翼不相宜”，大概就是指自己的婚姻不和谐。

朱淑真死后，诗文作品被父母焚毁。摊上这样的父母，真是她人生的不幸。南宋孝宗淳熙九年（1182），宛陵魏仲恭（端礼）辑为《断肠集》十卷。不久钱唐郑元佐为之作注，并增辑《后集》七卷。此外尚有《断肠词》一卷行世。

朱淑真传世最有名的，是她的词。魏仲恭《断肠集·序》说：“比来武陵，见旅邸中好事者，往往传诵朱淑真词。每窃听之，清新婉丽，蓄思含情，能道人意中事，岂泛泛者所能及，未尝不一唱而三叹也。”可见她的词在当时是很受欢迎的。

她的词，与李清照的风格有些相似，伤春伤情，感叹身世的较多，清词丽句，道出心中无限惆怅。她的《谒金门·春半》：

春已半，触目此情无限。十二阑干闲倚遍，愁来天不管。 好是风和日暖，输与莺莺燕燕。满院落花帘不卷，断肠芳草远。

还有《西江月·春半》：

办取舞裙歌扇，赏春只怕春寒。卷帘无语对南山，已觉绿肥红浅。

去去惜花心懒，踏青闲步江干。恰如飞鸟倦知还，淡荡梨花深院。

一种伤春情绪，一种淡淡哀怨，浸透在字里行间。

她的词中，对于理想的爱情的追求与现实的矛盾所构成的落寞，是最感人的，这样的词作，在她存世不多的作品中，占有比较大的比例。比如《菩萨蛮》：

山亭水榭秋方半，凤帷寂寞无人伴。愁闷一番新，双蛾只旧颦。 起来临绣户，时有疏萤度。多谢月相怜，今宵不忍圆。

有的时候，表现还非常大胆，比如《清平乐·夏日游湖》：

恼烟撩露，留我须臾住。携手藕花湖上路，一霎黄梅细雨。 娇痴不怕人猜，和衣睡倒人怀。最是分携时候，归来懒傍妆台。

明明是娇痴的少女情怀，现在却还有人指为“婚外恋”，真是让人有点无语。

最后，要说一说那首非常著名的《生查子·元夕》：

去年元夜时，花市灯如昼。月上柳梢头，人约黄昏后。 今年元夜时，月与灯依旧。不见去年人，泪湿春衫袖。

这首词在当时和后世影响都极大，“月上柳梢头，人约黄昏后”，也是千古传诵的名句，勾起过多少热恋中的青年男女的浪漫遐思。这首词，收入朱淑真的《断肠词》中，又收入了欧阳修的词集中。南宋时曾慥《乐府雅词》定为欧阳修作，但没有有力的证据，所以究竟是欧阳修所作，还是朱淑真所作，恐怕还很难断定。

张元干

南宋初年，主战主和两派斗争十分激烈，李纲、宗泽、岳飞、韩世忠等力主北伐，并且已经在和金人的战斗中取得一定优势，而以秦桧为首的一批人，在宋高宗的支持下，力主和议，并杀掉名将岳飞，自毁长城，成为千古罪人。从古至今，卖国求荣的奸臣不少，但最为人痛骂唾弃的，非秦桧莫属。乃至清代一个姓秦的人在岳王庙还题写了一副对联："人从宋后少名桧，我到坟前愧姓秦。"

绍兴八年（1138），枢密院编修胡铨上《戊午上高宗封事》，文中说"不与桧等共戴天"，"斩三人头，竿之藁街"，引起朝野震动，胡铨因此被除名送新州编管，许多人避之犹恐不及，而张元干却写了一首《贺新郎》词去送行。后来秦桧听说此事，找了个借口，把张元干也除名削籍。

这一件事，可以看出张元干的政治态度和不畏权势的精神。

张元干（1091—约1170），又名元倓，字仲宗，号芦川居士。永福（今福建永泰）人。政和初，靖康元年（1126），金兵围汴京，入李纲行营使幕府。李纲罢，他也遭贬逐。因送胡铨《贺新郎》词遭除名削籍后，漫游江、浙，八十余岁才去世。

张元干的词，现存一百多首，有不少都是饱含爱国之情的悲愤之作，可以说是上承苏轼的豪放旷达，下启辛弃疾、陆游、陈亮等南宋爱国词人的慷慨悲凉。

张元干那首《贺新郎》，非常著名：

梦绕神州路。怅秋风连营画角，故宫离黍。底事昆仑倾砥柱，九地黄流乱注。聚万落、千村狐兔。天意从来高难问，况人情老易悲如许。更南浦，送君去。　凉生岸柳催残暑。耿斜河、疏星淡月，断云微度。万里江山知何处。回首对床夜语。雁不到、书成谁与。目尽青天怀今古，肯儿曹恩怨相尔汝。举大白，听金缕。

传说昆仑山有天柱，天柱折则天倾；黄河中有砥柱，砥柱崩则河水泛滥。此处以昆仑砥柱赞胡铨。词中对胡铨的被贬充满同情，但并不低沉，“肯儿曹恩怨相尔汝”，并非是为个人恩怨，关心的是国家的大事。

这首词流传很广，南宋词人杨冠卿曾说，秋日乘船过吴江垂虹桥时，“旁有溪童，具能歌张仲宗‘目尽青天’等句，音韵洪畅，听之慨然”（《客亭类稿》卷十四）。

 张孝祥

宋高宗绍兴二十四年（1154）会试，张孝祥与秦桧的孙儿秦埙同场。主考官魏师逊及汤思退等为逢迎秦桧而定秦埙为第一，张孝祥第二。廷试的时候，张孝祥答圣问，万言立就，而且他是著名书法家，笔力遒劲。宋高宗是一个喜欢诗文和书画的人，读策后，认为他“议论雅正，词翰爽美”，而且书法秀美，就亲擢他为状元。这事让秦桧对张孝祥极为不满。他在张孝祥例行谒见的时候问他：“你的诗学谁？”张孝祥回答说：“杜甫。”他又问：“你的字学谁？”张孝祥回答说：“颜真卿。”秦桧酸溜溜地说：“天下的好事都被你占完了。”

张孝祥（1132—1169），字安国，号于湖居士，历阳乌江（今安徽和县东北）人。他是南宋著名词人和书法家。二十三岁以状元及第。岳飞被秦桧害死后，又上疏为岳飞辩冤，更为秦桧所忌恨。秦桧使人诬陷其父与张浚、胡寅等人谋反，于是与张祁、胡寅等皆被下狱，绍兴二十五年（1155）秦桧死后才获释。历任集英殿修撰、中书舍人、显谟阁直学士兼都督府军事，领建康留守、荆南湖北路安抚使，还出任抚州、平江、静江、谭州等州县主管。乾道五年（1169），张孝祥以疾归芜湖，赈贫乏。乾道六年，盛夏时在芜湖舟中为虞雍公饯行，中了暑，竟不治而亡，终年三十八岁。

张孝祥

张孝祥词受苏轼的影响很大，常常流露出一种旷放、豁达的人生态度，显然是受到苏轼很深的影响。如《西江月·洞庭》的“世路如今已惯，此心到处悠然”，《浣溪沙》的“已是人间不系舟，此心元自不惊鸥，卧看骇浪与天浮”等，在清疏淡远的韵调中隐含着作者在饱受打击之后的牢骚不平。他的词较多的是写景寄情、因事立意之作，如《念奴娇·离思》《水调歌头·泛湘江》，通过对江上“处处风波恶”的描绘和对屈原的吊念，表达了自己“天涯漂泊”和无辜被黜的感慨。

他的《念奴娇·过洞庭》，被公认为是他的词作中最好的一首：

洞庭青草，近中秋、更无一点风色。玉鉴琼田三万顷，著我扁舟一叶。素月分辉，明河共影，表里俱澄澈。怡然心会，妙处难与君说。　应念岭表经年，孤光自照，肝胆皆冰雪。短发萧骚襟袖冷，稳泛沧溟空阔。尽挹西江，细斟北斗，万象为宾客。扣舷独啸，不知今夕何夕！

词是乾道二年（1166）因受谗毁罢官后自桂林北归的途中所作。上阕描写“表里俱澄澈”的洞庭湖景色，下阕抒发“肝胆皆冰雪”的高洁胸怀，境界清疏空阔，情调凄凉萧飒，是宋词中的名篇。

汤衡说：“自仇池（苏轼）仙去，能继其轨者，非公其谁与哉？”（《张紫微雅词序》）张孝祥和张元干一样，也是上承苏轼，下启辛弃疾一派的豪放派词人，在词史上占有比较重要的地位。

辛弃疾

在宋代的词坛上，大概只有岳飞和辛弃疾称得上是文武全才。

辛弃疾（1140–1207），字幼安，号稼轩，山东济南人。他出生在沦陷区，饱受亡国之苦。当时，北方有不少抗金的义军，其中最大的是耿京领导的八字军。二十岁左右的辛弃疾参加了这支队伍，担任掌书记。他受命去建康，商讨与南宋朝廷合作抗金的事。就在这个时候，叛徒张安国刺杀耿京，投降了金人，八字军失败了。辛弃疾听到这个消息，马上带了五十余人，闯入金兵大营，生擒张安国，并将他押至建康问罪。他的这一壮举震惊了南宋朝野，他也就留在了南方。

辛弃疾一生坚决主张抗金。在《美芹十论》《九议》等奏疏中，具体分析当时的政治军事形势，要求加强作战准备，鼓励士气，以恢复中原，充分显示了他的政治远见和军事才能。但主和派一直占据上风，他所提出的抗金建议，均未被采纳，再加上辛弃疾是北方过来的人，在当时被称为“归正人”，有一点像后代起义或投诚的人，是不被信任的，所以一直不被重用。

但是，辛弃疾的才能还是被朝廷认识了。你不是很能干，很能带兵打仗吗？那好，南方好多地方乱得很，还不时有起义的事发生，那你就去那里发挥才能吧。辛弃疾先后被派到江西、湖北、湖南等地担任转运使、安抚使一类重要的地方官职，去治理荒政、整顿治安。官越做越大，离抗金战场却越来越远了。后来，干脆让他回带湖闲居。

理想与现实的矛盾、报国无门的的悲愤、无比落寞的心情以及贯穿其一生的抗金愿望，全都被他写入词中。我们先来看一看他的《水龙吟》：

楚天千里清秋，水随天去秋无际。遥岑远目，献愁供恨，玉簪螺髻。落日楼头，断鸿声里，江南游子。把吴钩看了，栏干拍遍，无人会、登临意。　休说鲈鱼堪脍。尽西风、季鹰归未。求田问舍，怕应羞见，刘郎才气。可惜流年，忧愁风雨，树犹如此。倩何

辛弃疾

人、唤取红巾翠袖，揾英雄泪。

他称自己为“江南游子”，在“落日楼头”“遥岑远目”，望什么？一江之隔的北方山河，也是他的故乡，仍在金人的统治之下。北伐既无望，“把吴钩看了，栏干拍遍”又有何用。辛弃疾不愿做见西风而思菰菜羹、鲈鱼脍的张季鹰，更不愿意学胸无大志、只知“求田问舍”的许汜，但现实如此，又能如何，作者落寞凄怆的心情溢于言表。

他闲居带湖时，曾写过一首著名的《鹧鸪天》，其词曰：

> 壮岁旌旗拥万夫。锦襜突骑渡江初。燕兵夜娖银胡䩮，汉箭朝飞金仆姑。　追往事，叹今吾。春风不染白髭须。却将万字平戎策，换得东家种树书。

早岁的疆场驰逐，与今天的无奈闲居，已将百炼精钢，化作绕指柔。“却将万字平戎策，换得东家种树书”，其实是浸透了无限伤感、无限悲凉，读之令人鼻酸。

辛弃疾晚年，遇到韩侂胄执政，他力主北伐，并且付诸行动，让主战派兴奋了一下。他知道辛弃疾的能力，起用他为绍兴知府兼浙东安抚使。韩侂胄急于求成，辛弃疾作为军事战略家，却知道绝不能仓猝出战，甚至不惜作好“更须二十年”的准备。嘉泰四年（1204）辛弃疾调任镇江知府，做北伐的准备工作，但很快又被调离，并又遭诬陷，重回铅山去过他的田园生活去了。由于准备不足，北伐很快失败，辛弃疾最后一点希望也破灭了，不久就在抑郁中去世。

辛弃疾的词，现在存世的有六百多首，是宋代词人中最多的。其中，数量最多，成就最大的是爱国词。其他的词人，没有他那样疆场驰骋、戎马倥偬的军旅生活，也没有他那样的军事才能，当然也就没有他那种理想与现实的巨大反差和失落。他的爱国情怀和因之产生的悲愤惆怅，不过是真性情的自然流露，不必刻意为之，就已成气候。清徐轨《词苑丛谈》卷四《品藻》二引黄梨洲的话说：“辛稼轩当弱宋末造，负管、乐之才，不能尽展其用，一腔忠愤，无处发泄，观其与陈同父抵掌谈论，是何等人物。故其悲歌慷慨抑郁无聊之气，一寄之于词。”他的爱国词，或直抒胸臆，或抒发对故国的一片深情，或表现希望“整顿乾坤”的意愿，比如他的《菩萨蛮·书江西造口壁》：

郁孤台下清江水，中间多少行人泪。西北望长安，可怜无数山。　青山遮不住，毕竟东流去。江晚正愁余，山深闻鹧鸪。

有时，他也借登临怀古来抒写自己的爱国之情，比如《永遇乐·京口北固亭怀古》：

千古江山，英雄无觅孙仲谋处。舞榭歌台，风流总被雨打风吹去。斜阳草树，寻常巷陌，人道寄奴曾住。想当年，金戈铁马，气吞万里如虎。　元嘉草草，封狼居胥，赢得仓皇北顾。四十三年，望中犹记，烽火扬州路。可堪回首，佛狸祠下，一片神鸦社鼓！凭谁问：廉颇老矣，尚能饭否？

辛弃疾有很长时间赋闲在家，居住在铅山（今属江西）。铅山是信州（今江西上饶）辖县。这里风景秀美，有著名的鹅湖山、带湖、瓢湖等。辛弃疾在这里有庄园别墅，他有一首《沁园春·带湖新居将成》：

三径初成，鹤怨猿惊，稼轩未来。甚云山自许，平生意气；衣冠人笑，抵死尘埃。意倦须还，身闲贵早，岂为莼羹鲈脍哉？秋江上，看惊弦雁避，骇浪船回。　东冈更葺茅斋，好都把轩窗临水开。要小舟行钓，先应种柳；疏篱护竹，莫碍观梅。秋菊堪餐，春兰可佩，留待先生手自栽。沉吟久，怕君恩未许，此意徘徊。

可见他的庄园别墅规模之大。他的官做得不小，生活是比较优游的，在带湖赋闲的日子里，也写过一些饶有情致的农村词、闲适词。其中有许多都是同类题材中的精品。比如《清平乐·村居》：

茅檐低小，溪上青青草。醉里吴音相媚好，白发谁家翁媪。

大儿锄豆溪东，中儿正织鸡笼。最喜小儿无赖，溪头卧剥莲蓬。

还有《西江月·夜行黄沙道中》：

明月别枝惊鹊，清风半夜鸣蝉。稻花香里说丰年，听取蛙声一片。

七八个星天外，两三点雨山前，旧时茅店社林边，路转溪桥忽见。

辛弃疾是宋代豪放派词的代表之一，与苏轼并称“苏、辛”。苏轼的词，更多的是“旷”，真正称得上“豪”的，是辛弃疾。宋范开《稼轩词序》说：“世言稼轩居士公之词似东坡，非有意于学坡也，自发其所蓄者言之，则不能不坡若也。”《四库全书总目提要·稼轩词》也说：“其词慷慨纵横，有不可一世之慨，于倚声家为变调，而异军特起，能于剪红刻翠之外，屹然别立一宗，迄今不废。”

辛弃疾的理想、抱负、性格、遭际，构成了他的悲剧性人生，但他又是一个不屈不挠的斗士，他有一种“气吞万里如虎”的豪气，发而为词，自然是“大声鞺鞳，小声铿鍧，横绝六合，扫空万古”（刘克庄《辛稼轩集序》）的豪放之作。

辛弃疾的词和苏轼一样，并不是一味豪放的，他们也都有许多清新婉丽的作品，而且这些作品即使是放在婉约派作家中，也是上乘之作，比如上举的两首农村词。我们再来看一看他的《摸鱼儿》：

更能消几番风雨？匆匆春又归去。惜春长怕花开早，何况落红无数。春且住。见说道、天涯芳草无归路。怨春不语。算只有殷勤，画檐蛛网，尽日惹飞絮。　长门事，准拟佳期又误。蛾眉曾有人妒。千金纵买相如赋，脉脉此情谁诉？君莫舞，君不见、玉环飞燕皆尘土！闲愁最苦。休去倚危栏，斜阳正在、烟柳断肠处。

不过，他的这种闲愁，与晏殊的“无可奈何花落去”（《浣溪沙》），贺铸的“试问闲愁都几许”（《青玉案》），不可同日而语，他的闲愁，是壮士断腕、英雄末路的无可奈何，其感人之深，是晏、柳、秦、贺辈不能比拟的。

辛弃疾的词也有被后人批评的地方，一是豪放不谐音律，二是有些散文化，三是爱“掉书袋”。

关于豪放词不谐音律的问题，我在前面已经说过，这里不再赘言，但辛弃疾的词绝大部分还是可歌的，就连坚守词必谐声律的沈义父，在《乐府指迷》中都说：“近世作词者不晓音律，乃故为豪放不羁之语，遂借东坡、稼轩诸贤自诿。诸贤之词，固豪放矣，不豪放处，未尝不叶律也。如东坡之《哨遍》、杨花《水龙吟》，稼轩之《摸鱼儿》之类，则知诸贤非不能也。”在当时和后人记载中，歌辛词的例子非常多。岳飞的孙儿岳珂在《桯史》中就记载“辛稼轩以词名，守南徐日，每燕必命其侍妓歌所作”。

辛弃疾的少数词，有些散文化的倾向，比如那首著名的《西江月·遣兴》：

醉里且贪欢笑，要愁那得功夫。最近始觉古人书，信着全无是处。　昨夜松边醉倒，问松：“我醉何如？”只疑松动要来扶，以手推松曰：“去。”

其实以诗为词也好，以文为词也好，关键不在这些外在形式，而在用得好不好。像这首词，下阕确实有点散文化，但一点不影响其艺术魅力，反而有一种新奇的美感。

至于辛词的“掉书袋”，也就是用典过多，确实是辛词一病。典用得太多，有时太僻，不免使人难于索解。要知道，天下还是读书少的人要多得多。

陆游

陆游

陆游是诗人，而且是超一流的大诗人，“六十年间万首诗”（陆游《小饮梅花下作》），而且被梁启超称为“集中十九从军乐，亘古男儿一放翁”（《读陆放翁集》），在中国文学史上，已经有非常崇高的地位，但是，他同时也是一位词人。

陆游的词，数量远不及他的诗。现存不过一百四十余首，和他《剑南诗稿》九千多首诗相比，不啻九牛一毛，但是，其艺术成就却一点不比诗差。

陆游也是一个悲剧性的人物。他的人生悲剧和辛弃疾一样，也是报国无门、老死荒村的悲愤。他的人生中，还有一段感动后人的凄婉至极的爱情悲剧。这些理想和遭际，构成了陆游诗歌的爱国与真情的主题，也是陆游词的主题。

陆游（1125—1210），字务观，号放翁。越州山阴（今浙江绍兴）人。他的祖父陆宰、父亲陆佃、老师曾几都是爱国人士，他从小就受到良好的爱国主义教育和文化教育。

绍兴二十三年（1153），陆游省试第一，礼部会试又置前列，压倒了秦桧的孙儿秦埙，遭到秦桧忌恨，被主和派以“喜论恢复”，“力说张浚用兵”（《宋史·本传》）为由，免归山阴。

孝宗初年，曾一度有北伐的打算。以主战的王炎为川陕宣抚使，在剑南一带作北伐的准备。陆游被起用为夔州通判，入王炎幕府。他认为理想抱负能够得以实现了，兴奋异常，在南郑度过了他一生中最光辉、最豪壮的军旅生活。后来，他把自己的诗集定名为《剑南诗稿》，文集定名为《渭南文集》，就是为了纪念这一段生活。

但是，所谓北伐，也不过是做做样子，增加一点与金人谈判的筹码而已。很快，王炎被调回，陆游被派往成都。这一次的打击对陆游是很大的，他在成都酒楼佯狂施药，不拘礼法，被人指为狂放，他就干脆自号为“放翁”。

此后，他辗转于福建、江西等地，任一些地方小官。最后，被罢职，返回山阴老家，在故乡的山水田园中度过了晚年。

陆游一生主张北伐，不但在诗文词赋中表露出这种爱国的热情，而且只要一有机会，他就亲身参与军事。但是，统治者越来越迷醉于“山外青山楼外楼，西湖歌舞几时休”（林升《题临安邸》）的红灯绿酒之中，士大夫中的爱国热情已渐渐消亡殆尽，陆游他只能把一腔热血，泼洒在他的诗歌中。

同样，他也把这种感天动地的爱国情怀和报国无门的悲愤，抒发在他的词中：

诉衷情

当年万里觅封侯，匹马戍梁州。关河梦断何处，尘暗旧貂裘。胡未灭，鬓先秋，泪空流。此生谁料，心在天山，身老沧洲。

这是陆游最著名的一首词，抚今追昔，感慨系之，尤其是下阕“胡未灭，鬓先秋”，“心在天山，身老沧洲”，与其诗歌中“塞上长城空自许，镜中衰鬓已先斑”（《书愤》），“逆胡未灭心未平，孤剑床头铿有声”（《三月十七日夜醉书》）的精神是一脉相承的。

他还有一首《谢池春》：

壮岁从戎，曾是气吞残虏。阵云高、狼烟夜举。朱颜青鬓，拥雕戈西戍。笑儒冠自多来误。　功名梦断，却泛扁舟吴楚。漫悲歌、伤怀吊古。烟波无际，望秦关何处？叹流年又成虚度。

这首词，也是陆游晚年所作，早年的“气吞残虏”，“拥雕戈西戍”，何等壮烈，但这一切，不过是南柯一梦，自己只能是“泛扁舟吴楚”，“悲歌”“伤怀吊古”而已，其悲愤之感，是并不在“国仇未报壮士老，匣中宝剑夜有声”（《长歌行》）之下的。

陆游曾遭遇过一段千载之下还让人唏嘘不已的刻骨铭心的爱情悲剧。

陆游的妻子唐婉是他的表妹，两人婚后感情极好，但是，陆游的母亲就是不喜欢唐婉，逼迫陆游休妻，陆游不得已与唐婉离了婚。

唐婉后来嫁给了赵士程。有一年春天，陆游到城南的沈园游玩，在这里遇到了唐婉。唐婉告诉了赵士程，赵士程还送了酒食给陆游。陆游的心情可想而知。他写下了著名的《钗头凤》：

> 红酥手，黄縢酒，满城春色宫墙柳。东风恶，欢情薄。一怀愁绪，几年离索。错！错！错！　春如旧，人空瘦，泪痕红浥鲛绡透。桃花落。闲池阁。山盟虽在，锦书难托。莫！莫！莫！

据说唐婉也和了一首《钗头凤》：

> 世情薄，人情恶，雨送黄昏花易落。晓风干，泪痕残，欲笺心事，独语斜阑。难，难，难。　人成各，今非昨，病魂常似秋千索。角声寒，夜阑珊。怕人寻问，咽泪装欢。瞒！瞒！瞒！

唐婉受不了这样的刺激，没有多久就去世了。这一段感情，成了陆游的终身之痛，一直就晚年，他重过沈园，还写下了千古传诵的《沈园二首》：

> 城上斜阳画角哀，沈园非复旧池台。
> 伤心桥下春波绿，曾是惊鸿照影来。
>
> 梦断香销四十年，沈园柳老不飞绵。
> 此身行作稽山土，犹吊遗踪一泫然。

这一年，陆游七十五岁。他八十一岁的时候，还写了两首《十二月二日夜梦游沈氏园亭》，一开头就说：“路近城南已怕行，沈家园里更伤情。”他的这一片深情，感动了一代又一代的恋人。

陈亮

有一天，辛弃疾在楼上远望，看见一个人骑着一匹骏马向庄园驰来。庄园前流水上有一座小桥。马跑到这里，就停下来不上桥。那人连赶了三次，马退了三次，不觉大怒，拔出宝剑，一剑就把马头斩下，然后把死马推到一边，步行过桥。辛弃疾大惊，赶紧让人去询问，来人已经到门口。辛弃疾把他迎进来，两人抵掌谈论，成了莫逆之交。

这个人，就是来赴铅山之会的著名思想家、爱国词人陈亮。

陈亮（1143—1194），原名汝能，字同甫，二十六岁改名为亮，三十六岁又改名为同，世称龙川先生。婺州永康（今属浙江）人。宋光宗绍熙四年（1193）状元及第，但第二年就病逝于赴任途中，享年五十二岁。

陈亮也是坚决的主战派，他不仅豪，而且狂，不护细行。年轻时多次考试不中，以布衣的身份向宋孝宗多次上书，直陈抗金复国的大计。孝宗曾经想破格擢用他，他不接受，还说："吾欲为社稷开数百年之基，宁用以搏一官乎？"他有时太不注意言行，曾经多次入狱，幸好有辛弃疾等人的援救，孝宗也还算喜欢他，才没有被杀。比如有一次与两个狂生喝酒，喝醉以后，其中一人自称皇上，封陪酒的妓女为妃，陈亮和另一人为左右二相，他们在那里高兴地山呼万岁，被人告密，逮逋入狱。这个罪说大也大，说小也小。陈亮被打得体无完肤，廷尉准备重处，奏报朝廷，孝宗却说："秀才醉了，胡说乱道，何罪之有。"这才算是把命保住了。

陈亮是辛派词人的重要代表。他和辛弃疾虽然地位悬殊，性格也未必一样，但在力主抗金复国上是一致的，辛弃疾那首著名的《破阵子·为陈同甫赋壮词以寄之》就是为他而作的：

醉里挑灯看剑，梦回吹角连营。八百里分麾下炙，五十弦翻塞外声。沙场秋点兵。　马作的卢飞快，弓如霹雳弦惊。了却君王天下事，赢得生前身后名。可怜白发生！

陈亮

陈亮的的词，属豪放一派，而且狂放粗豪，比辛弃疾有过之而无不及，但没有辛词的细腻含蓄。比如他最著名的《水调歌头·送章德茂大卿使虏》：

不见南师久，谩说北群空。当场只手，毕竟还我万夫雄。自笑堂堂汉使，得似洋洋河水，依旧只流东？且复穹庐拜，会向藁街逢。　尧之都，舜之壤，禹之封。于中应有，一个半个耻臣戎。万里腥膻如许，千古英灵安在，磅礴几时通？胡运何须问，赫日自当中！

豪迈至极，但不免粗疏。清陈廷焯《白雨斋词话》评价说："同甫《水调歌头》云：'尧之都，舜之壤，禹之封。于中应有一个半个耻臣戎。'精警奇肆，几于握拳透爪，可作中兴露布（檄文）读。就词论，则非高调。"非常公允精到。陈亮的词，大多可以作如是观。

刘过

刘过（1154—1206），字改之，号龙洲道人。吉州太和（今江西泰和县）人。他和陈亮一样，也是辛派词人的重要代表。

刘过从小就有远大志向，又博通经史，娴于诗词，但多次科举不第，以布衣终老。他为人豪放，不拘小节，也是坚决的主战派，与辛弃疾、陈亮、陆游等是好朋友，一生"不忘恢复，伏阙上书，指陈无顾

刘过墓

姜夔

忌，有国士之风”（邵晋涵《龙洲道人诗序》）。韩侂胄北伐，刘过大力支持，但最终北伐失败，刘过更加狂放不羁。

刘过和辛弃疾的关系很好。辛弃疾在杭州，派人去请刘过，刘过有事不能前往，就仿辛弃疾的风格，写了一首《沁园春》（寄辛承旨。时承旨招，不赴）回他：

斗酒彘肩，风雨渡江，岂不快哉？被香山居士，约林和靖，与坡仙老，驾勒吾回。坡谓：西湖，正如西子，浓抹淡妆临照台。二公者，皆调头不顾，只管传杯。　白言：天竺去来，图画里峥嵘楼阁开。爱纵横二涧，东西水绕；两峰南北，高下云堆。逋曰：不然，暗香浮动，不若孤山先访梅。须晴去，访稼轩未晚，且此徘徊。

词写得很有趣，也确实像辛弃疾的语气。据说辛弃疾看到以后，非常喜欢，邀刘过相聚一个多月，临别还送了他钱千缗。

刘过的词，豪爽有余而含蓄不足，但在南宋时期，不失为鼓舞人心之作。比如《六州歌头·题岳鄂王庙》：

中兴诸将，谁是万人英。身草莽，人虽死，气填膺，尚如生。年少起河朔，弓两石，剑三尺，定襄汉，开虢洛，洗洞庭。北望帝京。狡兔依然在，良犬先烹。过旧时营垒，荆鄂有遗民。忆故将军，泪如倾。　说当年事，知恨苦，不奉诏，伪耶真。臣有罪，陛下圣，可鉴临。一片心。万古分茅土，终不到，旧奸臣。人世夜，白日照，忽开明。衮佩冕圭百拜，九泉下、荣感君恩。看年年三月，满地野花春，卤簿迎神。

赞扬岳飞的忠勇，愤慨他的冤屈，对南宋统治者“狡兔依然在，良犬先烹”的做法表示了深深的谴责。现在虽然给岳飞平了反，追封鄂王，立庙祭享，“九泉下，荣感君恩”，但于岳飞，于国家，又有什么用？倒是老百姓永远纪念着这位抗金名将，年年清明，都会到岳王庙拜祭英灵。

他也有一些写得比较清丽的作品，如《唐多令》：

芦叶满汀洲，寒沙带浅流。二十年，重过南楼。柳下系舟犹未稳，能几日，又中秋。　黄鹤断矶头，故人今在否？旧江山，浑是新愁。欲买桂花同载酒，终不是，少年游。

不事雕琢，清新自然，是他的词中精品。

姜夔

《诗经》是要唱的，汉魏六朝乐府是要唱的，唐诗也是要唱的，但是怎么唱，却不知道了。古人说，这是歌法失传了。这个问题对现在的人来说有点奇怪，难道他们没有乐谱吗？只要有乐谱，现在不是一样可以照谱演唱吗？

古人是有乐谱的，汉代的乐谱叫“声曲折”。《汉书·艺文志》中就在记载《河南周歌诗》七篇之后，有《河南周歌声曲折》七篇；《周谣歌诗》七十五篇之后，有《周谣歌诗声曲折》七十五篇。这种“声曲折”的乐谱的实物资料，今天仍然可以看到，明正统九年（1444）刊行的《道藏·玉音法事》中的赞颂音乐，即使用这种谱式。乐谱上方记写歌词，每字下面用曲线记录唱腔高低上下的转折。西藏地区佛教寺院也有曲线谱，用于记写唱诵经书的音调。相传为14世纪经布敦和他的弟子宗喀巴创制，藏语称“央移”。这种记谱法很不科学，至今都很难解读。唐诗也应该是有乐谱的。白居易《代琵琶弟子谢女师曹供奉寄新调弄谱》一诗：“琵琶师在九重城，忽得书来喜且惊，一纸展开非旧谱，四弦翻出是新声。”这是被称为“燕乐半字谱”的一种乐谱，但也没有传下来。

在敦煌莫高窟所出的卷子中，有一卷《仁王所国般若波罗密多经》的变文，在背面抄录了一套乐谱，现在一般称为《敦煌曲谱》，抄录时间是五代后唐明宗长兴四年（933），记录了二十五首唐曲，包括大家比较熟悉的《倾杯乐》《伊州》《品弄》《慢曲子西江月》等，是现在唯一能见到的唐人乐谱。经过许多人的努力，据称已经破译，并能演奏，但是不是就是唐人之旧，还很难完全肯定。所以对于唐诗的唱法，仍然不太清楚。

宋词也是要唱，而且一定要唱的，那么宋词音乐是什么样的呢？

在流传下来的宋人词集中，姜夔的《白石道人歌曲集》在许多词的旁边写下了“旁谱”。这个“旁谱”所使用的，是宋代广为应用并一直沿用到近代西洋五线谱和简谱传入之前的“工尺谱”。这种记谱法在现在的老一辈戏曲艺人中，都还有人使用，所以是完全可以正确解读的。这也是宋代流传下来的唯一词谱，使我们知道了宋词的唱法（这些乐谱已经杨荫浏等人译成简谱和五线谱出版）。

姜夔（约1155–1221），字尧章，别号白石道人，又号石帚。饶州鄱阳（今江西鄱阳县）人。他虽然才学出众，在诗词、音乐、书法等方面都有很高的造诣，但是却一直考不中进士，最后以布衣终老。

年轻的时候，诗已经写得很好，遇到“中兴四大家”之一的萧德藻（“中兴四大家”一般指杨万里、范成大、陆游、尤袤。但也有指杨万里、范成大、陆游、萧德藻的）。萧德藻看了姜夔的诗非常高兴，说：“我写了四十年的诗，今天才算是遇到敌手了。”并且把哥哥的女儿嫁给他为妻。

姜夔虽然一生没有做官，但是结交的都是当世的名人，萧德藻、杨万里、范成大、陆游、辛弃疾、朱熹、叶适等都是他的好友。他一生所过，都是清客式的生活，图籍书画汗牛充栋，但生活却很清苦，死的时候竟至没有钱殡葬。所以，他与现实社会有一些隔膜，不像陆游、辛弃疾他们那样强烈地希望北伐复国，但是，对亡国之痛和金人的残暴还是有切肤之痛的，表现在他的词中，最著名的，就是那首《扬州慢》：

淳熙丙申至日，予过维扬。夜雪初霁，荠麦弥望。入其城则四顾萧条，寒水自碧，暮色渐起，戍角悲吟。予怀怆然，感慨今昔，因自度此曲。千岩老人以为有《黍离》之悲也。

淮左名都，竹西佳处，解鞍少驻初程。过春风十里，尽荠麦青青。自胡马窥江去后，废池乔木，犹厌言兵。渐黄昏、清角吹寒，都在空城。　杜郎俊赏，算而今重到须惊。纵豆蔻词工，青楼梦好，难赋深情。二十四桥仍在，波心荡，冷月无声。念桥边红药，年年知为谁生。

昔日繁华的扬州，现在已是一座空城，原因呢，是“胡马窥江”。金人曾两次南侵，扬州都遭到很大的破坏。“废池乔木，犹厌言兵”，不说人，就连“废池乔木”，都怕再提起战事。清陈廷焯《白雨斋词话》说这两句“包括无限伤乱语，他人累千百言，亦无此韵味”。下阕的“二十四桥仍在，波心荡，冷月无声”，也是千古传诵的名句。

他的词，多感时、抒怀、交游、咏物之作，虽然也有一些兴寄，但更多的是自己不为世用的苦闷。比如著名的《点绛唇·丁未冬过吴淞作》：

燕雁无心，太湖西畔随云去。数峰清苦，商略黄昏雨。　第四桥边，拟共天随住。今何许，凭栏怀古，残柳参差舞。

姜夔的词被后人称为“清空”“骚雅”。张炎《词源》说：“白石词如《疏影》《暗香》《扬州慢》《一萼红》《琵琶仙》《探春》《八归》《淡黄柳》等曲，不惟清空，又且骚雅，读之使人神观飞越。”什么是“清空”？沈祥龙《论词随笔》说：“清者，不染尘埃之谓；空者，不着色相之谓。”也就是张炎所说的“姜白石词如野云孤飞，去留无迹”。

姜夔词的所谓“清空”的艺术特色，表现在抒情咏物都不染尘埃，不着色相，即不死板质实，往往遗形得神，专从神韵气格入手，而且似柔实健，似空实实，既不同于传统的婉约派，又不同于豪放派，而形成了自己的艺术风格。他的《暗香》《疏影》《长亭怨慢》《淡黄柳》

《扬州慢》等都具有这种特色。比如《淡黄柳》：

客居合肥南城赤阑桥之西，巷陌凄凉，与江左异；惟柳色夹道，依依可怜。因度此曲，以纾客怀。

空城晓角，吹入垂杨陌。马上单衣寒恻恻。看尽鹅黄嫩绿，都是江南旧相识。　正岑寂，明朝又寒食。强携酒、小桥宅，怕梨花落尽成秋色。燕燕飞来，问春何在，惟有池塘自碧。

这首词，可以与《扬州慢》参看。南宋时，合肥已是边境，建炎间、绍兴末、隆兴初几经战火，已变得十分荒凉颓败，“空城晓角，吹入垂杨陌”，不正是《扬州慢》所描写的“渐黄昏，清角吹寒，都在空城”吗？“燕燕飞来，问春何在，惟有池塘自碧”，不正是“念桥边红药，年年知为谁生”吗？只不过一写合肥，一写扬州而已。

姜夔在词史上的地位很高，清代人甚至推为宋词第一人，有一点过分。近人将宋词分为婉约、豪放、骚雅三派，而以姜夔为骚雅派的创始人。这一派在张辑、史达祖、高观国、吴文英、王沂孙、张炎、周密、张翥等的努力下，在南宋中、后期大放异彩，但也因过分雅化而将词这一艺术形式逐渐带入死胡同。

史达祖

说史达祖，得先说一说韩侂胄。

韩侂胄是南宋宁宗时的宰相，他是力主抗金而且付诸行动的人，最后死于议和派的谋杀，还将他的头送与金人以求和。但是，历来的史家对他的评价都不公正，《宋史》甚至把他列入《奸臣传》，今天的一些历史和文学史，也不加详考，对他的评价很低。

韩侂胄所处的宁宗朝，已是南宋中期，南宋初年弥漫在朝野上下的爱国热情已经消亡殆尽。韩侂胄执政后，为岳飞恢复名誉，追谥为鄂

史达祖

王，削去秦桧王号，贬称“缪丑”，在当时是大快人心的。

此后，他积极主张北伐，起用辛弃疾等主战人物。北伐初期，取得很大胜利，民心振奋。但是，主和派的极力干挠、叛将的投降助敌，加上本身准备不足，北伐遭到挫折。以史弥远为首的主和派刺杀了韩侂胄，并应金人的要求，将其首级装在盒子里送与金人。

《宋史》是元代人修的，把韩侂胄列入《奸臣传》可以理解，把史弥远作为正面人物，也可以理解。但是孰是孰非，谁忠谁奸，不是一目了然的吗？当时太学生就做诗讽刺说（见周密《齐东野语》）：“自古和戎有大权，未闻函首可安边。生灵肝脑空涂地，祖父冤仇共戴天。晁错已诛终叛汉，於期未遣尚存燕。庙堂自谓万全策，却恐防边未必然。”

具有讽刺意义的是，韩侂胄的头刚送到金国边境。金国大臣就上奏章言韩侂胄忠于大宋，缪于其身，封他为“忠缪侯”（《贵耳集》《四朝闻见录》）。

之所以先说韩侂胄，是因为这关系到对史达祖的评价问题。

史达祖（生卒年不详），字邦卿，号梅溪。汴梁（今河南开封）人。他的生平事迹知道得不多，只知道他在韩侂胄当政的时候，是韩的“堂吏”，而且“奉行文字，拟帖撰旨，俱出其手”（《居易录》），很受韩侂胄的重视。开禧三年（1207），韩侂胄被杀，雷孝友上言乞将史达祖、耿柽、董如璧送大理寺根究，史达祖受黥刑，被贬谪至死。

应该说，史达祖受韩侂胄的重用，表明他也应该是一位主战人物，是值得敬佩和肯定的。

史达祖是著名的词人，他的词，长于咏物，也多身世之感，常与周邦彦、姜夔并提。姜夔为他的《梅溪词》作序，称他的词“奇秀清逸，有李长吉之韵，盖能融情景于一家，会句意于两得”。张炎《词源》说他的咏物词“皆全章精粹，所咏瞭然在目，且不留滞于物”。

史达祖最为人所赏的是他的《双双燕·咏燕》：

过春社了，度帘幕中间，去年尘冷。差池欲住，试入旧巢相并。还相雕梁藻井，又软语商量不定。飘然快拂花梢，翠尾分开红影。　芳径。芹泥雨润。爱贴地争飞，竞夸轻俊。红楼归晚，看足柳昏花暝。应自栖香正稳，便忘了天涯芳信。愁损翠黛双蛾，日日画阑独凭。

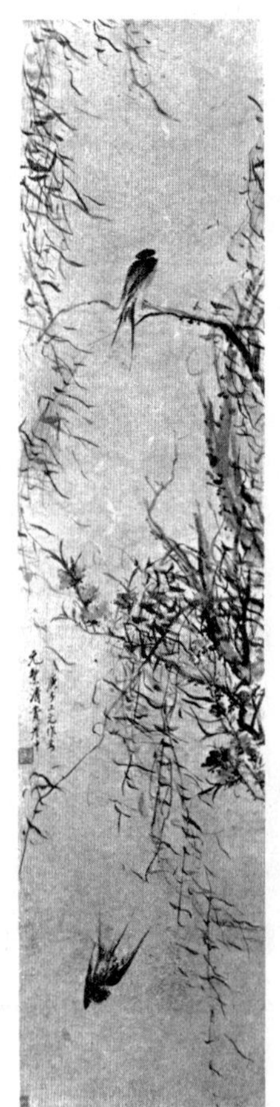
（清）刘泳之《柳燕图轴》

这首词被称为咏燕的压卷之作。上阕写双燕春归，在旧巢中相并，准备建筑新巢，“还相雕梁藻井，又软语商量不定”，堪称神来之笔，历来为人们所激赏。

他的《绮罗香·咏春雨》：

做冷欺花，将烟困柳，千里偷催春暮。尽日冥迷，愁里欲飞还住。惊粉重蝶宿西园，喜泥润燕归南浦。最妨它佳约风流，钿车不到杜陵路。　沉沉江上望极，还被春潮晚急，难寻官渡。隐约遥峰，和泪谢娘眉妩。临断岸新绿生时，是落红带愁流处。记当日门掩梨花，剪灯深夜语。

题为“咏春雨”，词中无一字道着春雨，而又句句都是春雨。“做冷欺花，将烟困柳”的是春雨；“惊粉重蝶宿西园，喜泥润燕归南浦”的是因为春雨；“钿车不到杜陵路”，“还被春潮晚急，难寻官渡”是春雨；“临断岸新绿生时，是落红带愁流处”是春雨；“记当日门掩梨花，剪灯深夜语”还是春雨。可以看出史达祖惊人的为物传神的笔致。清李调元《雨村词话》卷三有《史梅溪摘句图》，说“史达祖《梅溪词》，最为白石所赏，炼句清新，得未曾有，不独《双双燕》一阕也。余读其全集，爱不释手”，应该不算是夸大之词。

吴文英

中、晚唐诗人做诗，已经有很大压力，因为盛唐诗人太高，尤其是有李、杜这样的大家坐镇，所以都不得不另辟蹊径，求新求变。韩、孟的奇崛，元、白的通俗，李贺的恢诡，李商隐的晦涩，都是如此。南宋中、后期的词人所面临的情况和中、晚唐诗人有些相似。在他们面前，也有一座座高峰，远的不说，婉约如周邦彦，豪放如辛弃疾，骚雅如姜夔，都是他们很难超越的。如果希望成功，就必须有所突破，吴文英算是这一些词人中比较成功的。

吴文英（约1200—约1260），字君特，号梦窗，晚年又号觉翁，四明（今浙江宁波）人。他原出翁姓，后出嗣吴氏。他一生没有做官，但充当一些权贵的门客和幕僚，主要活动在江、浙一带。他没有辛弃疾的胸襟气度，又没有姜夔的天赋才情，既不可能有辛弃疾的豪放，也不可能有姜夔的清空，剩下的，只能是在艺术技巧上的突破。

吴文英的词，思维较奇特，意象较迷蒙。往往化虚为实，化实为虚。比如著名的《八声甘州·陪庾幕诸公游灵岩》：

> 渺空烟四远，是何年、青天坠长星？幻苍崖云树，名娃金屋，残霸宫城。箭径酸风射眼，腻水染花腥。时洒双鸳响，廊叶秋声。
>
> 宫里吴王沉醉，倩五湖倦客，独钓醒醒。问苍天无语，华发奈山青。水涵空、阑干高处，送乱鸦、斜日落渔汀。连呼酒，上琴台去，秋与云平。

吴文英三十多岁曾经在苏州生活过大约十年，为仓台幕僚，这首词就是那时所作。灵岩是苏州著名的风景区，也是当年吴王夫差宠幸西施的地方，上面有专为西施修建的馆娃宫、琴台、响屧廊等，山前还有十里采香径。但吴文英没有实写，而是将灵岩想象为青天坠落的星辰，将实境虚化。历史已为陈迹，旧时风流已被雨打风吹去。但吴文英偏偏又将虚幻之境写实，响屧廊中，似乎还传来西施穿着木屐走动时的声音。

眼前之景与心中之景交织，组成一副亦真亦幻的意境。

在章法结构上，颠覆了人们习惯的思维逻辑顺序，意象呈跳跃式的发展变化，虚与实的结合，情与境的错综，有人甚至称其如今天的意识流手法。比如他那首号称词中第一长调，分为六片，共二百四十字的自度曲《莺啼序》，六片之间交叉跳跃，而又有完整的逻辑联系，在宋词中还是不多见的。

吴文英词的另一大创变是语言。一是创造一些新的词语，如上举《八声甘州》中的“花腥”“醒醒”等。二是新奇的搭配，构成一些全新的意境。如《八声甘州》中的“独钓醒醒”“秋与云平”等。

意象结构的这些变化，自然不免会出现晦涩难懂的毛病；过分地跳跃，自然会有眩人眼目的现象。所以张炎《词源》说吴文英的词“如七宝楼台，眩人眼目，拆碎下来，不成片段”，历来被认为是对吴文英词最准确的评价。《四库全书总目·吴梦窗词提要》说“词家之有文英，亦如诗家之有李商隐”，大概就是看到他们在艺术上的一些相似之处。

王沂孙

南宋末年，已经是一派衰败景象。金朝也已经没落，没有能力南侵了，但是，在北方草原，却崛起了另一个少数民族——蒙古族，这个本来也受女真人（金）欺负的民族，现在已经壮大起来。很快，在成吉思汗的领导下，建立了一个新的王朝——元。

1234年，蒙古人灭了金，紧接着，就开始了对南宋的进攻。元世祖忽必烈至元十三年（1277），宋亡。

宋、元之交的文人士子，绝大多数在宋亡之前，已经对黑暗腐败的社会失去了信心，啸傲山水田园，结社吟诗填词，相与唱和。只有少数人，爱国热情被激发，投入了抗元的斗争之中，如文天祥；或继承辛弃疾的遗风，如刘克庄、刘辰翁等。入元以后，因为元人统治极其残暴，又特别不喜欢读书人，文人学士的日子都不太好过，其作品之中，自然就多了一些亡国之痛和故国之思的内容。

南宋后期其实也有不少很有名的词人，如吴文英、周密、王沂孙、张炎、蒋捷等，他们常常结为吟社，在一起分题限韵填词，相互品题，既是一种游赏，也有助于艺术水平的提高。现存《乐府补题》一书，就是他们五次聚会的咏物词作的合集。

这些词人中，以咏物见长的是王沂孙。

王沂孙，字圣与，号碧山、中仙、玉笥山人。会稽（今浙江绍兴）人。生卒年不可考，年辈大约与张炎相仿。入元后曾任庆元路学正。有《花外集》，又名《碧山乐府》。他最长于咏物词，现存六十四首词中，咏物词有三十四首之多，而且不仅数量多，艺术性也较高。他的咏物词很少对所咏对象作表面具象的直接描写，而是借用一些典故，妙用一些象征和拟人手法。比如他的《眉妩·新月》：

> 渐新痕悬柳，淡彩穿花，依约破初暝。便有团圆意，深深拜，相逢谁在香径。画眉未稳。料素娥、犹带离恨。最堪爱、一曲银钩小，宝帘挂秋冷。　千古盈亏休问。叹谩磨玉斧，难补金镜。太液池犹在，凄凉处、何人重赋清景。故山夜永。试待他、窥户端正。看云外山河，还老尽、桂花影。

上片写月，已用到不少典故，如“便有团圆意，深深拜，相逢在香径”，用唐李端《拜新月》“开帘见新月，便即下阶拜”。下片就有感而发了。“叹谩磨玉斧，难补金镜”，用《酉阳杂俎》卷一《天咫门》所载故事，郑仁本表弟与王秀才游嵩山，遇一人，说月亮乃是七宝合成，有八万二千户在修理它，他就是其中之一。打开包袱，里面还有斧凿等工具。王沂孙在这里是在抒发家国之叹了。半壁江山，又遭侵略，已经没有办法修得完整。“看云外山河，还老尽，桂花影”，故国山河，也只有在月中的影子还是完整的了。佛教传说，月中所有，是大地山河的影子。末世的悲凉情怀，尽现词中。

王沂孙的咏物词，艺术性确实较高，后人也推崇备至，尤其是清代常州词派。但情调过于低沉，缺乏思想深度，境界并不是太高。

周密

虽说是南宋末年骚雅派的领袖人物，但他的词并非十分出色。他的词，继承了周邦彦格律精严、圆融雅艳的词风，造句用意，十分矜慎，声律节度，辨析入微，是宋末格律词派的重要代表。

周密出身并非十分高贵，他的父亲周晋不过是富春县令，但富于收藏，工诗词，尤深于文献故实。周密幼承庭训，所学极富。他曾在吴兴家中设“书种”“志雅”两座藏书楼，藏书四万二千余卷，及祖上三代以来金石之刻一千五百余种。可惜后来大多散佚了。

周密（1232—1298），字公瑾，号草窗，又号霄斋、苹洲、萧斋，晚年号四水潜夫、弁阳老人、弁阳啸夫等。他的祖籍在济南历城（古齐地，今属山东），“靖康之难”后，举家迁往江南，流寓湖州，周密就出生在父亲周晋任县令的富春县署。虽然生在南方，但是他却一直没有忘记沦陷在金人铁蹄下的故乡。所以，他又自号历下周密、齐人、华不注人。宋宝祐（1253—1258）年间，周密为义乌（今属浙江）令，景定二年（1261）任浙西帅司幕官。宋亡以后，不再做官，隐居弁山。后家业毁于大火，遂移居杭州癸辛街。

他善诗词，能书画，雅好医药，尤精于宋时典故。他的笔记集《齐东野语》《志雅堂杂抄》《癸辛杂识》《武林旧事》等，多载当朝史事传闻、杏林轶事、民俗风情，是研究宋代文化史的珍贵索引。书中所载录的医事制度、医家史料、典籍训释、养生知识、各科医案，特别是治病疗疾的验方效剂，多为作者搜集、使用后的验证，大都真实可信。

周密有《草窗词》，一名《苹洲渔笛谱》，存词约一百五十首。他的词，往往“立意不高，取韵不远”（《宋四家词选·序论》），过多地追求格律的严谨与字句的精美，影响了内容的表达，有偏重形式的倾向，所以对后世的影响并不是很大。倒是他选编的《绝妙好词》一书，精选南宋名家一百三十二人，选词三百八十五首，包括他自己的词二十二首，对后世影响极大。

张炎

元世祖忽必烈至元二十七年（1290），元代统治者干了一件很惊人的事——缮写金字藏经。耗费黄金三千二百四十两。写经的人是从全国各地征召的，其中，就有宋末著名词人张炎。

张炎的身世是很显赫的，他的六世祖是南宋名将循王张浚，曾祖父张鎡是与陆游、辛弃疾、杨万里、姜夔等交往的著名词人，而且“其园池声妓服玩之丽甲天下”（《齐东野语》）。他的父亲张枢，精音律，是与周密等人结词社的人物。张炎从小就生活在这样一个既是富贵人家又是书香门第的家庭。他年轻的时候，是生活在桃红柳绿掩映的舞榭歌台，红妆翠袖偎依的金灯华筵之中的。

但是，就在他二十八九岁的时候，宋亡了。他的祖父被当街磔死，家财被抄没一空，他也一下子从不知稼穑之艰的公子哥儿，变成一个寄人篱下的平民百姓。

张炎的词，宋亡前所写，是寄寓于山水风月中的深深忧虑，入元后所写的主要就是亡国之痛了。

宋亡前夕，张炎过西湖庆乐园，当时杭州已被元人攻下，他写了一首《高阳台》：

古木迷鸦，虚堂起燕，欢游转眼惊心。南圃东窗，酸风扫尽芳尘。鬓貂飞入平原草，最可怜、浑是秋阴。夜沉沉，不信归魂，不到花深。　吹箫踏叶幽寻去，任船依断石，袖里寒云。老桂悬香，珊瑚碎击无声。故园已是愁如许，抚残碑、却又伤今。更关情，秋水人家，斜照西泠。

宋亡之后，他又写了一首题为《西湖春秋》的《高阳台》：

接叶巢莺，平波卷絮，断桥斜日归船。能几番游？看花又是明年。东风且伴蔷薇住，到蔷薇、春已堪怜。更凄然，万绿西泠，一抹荒烟。　当年燕子知何处？但苔深韦曲，草暗斜川。见说新愁，如今也到鸥边。无心再续笙歌梦，掩重门、浅醉闲眠。莫开帘，怕见飞花，怕听啼鹃。

词人两度描写的西湖，已经没有了“淡妆浓抹总相宜”（苏轼《饮湖上初晴后雨》）的美丽，也没有“山外青山楼外楼，西湖歌舞几时休”（林升《题临安邸》）的繁华，触目所见，是“古木迷鸦，虚堂起燕”，是“断石”“残碑”，是“万绿西泠，一抹荒烟”，因此，词人们“无心再续笙歌梦”，甚至“怕见花飞，怕听啼鹃”。词人的故国情思、悲愤情怀跃然纸上。尤其是后一首，算得上是张炎词的代表作，选词极严的清常州词派的代表周济轻视张炎，但其《宋四家词选》仍不得不选张炎此词，因为它确实写得好。

张炎（1248—约1320），字叔夏，号玉田，又号乐笑翁。祖籍凤翔成纪（今甘肃天水），寓居临安（今浙江杭州）。他不仅是词人，著有《山中白云词》，存词三百余首，而且还是一位相当杰出的词学理论家，他的《词源》一书，是词学研究史上的重要著作。由于他精研音律，所以他的词音节流畅。他于词虽然也推重苏轼、辛弃疾、秦观、周邦彦等，但最推重的，还是姜夔，尤其推重他“清空”的艺术风格。他的词，也向清空的风格努力，但受时代的局限，却少了一些姜夔的刚劲，而多了一些王沂孙的凄凉。

蒋捷

一剪梅

舟过吴江

一片春愁待酒浇。江上舟摇，楼上帘招。秋娘渡与泰娘娇。风又飘飘，雨又萧萧。　何日归家洗客袍？银字笙调，心字香烧。流光容易把人抛。红了樱桃，绿了芭蕉。

就是对蒋捷不太熟悉的人，大概也知道“红了樱桃，绿了芭蕉”这两句词吧？蒋捷也因此被称为“樱桃进士”。

蒋捷（生卒年不详），字胜欲，阳羡（今江苏宜兴）人。咸淳十年（1274）进士。他年轻的时候是一个贵介公子，南宋亡，深怀亡国之痛，隐居竹山不仕，人称“竹山先生”，气节为时人所重。与周密、王沂孙、张炎并称“宋末四大家”。其词多抒发故国之思、山河之恸，风格多样，而以悲凉疏爽为主。尤以造语奇巧之作，在宋季词坛上独标一格。有《竹山词》一卷。

词到宋末，已经很难有大的突破，名世的词家，各守一隅，形成一种稍异于他人的风格，即可在词坛占一席之地。蒋捷的词，有同于刘辰翁等人的故国之思，但没有那么激昂率直，“其志视梅溪（史达祖）较贞，其思视梦窗（吴文英）较清”（刘熙载《艺概》）。他擅长以清新疏朗的白描手法，淡淡几笔，就蕴含无限感慨。他有一首很有名的《虞美人·听雨》：

少年听雨歌楼上，红烛昏罗帐。壮年听雨客舟中，江阔云低，断雁叫西风。　而今听雨僧庐下，鬓已星星也。悲欢离合总无情，一任阶前，点滴到天明。

此词匠心独运，选取了“听雨”这一非常习见的情景，撷取了人生的三个片断——少年、壮年、暮年，安排了三个场景——歌楼、客舟、僧庐，让人想起辛弃疾的“少年不识愁滋味”，“而今尝尽愁滋味”（《丑奴儿》）。但比辛词含蓄，读来让人更有沧桑之感。

刘克庄

南宋后期，辛派词人的重要代表是刘克庄，他在辛派词人“三刘”（刘克庄、刘过、刘辰翁）中成就最大，甚至被认为“与放翁、稼轩，犹鼎三足”（冯煦《宋六十一家词选例言》）。

刘克庄（1187–1269），字潜夫，号后村。莆田（今属福建）人。他是后期辛派词人的重要代表。曾因《落梅》诗得罪朝廷，闲居十年之久。后来出仕，也时时遭免职。在理宗朝仕途开始畅达，一直做到工部尚书。度宗朝特授龙图阁学士。但晚年谄事权奸贾似道，为人所讥。

他的词，不同于周密、王沂孙、张炎等人在南宋末年的无可奈何中的自我封闭，忘情山水风月，而是充满对国家前途的忧患。比如他的《贺新郎·跋唐伯玉奏稿》：

> 宣引东华去。似当年、文皇亲擢，马周徒步。殿上风霜生白简，下殿扁舟已具。怎不与、官家留住。古有一言腰相印，谁教他、满箧婴鳞疏。还笏退，不回顾。　新来边报犹飞羽。问诸公、可无长策，少宽明主。攀槛朱云头雪白，流落如今底处。但一片、丹心如故。赖有越台堪眺望，那中原、莫已平安否。风色恶，海天暮。

“新来边报犹飞羽。问诸公、可无长策，少宽明主”，边报仍然像飞羽一样不停地送回，“少宽明主”的“长策”却永远没有。词人对那些尸位素餐的官僚们，是深深地失望的。词中所说的“朱云”，是汉成帝时槐里令，曾上书请斩佞臣安昌侯张禹。成帝大怒，欲诛云。朱云不肯就范，两手紧紧攀住殿前的栏杆，奋力挣扎，竟把栏杆折断了。事后，宫廷总管带人要来修补被朱云折断的栏杆，汉成帝说：“不要换新的了，保留这根栏杆的原样，用它来表彰直言敢谏的臣子。”“但一片丹心如故”，是说朱云，大概也是作者的自我表白。

刘克庄的词，有些风格较疏放，近似辛弃疾，比如《沁园春·梦孚若》：

> 何处相逢？登宝钗楼，访铜雀台。唤厨人斫就，东溟鲸脍；圉人呈罢，西极龙媒。天下英雄，使君与操，馀子谁堪共酒杯？车千乘，载燕南赴北，剑客奇才。　饮酣画鼓如雷，谁信被晨鸡轻唤回。叹年光过尽，功名未立；书生老去，机会方来。使李将军，遇高皇帝，万户侯何足道哉？披衣起，但凄凉感旧，慷慨生哀。

与辛弃疾词的纵横跌宕有相似之处，但较辛词粗疏，这也是刘克庄词不如辛弃疾的地方。

名篇赏析

（宋） 马麟 《静听松风图》

渔家傲/塞下秋来风景异　范仲淹

塞下秋来风景异，衡阳雁去无留意。四面边声连角起，千嶂里，长烟落日孤城闭。　浊酒一杯家万里，燕然未勒归无计。羌管悠悠霜满地，人不寐，将军白发征夫泪。

北宋的西北边患，一是契丹（即辽），一是西夏。民间流传和小说戏剧中描写的杨家将，抗击的就是辽和西夏。

生活在西北的党项族人，因助唐灭黄巢有功，被赐姓李，成为西北的藩镇。宋仁宗宝元元年（1038），其首领李元昊称帝，建国号大夏。宋人习惯称之为“西夏”。其基本国策是附辽抗宋，一直与宋战事不断。小说戏剧中有名的《佘太君百岁挂帅》（即《十二寡妇征西》《杨门女将》），就是抵抗西夏的侵略。

其实真正在抗击西夏的战争中起到最关键的作用的，是范仲淹。

1038年，西夏一立国，元昊就调集十万军马攻宋。当时西北宋将宋雍无能，丧失大片土地。于是，宋仁宗派夏竦为帅，韩琦、范仲淹为副，替代范雍。范仲淹以龙图阁直学士的身份帅邠、延、泾、庆四郡，在西北度过了四年的军旅生活。当时边地民谣说：“军中有一范，西贼闻之惊破胆。”西夏人对他也十分忌惮，称之为“龙图老子”“小范老子”，说他“胸中有十万甲兵”。

这首词，就是范仲淹戍边时所作。据《东轩笔录》记载，范仲淹写了好几首《渔家傲》，首句都是“塞下秋来风景异”，但流传下来的只有这一首。

这首词，有的版本题作“秋思”。首句“塞下秋来风景异”，就点明地点和时间。地点是“塞下”，让人联想到“一片孤城万仞山”（王之涣《凉州词》），“平沙莽莽黄入天”（岑参《走马川行奉送出师西征》）的莽苍荒凉景象，再加上是万物肃杀的秋天，很自然地过渡到“风景异”。这一个“异”字，引人无限遐思，又逗起下文。秋天到了，大雁南飞衡阳，本来是极自然的事，但作者把大雁拟人化了，连大雁都匆匆忙忙地离去，连一点留恋之意都没有，反衬了边地的苦寒荒凉。

“边声”是什么？可能是猎猎西风，可能是萧萧马鸣，夹杂着军中的号角。夕阳西下，长烟落日，一座城门紧闭的孤城，既是捍卫祖国的堡垒，也是将士们生活的地方。

下片是抒情了。为什么是“浊酒一杯家万里”呢？“家万里”，而又“归无计”，所以只能借酒浇愁了。为什么会“归无计”呢？因为“燕然未勒”，没有像卫青、霍去病一样打败敌人，勒铭燕然山，所以还回不了家。一方面，是保家卫国、建功立业的万丈豪气，一方面，也是有家难回的无奈。所以才会有“羌管悠悠霜满地，人不寐，将军白发征夫泪”的感叹。

苏幕遮／碧云天　范仲淹

碧云天，黄叶地。秋色连波，波上寒烟翠。山映斜阳天接水。芳草无情，更在斜阳外。　黯乡魂，追旅思。夜夜除非，好梦留人睡。明月楼高休独倚。酒入愁肠，化作相思泪。

是思乡，还是思人，抑或是又思乡，又思人，二者兼而有之。

词一开头，就是妙绝千古的描绘秋景的名句。“碧云天”，不就是秋高气爽、天高云淡吗？“黄叶地”，不就是“况属高风晚，山山黄叶飞”（王勃《山中》）吗？“秋色连波，波上寒烟翠”，不就是“秋水共长天一色”（王勃《滕王阁序》），“万壑有声含晚籁，数峰无语立斜阳”（王禹偁《山行》）吗？此前是纯粹秋景的描写，也是悲秋所引起的思乡之情的烘托，非常凝炼，非常精彩。后来王实甫《西厢记·长亭送别》中最有名的“碧云天，黄花地，秋风紧，北雁南飞”，就是从此处化出。

“芳草无情，更在斜阳外”，就过渡到思乡之情了。古人写离别，常常与芳草联系在一起。白居易《赋得原上草送别诸王孙》“又送王孙去，萋萋满别情”，李煜的《清平乐》“离愁恰似春草，渐行渐远还生”，都是同一个意思。

下片就有点扑朔迷离了。“乡魂”“旅思”固然是思乡之情。但“夜夜除非，好梦留人睡”就有一点暧昧了。范仲淹并非不解风情之人，《西溪丛话》载他守鄱阳时，曾经喜欢一个歌妓，调任以后，还托人带了胭脂给她，并附了一首诗：“江南有美人，别后常相忆。何以慰相思，寄汝好颜色。”所以说这里是思人也并不奇怪。紧接着的“明月楼高休独倚，酒入愁肠，化作相思泪”，虽然也可以说是思乡，但恐怕思人的成分还是多一些。透露消息的，是一个“独”字。

范仲淹的这首词（包括上一首《渔家傲》），不仅本身的成就很高，而且在宋初一片倚红偎翠、樽酒华筵的词坛，是一股清新之气，令人神气一爽。

天仙子并序/《水调》数声持酒听　张先

时为嘉禾小倅，以病眠，不赴府会。

《水调》数声持酒听，午醉醒来愁未醒。送春春去几时回？临晚镜，伤流景，往事后期空记省。　沙上并禽池上暝，云破月来花弄影。重重帘幕密遮灯，风不动，人初静，明日落红应满径。

这是常见的伤春之作，春天是美好的，但是“送春”归去，“落红满径”就有一点让人伤感了。

午睡醒来，持酒听歌《水调》，慵懒之中又有些须无奈。人醒了，愁未醒，这“愁”是什么呢？表面上看，是伤春，是“送春春去几时回”，但“临晚镜，伤流景”，就不仅仅是伤春了。杜牧曾有诗说“自悲临晓镜，谁与惜流年”（《代吴兴妓春初寄薛军事》），这是年轻女子临镜感叹，时光易逝，年岁易老。张先借用此句意境，但他此时已是五十多岁的人了，所以改为“临晚镜”。岁月蹉跎，却一事无成，已近暮年，却仍为“小倅”，往事堪悲。那“后期”呢？古人不像现在，过了四十岁就基本上没有提拔的机会了，也不会一到六十岁就必须退休，六七十岁出将入相的大有人在，但张先有这个机会吗？没有，所以，只有感叹“往事后期空记省”的份了。

下片几乎全是写景。时间从午后到了傍晚。“沙上并禽池上暝”，“暝”就是模模糊糊，迷迷朦朦，看不清楚了。“云破月来花弄影”，极美的月下景色，极美的描写月下景色的词句。张先最欣赏的是个“影”字。当别人因为他《行香子》词有“心中事，眼中泪，意中人”之句，称他为“张三中”的时候，他自举平生所得意之三词：“云破月来花弄影”（《天仙子》），“娇柔懒起，帘幕卷花影”（《归朝欢》），“柳径无人，堕絮飞无影”（《剪牡丹》），所以世称“张三影”。王国维最欣赏“弄”字，认为“‘云破月来花弄影’，着一‘弄’字而境界全出矣”（《人间词话》）。其实这一句字字皆响。以“破”字形容“云开”；以“来”字形容“月出”，都是神来之笔。七个字，构成一幅极美的月下景色。

这一句还暗含了一个“风”字。“花弄影”，是指花影摇曳。花影摇曳的原因是风，所以还很自然地引起下文的实写“重重帘幕密遮灯”和虚写“明日落红应满径”。

这首词写景极为成功。明杨慎《词品》称赞说：“景物如画，画亦不能至此，绝倒绝倒。”但妙在景中有情，情景交融，是宋词中的精品之作。

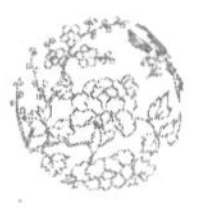

浣溪沙／一曲新词酒一杯　晏殊

一曲新词酒一杯，去年天气旧亭台。夕阳西下几时回？
无可奈何花落去，似曾相识燕归来。小园香径独徘徊。

什么样的生活让人厌倦？不是艰苦，不是贫穷，而是没有理想抱负、没有人生目标地日复一日、一成不变地“混日子”。

不断变化的生活是美好的，一成不变也不可怕，只要你有理想，有追求。比如一位书家，每日临池不缀，可以让废笔成冢，池水尽黑，就可能最终攀上书法艺术的高峰。

晏殊的一生富贵平安，多年的太平宰相，享尽了人间的富贵荣华。他年轻的时候刚入仕途，宋真宗让他做东宫官，陪太子，因为其他馆阁臣僚都喜欢嬉游宴饮，唯独晏殊兄弟勤于读书。晏殊回答说："我不是不喜欢饮宴游乐，是因为没有钱。如果我有钱，也会去玩的。"（见《梦溪笔谈》）当他大富大贵以后，果然是"日以饮酒赋诗为乐，佳时胜日，未尝辄废也"（《石林诗话》）。

"一曲新词酒一杯"，不能理解为写一首新曲就饮一杯酒，饮宴游玩的事，不可能那么规范，也不能如此解诗。意思应该是"一曲曲新词，一杯杯美酒"，日子就在这歌舞饮宴中一天天过去了。

"无可奈何花落去，似曾相识燕归来"，是晏殊最喜爱的名句，据说他想出了上句，却一直对不出好的下句，是一个叫王琪的人帮他对上的。从语言的角度讲，确实是难得的工对。以"无可奈何"对"似曾相识"，如行云流水，天衣无缝。但所表现的意境却很卑弱，不过是上片那种百无聊奈的情绪的继续。正如李后主的名句"问君能有几多愁，恰似一江春水向东流"一样，语言非常美，构思非常巧，但如果我们进一步去追究那如一江春水的"愁"是什么的时候，就立刻兴味索然，因为那不过是一个荒淫无能的亡国之君不值得同情的失国辱身之"愁"。同样，晏殊的空虚与百无聊赖，也不能引起我们的共鸣，就让他一个人去"小园香径独徘徊"吧。

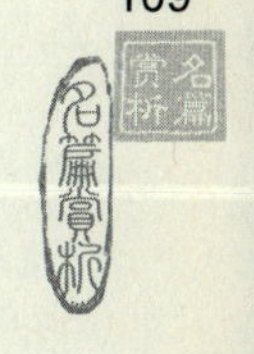

雨霖铃／寒蝉凄切　柳永

寒蝉凄切，对长亭晚，骤雨初歇。都门帐饮无绪，留恋处、兰舟催发。执手相看泪眼，竟无语凝咽。念去去、千里烟波，暮霭沉沉楚天阔。　多情自古伤离别。更那堪、冷落清秋节。今宵酒醒何处，杨柳岸、晓风残月。此去经

黎孟德 《杨柳岸晓风残月》

年，应是良辰好景虚设。便纵有千种风情，更与何人说。

据说巴尔扎克一生究竟写了多少东西，究竟写了些什么，连研究巴尔扎克的专家都说不清楚。其中有光耀千古的《人间喜剧》（包括著名的《欧也妮·葛朗台》《高老头》《朱安党人》等），也有一些低级趣味的所谓“日常消费”的浪漫小说。为什么呢？因为他要生活，要还债，直白地说，他需要钱。今天，我们并没有因为这些低俗的作品贬低巴尔扎克，但是，很多人对柳永却没有这么宽容了。

柳永的《乐章集》中，确实有一些比较低俗的东西，那是为青楼妓女所写的，她们要靠此为生，柳永为她们们创作了许多只适合在那些特定的场合演唱的词，不歧视她们，能从人格上尊重她们，也才会获得她们的尊重，才会在柳永穷愁而死之后，她们凑钱安葬他，每年还要去祭吊他。

而柳永当作严肃的文学创作的词，就没有一点斜邪的味道，而当之无愧的是宋词中的一流作品。这首《雨霖铃》就是这样的精品。

江淹《别赋》说：“黯然销魂者，唯别而已矣。”古人诗文中，写离情别绪的作品非常多，但写得如此缠绵悱恻，情真意切，能感动千载以下的读者的，却并不多见。

这是一对情人的凄婉离别。男主人公要乘船远行了，相恋甚深的女子，不能与之同行，为他置酒祖饯，也许这一别就是永诀，当然是让人痛断肝肠的。

不必指实词中的主人公就是柳永，更不必去考证送别的女子是谁，是什么身份，这样做和去考证《红楼梦》的贾宝玉、林黛玉等是现实生活中的某某一样，是很无聊的事。这也许就是千千万万相爱甚深而又不得不离别的男女中的一对。

“寒蝉凄切”是声，“对长亭晚，骤雨初歇”是色。这声与色的交织，营造的是一种凄凉压抑的情绪。虽说是送君千里，终有一别，但真正到了“兰舟催发”的时候，却是会痛断人肠的。最为感人的，就是“执手相看泪眼，竟无语凝咽”。此时此境，什么话都是多余的，真正是“此时无声胜有声”。《红楼梦》第三十四回“情中情因情感妹妹 错里错以错劝哥哥”写宝玉挨打以后，姐姐妹妹都去看他，自不免流泪，自不免一番劝慰，甚至讲一点大道理，送一点疗伤药。只有“林黛玉虽不是嚎啕大哭，然越是这等无声之泣，气噎喉堵，更觉得利害。听了宝玉这番话，心中虽然有万句言语，只是不能说得，半日，方抽抽噎噎的说道：‘你从此可都改了罢！’”如此描写，精彩绝伦，与此有异曲同工之妙。

“念去去、千里烟波，暮霭沉沉楚天阔”一句，好多人解此都注意到了这个“念”字，但讲得太浅。比如认为“一个‘念’字，告诉读者下面所写的景物是想象之中的，并非现实”。这就有点践踏读者的智商了。其实这个“念”字，是感念，是放心不下，是情人之间的关切。《孔雀东南飞》中刘兰芝被休弃，离开焦家的时候还对焦母说：“今日还家去，念母劳家里。”我走了，放心不下的，是今后家里的事就只有你自己操劳了，与这里的用法是相同的。此后的“千里烟波”，此去的“暮霭沉沉”，也许还有许多的风险，许多的不如意，都只能你一个人去面对了。

下片写离别后的情景。“伤离别”的前提是“多情”，古往今来，许多恋人最戡不破的，就是这一个“情”字。这首词的感动人心，也正是在这一个“情”字。“今宵酒醒何处，杨柳岸，晓风残月”是后人激赏的名句。“杨柳岸，晓风残月”，写清晨江边景色，已是炼字炼句的佳作，结合上一句“今宵酒醒何处”，逗起对上片凄婉送别的回忆，情得以延续，景也就活了。

黎孟德 《对潇潇暮雨洒江天》

“伤离别”，不仅是在离别的那个时刻，更惨痛的，是此后漫长的岁月，山阻水隔，天各一方，纵然面对“良辰美景”，大概也只会有“感时花溅泪，恨别鸟惊心”（杜甫《春望》）的感觉了。

八声甘州／对潇潇暮雨洒江天　柳永

对潇潇暮雨洒江天，一番洗清秋。渐霜风凄紧，关河冷落，残照当楼。是处红衰翠减，苒苒物华休。惟有长江水，无语东流。　不忍登高临远，望故乡渺邈，归思难收。叹年来踪迹，何事苦淹留。想佳人、妆楼颙望，误几回、天际识归舟。争知我、倚阑干处，正恁凝愁。

上片把秋天夕阳下的长江边景色写得如此壮丽凄美，恐怕在宋词中再也找不出第二首来了，无怪乎一代文豪的苏东坡，对此都大加赞赏。

“潇潇暮雨洒江天”，是平常景色，但“一番洗清秋”一句，却使得此词一开头就灵动万分。

“渐霜风凄紧，关河冷落，残照当楼”是写秋景的大手笔。“霜风”就是秋风。有的赏析文章将“霜风凄紧”解作“霜凄风紧”的倒装，是完全错误的。北周庾信《卫王赠桑落酒奉答》诗“霜风乱飘叶，寒水细澄沙”，陆游的“一夜霜风吼屋边，布衾未办一铢绵”（《霜风》），宋无名氏的《御街行》“霜风渐紧寒侵被”等，“霜风”都指秋风。“霜风凄紧”，就是“霜风渐紧”，就是“一夜霜风吼屋边”。再加上“关河冷落，残照当楼”，真是凄清冷落到了极致。苏东坡对这几句非常欣赏，认为“此语于诗句，不减唐人高处“（《侯鲭录》），评价是相当高的。

“红衰翠减”，不过就是说花谢了，叶落了，但炼字之工，与李清照《如梦令》“绿肥红瘦”不相上下。离人面对的，是一江默默无语，东去不还的流水，此时此景，真可以说是“情何以堪”了。

下片思乡怀人，倒没有多少出奇之处，只是平平道来。“叹年来踪迹，何事苦淹留”一句，有些分量。联系柳永一生，无论是考中进士之前还是考中进士以后的遭遇来看，并不是泛泛的说词，而是发自内心深深的感慨。

凤栖梧 / 伫倚危楼风细细　柳永

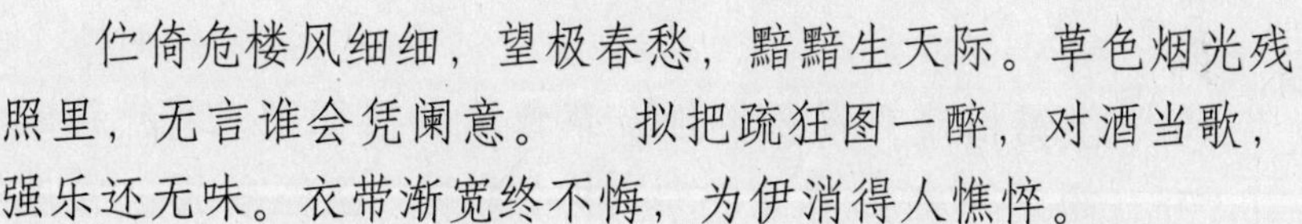

伫倚危楼风细细，望极春愁，黯黯生天际。草色烟光残照里，无言谁会凭阑意。　拟把疏狂图一醉，对酒当歌，强乐还无味。衣带渐宽终不悔，为伊消得人憔悴。

这是一首有名的怀人之作。

从语意上看，应该是一位男子在怀念一位远去的佳人。“伫倚危楼风细细”，就是在细细的春风中，久久地站立在高楼上。“危”有高的意思，李白《蜀道难》一开头就说：“危乎高哉”，“危”和“高”是同义语叠用。“危楼”就是高楼。登高必然望远，望远则思乡或思人，这几乎是一个套路。反过来说，要说思人，就先登高。

“望极春愁，黯黯生天际”，如果不是因为词牌的规定，它的标点应该是“望极，春愁黯黯生天际”。“望极”就是极目远望，思念之人是望不见的，徒增愁怨。

说这黯黯的“春愁”，生于天际，实写，是“草色”“烟光”“残照”所构成的“愁境”。虚写，则是无人能会的“凭阑意”。

下片极言相思之深，也极言相思之苦。如何才能暂时忘却烦恼呢？只能寄意于酒，“拟将疏狂图一醉”，醉了，也许就什么都忘了；醉了，也许就会高兴一点。但是，诗人懂得，这样的“对酒当歌”，是“强乐”，说得不好听一点，相当于长歌当哭，有意思吗？当然是“无味”之极。

这首词最好的，也是最感人的，是结尾的两句：“衣带渐宽终不悔，为伊消得人憔悴。”《古诗十九首》中的《行行重行行》说：“相去日已远，衣带日已缓。”衣带缓、衣带宽，就是人消瘦了的意思。相思到消瘦，更反衬相思之苦，这种苦，身体的消瘦还不算什么，最苦的是心灵的折磨。但结句一转，很坚决地道出“为伊消得人憔悴”，为了“伊”，受什么样的苦都“消得”，也就是值得。这是十分感人的，难怪后来几乎被所有恋爱中的男女所喜爱。

踏莎行/候馆梅残　欧阳修

候馆梅残，溪桥柳细。草薰风暖摇征辔。离愁渐远渐无穷，迢迢不断如春水。　寸寸柔肠，盈盈粉泪。楼高莫近危栏倚。平芜尽处是春山，行人更在春山外。

“候馆”，即今天所说的旅馆。《周礼·地官·遗人》“市有候馆”郑玄注说：“候馆，楼可以观望者也。”大概指有一定档次的旅馆，一望而知，是写离家远行的游子。“梅残”“柳细”，点出时间是早春。缓摇征辔，离家是越来越远了，而离愁却越来越重，如迢迢不断的春水，没有尽头。以水喻愁，李后主“问君能有几多愁，恰似一江春水向东流”（《虞美人》）似乎已经说尽，但并不是后人就不能再用，只不过要翻出新意，自铸新词。李后主以“一江春水”喻愁之多，欧阳修以“迢迢不断”喻愁之长，已自不同。两个“渐”字，在时空上的不尽延续，余味无穷。

下片“柔肠”“粉泪”，很自然地转到思妇。“楼高莫近危栏倚”，让我们联想到温庭筠的《望江南》：“梳洗罢，独倚望江楼。过尽千帆皆不是，斜晖脉脉水悠悠，肠断白蘋洲。”莫倚危栏，并不是就没有了相思之苦，倒有一点辛弃疾《丑奴儿》中“怕上层楼”的味道。

“平芜尽处是春山，行人更在春山外”，是后人很欣赏的名句。杨慎《词品》拈出它与石曼卿诗句“水尽天不尽，人在天尽头”相较，认为意境相近。但清王士祯《花草蒙拾》不同意，认为欧句远胜石句。他说：“‘平芜尽处是春山，行人更在春山外’，升庵以拟石曼卿‘水尽天不尽，人在天尽头’，未免河汉，盖意近而工拙悬殊，不啻霄壤。”说得是很有道理的。

采桑子/轻舟短棹西湖好　欧阳修

轻舟短棹西湖好，绿水逶迤。芳草长堤。隐隐笙歌处处随。　无风水面琉璃滑，不觉船移，微动涟漪。惊起沙禽掠岸飞。

一看到这首词，你首先想到的肯定是杭州西湖，但是错了。古时候名叫西湖的湖泊很多，最有名的有三处，除杭州西湖外，还有扬州瘦西湖和颍州西湖。欧阳修曾经写过一首叫《西湖》的诗：

菡萏香消画舸浮，使君宁复忆扬州。
都将二十四桥月，换得西湖十顷秋。

这是宋仁宗皇祐元年（1049），欧阳修四十三岁，从扬州任上调任颍州知州时所作。他一到颍州，被颍州西湖的美景所迷，就有卜居之意。当时的颍州西湖，位于阜阳城西北一公里新泉河两岸，又称“汝阴西湖”“颍州西湖”。长五公里，宽一公里半。有会老堂、清涟阁、画舫斋、湖心亭、宜远桥等十数处建筑。菱荷十里，杨柳盈岸，风景十分秀美。苏轼曾在诗中将颍州西湖与杭州西湖媲美说：“大千起灭一尘里，未觉杭颍谁雌雄。”可惜清代以后，黄河泥沙淤积，现在已经不复存在了。

欧阳修特别喜欢颍州西湖，宋神宗熙宁四年（1071），他六十五岁的时候退休，就到颍州居住，第二年就死在颍州。

欧阳修一共写了十首《采桑子》赞美颍州西湖。从最后一首“平生为爱西湖好，来拥朱轮。富贵浮云。俯仰流年二十春。归来恰似辽东鹤，城郭人民，触目皆新。谁识当年旧主人”看，应该是他晚年退居颍州时所作。这十首《采桑子》分别以“轻舟短棹西湖好”“春深雨过西湖好”“画船载酒西湖好”“群芳过后西湖好”“何人解赏西湖好”“清明上巳西湖好”“荷花开后西湖好”“天容水色西湖好”“残霞夕照西湖好”“平生为爱西湖好”开头，可以说是写尽了西湖美景，也道尽了作者对西湖的挚爱。这里所选的是这一组词的第一首。

上片“绿水逶迤，芳草长堤”，显系春景。游湖之人不少，处处是笙歌相随。欧阳修善用叠字，如上一首的“寸寸柔肠”“盈盈粉泪”，《渔家傲》的“暖日迟迟花袅袅”“荷叶田田青照水”“昨夜萧萧疏雨坠”“金针线线功难敌”“红琼共作熏熏媚”，《玉楼春》的“花外迟迟宫漏发”“濯濯春条如水嫩”，《浪淘沙》的“漾漾轻舟”“劝君满满酌金瓯”，《浣溪沙》的“溶溶春水浸春云”，“叶底青青杏子垂。枝头薄薄柳绵飞”等。这里的“隐隐”两字很有韵味。如果满湖游船，来往如麻，歌管笙簧，你吹我打，就没有西湖的静美了。“隐隐笙歌”，使人有“曲终人不见，江上数峰青”（钱起《省试赋湘灵鼓瑟》）的朦胧美。

下片写船行水上，水平如镜，只是微微泛动的涟漪，才让人觉得船是在慢慢前行，这让我们想起了那首著名的敦煌曲子词《浣溪沙》：

> 五两竿头风欲平，张帆举棹觉船轻。柔橹不施停却棹，是船行。
> 满眼风光多闪烁，看山恰似走来迎。仔细看山山不动，是船行。

两首词写水面的宁静，不觉船行，有异曲同工之妙。

诉衷情／《眉意》　欧阳修

清晨帘幕卷轻霜。呵手试梅妆。都缘自有离恨，故画作远山长。　思往事，惜流芳，易成伤。拟歌先敛，欲笑还颦，最断人肠。

欧阳修的词，和他的诗文风格是很不一样的，说不上放荡，但至少是放得开。所以他的词中说男女之情，或写儿女之态的不少，而且写得很好，说明他其实并不是一个古板的人。

题目叫“眉意”，就是以眉为题。古代女子化妆，画眉是最重要的步骤之一，画的花样也多，所以古人甚至以“蛾眉”为美丽女子的代称。《诗经·卫风·硕人》中就以“螓首蛾眉，巧笑倩兮，美目盼兮”描写美人。屈原的《离骚》中，也已经有“众女嫉余之蛾眉兮，谣诼谓余以善淫”的诗句。后人诗文中就举不胜举了。

“清晨帘幕卷清霜，呵手试梅妆”，写女子晨起画妆。大概是秋天，早上已经有一点霜冻了。“轻霜”，不太重，但也让人感觉到有点凉意了，所以就有了上一句的“呵手试梅妆”。

“梅妆”，用了南朝时宋武帝寿阳公主事。《太平御览》引《杂五行书》说：“宋武帝女寿阳公主，人日卧于含章殿檐下，梅花落公主额上，成五出花，拂之不去。皇后留之，看得几时，经三日，洗之乃落。宫女奇其异，竞效之，今‘梅花妆’是也。”严格地说，“梅花妆”不是画眉，而是在额上画梅花图案。这里把它作为整个画妆的一个部分来描写。真正写画眉的是下两句。

这两句极有情致，画了一个长眉，这是很正常的，唐明皇有一首《好时光》，就有“眉黛不须张敞画，天教入鬓长”的词句，可见长眉是美的标志。眉毛画作“远山样”，也是平常的事，唐代张泌《妆楼记》说唐明皇避“安史之乱”逃到成都后，让画工作《十眉图》，也就是十种眉毛的画法。晏几道《鹧鸪天》有“皇州又奏圜扉静，十样宫眉捧寿觞”。明代杨慎《丹铅续录·十眉图》中重新总结了这些眉式的图谱，计有鸳鸯眉、远山眉、五岳眉、三峰眉、垂珠眉、却月眉、分梢眉、涵烟眉、横云眉、倒晕眉共十种。“远山眉”就是其中一种。《西京杂记》说“（卓）文君姣好，眉色如望远山”；秦观说李师师“远山眉黛长，细柳腰肢袅”。可见“远山眉”是很好看的，据说是一种淡淡的细长眉妆。

欧阳修高明的地方，是把情融入了景。为什么会画作“远山眉”呢？不是因为它好看，而是“都缘自有离恨”，把画眉与思人联系得十分巧妙。

下片堪称写眉的绝唱。上片说到思人，下片就很自然地过渡到“思往事，惜流芳，自成伤”了。人在悲愁忧思的时候，最大的特点就是“蹙眉”，也就是常言说的皱起眉头。“拟歌先敛，欲笑还颦，最断人肠”，把一个心有千千结而又不得不强颜欢笑的女子写活了。

玉楼春／东城渐觉风光好　宋祁

东城渐觉风光好。縠皱波纹迎客棹。绿杨烟外晓寒轻，红杏枝头春意闹。　浮生长恨欢娱少。肯爱千金轻一笑。为君持酒劝斜阳，且向花间留晚照。

宋祁是北宋名士，其最大功绩，在助欧阳修修《新唐书》，《新唐书》中的“列传”一百五十余卷，基本上出自他的手笔。据说他晚年知成都，每宴罢，洗漱之后，打开寝门，垂下帘幕，点两支大蜡烛，丫环使女一旁服侍，然后和墨伸纸，远近之人看见，都知道尚书在修《唐书》了，望之就像神仙一样。

他也填词，在当时也很有词名。李端叔说：“宋景文（祁）、欧阳永叔以余力游戏为词，超出意表。”（《词林纪事》引）他的词，现在仅存七首。但是，因为这一首《玉楼春》，他也跻身宋词名家的行列。

上片为我们勾画的，是一幅生意盎然、生机勃勃的湖上早春景色。前三句非常平淡，淡到好象在古人的词中随处可见，一样的“渐觉风光好”，一样的“波迎客棹”，一样的绿杨如烟，轻轻晓寒。读到此处，虽不至于兴味索然，至少毫无新鲜之感吧。但第四句却突然让人精神一振。一个“闹”字，出人意表，看似无理，却把春写活了。

“闹春”，我们并不陌生。春天到了，到处是盎然生机，到处是喜气洋洋，许多地方，尤其是乡村，都会有一些歌舞社戏一类的活动，锣鼓喧天，载歌载舞，就是“闹春”了，希望把春天闹得红红火火，也把一年的日子闹得红红火火。不仅大人闹，小孩也闹，在一些年画中，甚至有“老鼠闹春”，对此，人们都不觉得奇怪。但是，宋祁这里描写“闹春”的，是红杏！

人们的美感，首先来自于眼、耳、鼻、舌、身所得到的视觉、听觉、嗅觉、味觉、触觉。但是，我们常常会将这几种感官的感觉交互起来，形成一种看似无理却更为动人的美感，比如我们讲音乐的色彩，讲绘画的节奏。我们常常会说“她笑得真甜”，“歌声像一阵轻风拂过”。这就是“通感”。最著名的例子，是朱自清《荷塘月色》中那句“微风过处，送来缕缕清香，仿佛远处高楼上渺茫的歌声似的”和“塘中的月色并不均匀，但光与影有着和谐的旋律，仿佛梵婀玲（小提琴）上奏着的名曲”。

最早提出“通感”的是钱钟书，他在《通感》一文的开头，举的就是宋祁的这一句“红杏枝头春意闹”，不过是批评李渔不懂“通感”，乱发议论：

> 宋祁《玉楼春》有句名句：“红杏枝头春意闹。”李渔《笠翁余集》卷八《窥词管见》第七则别抒已见，加以嘲笑：“此语殊难著解。争斗有声之谓‘闹’；桃李‘争春’则有之，红杏‘闹春’，余实未之见也。‘闹’字可用，则‘吵’字、‘斗’字‘打’字皆可用矣！”同时人方中通《续陪》卷四《与张维四》那封信全是驳斥李渔的，虽然没有提名道姓，引了“红杏‘闹春’实之未见”等话。

但是他认为方中通也没有把问题说清楚。他在文章中说：

在日常经验里，视觉、听觉、触觉、嗅觉、味觉往往可以彼此打通或交通，眼、耳、舌、鼻、身各个官能的领域可以不分界限。颜色似乎会有温度，声音似乎会有形象，冷暖似乎会有重量，气味似乎会有体质。

这就是“通感”，也有人称之为“移觉”。这不仅仅是文学修辞的巧妙，更是审美能力的高明。

王国维《人间词话》说：“‘红杏枝头春意闹’，着一‘闹’字而境界全出。”桃、杏、柳、榆，从来都是装点春天的饰物，是人们欣赏春光的对象，也就是审美的客体，它们就是春的一部分。但是读到这一句词，你会突然觉得，这些花草林木一下子变成了审美的主体，它们和我们一起，在感受春风的料峭、春光的明媚，你不觉得有它们的参与，春的气息更浓、景色更美，而且也想加入其中去“闹春”吗？宋祁也因为这一首词，被人戏称为“红杏枝头春意闹尚书”。

下片是伤春。前两句表现的是作者感叹人生短暂，所以要及时行乐的消极情绪。因为浮生若梦，欢娱太少，所以“肯掷千金轻一笑”。“肯”，是“难道不肯”的省略。“爱”是吝啬，舍不得。既然人生苦短，欢娱太少，难道还舍不得轻掷千金去享乐吗？“为君持酒劝斜阳，且向花间留晚照”，有人解作希望夕阳晚照，不要那样匆匆归去。理解是不准确的。“劝”，在古汉语中是“勉励”的意思，“劝酒”，就是让你喝酒。所以“劝斜阳”，和李白《月下独酌》中“举杯邀明月”是一个意思。因此，“且向花间留晚照”，倒是一种洒脱旷达的表现，使全词不至越写越弱，虽然，其中仍然有一种无可奈何的酸楚。

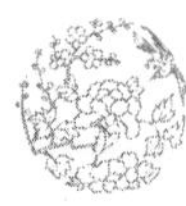

桂枝香 / 《金陵怀古》　王安石

登临送目。正故国晚秋，天气初肃。千里澄江似练，翠峰如簇。归帆去棹残阳里，背西风、酒旗斜矗。彩舟云淡，星河鹭起，画图难足。　念往昔、繁华竞逐。叹门外

黎孟德 《泊秦淮》

楼头，悲恨相续。千古凭高，对此谩嗟荣辱。六朝旧事随流水，但寒烟、芳草凝绿。至今商女，时时犹唱，后庭遗曲。

王安石不仅是杰出的政治家，而且也是杰出的文学家。他的散文，在“唐宋八大家”中占有一个席位；他的诗，尤其是后期诗歌，被称为“半山体”，在宋诗中独树一帜。他和司马光一样，在生活上比较古板严肃，不近女色，不好饮宴游乐，所以很少填词。现在《全宋词》所收他的词，不过二十九首。但是，毕竟厚积薄发，一通百通，偶一试手，也未可小觑。

王安石晚年罢相之后，闲居江宁府（即金陵，今江苏南京），隐居于金陵城东北隅的半山定林。宋时这里离城约七里，离钟山也约七里，处在半途之中，因称“半山堂”，他晚年也就号“半山”。他很喜欢金陵，对金陵也非常熟悉。

据《古今词话》等记载，当时有好几十人都以“金陵怀古”为题填写了《桂枝香》，但以王安石这一首为绝唱。

这是一首对景怀古之作，所以仍按上片写景，下片怀古抒情的结构来写。但无论写景还是抒情，都令人叫绝。

金陵是六朝建都之地，虽然隋、唐以后，已是“金陵王气黯然收”（杜牧《西塞山怀古》），但毕竟曾是帝王之都，就像落魄的英雄总还是英雄，死去的老虎仍然是老虎一样，毕竟仍有一种灵气，一种霸气。

金陵四面群山环抱，即杜牧诗中所说的“山围故国周遭在”（《石头城》），面临长江，著名的秦淮河穿城而过，集壮美与秀美于一身。前人吟咏金陵的诗文不少，也不乏名篇秀句。能不能化前人秀句为己用，能不能自铸伟词，描绘出自己心中的金陵，是成败的关键。

王安石选取的是秋景，而且是晚秋，自然先有一种萧瑟落寞的意味。“千里澄江似练”，化用南朝谢朓《晚登三山还望京邑》的名句“澄江静如练”。“翠峰如簇”是自铸伟词。“簇”，聚拢。又与“镞”通，箭矢。群峰如箭矢般聚在一起，就很有气势了。后来元张可久的散曲《山坡羊》中的名句“峰峦如聚，波涛如怒”，就是从这里化出的。江上是征帆去棹，岸上是酒旗斜矗，依然是繁华景象。这是近景。“彩舟云淡，星河鹭起”两句，就像摄像的镜头渐渐摇到远景，照应首句的“登临送目”，摄出的是烟波浩渺、云影星光。江上画船，如行云中；江中白鹭洲，似欲腾空而起。如此江山，以一句“画图难足”绾结，堪称大手笔。

下片怀古。既然是金陵怀古，当然就不能离开六朝兴亡的故事。“念往昔繁华竞逐”一句，概括了六朝三百多年的荒唐历史。北方已被匈奴、鲜卑、羯、氐、羌等少数民族占领，东晋、宋、齐、梁、陈不过成了偏安一隅的小朝廷。但是六朝统治者的骄奢淫逸、醉生梦死却是旷古未闻的。一直到陈，隋兵韩擒虎的部队已经打到城下，陈后主还在和宠妃张丽华、孔贵嫔等在结绮阁楼上寻欢作乐。城破以后，躲入枯井，最终落得亡国杀身的结局。“叹门外楼头”，用杜牧《台城曲》“门外韩擒虎，楼头张丽华”诗意，写的就是这件事。

千古以来，凡是在金陵登临远望，都会感叹六朝的兴亡，“漫嗟荣辱”。但是，王安石却不仅仅是嗟叹历史而已，他是政治家，是革新人物，虽然在新旧两派的斗争中失败了，新法也已经尽废，自己不过是循例以宰相遭贬，安置一闲职养老。表面上看，已经虔心礼佛，似乎不问世事了。但是对日益恶化的形势，对自己下台以后新旧两党的无能，对国家的前途，他还是并未完全忘怀的。所以，结尾处化用杜牧《夜泊秦淮》诗中“商女不知亡国恨，隔江犹唱《后庭花》”的诗句，并不是像他在《望江南·皈依三宝赞》中所说的“愿我六根常寂静，心如宝月映琉璃”。此老心中，是仍有丘壑的。难怪苏东坡在读了这首《桂枝香》以后，会感叹说：“此老乃野狐精也。”

（清）余杰 《落花人独立》

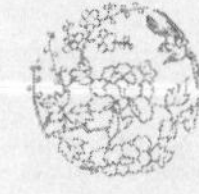

临江仙/梦后楼台高锁　晏几道

梦后楼台高锁，酒醒帘幕低垂。去年春恨却来时。落花人独立，微雨燕双飞。　记得小苹初见，两重心字罗衣。琵琶弦上说相思。当时明月在，曾照彩云归。

晏几道是生活在用一点脆弱的自尊包裹起来的自闭的情怀之中的。他曾经贵为相府公子，父亲死后，他沉沦下僚。常言说“宰相家人七品官”，他做过的那些什么颍昌府许田镇监、乾宁军通判、开封府判官等，在他眼里，恐怕连当年他们家的门房家人都不如。但为生存计，也还得做下去。所以有时候，他表现出一种过分的孤傲。他和黄庭坚是好朋友。苏轼通过黄庭坚的关系想和他见一面，他拒绝了，说：“现在这些当政的，一半都是我们家的旧客，我都没有空见他们。”（见《研北杂志》）这未必是实话，恐怕还是别人无暇见他吧。

但他在做颍昌府许田镇监的时候，又把自己做的词抄写了一份，献给当时的颍昌府帅韩少师韩亿。结果韩亿回信说："看了你的新词，觉得是才有余而德不足。希望你放下些有余之才，多补些不足之德。这也就算是当年你们家门下的一个老吏的愿望了。"（见《闻见后录》）

因此，他剩下的，就只有对当前的无奈、对往事的追忆。据王灼《碧鸡漫志》记载，晏几道《乐府自叙》说："往时沈十二康叔、陈十君宠，家有莲、鸿、苹、云，工以清讴娱客。每得一解，即付之，吾三人听之为一笑乐。已而君宠疾废卧家，廉叔下世，昔之狂篇醉句，遂与两家歌儿酒使俱流转于人间。" 莲、鸿、苹、云是四个家妓，与晏几道未必有那么深的情感渊源，但在晏几道心中，是值得留恋的，他的许多写情的词，都与这四人有关。

这首《临江仙》，怀的人是"小苹"。

"梦后""酒醒"，说的是当前。当前是什么景象呢？"楼台高锁"，"帘幕低垂"，一片萧索。接下来的"去年春恨"又是什么呢？"落花人独立，微雨燕双飞"。依然是"楼台高锁"，"帘幕低垂"。昔日的持酒听歌，清讴娱客早已不见了。"去年"是一个虚指，可以往前推，那就是一个一个的"去年"了。

"落花人独立，微雨燕双飞"是名句，以"落花"点明是暮春时分，以"燕双飞"反衬"人独立"的孤寂。但却是晏几道从别人的诗里囫囵取来的。五代时诗人翁宏有一首《春残》：

又是春残也，如何出翠帏。
落花人独立，微雨燕双飞。
寓目魂将断，经年梦亦非。
那堪向愁夕，萧飒暮蝉辉。

这么出色的名句，却完全没有引起人们的注意。原因是整首诗的意境、其他的句子都较差，与之不能相配。就象一个体坛高手，个人比赛可以获得金牌，但如果队友太弱，团体赛却会遭到埋没。或者把海飞兹这样的小提琴琴王，放到一个三流的交响乐团中去，是一点彩也出不了的一样。而晏几道一拿过来，融入自己的词中，立刻如名剑出匣、宝玉出璞，光芒四射。

换头以后，是追忆往事。"心字罗衣"是什么？一般都解作有

"心"字花纹的衣裳。但写一身的"心"字，美吗？即便是像有的人再曲说是篆体的"心"字，似乎也是闻所未闻，而且"两重"就无解了。既是"两重"，你又怎么知道里面那一重也是写满了"心"字呢？即便是有这样的衣裳，也没有两件相同的重叠起来穿的道理。所以还是如杨慎的解释合理一些。他在《词品》中说："心字罗衣则谓心字香熏之尔，或谓女人衣曲领如心字。"前一说仍然是想当然，无谓之极。心字香熏过的衣裳就叫"心字罗衣"，那如果又用其他香熏一次，又叫什么呢？其实后一解就非常合理了。

末二句又是名句。"彩云"是一个很好的比喻，喻美丽的女子。当然这也不是晏几道的首创，李白的《宫中行乐词》就有"只愁歌舞散，化作彩云飞"，这里的"彩云"，就是指歌舞的女子。晏词的"当时明月在，曾照彩云归"，虽然依然以彩云喻女子，但意境要深远得多。"当时明月在"，是现在所见，有一点象现在的流行歌曲《篱笆墙的影子》所唱的"星星还是那个星星，月亮还是那个月亮"。但面对朗月，词人的思绪却飞回了过去，从前，也是这个月亮，照着小苹离去的身影。还有一句潜台词没有说出来。就是明月依旧，人却不知在何处了，这也就是词人无限惆怅的地方，也是这首词"言有尽而意无穷"的韵味。

鹧鸪天／彩袖殷勤捧玉钟　晏几道

彩袖殷勤捧玉钟，当年拼却醉颜红。舞低杨柳楼心月，
歌尽桃花扇底风。　从别后，忆相逢。几回魂梦与君同。
今宵剩把银釭照，犹恐相逢是梦中。

一首简简单单的词，不必把它讲得那么深沉，虽然它很美。

从酒席宴上殷勤劝酒来看，这位"彩袖"应该是一位歌妓。古时候的文人雅士喜欢和歌儿舞女闹一点绯闻，是非常正常的事。李白晚年，就有一位叫"金陵子"的歌妓一直伴随在他身旁。自称"十年一觉扬州梦，赢得青楼薄幸名”（《遣怀》）的杜牧，在洛阳任监察御史的时候，去一位姓李的司徒家饮宴，李司徒的家妓很出名，尤其是一位叫紫云的。杜牧看见紫云后就直接对李司徒说：“你把她送给我。”狂放之态，引得两旁的歌妓们掩笑不止。杜牧因此写了那首著名的《兵部尚书席上作》：

华堂今日绮宴开，谁唤分司御史来。
忽发狂言惊满座，两行红粉一时回。

文人与歌妓的爱情故事，在宋人中就更多了。晏几道曾经是翩翩相府佳公子，有几个红颜知己是一点都不奇怪的，何况他还真喜欢过沈康叔、陈君宠家中的莲、鸿、苹、云四个家妓。

这位劝酒的“彩袖”，也许就是莲、鸿、苹、云四个家妓的某一位，也许是别人，这无关紧要。她和晏几道可能在某次酒宴上一见钟情，当时，晏几道是“拼却醉颜红”的。

那应该是一个美好的夜晚，几乎是通宵达旦地歌舞，通宵达旦地狂欢。

“舞低杨柳楼心月，歌尽桃花扇底风”，是千古传诵的名句。没有什么深刻的含义，只是句子锻造得出人意表的优美。有人说，是楼外杨柳梢头的夜月，因舞而落；桃花扇影间的微风，为歌声所息。什么意思？甚至还因为“舞低”两个字，看出了他们倾心之后，过了一段情投意合的日子。有这样解诗的吗？

其实这两句是把很简单的事，用令人眼花缭乱的词语组合，构建成两句优美的诗句。楼边杨柳枝头的明月已经低垂了，舞还在跳着；吹拂着桃花的春风已经停息了，歌还在唱着。句式的结构，有一点像杜甫的“香稻啄余鹦鹉粒，碧梧栖老凤凰枝”（《秋兴八首》之一）。

下片写别后的相思和重逢的喜悦。

“几回魂梦与君同”，是写相思之深，也是为下面两句埋下伏笔。相会的梦做多了，到真的相见的时候，都有点不敢相信是真的了。有人说，这个意境是从杜甫《羌村三首》中“夜阑更秉烛，相对如梦寐”和司空曙《云阳馆与韩绅宿别》中“乍见翻疑梦，相悲各向年”中化出来的。我倒觉得，这是诗人在此时此境的真实感受。

念奴娇/《赤壁怀古》　苏轼

大江东去，浪淘尽、千古风流人物。故垒西边，人道是、三国周郎赤壁。乱石穿空，惊涛拍岸，卷起千堆雪。江山如画，一时多少豪杰。　遥想公瑾当年，小乔初嫁了，雄姿英发。羽扇纶巾，谈笑间、樯橹灰飞烟灭。故国神游，多情应笑我、早生华发。人生如梦，一尊还酹江月。

这首词，是苏轼豪放词的代表作。确实一洗婉约派的绮靡香泽，大有“新天下耳目”（《碧鸡漫志》）的气慨。

但是这首词却有一个大错误。苏轼所咏的赤壁在黄冈，而三国时赤壁之战的赤壁，在今湖北嘉鱼县东北。苏轼还有两篇著名的《赤壁赋》，写的也是黄冈赤壁。不过，你要以为博学如苏轼，又因遭贬而在黄州生活了很久的苏轼，连这一点都不知道，那你就错了。苏轼有一篇《与范子丰书》说：“黄州少西，山麓半入江中，石室如丹，传云曹公败所，所谓赤壁者。或曰非也。”对此，他是心知肚明的。

知道不是败曹操的赤壁，就不敢以假作真来发思古之幽思，那就不是苏轼了，这种天纵之才，是不能以常理来理解的。举一个小例子：

苏轼参加科举考试，卷子中有“皋陶曰杀之三，尧曰宥之三”。欧阳修问他出自何书。苏轼回答说：“在《三国志·孔融传·注》里面。”欧阳修去翻了《三国志》，没有找到。过了几天，又问苏轼。苏轼回答说：“曹操打败袁绍，把袁绍儿子袁熙的老婆甄氏赏赐给了曹丕。孔融对曹操说：‘当年周武王灭了殷商，把苏妲己赏赐给周公了。’曹操大惊，问孔融见于何书。孔融说：‘以今日之事推想的。’尧和皋陶的事，我也是推想的。”连科举考试这样的大事，他都敢开这样的玩笑，何况区区一首词而已。

许多人读了这首词，一定会奇怪，词中怎么没有登坛作法借东风的诸葛亮，而大家习惯了的诸葛亮的羽扇纶巾，怎么跑到周瑜身上去了。全词赞美的，也是雄姿英发的周公瑾，无一字提及诸葛亮。

一般人对三国这一段历史的了解，差不多都是从罗贯中的《三国演义》中来的。但那是小说，不免有许多虚构夸饰，不然，赵云再是武勇，怀里揣着一个小儿，就凭一人一骑，一枪一剑，就能在曹操的八十三万大军中杀进杀出，恐怕把他手中的武器换成机关枪都做不到。《三国演义》中的周瑜，成了诸葛亮的陪衬，而历史上的周瑜，却是能文能武，统领江东六郡兵马的大都督、赤壁之战的真正指挥者，也是苏轼衷心敬佩的历史人物。而对诸葛亮，苏轼反而稍有微词。他有一篇《诸葛亮论》，其中说："孔明既不能全其信义，以服天下之心，又不能奋其智谋，以绝曹氏之手足，宜其屡战而屡却哉。"可以看出他对诸葛亮的态度。

词一开头，就气势如虹。"大江东去"，何等壮阔；"浪淘尽千古风流人物"，何等胸襟。词自隋代出现以来，哪见过这样豪壮的境界。接下来点题，"人道是"三字值得玩味。苏轼明明知道此赤壁非彼赤壁，还是要写，还是要抒胸中之情，"人道是"三字隐隐带过，一切就都变得不那么确切了，至少，如果你说我搞错了，那也是听别人说的。可见名家为文，一字都不轻下。

"乱石穿空，惊涛拍岸，卷起千堆雪"，写江岸险峻，江涛动地，力道千钧。紧接着的"江山如画，一时多少豪杰"，作者面对如此景色，神游八极，思接万里，思绪已经飞到了当年赤壁大战的时候，也由此逗起下文。

下片写赤壁大战，却是举重若轻。那一把最终烧出三国鼎立局面的大火，在苏轼笔下，不过是周瑜谈笑间羽扇一挥的事。"樯橹"，又作"强虏"，都可通。

词的结尾，是许多批评家和文学史略有微词的地方。以为"人生如梦，一尊还酹江月"，情绪消极了一些。这是以今人的标准去要求古人，以固有的模式去衡量作品的通病。苏轼当时是因"乌台诗案"入狱一百多天，出狱后贬为黄州团练副使，实际上是以待罪之身，在黄州接受管制。面对滔滔江水，怀想当年的风流人物，结合自身的遭遇，不觉感慨系之，这是再正常不过的了，如果苏轼在这里如某些评论者所希望的那样来一番豪言壮语，才是可笑的事了。

对最末几句的理解，许多注家评论家也都有误。有的书，明明已经在注释中说"酹"是祭奠的意思，但解析中又说是苏轼举杯邀月，以酒浇愁。或者说是“以酒浇地，只是饮酒赏月而已”（俞平伯《唐宋词选释》），与上文完全脱开了。其实苏轼在“多情应笑我、早生华发”句中既包含对先辈的敬佩羡慕，也表露了命途多舛、时运不济的无奈。早年的名动至尊，今日的待罪他乡，形成鲜明的对比。但苏轼一生旷达，在以尊酒浇地，祭奠先辈英魂的时候，胸中是未尝没有一些勃发之气的。

江城子／《密州出猎》　苏轼

老夫聊发少年狂，左牵黄，右擎苍，锦帽貂裘，千骑卷平冈。为报倾城随太守，亲射虎，看孙郎。　酒酣胸胆尚开张，鬓微霜，又何妨。持节云中，何日遣冯唐？会挽雕弓如满月，西北望，射天狼。

这是苏轼另一首豪放词的代表作。宋神宗熙宁六年（1074），苏轼由杭州通判调密州（今山东诸城）太守，时年三十八岁。他在密州只呆了两年，就改任徐州刺史。这首词，大概作于熙宁七年（1075），苏轼三十九岁。

苏轼在密州时，写过一篇文章《与鲜于子骏书》，书中说：“数日前猎于郊外，所获颇多，作得一阕，令东州壮士抵掌顿足而歌之，吹笛击鼓以为节，颇壮观也。”所指应该就是这首词。

词一开头就很有气势。古人四十岁上下自称“老夫”很正常，不必在这上面做文章。“聊发”也没有什么心境不好、百无聊赖的意思。苏轼是十分旷达的，晚年被贬到惠州（今属广东），还写诗说“日啖荔枝三百颗，不辞长作岭南人”（《惠州一绝》），又说“为报先生春睡美，道人轻打五更钟”（《海外上梁文口号》）。他的政敌章惇看见后，认为他过得还舒服，便将他再贬儋州（今属海南）。苏轼因与王安石政见不合，在新法实施时自求外放，任杭州通判，然后任密州刺史，再转徐州刺史，是升官，不是降职。这时，还没有遭“乌台诗案”的迫害入狱，根本谈不上什么感到落寞，感到时之将暮。所以，上片的情绪是相当昂扬的。

“老夫聊发少年狂”中的“聊”字，是“姑且”的意思。“黄”是黄狗，“苍”是苍鹰。古人打猎必带的两个帮手。从“锦帽貂裘”看，时间应该是冬季。古人冬季围猎，是有练兵的意思在内的，所以才会有下文的“千骑卷平冈”之语。“亲射虎，看孙郎”，用三国孙权故事。据《三国志·吴书·吴主传》记载，孙权曾经“射虎于庱亭。马为虎所伤，权投以双戟，虎却废”。苏轼此处借用此典，倒未必真有射虎的壮举。

下片仍作豪语，“鬓微霜，又何妨”，哪里有一点点衰飒之气，哪里有一点点百无聊赖。但遗憾是有的，那是希望建功立业，做出一番事业的雄心。汉文帝时，云中太守魏尚镇守边关，廉洁爱士，匈奴不敢犯，但因为一次报功的时候首级多报了六个，就被文帝免职。当时任低级官吏郎中署长的冯唐认为不妥，当面批评了文帝。文帝醒悟，就派冯唐持节去云中赦免魏尚。“持节云中，何日遣冯唐”，是苏轼希望像魏尚一样，朝廷会派“冯唐”来传达圣旨，让自己有机会“挽雕弓如满月”，去对付一直在西北骚扰的敌人。

陆游《老学庵笔记》普说：“试取东坡诸词歌之，曲终，觉天风海雨逼人。”这首被称为苏轼第一首豪放词的佳作，确实有这样的艺术魅力。

水调歌头 并序/明月几时有　苏轼

丙辰中秋，欢饮达旦，大醉，作此篇，兼怀子由。

明月几时有，把酒问青天。不知天上宫阙，今夕是何年。我欲乘风归去，又恐琼楼玉宇，高处不胜寒。起舞弄清影，何似在人间。　转朱阁，低绮户，照无眠。不应有恨，何事长向别时圆？人有悲欢离合，月有阴晴圆缺，此事古难全。但愿人长久，千里共婵娟。

这首词是咏中秋的力作，从古至今，咏中秋之作无出其右者。《苕

黎孟德 《秋夕》

溪渔隐丛话》说："中秋词自东坡《水调歌头》一出，余词尽废。"直到今天，都还没有人能超越。

《序》中所说的丙辰，是宋神宗熙宁九年（1076），苏轼四十岁，在密州。子由，是苏轼的弟弟苏辙。

唐代诗人中，最喜欢月亮、诗中写到月亮最多、想像最为奇特的，是李白。他有一首《把酒问月》说："青天有月来几时，我欲停杯一问之。"苏轼在这首词一开头，就化用了李白的诗句。他又顺势展开了想像的翅膀，天上的神仙世界，现在是何年何月，是一个什么样子。民间传说中，有"天上一日，地上一年"的说法。下面的欲乘风直上九霄，到琼楼玉宇去看一看，又留恋人间，有人说是苏轼出世和入世思想的矛盾，没有那么严重，不过是他在把酒赏月时的一丝奇想而已。就好比"一千个读者，就有一千个哈姆莱特"一样，在欣赏文艺作品的时候，每个人又带上了自己的主观色彩，加上了自己的丰富想象，每个人的理解和感受都不一样，甚至同一个人，面对同一部作品，在不同的时候，也会有不同的理解和感受。比如卡拉扬曾经指挥柏林爱乐乐团三次录制过贝多芬的九个交响曲，大家普遍认为20世纪60年代那次，也就是第一次录制的效果最好。那时卡拉扬尚在中年，对贝多芬作品的理解更接近作者的本意。后两次的录音，卡拉扬已经进入老年，对贝多芬作品的理解，加入了更多的主观感受，和中年时候的理解有很大的不同了。

"乌台诗案"后，苏轼贬黄州团练副使。宋神宗读到苏轼这首词中"又恐琼楼玉宇，高处不胜寒。起舞弄清影，何似在人间"的时候，感叹说："苏轼终是爱君。"于是把他"量移汝州"（见《词林纪事》引

《外纪》），算是解除了他的待罪之身。

过片之后，是对景抒情。“转朱阁，低绮户”，写月亮移动造成的月光流动。“转”和“低”两字非常新颖生动，很受后人喜爱。“照无眠”一句，很自然地过渡到对月所引起的人生慨叹。月的阴晴圆缺，被对应于人的悲欢离合，诗人感叹的是月亮“不应有恨”，也就是它本身没有爱恨情愁，也不知人间有悲欢离合，所以常常在人们经受离别之苦的时候圆了，这不带给人更深的离愁别恨吗？

但苏轼终是旷达的人，很快也就想通了，“人有悲欢离合，月有阴晴圆缺，此事古难全”，天下事，哪有全都是尽如人意的。“但愿人长久，千里共婵娟”，大家虽不在一起，但只要平平安安，能在不同的地方共享同一个月亮的清晖，也就是最大的安慰了。

“但愿人长久，千里共婵娟”，一直到现在，几乎都还是中秋佳节的最佳祝福语。

蝶恋花／花褪残红青杏小　苏轼

花褪残红青杏小，燕子飞时，绿水人家绕。枝上柳绵吹又少，天涯何处无芳草？　墙里秋千墙外道。墙外行人，墙里佳人笑。笑渐不闻声渐悄，多情却被无情恼。

苏轼虽然是豪放词的代表人物，但真正豪放的词，在他的词作中，仅占很小一部分。而绝大多数的，是抒情、咏物、应景、赠答之作，有一些，甚至相当婉丽，即使放在婉约词人的作品中，也是一流的。这一首《蝶恋花》就是这样的词作。

“花褪残红青杏小”，点明时间是暮春，这是很容易引起伤春之感，进而引发乡思的季节。“燕子飞时，绿水人家绕”，是很平常，但又很优美的江南景色。“陌上柳绵吹又少”，大好春光，渐渐离去了，惆怅之中，又联想到“天涯何处无芳草”，这是思乡了。屈原《离骚》：“何所独无芳草兮，又何怀乎故宇？”这是灵氛为屈原占卜，劝

（清）焦秉贞 《秋千闲戏图册》

他“勉远逝而无狐疑”，早点离开楚国时说的话。苏轼却因天涯芳草引起了浓浓的思乡之情。

苏轼的家乡四川，乡村景色非常美，田间沟渠纵横，修竹柔柳环抱中，或三四家，或七八家，茅舍相接，清澈的小溪环绕，与江南的风光有些相似，难怪苏轼会产生这样的联想。

下片就象一篇没有结局的小小说，轻灵跳脱，引人遐思无限。

绿水环绕的人家，高高的院墙把墙内的花园与墙外的小道隔开了。围墙内，传来一阵阵少女玩秋千时的清脆笑声。墙外的行人，虽然看不见墙内的景象，但这天真烂漫的笑声，却让他听得痴了。

“笑渐不闻声渐悄”，墙内的女孩玩够了，离开了，但墙外的那位“行人”，还沉浸在美好的想像中，这想像，又因为注定没有结果而增添了些须烦恼。“多情却被无情恼”，也成为古往今来男女交往中的一句至理名言。这让我想起一首流行歌曲《为什么受伤的总是我》，也许，在这里能找到答案。

苏轼有一个叫朝云的侍妾，最受苏轼宠爱。苏轼晚年，朝云一直跟随在他身边。苏轼贬惠州时，有一次正值初秋，曾让朝云唱这首词。朝云边唱边流泪。苏轼很奇怪，问她哭什么。朝云说：“我所不能忍受的，是‘陌上柳绵吹又少，天涯何处无芳草’。”惠州在当时是极苦极边之地，还能不能回中原故乡，谁也说不清楚，所以朝云唱到这两句就会流泪了。苏轼还开玩笑说：“我正在悲秋，你又来伤春了。”不久，朝云就在惠州去世。朝云死后，苏轼终身不再听这首词。

水龙吟 /《次韵章质夫杨花词》 苏轼

似花还似非花，也无人惜从教坠。抛家傍路，思量却是，无情有思。萦损柔肠，困酣娇眼，欲开还闭。梦随风万里，寻郎去处，又还被、莺呼起。　不恨此花飞尽，恨西园、落红难缀。晓来雨过，遗踪何在，一池萍碎。春色三分，二分尘土，一分流水。细看来，不是杨花，点点是离人泪。

这是苏轼的一首“次韵”之作。所谓“次韵”，就是“和韵”，根据别人诗或词的内容、格式、用韵等和作。如果要严格区别，那么，“次韵”与“和韵”还有一点区别。“次韵”必须用原作的韵脚，而且连次序都不能变，而“和韵”要稍微放得宽一点。一般来说，因为受上面所说的一些因素的限制，次韵、和韵之作往往不及原作，但也有例外，比如苏轼的这一首《水龙吟》。

我们先来看一看章质夫的《水龙吟》原作：

燕忙莺懒芳残，正堤上、柳花飘坠。轻飞乱舞，点画青林，全无才思。闲趁游丝，静临深院，日长门闭。傍珠帘散漫，垂垂欲下，依前被、风扶起。　兰帐玉人睡觉，怪春衣、雪沾琼缀。绣床旋满，香球无数，才圆却碎。时见蜂儿，仰粘轻粉，鱼吞池水。望章台路杳，金鞍游荡，有盈盈泪。

应该承认，这是一首非常好的咏物词，是称得上宋词中的精品的。也因此，才会引起大文豪苏轼和作的兴趣。

用诗词抒情容易，叙事咏物就要难得多了。张炎《词源》说：“诗难于咏物，词为尤难。体认稍真，则拘而不畅；模写差远，则晦而不明。要须收纵联密，用事合题。一段意思，全在结句，斯为绝妙。”你既不能写成科学论文一样的说明文字，又不能天马行空般地自由挥洒。太真了不行，不真也不行。其实也就是苏轼在《书鄢陵王主簿所画折技二首》中所说的“论画以形似，见与儿童邻。赋诗必此诗，定知非诗人”。

但是，王国维在《人间词话》中说：“咏物之词，自以东坡《水龙吟》为最。”那么，苏东坡的这一首《水龙吟》就非读不可了。

章质夫，名楶，字质夫，是苏轼的好友。《全宋词》中收录了他的两首词，但因为这一首《水龙吟》和苏轼的和作，使他名声远扬。

这首词写于元丰四年（1081），苏轼正谪居黄州。是年四月章质夫出为荆湖北路提点刑狱。写了这首词，觉得还不错，就寄给好友苏轼。苏轼大为赞赏，于是写了一首和作，又寄给章质夫，并回信说：“柳花词妙绝，使来者何以措词!本不敢继作，又思公正柳花飞时出巡按，坐想四子闭门愁断，故写其意，次韵一首寄去，亦告不以示人也。”大概章质夫觉得苏词更美，于是就把它公开了。

两首词都是咏杨花之作，那么杨花是什么就得先搞清楚了，尤其是杨和柳的关系。如果照植物学的解释，杨和柳是两种不同的植物，但在古人的诗文中，杨和柳是同一种东西，也就是柳。有时候直接合称“杨柳”了。比如《诗经·小雅·采薇》中就有“昔我往矣，杨柳依依”的诗句。古人诗词中所说的“杨花”，就是“柳絮”。古人诗文中有时用“杨花”，如李白《闻王昌龄左迁龙标遥有此寄》“杨花落尽子规啼”；有时用“柳花”，如杨万里《初夏》“日长睡起无情思，闲看儿童捉柳花”；有时称“柳绵”，如苏轼《蝶恋花》“枝上柳绵吹又少，天涯何处无芳草”；有时就直接用“柳絮”，如杜甫《绝句漫兴九首》“癫狂柳絮随风舞，轻薄桃花逐水流”。苏轼《再次韵曾仲锡荔支》“杨花著水万浮萍”，自注说：“柳至易成，飞絮落水中，经宿即为浮萍。”更证明苏词和章词所咏的“杨花”，就是“柳絮”。

柳花很小，雪白的，所以苏词一开头就说“似花还似非花，也无人惜从教坠”。刘熙载《艺概·词曲概》说：“此句可作全词评语，盖不离不即也。”“不离不即”四字，是理解此词的关键。柳絮虽小，“似花还似非花”，但是，当春风吹拂，“满城飞絮”的时候，又是另一番景象了。章词的上片，写的就是这种情景。

苏东坡就不这样写了，从第三句“抛家路旁”起，他笔锋一转，把杨花比作思妇，亦真亦幻，又像是在写杨花，又像是在写思妇，“抛家路旁”，是杨花还是思妇？“无情有思”，用韩愈《晚春》句“杨花榆

莱无才思，惟解漫天作雪飞”，是写人还是写物？把柳枝比作柔肠，把柳叶比作娇眼，“萦损柔肠，困酣娇眼，欲开还闭”的，是柳还是人？“梦随风万里，寻郎去处，又还被、莺呼起”的，也说不清是杨花还是思妇了。这大概就是刘熙载所说的“不离不即”吧。

下片前面一大段写杨花。“不恨此花飞尽”，倒不是如有人说的因为杨花“非花”，而是因下句“恨西园落红难缀”而发的。春天快过去了，不但是杨花落尽，西园的其他花也都凋零了。“晓来雨过”以后，不但是“花落知多少”，杨花更是飘零得差不多了，仅存的“三分春色”，因为花的飘零，二分落入了泥土，一分飞入了流水，这是一个让人拍案叫绝的描写。

张炎说咏物词“一段意思，全在结句，斯为绝妙”。东坡此词的结句“细看来，不是杨花，点点是离人泪”，堪称妙绝，将杨花思妇不着痕迹地融在一起了。

王国维《人间词话》说：“东坡杨花词，和韵而似原唱；章质夫词原唱而似和韵。”朱弁《曲洧旧闻》说：“章质夫杨花词，命意用事，潇洒可喜。东坡和之，若豪放不入律吕。徐而视之，声韵谐婉，反觉章词有织绣工夫。”对苏词评价极高。和苏、章同时的晁补之说得最有趣。他说：“东坡如王嫱、西施，净洗脚面，与天下妇人斗好，质夫岂可比哉！”（魏庆之《诗人玉屑》引）当然，也有认为章词比苏词好的，比如魏庆之在引了晁补之的话以后就说：“余以为质夫词中所谓‘傍珠帘散漫，垂垂欲下，依前被、风扶起’，亦可谓曲尽杨花妙处，东坡所和虽高，恐未能及，诗人议论不公如此。”

后人在这里替古人争地位，生闲气，没有什么意思，倒不如好好地去欣赏这两首都堪称绝唱的“杨花词”。

浣溪沙／簌簌衣巾落枣花　苏轼

簌簌衣巾落枣花，村南村北响缫车，牛衣古柳卖黄瓜。
酒困路长惟欲睡，日高人渴漫思茶，敲门试问野人家。

（明）周臣 《柴门送客图》

苏轼做过好几个地方的太守，包括密州、徐州、登州、杭州、扬州、颍州、定州，在这些地方，他是一把手，除了诗酒风流，创作了许多优秀的诗文书画作品以外，他还是一个很不错的地方官，政绩卓著，口碑极佳。作为地方行政长官，他有很多亲农之举，也因此写了不少农村题材的诗词，据统计，他的农村词约占他所有词作的十分之一左右，是一个不小的数量。而且其中不乏传世的精品之作，这首《浣溪沙》就是其中很著名的一首。

熙宁十年（1077）初，苏轼由密州调任河中府（今山西运城）知州，未上任而改任徐州知州。他在徐州任上，劝农耕桑，防汛抗旱，很受百姓喜爱。

按照农村的风俗，天旱的时候要去龙王庙祈雨，场面可能还很热闹，唐李约《观祈雨诗》就说“桑条无叶土生烟，箫鼓迎龙水庙前”。如果降了雨，又要去龙王庙谢神，当然又是一番热闹。这一首《浣溪沙》，是苏轼有一次去参加祈雨谢神时到乡下所作。词一共五首，写农村景色情致极为传神，而这一首词，是五首中最著名的一首。

上片是村行所见，很普通很平常的情状，一入苏轼笔下，顿时神采飞扬。“簌簌衣巾落枣花”，是一路行来所遇，枣花落在衣巾之上，簌簌有声。耳边听到的，是“村南村北响缫车”。“缫车”，是一种手摇的抽取蚕丝的农具。眼中所见，是穿着粗布衣裳（牛衣）的村民，在古柳下卖黄瓜，其实还有鼻中嗅到的香气，他在另一首《浣溪沙》中说“谁家煮茧一村香”。这是一幅极为生动的乡村风俗画。

过片以后，用极平常的语言，讲述极平常的事情，但却生动而亲切，一点没有做作雕饰的痕迹。原来，词是可以这样写的。

江城子／乙卯正月二十日夜记梦　苏轼

> 十年生死两茫茫，不思量，自难忘。千里孤坟，无处话凄凉。纵使相逢应不识，尘满面，鬓如霜。　夜来幽梦忽还乡，小轩窗，正梳妆。相顾无言，惟有泪千行。料得年年肠断处，明月夜，短松冈。

这是苏轼悼念亡妻的词，是被称为千古悼亡诗词第一的名作。

这首词感人之处，不因为苏轼是古今罕见的大文豪，文采风流，几乎无人能及，而是因为词中饱含着感人至深的浓浓情意。

苏轼一生有两位夫人和一个最宠爱的侍妾，而且都姓王：王弗、王闰之、王朝云。王弗嫁给苏轼的时候，才十六岁，苏轼时年十九。她是四川青神人，父亲是乡贡士王方。苏轼年轻的时候，曾经在青神县中岩寺读过书，大概在那里和王弗相识。

据苏轼《亡妻王氏墓志铭》说，王弗并没有说自己读过书，但是看见苏轼读书，就在旁边终日不去。后来苏轼偶尔有忘记的地方，王弗反而能记住。问她其他的书，她也大概知道。苏轼才知道她是读过书的，而且人很聪明，但却很娴静。可惜在苏轼考中进士，步入仕途不久，王弗就因病去世了，年仅二十七岁。王弗的去世对苏轼的打击非常大，整整三年的时间，作为宋代第一的诗人，他竟然一首诗都没有写。

王弗去世十年后，他写下了这首感情极为深挚的悼亡词。

我曾经问过许多人，这首词中哪一句最让你感动。有的说是“料得年年断肠处，明月夜，短松冈”，有人说是“千里孤坟，无处话凄凉”，还有人说是“相顾无言，唯有泪千行”。我说，都不对，最感人的，最能表现诗人感情深沉真挚的，是“不思量，自难忘”。

整整十年了，从来没有刻意地去想，更不像有的人，只在清明扫墓或生辰忌日等特殊的日子，才会想起逝去的亲人，才会去坟前上一柱香，烧几张纸钱，而是一刻也没有忘记昔日的情感，没有停止过刻骨铭心的思念，这才是最真挚、最珍贵的一份感情。“不思量，自难忘”，这最平常的话语，却有着最为感人的力量。

王弗死后，是归葬在眉山祖茔的，苏轼长期在外做官，很少有机会回去，所以，连到坟头去诉说相思之苦的机会都没有。但是，纵然是有机会去了，甚至能够重逢，恐怕都会认不出“尘满面，鬓如霜”的自己了。

这首词写于熙宁八年（1075）年正月，在密州太守任上，苏轼不过三十九岁，就怎么会感叹“尘满面，鬓如霜”了呢？

一个原因，是王弗的死对他的打击太大，多年不能释怀，虽然三年后已经续娶了王弗的表妹王闰之，但并不能抹平他失去王弗的伤痛。

另一个原因，是仕途中的不愉快。从熙宁二年（1069）开始，王安石陆续推行新法，而开始苏轼是站在以司马光为首的旧党一边反对新法的。与王安石政见不合，苏轼被迫离京，选择外放，先去杭州任通判，又改为密州太守，离开政治中心的京城，苏轼还是比较苦闷的。他在那首著名的《江城子·密州出猎》中说“持节云中，何日遣冯唐”，可见他还是希望能回到朝廷，去实现他“会挽雕弓如满月，西北望，射天狼”的理想抱负的。

也许他很想把这些对亡妻说说，反过来看一看上一句“千里孤坟，无处话凄凉”，就会更理解他的苦闷心情了。

下片一开头，情绪似乎有一点欢快了。“夜来幽梦忽还乡，小轩窗，正梳妆”，当年夫妻恩爱的景象又出现在眼前。但是，这毕竟不是当年的情景，而是十年死别后梦中的重逢，“相顾无言，唯有泪千行”，可谓沉痛之极了。

“十年生死两茫茫”，是已往的岁月，今后呢？今后几十年的岁月中，仍然会是“不思量，自难忘”。料想此后“年年肠断处”，就是那千里孤坟，“明月夜，短松冈”了。

这首词几乎全用白描的手法，极普通的生活场景、极通俗的语言，然而寄托的却是诗人如天的哀思。和南北朝时潘岳的《悼亡诗》、唐元稹的《遣悲怀》等许多悼念亡妻的诗歌相比，苏轼的这首《江城子》恐怕是最为人熟悉，也最为感人的一首了，说它是古今悼亡词第一，是一点都不过分的。

临江仙／《夜归临皋》　苏轼

夜饮东坡醒复醉，归来仿佛三更。家童鼻息已雷鸣，敲门都不应，倚杖听江声。　长恨此身非我有，何时忘却营营。夜阑风静縠纹平，小舟从此逝，江海寄余生。

这首词作于宋神宗元丰五年（1082）九月。苏轼因为“乌台诗案”入狱一百多天，出狱后，被贬谪到黄州任团练副使，至今已经快三个年头了。说是任团练副使，实际上是被软禁的犯官，非但不得签署公事，而且是被限制了许多人身自由的。团练副使官职低微，几乎谈不上俸禄，一家老小连衣食都成了问题。好在苏轼性格旷达，他在黄州开垦了一块荒地，亲身参与耕作，来贴补家用。他把这块开垦出来的田地取名为“东坡”，大概是因为他所深爱的白居易那首贬谪到忠州所作的《步东坡》诗句：“朝上东坡步，夕上东坡步。东坡何所爱，爱此新成树。”从白居易《东坡种花》诗“持钱买花树，城东坡上栽”来看，这个“东坡”，就是城东的一块坡地，与苏轼开出的荒地也有些相似，苏轼也就自号“东坡居士”，他自己可能都没有想到，这一个略带玩笑的号，竟然会名满天下，扬名后世，成为文学艺术史上一座难以逾越的高峰。

苏轼在东坡盖了几间草屋，把正中的堂屋命名为“雪堂”，并自署了匾额，这里就成了看守庄稼、有时也接待朋友的地方。

黄州是一个偏僻的小城，苏轼在初到黄州时给友人的信中说：“黄州真在井底，杳不闻乡国消息。”（《与王元直》）但黄州面临大江，风景却十分秀丽，住久了，苏轼也就随遇而安了，他甚至渐渐有点喜欢这个地方了。但是，他毕竟不是安于老于户牖之下的庸人，所以时时也有怀才不遇的苦闷。

元丰五年九月的一天，苏轼与朋友在东坡饮酒，归来的时候已经将近三更了，敲了半天的门，没有敲开，于是和朋友走到江边，望看滔滔江水，一时有一种飘然出尘的顿悟之感，于是诗兴大发，写下了这首脍炙人口的《临江仙·夜归临皋》。

临皋，就是临皋亭，是长江边上一个水驿官亭，苏轼贬黄州后，先借住在定惠院，后来迁居临皋亭。

上片只是平平地把事情的原委交待清楚：晚上和朋友在东坡饮酒，大概是喝得高兴了，醒了醉，醉了醒，这一下，就饮到了半夜。归家的时候，仿佛已经三更了，家里的人当然都睡下了，敲了半天的门，没有人应，只听到家僮如雷的鼾声。无奈之下，来到不远的江边，扶着拐杖，望着滚滚东去的江水，听着哗哗流淌的“江声”，一时思绪万千，有一种遗世独立、归隐江湖的感觉。

下片就把这种感觉用文字表达出来了。“长恨此身非我有，何时忘却营营”，两句全用《庄子》。上句用《庄子·知北游》舜和“丞”的对话，舜说“吾身非吾有也”，丞认为就是“天地之委形”。苏轼在这里显然是因为困在黄州，一切的理想抱负都无从实现，甚至时时有安危之忧而引起的感叹。下句用《庄子·庚桑楚》“全汝形，抱汝生，勿使汝思虑营营”。“营营”就是奔走钻营的意思。想通了这个道理，很自然地就引出结句“小舟从此逝，江海寄余生”了。

当然，苏轼思想的基调是入世的，他是一个非常热爱生活的人，“小舟从此逝”的想法，也可能产生过，但不会付诸实践。但是却因为这两句诗，闹出了一个不大不小的乱子。

据宋叶梦得《避暑录话》记载说：“与数客饮江上。夜归，江面际天，风露浩然，有当其意，乃作歌词，所谓‘夜阑风静縠纹平，小舟从此逝，江海寄余生’者。与客大歌数过而散。”当时和苏轼一起“听江声”的，大概还有几朋友。于是第二天此词传遍了黄州，惊动了黄州太守徐君猷，他以为苏轼真地驾小舟而去了。这是“州失罪人”，担当不起的。而且，他和苏轼的关系也还不错，于是赶紧派人到苏家去看个究竟，结果，苏轼正在家中高卧，也正鼾声如雷。

清平乐/春归何处　黄庭坚

春归何处？寂寞无行路。若有人知春去处，唤取归来同住。　春无踪迹谁知？除非问取黄鹂。百啭无人能解，因风飞过蔷薇。

黄庭坚是宋代大诗人、大才子，也是大词人，他的词，在当时与秦观齐名，并称“秦七黄九”。他是宋代最有影响的诗派“江西诗派”的创始人，“一祖三宗”中的“三宗”之首。他还是大书法家，“宋四家”之一。但是，奇怪的是，现在许多人对黄庭坚的诗、文、词知道的都不是太多，而知者甚众的是他的书法。

但黄庭坚的这一首悼春之词，却几乎是家喻户晓的。

在众多的悼春词中，黄庭坚的这首《清平乐》最为轻灵，没有太多的伤春之意，而有极妙的想象之词。

“春归何处”，看似一个极无理的问题，但并不让人感到突兀，反而一下子逗起了人们的兴趣，我想起了宋人话本《碾玉观音》十分有趣的引子：王安石说“这春归去，是春风断送的”；苏轼说“不是东风断送春归去，是春雨断送春归去”；秦观说“也不干风事，也不干雨事，是柳絮飘将春色去”；邵尧夫说“也不干柳絮事，是蝴蝶采将春色去”；曾两府说“也不干蝴蝶事，是黄莺啼得春归去”；朱希真说“也不干黄莺事，是杜鹃啼得春归去”；苏小妹说“都不干这几件事，是燕子衔将春色去”。并引他们的诗词为证。最后王岩叟总结说：“也不干风事，也不干雨事，也不干柳絮事，也不干蝴蝶事，也不干黄莺事，也不干杜鹃事，也不干燕子事，是九十日春光已过，春归去。”妙趣横生，读者可以参看。

“若有人知春去处，唤取归来同住”，同样是惜春之情，构想却最为巧妙。

下片似乎是在自答。黄鹂是伴着春来的，那去问问它，它也许知道春天到哪里去了。黄鹂的叫声悠扬婉转，好像是在回答人们的询问，但

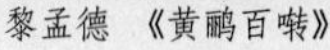

黎孟德 《黄鹂百啭》

黎孟德 《山水》

没有人听得懂，这美妙的叫声随风飘过蔷薇去了。

词写得非常美，构思也非常奇特。有兴寄吗？需要如有人引《云仙杂志》所载六朝时戴颙携黄柑斗酒去听黄鹂的典故吗？这是风马牛不相及的事。词人并没有“借黄鹂来抒发自己的怀抱”，也更没有“去国十年老尽少年心”的感慨。

解诗解词，最可怕的是把自己的意思强加给作者，什么样的作品都要去揣测作者的“兴寄”，就像后儒讲孔子的《春秋》笔法一样，字字都含褒贬，字字都有玄机，所谓“钩深发微”，其实大多是臆测与胡说，把许多优美的诗词讲得让人兴味索然。

浣溪沙/新妇矶边眉黛愁　黄庭坚

新妇矶边眉黛愁，女儿浦口眼波秋，惊鱼错认月沉钩。
青箬笠前无限事，绿蓑衣底一时休，斜风吹雨转船头。

有一些地名很有趣，不仅为生活增添了一些趣味，也给诗人提供了一些素材。比如就真有惶恐滩、零丁洋这样的名字，让文天祥写成“惶恐滩头说惶恐，零丁洋里叹零丁”（《过零丁洋》）这样的绝对。黄庭坚这首词中也有两个有趣而又天生能成对的地名：新妇矶、女儿浦。

读这首词之前，我们先来看一看唐张志和那首著名的《渔歌子》：

西塞山前白鹭飞，桃花流水鳜鱼肥。
青箬笠，绿蓑衣，斜风细雨不须归。

我们再来看一看唐诗人顾况那首不那么著名的《渔父》词（《全唐诗》所收残句只有前两句）：

新妇矶边月明，女儿浦口潮平，沙头鹭宿鱼惊。

张志和的《渔歌子》很受后人喜爱。苏轼就曾经为了便于歌唱而对它进行改作。徐俯《渔父词自跋》说东坡认为“元真（张字和字元真）语极丽，恨其曲度不传”，于是“加数语以《浣溪沙》歌之云”：

西塞山前白鹭飞，散花洲外片帆微。桃花流水鳜鱼肥。　自庇一身青箬笠，相随到处绿蓑衣。斜风细雨不须归。

黄庭坚看见后，击节称赏，但是觉得“散花”与“桃花”字重叠，又渔舟少有使帆者，就取张、顾二词，合成这首《浣溪沙》。

张志和、顾况和苏轼的诗词，基本上都是就事论事，不能说没有兴寄，但很淡，黄庭坚的《浣溪沙》就略为深沉一些了。

顾况的诗“新妇矶边月明，女儿浦口潮平”，纯然写景。黄庭坚就用了一点拟人的手法了。既然有如此旖旎的名字，就不妨来一点浪漫的联想，连苏轼都击节赞赏说：“鲁直此词，新清婉丽，问其最得意处，以山光水色替却玉肌花貌，真得渔父家风也。”当然，最后也不忘给黄庭坚开个小小的玩笑说：“然才出新妇矶，便入女儿浦，此渔父无乃太澜浪乎。”

黄词的下片不及上片好。原因是把不必说的话说出来了。张志和和苏轼的词，只写渔父垂钓事，不做丝毫评说，但一付隐者的风范已经跃然纸上。而黄词去把这一层窗纸捅破，非要加上“青箬笠前无限事，绿蓑衣底一时休”，反而有一点着相了。

所以黄庭坚晚年对此词也有一点不满，又重作了一首《鹧鸪天》：

西塞山前白鹭飞，桃花流水鳜鱼肥。朝廷尚觅元真子，何处如今更有诗。　青箬笠，绿蓑衣。斜风细雨不须归。人间欲避风波险，一日风波十二时。

苏轼见了，又开玩笑说：“鲁直乃欲平地起风波也。”

鹊桥仙/纤云弄巧　秦观

纤云弄巧，飞星传恨，银汉迢迢暗度。金风玉露一相逢，便胜却、人间无数。　柔情似水，佳期如梦，忍顾鹊桥归路。两情若是久长时，又岂在、朝朝暮暮。

牛郎织女的故事，是一个非常凄美的传说。天上的星宿，有两颗在民间被称作牵牛星（天文学名“河鼓二”）和织女星（天文学名“织女一”）。天上又有一条不规则的发光带，被称为“天河”（“银河”）。牵牛星和织女星分在天河的两边。于是，从汉、魏时期开始，就有了牵牛和织女为夫妇，每年七月七日才能会面一次的传说。后来这个故事演变为织女是天上的仙女，负责织出每日天上飘动的云锦。有一次她偷偷下凡，与放牛的凡人牛郎相爱，结成夫妻，并且生下了一双儿女。王母娘娘知道后，派天兵天将把织女捉回天庭。牛郎担着一双儿女追赶，于是王母娘娘拔下头上的玉簪一划，就出现了一条天河，把牛郎和织女隔在两岸，只能隔河相望。后来，允许她们每一年相会一次，由无数喜鹊用身体搭成一座桥，牛郎和织女就在桥上相会。这座桥，就是著名的“鹊桥”。

后来，农历的七月七日成了闺中女子的一个节日——乞巧节，据说是在月下穿针，穿上了，就是向织女“乞”得了巧。鹊桥相会，也成为坚贞爱情的象征。

秦观的这首《鹊桥仙》，写的就是七月七日织女会牛郎的事。

词的上片写相会，“银汉”就是那条隔开这一对恩爱夫妻的天河。“迢迢”，既是时间上的漫长，三百六十五天的盼望，才有一夕的相会。也是空间上的遥远。奔上鹊桥，恨不得一步就跨到心爱的人儿身边，在他们的感觉上，这条鹊桥也是很漫长的。

“金风”不必一定要解释为秋风，因为带一点神话传说，所以用“金风玉露”来形容。“金风玉露一相逢，便胜却人间无数”，极妙。天下事，贵精不贵多。人世间许多夫妻，天天在一起，感情渐渐淡漠，身在福中不知福，还要说什么“审美疲劳”，就像司马光《西江月》所说，“相见争如不见，有情还似无情”。牛郎织女的感情，并未因长时间的分离而减弱，反而因漫长的思念更加浓烈。七夕一见，诉不尽的相思，道不完的情爱，又岂是人间那些形同陌路的夫妻所能比拟的。

下片写分别。夜毕竟要尽，天毕竟要亮，喜鹊毕竟要散，人毕竟要别。再相见，已是来年，所以说“佳期如梦”。“忍顾鹊桥归路”，从鹊桥上来，还从鹊桥上归去。来时鹊桥恨长，去时鹊桥苦短。快要分别了，不忍心回过头去看归去的路。“顾”是回头看的意思。“忍”，解作“不忍”。古诗文中有时为了音节的关系，有“不”字但没有不的意思。如屈原《离骚》“不抚壮而弃秽兮”，就是“（应该）抚壮而弃秽”的意思，“不”字作语气词。而没有“不”字，又往往要讲作否定的意思，比如这一句中，“忍顾”就要解作“不忍顾”。

最后两句是后世许许多多不得不分别的男男女女，用以相互安慰的名句。其中虽然有坚贞的誓言，照应了上片“金风玉露一相逢，便胜却人间无数”，但却又是充满了酸楚的。不是万不得已，谁又不愿意朝朝暮暮、岁岁年年长相厮守呢。流行歌曲《笑脸》中那句“书上说有情人千里能共婵娟，可是我现在只想把你手儿牵”，才是真正相爱的人的心里话。

踏莎行 / 雾失楼台　秦观

雾失楼台，月迷津渡。桃源望断无寻处。可堪孤馆闭春寒，杜鹃声里斜阳暮。　驿寄梅花，鱼传尺素。砌成此恨无重数。郴江幸自绕郴山，为谁流下潇湘去。

“苏门四学士”中，苏轼最欣赏的是秦观。元祐初，苏轼曾举荐他为秘书省正字，兼国史馆编修，参与修《神宗实录》。在元祐新旧党争中，秦观也因为苏轼的关系被划入旧党，当新党执政时，因此遭到贬谪。绍圣初（1094）出任杭州通判。又因御史刘拯告他增损《神宗实录》，贬监处州酒税。绍圣三年（1096），再以写佛书被罪，贬郴州（今湖南郴州市）。

这首《踏莎行》，就是他初贬郴州时所作。

秦观也是个大才子，在当时名气也很大，《醒世恒言》中那篇《苏小妹三难新郎》虽然是小说虚构的故事，但写苏小妹看了秦观的文字以后说“可惜二苏同时，不然横行一世”，却是有点道理的。他虽然才大，词也写得很好，书法造诣也很高，但性格柔弱一些，尤其缺少苏轼身上那种旷达豪放之气，所以在遭受贬谪后，不像苏轼那么想得开，牢骚要大得多，情绪也有些低落，甚至影响到了身体健康，去世时才五十一岁。

“雾失楼台，月迷津渡”，词人的眼中是一片迷朦，是实景，也是虚境。“桃源”，理解为陶渊明笔下的桃花源也好，理解为作者心目中的一个理想胜地也好，都无不可。再直白一点，就是作者心目中畅达的仕途，但是现在却“无寻处”。“可堪”就是“不可堪”“岂堪”，即“哪受得了”“最不能忍受”的意思。最不能忍受的是什么呢？“孤馆闭春寒”“杜鹃声里斜阳暮”，暮色苍茫中，春寒料峭，杜鹃啼鸣，孤零零地愁坐旅舍。王国维最欣赏这两句词，认为“少游词境最为凄婉，至‘可堪孤馆闭春寒，杜鹃声里斜阳暮’，则变而为凄厉矣”（《人间词话》）。

“驿寄梅花”“鱼传尺素”都是说书信。三国时吴郡陆凯曾寄了一枝梅花给朋友范晔，并附了一首诗：

折花逢驿使，寄与陇头人。
江南无所有，聊寄一枝春。

古乐府《饮马长城窟行》：“客从远方来，遗我双鲤鱼。呼儿烹鲤鱼，中有尺素书。”秦观收到的书信是谁寄来的，不知道，大概不外乎是朋友、亲人。看到这信，引起对往事的回忆，更增添了无尽的愁恨，

“砌成此恨无重数”。“砌”是堆积的意思。

“郴江幸自绕郴山，为谁流下潇湘去”，是秦观留给后人的一个问题。现在的注家，解释得五花八门，都想解读“为谁”二字。但多为曲说，难尽人意。汲古阁本《淮海词》此词下有一条附注：“释天隐注三体唐诗，谓此二句实自‘沅湘日夜东流去，不为愁人住少时’变化。然《邶》之‘毖彼泉水，亦流于淇’已有此意，秦公盖出诸此。”倒是比较接近秦观的原意。面对滔滔郴江，词人感叹江水日夜东流，“却不解带将愁去”（辛弃疾《祝英台近·晚春》语）。苏轼十分欣赏这两句词，秦观去世后，苏轼把这两句词书写在自己的扇子上，感叹说：“少游已矣，虽万人何赎！”

水龙吟/小楼连苑横空　秦观

小楼连苑横空，下窥绣毂雕鞍骤。朱帘半卷，单衣初试，清明时候。破暖轻风，弄晴微雨，欲无还有。卖花声过尽，垂杨院落，红成阵、飞鸳甃。　玉佩丁东别后，怅佳期、参差难又。名缰利锁，天还知道，和天也瘦。花下重门，柳边深巷，不堪回首。念多情但有，当时皓月，照人依旧。

《词苑丛谈》引此词，题下有“寄营妓娄（或‘楼’）婉。婉字东玉”。

词还是写别后的相思。“小楼连苑横空，下窥绣毂雕鞍骤”，写女主人公在楼上看见楼下一人骑着马很快地过去了。有的人解释这个人就是她的恋人，这不太合符常情。也很难一下子就过渡到下面的深沉相思中。正确的理解，应该是一个不相干的人骑着马从楼下跑过去了，引起了楼上女子的联想，曾几何时，她的恋人也是这样骑着马，从楼下匆匆地离开了她的。

这是天气刚刚转暖、“单衣初试”的“清明时候”，也是古人常说的“春女思”（《淮南子·谬称训》语）的时候，她大概也会有“忽见陌头杨柳色，悔教夫婿觅封侯”（王昌龄《闺怨》）的感觉。

“破暖轻风，弄晴微雨，欲无还有”，有一点特别。什么叫“破暖轻风”？刚刚回暖，一阵轻风，又带来丝丝寒意。什么叫“弄晴微雨”？刚刚放晴，一阵微雨，又带来片片浓云。这似阴似晴，变幻莫测的天气，就像这位思人女子时好时坏的心情一样。极度的孤独、极度的冷清，就连偶尔路过的卖花人的叫卖声，也渐行渐远渐不闻了，“垂杨院落”中，就只看见片片飞红，飞舞着，飘落在鸳甃檐间。

“玉佩丁东别后”，据说是秦观把他相好的营妓“东玉”的名字嵌进去了，她的姓，已经出现在第一句中。这是宋代文人常常干的事，不必奇怪。《高斋诗话》说：“少游（秦观）在蔡州，与营妓娄婉字东玉者密，赠之词，有‘玉佩丁东’句。又有赠陶心儿词云：‘天外一钩残月带三星。’（射‘心’字）东坡诮其恐为他妓厮赖。”古代士大夫佩玉，走路的时候就会有丁丁东东的声音。他就这么丁丁东东地走了，什么时候才能再见，说不清楚。

恋人的离去，是因为“名缰利锁”，从男人的追求抱负来讲，没有错；从单纯的感情讲，又错了。这是分别的理由，是解不开的矛盾。不要说人解不开，就是让老天爷去解，恐怕也会因之而“瘦”了。意思是从李贺“天若有情天亦老”（《金铜仙人辞汉歌》）化出。“花下重门”“柳边深巷”，是当时携手欢会的地方，现在是人去楼空，只剩下多情的明月，还一如既往地照在离人的身上。

据说秦观从会稽回京，去拜见老师苏轼。苏轼问他最近有什么新词，先是因为《满庭芳》中的“销魂，当此际，香囊暗解，罗带轻分”，受到苏轼的批评，说他学柳永的轻浮。秦观又举出“小楼连苑横空，下有绣毂雕鞍骤”，大概他认为这是自己很得意的句子。不料又受到苏轼的批评：“十三个字，只说得一个人骑马楼前过。”仔细想一想，苏轼的话确实有道理，秦观的这两句词，很美，但是雕琢太过，就像一个化妆太浓的美女，反而掩盖了天然的秀色。东坡的修养，确实是要高出一筹的。

摸鱼儿／东皋寓居　晁补之

买陂塘、旋栽杨柳，依稀淮岸江浦。东皋嘉雨新痕涨，沙觜鹭来鸥聚。堪爱处，最好是、一川夜月光流渚。无人独舞。任翠幄张天，柔茵藉地，酒尽未能去。　青绫被，莫忆金闺故步。儒冠曾把身误。弓刀千骑成何事，荒了邵平瓜圃。君试觑，满青镜、星星鬓影今如许。功名浪语。便似得班超，封侯万里，归计恐迟暮。

晁补之是“苏门四学士”之一，他的成就主要在诗，但词也写得很好，有词集《晁氏琴趣外编》六卷传世。这首《摸鱼儿》是他的压卷之作。

晁补之是苏轼的学生，自然被划入元祐党人中，在新、旧两党的争斗中，多次遭到贬谪，仕途一直不是很得意。

《西塘集·耆旧续闻》卷三说：“晁无咎闲居济州金乡，葺东皋归去来园，楼观堂亭，位置极潇洒，尽用陶语名目之，自画为大图，书记其上。”

晁补之闲居金乡，是在元符元年（1098）。绍圣四年（公元1097年），党祸又起，再治元祐旧臣，晁补之亦在籍中，被贬监处、信二州（今浙江丽水）盐酒税。赴任途中，母杨氏夫人病殁，即奉灵柩还乡，服丧家居。到元符元年，迁居金乡（今山东金乡县）城东。词应该就作于此时。

晁补之移居金乡东皋，也就是城东一个土坡。修葺了原有的归去来园，整修了楼观亭堂，又取陶渊明诗文语句命名，他把这一切画成一张大画，这首词就书写于其上。

上片写营造事及东皋美景。买来陂塘，栽些杨柳，仿佛就是淮水岸边湘江浦口的景色了。雨后的东皋，岸边沙地上，有新潮涨落的痕迹。沙洲上，聚集着江鸥白鹭。最令人陶醉的，是月光从沙渚流过，一个人在这里或歌或舞，天像张开的翠幕，地上铺满绿色的小草，太美了，哪

（清）黄慎 《柳塘双鹭图》

怕是酒兴已尽，都还不忍离去。

这一段描写确实很美，但总有一点过于清冷的感觉。读到这一类文字，我常常没有来由地想起柳宗元《小石潭记》结尾处那两句："以其境过清，不可久居，乃记之而去。"除了少数真正的隐士以外，一般人如此吟诵，往往是人生受到挫折，以极静极淡的语意，对命运作无言的抗争。

所以，下片就要抒情了。

"青绫被""金闺故步"，都是对从前做官时生活的回忆。汉制，尚书郎值夜班，官供新青缣白绫被或锦被。金闺，金马门的别称。江淹《别赋》："金闺之诸彦。"李善注："金闺，金马门也。"金马门是汉宫中著名的宫门。

下面这句就是牢骚了。"儒冠曾把身误"，语出杜甫《奉赠韦左丞丈二十二韵》"纨绔不饿死，儒冠多误身"。当时杜甫困守长安，十年不遇，所以才发此牢骚。晁补之多次遭贬，居东皋的时候已经四十五岁了，但仕途仍然未见光明，不免也有这样的牢骚。“弓刀千骑”，指护卫的队伍。晁补之曾担任过济州太守等地方官，现在又如何呢？反而使得田园荒芜了。邵平，秦时东陵侯，秦亡后在长安城东门种瓜，瓜有五色，味道甜美，被称为“东陵瓜”，邵平也成为陶渊明一类隐者的代表。

最让人惆怅的，是年岁渐老，镜中双鬓，已经有了星星白发。纵然再建得功业，就像班超一样，扬威西域，万里封侯，那时人已老迈，又有何用呢？

辛弃疾有一首《摸鱼儿·更能消几番风雨》非常有名，但明显受这首词的影响。清刘熙载《艺概》卷四就说：“无咎词堂庑颇大，人知辛稼轩《摸鱼儿》（更能消几番风雨）一阕为后来名家所竞效，其实辛词所本，即无咎《摸鱼儿·东皋寓居》之波澜也。”

卜算子/我住长江头　李之仪

我住长江头，君住长江尾。日日思君不见君，共饮长江水。　此水几时休，此恨何时已。只愿君心似我心，定不负相思意。

读多了文人词，乍读到李之仪的这一首《卜算子》，感觉是读到了一首乡土气息十分浓厚的民歌。

我首先想到的，其实也是文人的诗作，那就是唐代写下让李白搁笔的《黄鹤楼》诗的崔颢。他有两首《长干行》：

君家何处住？妾住在横塘。
停船暂借问，或恐是同乡。

家临九江水，来去九江侧。
同是长干人，生小不相识。

黎孟德 《黄陵庙》

我还想起了刘禹锡的那首著名的《竹枝词》：

杨柳青青江水平，闻郎江上唱歌声。
东边日出西边雨，道是无晴却有晴。

同住一江畔，同饮一江水，这里面自然就有了浓浓的乡情和爱情。崔颢的诗，写的是乡情；刘禹锡的诗，写的是爱情。这乡情和爱情，在他们的笔下，都有些含蓄。而李之仪的这首词，却是对爱情执着的追求和大胆的表露。

不必去追究"长江头"和"长江尾"究竟隔了多远，重要的是虽然"日日思君不见君"，但是，还能够"同饮一江水"。说话的口吻显然是一位女子，而且是一位非常痴情的女子。

"此水几时休，此恨何时已"两句，是绝不能使用问号的，虽然有的书真还就用了问号。

这两句是很坚贞的爱情誓言。什么时候这一江滚滚的流水干涸了，什么时候我因为"日日思君不见君"的"恨"，换句话说，就是对恋人的思念和爱情才会停止。这和汉乐府民歌中的《上邪》：

上邪，我欲与君相知，长命无绝衰。山无陵，江水为竭，冬雷震震，夏雨雪，天地合，乃敢与君绝！

敦煌曲子词《菩萨蛮》：

> 枕前发尽千般愿，要休且待青山烂。水面上秤锤浮，直待黄河彻底枯。　白日参辰现，北斗回南面。休即未能休，且待三更见日头。

是有异曲同工之妙的。这样深挚的爱，无怨无求，唯一希望的，只是"君心似我心"，是很令人感动的。

李之仪是北宋人，曾经入过苏轼的幕府，也因此受过苏轼遭贬的牵连。他的词写得很好，书法也不错，很受苏轼的赏识。

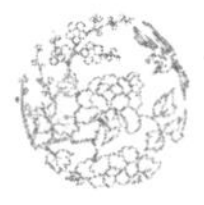

青玉案/凌波不过横塘路　贺铸

> 凌波不过横塘路，但目送，芳尘去。锦瑟年华谁与度？月台花榭，琐窗朱户，只有春知处。　碧云冉冉蘅皋暮，彩笔新题断肠句。试问闲愁都几许？一川烟草，满城风絮，梅子黄时雨。

黄庭坚曾经写过一首《寄贺方回》的诗：

> 少游醉卧古藤下，谁与愁眉唱一杯？
> 解作江南断肠句，只今唯有贺方回。

主要就是针对贺铸这首《青玉案》而发的。

贺铸，字方回。他本是赵宋皇室的后裔，又娶宗室女为妻，但因为性情耿介，不媚权贵，所以在仕途上极不得意，最后干脆退隐苏州，啸傲山水，但是，他的心中其实是非常苦闷的。

古人寄托愁思的手法之一，是写芳草美人。贺铸采用的也是这一手法。词一开头，"凌波不过横塘路"，就把一位美人推到了我们面前。许多赏析文章都说是贺铸路遇一位美人，有感而发。这是不对的。这位有如曹植《洛神赋》中描写的宓妃一样“凌波微步，罗袜生尘”的美人，是贺铸理想中虚构的人物，正如曹植心目中的洛神一样。正因为此，她才可以象征许多美好的东西：爱情、高贵、纯洁、理想等等。但这位美人并没有走近，反而是一步步远去了，诗人只能“但目送，芳尘去”。

美人的离去，也带走了诗人的思绪。他在遐想，她是和谁共度如此美好的“锦瑟年华”。她去了哪里，哪里是她居住的“月台花榭，琐窗朱户”，大概只有“春”才知道。

过片以后，则是着力描写诗人因此而生的“闲愁”。“蘅皋”，就是长满香草的高地，出自曹植《洛神赋》“尔乃税驾乎蘅皋，秣驷乎芝田”。“彩笔”，用南朝江淹的典故。据《南史·江淹传》记载，江淹曾经梦见郭璞对他说，有一支彩笔在他那里多年，现在要收回了。江淹就从怀中拿出彩笔还给他。从此，江淹就再也写不出好的诗文了。成语“江郎才尽”说的就是这件事。贺铸用此，并无深意，关键还在用彩笔“新题断肠句”上。为什么会写“断肠句”呢？是因为“闲愁”。

这“闲愁”有多少？这是一个看似无理的问题，就像李后主《虞美人》词中“问君能有几多愁”一样。李后主用“一江春水向东流”来比“愁”，遂成千古绝唱，此后几成绝响。能与之相埒的，大概就只有贺铸这首词结束的比喻，而且不是一个，是一口气说了三个：“一川烟草，满城飞絮，梅子黄时雨。”真是精彩绝伦了！无怪乎他会得到一个“贺梅子”的雅号。要知道，贺铸长得奇丑，他的另一个“雅号”叫“贺鬼头”。

鹧鸪飞/重过阊门万事非　贺铸

重过阊门万事非，同来何事不同归！梧桐半死清霜后，头白鸳鸯失伴飞。　原上草，露初晞。旧栖新垅两依依。空床卧听南窗雨，谁复挑灯夜补衣。

贺铸喜欢用词牌的别名，在他的集子中，这首词叫《半死桐》。

这是一首悼亡妻的词作，是堪与潘岳《悼亡诗》、元稹《遣悲怀》、苏轼《江城子》媲美的悼亡名篇。

贺铸的妻子赵氏，是宗室之女，但是十分贤惠，对贺铸也非常好，不幸先贺铸而逝，这成为了贺铸一生的伤痛。

贺铸晚年曾寓居苏州，夫人赵氏就病逝在那里。所以词一开头就说："重过阊门万事非，同来何事不同归！"元符元年（1098），因母丧去职，贺铸曾在苏、杭一带居住过差不多三年的时间。大观三年（1109）年致仕（退休）后，又卜居苏州。我倒不认为赵氏死在苏州，所以诗人重过阊门（苏州西门）才会有"万事非"的感叹。我认为贺铸元符年间居苏州，是和赵氏夫人一起的。大观年间重回苏州，赵氏夫人已经去世，所以贺铸到苏州后，看到当年居住的地方，想到当年在苏州的温馨岁月，再看看现在自己形只影单，才会发出看似平淡，其实是撕心裂肺般的喟叹："同来何事不同归！"从前，我们一起来过这里，今天，我退休了，想把苏州作为最后的归宿，但是你为什么就不能和我一同归来呢！

"梧桐半死""鸳鸯失伴"，不过是对此时此景的形容，其感人之处是远不及首二句的。

但是，下片又让我们再次感动了。

"原上草，露初晞"，用汉乐府《薤露》："薤上露，何易晞。露晞明朝更复落，人死一去何时归。"说人生短促如朝露，太阳一出就干了。"旧栖新垅两依依"，相当感人了。"旧栖"，从前住的地方；"新垅"，赵夫人的坟茔。两处都让诗人魂梦依依。赵夫人的"新垅"，并不在苏州。古人一般不会在什么地方死就在什么地方埋，没有特殊情况，都是要归葬祖茔的。贺铸虽然官职不高，但毕竟也算是社会名流，赵氏夫人也是宗室之女，葬事是不可能太草率的。

真正感人的，是最后两句："空床卧听南窗雨，谁复挑灯夜补衣。"夜深了，诗人独自卧床，听着窗外的雨声，当年，自己读书写作的时候，夫人就在旁边做着针线伴读，现在没有人会再为我挑灯补衣，针凿伴读了。

苏幕遮/燎沉香　周邦彦

燎沉香，消溽暑。鸟雀呼晴，侵晓窥檐语。叶上初阳干宿雨，水面清圆，一一风荷举。　故乡遥，何日去。家住吴门，久作长安旅。五月渔郎相忆否，小楫轻舟，梦入芙蓉浦。

几乎所有的分析鉴赏文章，都把这首词当作周邦彦的思乡之作来理解。难道不是吗？词里不是分明说道“故乡遥，何日去”吗？这当然没有错，但是，浅。只看到了表象，而没有做更深一层的探求。

什么原因让人离开故乡？一种是被动的，兵祸灾荒，不得不背井离乡，有家难回。比如杜甫的《离别》诗所说：“洛城一别四千里，胡骑长驱五六年。草木变衰行剑外，兵戈阻隔老江边。思家步月清宵立，忆弟看云白日眠。闻道河阳近乘胜，司徒急为破幽燕。”不是不想回家，是“兵戈阻隔”，回不去。再如明末陈子龙《小车行》所说“小车班班黄尘晚，夫为推，妇为挽。出门茫茫何所之？青青者榆疗吾饥，愿得乐土共哺糜”。举家离乡逃荒，只为能找到一个能喝上一口稀粥的地方。另一种则是主动的。离开故乡，是为了求取功名富贵。这种情况，未求得功名富贵是不想还乡的，求到了功名富贵也是不想还乡的。除非是像项羽那样思想比较单纯浅薄的人，在攻下咸阳，灭了秦国之后，会因为“富贵不还乡，如衣绣夜行”而放弃利于成就霸业的关中之地，而急急忙忙地跑回家乡夸耀乡里去了。或者像贺知章一样，八十余岁，耳聋眼花了，才想到叶落归根，返回故乡。

周邦彦显然属于后者。“家住吴门，久作长安旅。”这里的“长安”，是指北宋的京城汴梁。“久作长安旅”，干什么？不问自明，是求取功名富贵，是喜欢京城的繁华享乐。他的才气很大，名气也很大，但是官却做得不大，所以牢骚倒是时时有的，有时也会想到当年在故乡时候的一些儿时玩伴，一些往事，但绝无归乡的打算。这就是周邦彦写作此词的背景。

《荷》 摄影黎诗扬

黎孟德 《柳》

后人十分欣赏的，倒是上片以极清丽的语言刻画景物的本事。尤其是“叶上初阳干宿雨，水面清圆，一一风荷举”，以白描的手法，不加雕琢，极得荷的神韵。王国维在《人间词话》中说：“美成《青玉案》词‘叶上初阳干宿雨，水面清圆，一一风荷举’，此真能得荷之神理者。”所欣赏者即在此。

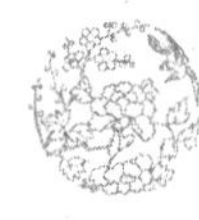

兰陵王／《柳》 周邦彦

柳阴直，烟里丝丝弄碧。隋堤上、曾见几番，拂水飘绵送行色。登临望故国，谁识京华倦客。长亭路、年去岁来，应折柔条过千尺。 闲寻旧踪迹，又酒趁哀弦，灯照离席，梨花榆火催寒食。愁一箭风快，半篙波暖，回头迢递便数驿。望人在天北。 凄恻，恨堆积。渐别浦萦回，津堠岑寂，斜阳冉冉春无极。念月榭携手，露桥闻笛。沉思前事，似梦里，泪暗滴。

这是周邦彦的名词，题目是“柳”，却非咏柳之作，而是借柳起兴，寄托离别的愁绪。

柳是古人很喜欢的一种树。柳丝拂水，柳花似雪，柳浪如烟，柳叶如眉。大约从唐代开始，就有了折柳送别的风俗。有人说是因为“柳”

与“留”谐音，有人说是柳树易活，希望离别的友人在新的地方能很好地活下去，恐怕都有一点牵强。当然也未必就是受被誉为《诗经》中最美的那句“昔我往矣，杨柳依依；今我来思，雨雪霏霏”（《小雅 采薇》）的启发。也许就是方便，因为古时候水滨堤上，“长亭外，古道边”，最多的就是柳树。但渐渐地也就成了一种风俗，唐以后的诗文中描写极多。

离别的是谁，有人说是送别的朋友或者情人，有的人说是作者自己，都讲得通。

此词分上、中、下三片。

上片由柳起兴。“柳阴直”，是江边堤上、亭外路旁的柳，一排排，一行行，直直地通向远方。“烟里丝丝弄碧”，形容一片烟柳极为形象。“柳烟”是一个很有意思的词，如雾如烟的柳浪中，丝丝柳条拂动着一片翠绿。接下来一大段，都是写折柳送别，古往今来，离人无数，“长亭路、年去岁来，应折柔条过千尺”。宕开来说，伤离别的并不是只有眼前的你我两人，也算是一种自我安慰了。

“梨花榆火催寒食”，再一次表明时间。寒食是清明前一日，这一天禁火，冷食，所以称“寒食”。古时候取火没有现在有火柴、打火机那么方便，早一点的是钻木取火，后来有了“火镰”一类的取火工具，方便一些。唐代寒食以后，有取新火的习俗，宫中取新火以赐百官，春季钻木取火所用的是梨木和榆木，所以称“梨花榆火”。“酒趁哀弦，灯照离席”，是昨夜的送行酒宴；“愁一箭风快，半篙波暖，回头迢递便数驿”，是今日的离别。

下片是离别后的追忆。“别浦”是河流入江海之处，这里指离别的地方。杜甫《奉送卿二翁统节度镇军还江陵》：“嘹唳吟笳发，萧条别浦清。”“津堠”，是渡口可以了望和休息的处所，这里也指离别之处。“别浦萦回”，是因为船渐行渐远；“津堠岑寂”，是因为斯人已去。眼前只有“斜阳冉冉春无极”，这也就是“凄恻，恨堆积”的原因。

人已远去，很自然地会想到在一起的那些日子，“月榭携手，露桥闻笛”，多么温馨浪漫。而这一切，已随着斯人远去而被带走了，回想起来，就像是一场梦。此时此景，换成任何人，都会“泪暗滴”了。

小说家说周邦彦在李师师家中遇到宋徽宗，不得已躲在床下。第二天把夜晚所见写成了著名的《少年游》，得罪了徽宗皇帝，被赶出京城。李师师去送他，回来后徽宗问她周邦彦有没有写新词，她就唱了这首《兰陵王》，宋徽宗因此赦免了他，还让他做了大晟府提举。

小说家言未必可信，王国维在《清真先生遗事》中已力辩其污，但却说明《兰陵王》的艺术性确实非常高。据说传唱一时，“绍兴初，都下盛传周清真《兰陵王慢》，西楼南瓦皆歌之，谓之《渭城三叠》，以周词凡三换头，至末段声尤激越，唯教坊老笛师能倚之以节歌者”（《樵隐笔录》）。这首词，也一直被认为是周邦彦词中最好的一首。

一剪梅/红藕香残玉簟秋　李清照

红藕香残玉簟秋。轻解罗裳，独上兰舟。云中谁寄锦书来？雁字回时，月满西楼。　花自飘零水自流。一种相思，两处闲愁。此情无计可消除，才下眉头，却上心头

南渡以前，李清照的生活是很幸福的。父亲的溺爱、婚姻的美满、良好的教育、过人的才华，她称得上是天之娇女。如果说也有一点点愁，则是“薄雾浓云愁永昼”，“浓睡不消残酒”所引起的少妇的慵懒、伤春的情怀，还有就是丈夫赵明诚游宦在外，暂时分别的“闲愁”。

据伊士珍《琅嬛记》载，李清照和赵明诚新婚不久，赵明诚就“负笈远游。易安殊不忍别，觅锦帕书《一剪梅》词以送之”。

这就是一首相思之作，词句也如李清照一贯的通俗简约风格。

“红藕香残玉簟秋”，点明时间是初秋。红藕就是荷花，“玉簟秋”的“秋”字，就是“凉”的意思。初秋天气，睡在竹席上，微微有一点凉意了。“罗裳”两句，正说明虽然思念丈夫，但并非生离死别那么严重，只是“独”字透露出一点淡淡的孤独之感。“云中谁寄锦书来”，是因“雁字回时”引起的联想。大雁飞行时，或排成“一”字形，或排成“人”字形，合起来就是“一人”，所以人们常常会引发对离别亲人的思念。清代有一个叫方玉坤的女子，嫁给了湖南人丁筱舫，

住在北京。后来丁筱舸回家乡去了，方玉坤思念丈夫，就写了一首白话诗寄给丁筱舸。诗是这样写的：

> 叮咛嘱咐南飞雁，到衡阳，与侬代笔，行些方便。不请你报平安，不请你诉饥寒，寥寥数笔莫辞难，只写个“一”“人”两字碧云端，高叫客心酸，高叫客心酸。万一阿郎出见，要齐齐整整仔细让他看。

据说丁筱舸看了这首诗后，就回北京与她团聚了。

大雁引起人们的另一个联想，是书信，来自于苏武牧羊的故事，大家是耳熟能详的。所以词人有“云中谁寄锦书来”的发问。

下片仍写相思。“花自飘零水自流”，是作者埋怨花和水自顾飘零流淌，不理解自己的相思之苦。有人解释说“花自飘零”是自比落花，情意缠绵；“水自流”是微嗔丈夫的忍心远行。如此解诗，无异瞎子摸象。

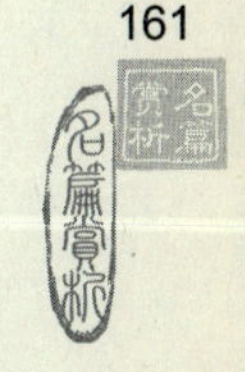

词的结尾很有意味。这“一种相思，两处闲愁”，设想丈夫和自己一样，也因“相思”而同为“闲愁”所困。“才下眉头，又上心头”，极有韵致。句子是从范仲淹《御街行》“都来此事，眉间心上，无计相回避”化出的，但比范词更好。明王世贞《艺苑卮言》说：“范希文‘都来此事，眉间心上，无计相回避’，类易安而小逊之。”清王士祯《花草蒙拾》也说：“俞仲茅小词云：‘轮到相思没处辞，眉间露一丝’，视易安‘才下眉头，却上心头’，可谓此儿善盗矣。然易安亦从范希文‘都来此事，眉间心上，无计可回避’语脱胎，李特工耳。”所言极是。

如梦令／昨夜雨疏风骤　李清照

> 昨夜雨疏风骤，浓睡不消残酒。试问卷帘人，却道海棠依旧。知否，知否，应是绿肥红瘦。

《绿肥红瘦》 摄影黎诗扬

这首小令，几乎不需要做任何解释，谁都读得懂，谁都能感受到它的美。

暮春时节，花老枝头，也该凋谢零落了。这时的花，不怕雨而怕风，风一吹，就会是“明日落红应满径”（张先《天仙子》）了。因此，“昨夜雨疏风骤”，就为后面女主人醒来的发问埋下伏笔。

“浓睡不消残酒”，平平常常，昨天晚上酒喝多了一点，虽然睡得很好，但早上起来，头都还有一点昏昏沉沉的感觉。为什么会喝那么多酒？这是一个多余而又无聊的问题，但偏偏就有人引经据典地说是因为惜花，大概是怕花开败了，有点“只恐夜深花睡去，故烧高烛照红妆”（苏轼《海棠》）的味道。这是从哪里看出来的？

“试问卷帘人，却道海棠依旧”，也不过是因为“昨夜雨疏风骤”，不知道园中的花草怎么样了，很随便地问了一下。正因为她的漫不经心地问，才有“卷帘人”“海棠依旧”的漫不经心地回答。

“卷帘人”是谁？作者没有说，其实也不必说，因为这并不重要，一般的理解，是服侍她的丫环。但是，又有人举了不少例子，来说明“卷帘人”应该是“丈夫”。且不说有没有根据，如果真理解为丈夫，全词的味道就全变了。试想，如果是丈夫不经意地回答了她，她就会用“知否，知否”的教训口吻去对丈夫说话，哪里还有一点点春日慵起，略带娇憨的少妇的可爱？

全词最精彩的，就是女主人公不满意“卷帘人”的回答，虽然没有看窗外，她知道经过昨夜的“雨疏风骤”，应该是绿的叶更茂盛，红的花更稀少的情景，被她概括为“绿肥红瘦”这个传诵千古的词语。

凤凰台上忆吹箫 /香冷金猊　李清照

香冷金猊，被翻红浪，起来慵自梳头。任宝奁尘满，日上帘钩。生怕离怀别苦，多少事、欲说还休。新来瘦，非干病酒，不是悲秋。　休休，者回去也，千万遍《阳关》，也则难留。念武陵人远，烟锁秦楼。惟有楼前流水，应念我、终日凝眸。凝眸处，从今又添，一段新愁。

李清照早期的词，不外乎两个主题，一是出嫁之前，是一个天真活泼的少女，比如那首著名的《如梦令》：

常记溪亭日暮。沉醉不知归路。兴尽晚回舟，误入藕花深处。争渡，争渡，惊起一滩鸥鹭。

另一个是出嫁以后，因为丈夫赵明诚毕竟是做官的人，就不免游宦在外，燕尔新婚，独守空房，不免有一些淡淡的闲愁和深深的思念，比如著名的《醉花阴》。

这一首《凤凰台上忆吹箫》也是李清照第二类词作中脍炙人口的名作。

丈夫上任去了，自己一个人留在家中，虽然物质生活很好，但精神上不免有些空虚，慵慵懒懒，做什么都提不起多大的兴致。

“香冷金猊，被翻红浪”，写早上醒来以后“赖”在床上不想起来。“金猊”指“狻猊（狮子）”形状的香炉。天早就亮了，香炉中的香也早就烧完了。“被翻红浪”本来是一句人人都懂的句子，就是人在被中翻来覆去，红色的锦被便如阵阵红浪翻卷。但有的人把它讲成锦被胡乱地堆在床上，在晨曦的照耀下，波纹起伏，恍似卷起层层红色的波浪。如果这样，锦被是静止的，那个“翻”字就没有着落了。

“起来慵自梳头”，这里不是才说到“起来”吗？“慵自梳头”，指梳头的时候懒懒的，没有精神。有的人看到这个“慵”字，又大做文

黎孟德 《凝眸》

章了，居然分析出的“一慵”“二慵”，一直到“五慵”，什么无心焚香，是一慵；不想叠被，是二慵等等，基本上让人刚开始读这首名词，就已经兴味索然了。

“生怕离怀别苦，多少事、欲说还休”，这是入题了。为什么会日高不起，慵自梳头呢？是因为“离怀别苦”，也就是夫妻分离，形只影单。“欲说还休”，不是有些话不在丈夫面前说，怕给他带来烦恼，什么事自己一个人扛着，没有那么严重。“欲说还休”，不过是说了又有什么用，那倒不如不说了。

“新来瘦，非干病酒，不是悲秋”，是什么？李清照没有说，我也不说，你也不必说，因为大家都知道，文章的妙处也正在此。

李清照真的要把丈夫留在身边吗？她出身于官宦之家，父亲李格非不仅是著名的文人，也是朝廷的礼部员外郎，而丈夫赵明诚的父亲，是曾经担任过宰相之职的。李清照生长在这样的环境，本人又知书达礼，自然明白男人应该在仕途上进取，所以“千万遍《阳关》，也则难留”只是她矛盾思想中潜在的想法，而不是如有人说的是想尽办法要让丈夫留下来，更没有以往离别时，清照唱《阳关》或许是产生过让丈夫留下来的效力的情况。

“武陵人远，烟锁秦楼”，两句很泛，真正有分量的，还是“唯有门前流水，应念我、终日凝眸”。温庭筠有一首《望江南》：

梳洗罢，独倚望江楼。过尽千帆皆不是，斜晖脉脉水悠悠，肠断白蘋洲。

大概就是这一句最好的注脚。

永遇乐/落日镕金　李清照

落日镕金，暮云合璧，人在何处？染柳烟浓，吹梅笛怨，春意知几许？元宵佳节，融合天气，次第岂无风雨？来相召、香车宝马，谢他酒朋诗侣。　中州盛日，闺门多暇，记得偏重三五。铺翠冠儿，撚金雪柳，簇带争济楚。如今憔悴，风鬟雾鬓，怕见夜间出去。不如向帘儿底下，听人笑语。

这首词，是元宵节有感而发的。写这首词的时候，北方已沦陷，李清照的父亲和丈夫都已经去世，辛辛苦苦收集的堆满十余间屋子的金石字画、珍宝古玩和图书，全部被金人付之一炬。她也逃难到南方，客居于临安。昔日的幸福美满，变成了今日的凄凉孤独，一桩桩、一件件的巨大打击，让她意已灰、心已死，连极度的悲愤都转入苍凉平淡。

常言说，“每逢佳节倍思亲”（王维《九月九日忆山东兄弟》），但有亲可思尚是一种安慰。可怕可悲的是所思之人早已人鬼殊途，每逢佳节，不过徒增慨叹。

在古代，整个春节期间，最热闹的是元宵节。从正月初一开始，人们团聚祭祖、走亲访友，活动的范围局限在家庭和乡里。到正月十五这一天，才变成全社会的一种集体庆祝活动。据《东京梦华录》《梦粱录》《都城纪胜》《武林旧事》和《大宋宣和遗事》等书记载，这一天皇宫前都要搭鳌山灯棚，皇上亲登彩楼，与民观灯同乐。大街小巷，家家户户门悬彩灯，争奇斗胜，各种舞队当街游行，大户人家，置酒高会，笙歌嘹亮，真是火树银花，金吾不禁。

但是这一切，已经引不起落拓寂寞、形只影单的词人的丝毫兴趣。“落日镕金，暮云合璧”，赏灯夜游的欢乐热闹就要开始了。但词人却感慨“人在何处”。这里的“人”，也许是指的丈夫赵明诚。佳节又到了，可是你在哪里呢？也许是自伤，临安虽然繁华，但是毕竟不是自己的家乡。所以“染柳烟浓”也好，“吹梅笛怨”也好，晴也好，雨也好，都引不起她的兴趣，连“酒朋诗侣”以“香车宝马”相邀，她也拒绝了。

其实当年的元宵，不是这样的。她回忆“中州盛日”，也就是北宋还没有亡，丈夫还没有死，家还没有破，人还在汴梁的时候，与闺中密友一起，最喜欢的就是正月十五元宵节。打扮得漂漂亮亮，穿上簇新的衣服，戴上首饰，出门去看灯，那是多么快乐的时光啊！但是作者笔锋一转，“如今憔悴，风鬟雾鬓，怕见夜间出去”。心力交瘁，哪里还有游赏的心情。只想把自己锁闭起来，就在帘儿底下，听别人笑语就行了。对比如此巨大，以往日的欢乐，衬托今日的落寞，艺术冲击力非常强烈。

这首词的语言非常浅显，就像面对一个饱经沧桑的邻家阿姨，促膝谈心，听她用极平常的语言，娓娓道来，引起我们深深的同情。张端义《贵耳集》说李清照“南渡以来，常怀京洛旧事。晚年赋元宵《永遇乐》词云‘落日镕金，暮云合璧’已自工致。至于‘染柳烟绿，吹梅笛怨，春意知几许’，气象更好。后叠云‘于今憔悴，风鬟雾鬓，怕见夜间出去’，皆以寻常语度入音律。炼句精巧则易，平淡入调则难”，是看到了李清照这首词的艺术特色的。

声声慢／寻寻觅觅　李清照

寻寻觅觅，冷冷清清，凄凄惨惨戚戚。乍暖还寒时候，最难将息。三杯两盏淡酒，怎敌他，晚来风急。雁过也，正伤心，却是旧时相识。　满地黄花堆积，憔悴损，如今有谁堪摘。守着窗儿，独自怎生得黑。梧桐更兼细雨，到黄昏、点点滴滴。这次第，怎一个愁字了得。

如果说，要找一首词，来概括李清照晚年的心情，那就是这首《声声慢》；

如果说，要找一首词，来证明李清照词语言通俗的艺术特色，那就是这首《声声慢》；

如果说，有首词用语新奇，甚至到了后人无法模仿，一学就成笑柄的，那就是这首《声声慢》。

一开头，连用十四个叠字，巧极，妙极，美极，痛极。

“寻寻觅觅”，寻觅什么？是对失去的旧日温馨的留恋，还是眼前凄凉心镜的解脱，不要说我们不知道，恐怕作者本人都说不清。

“冷冷清清”，是“寻寻觅觅”的结果。什么都没有，昔日的繁华不再，今日的寂寞无奈，而明天，只有渺渺茫茫的期待，期待的结果，仍然是无穷无尽的无奈。

“凄凄惨惨戚戚”，就是“冷冷清清”这个“寻寻觅觅”的结果所引起的无比悲痛了。人生的境况到了这个地步，可以说真正是“夜半凉初透”了，不过这次凉的不是身，而是心。

后人要构建出这样连续十几个字的叠用并不难，难的是营造出这样的意境，这样的感情氛围。所以李清照的这十四字叠用，一出现就成绝响。

接下来，这首词再次会让你感到惊奇。那就是它的语言，完完全全是不加雕琢的原生态语言，就像在拉家常，这些话，即使出自一位农妇之口，你都不会觉得奇怪。但在这里，你又会觉得它音节婉媚，格律天成，平平常常却又有黄钟大吕之声，这就让人不得不佩服李清照驾驭语言的本领已经到了炉火纯青、出神入化的境地了。苏东坡《与二郎侄》中说：“凡文字，少小时须令气象峥嵘，色彩绚烂，渐老渐熟乃造平淡，其实不是平淡，绚烂之极也。”读这首《声声慢》就会有这样的感觉。“乍暖还寒时候，最难将息”，“雁过也，正伤心，却是旧时相识”，“守着窗儿，独自怎生得黑”，“这次第，怎一个愁字了得”，完全是口头语，但又匠心独运，一字移易不得。

这首词，也是李清照晚年的作品。平平淡淡地道来，却让人感到铺天盖地的愁怨。上片“雁过也，正伤心，却是旧时相识”很有份量，在前面讲李清照的《一剪梅》时，我已经说到过大雁归飞带给人的感受，这里更包含了浓浓的思乡之情。“却是旧时相识”，看似无理，但作者想要透露的，是说已经一次一次地看到北雁南飞、南雁北归，但自己却客居他乡，岁月蹉跎，归家无望。

下片“满地黄花堆积，憔悴损，如今有谁堪摘”，花不堪摘，是没有人可赠，或者说没有值得为他摘花的人了，所以看着满地黄花，徒增慨叹。“守着窗儿，独自怎生得黑”，就凄凉至极了。早年的李清照也说过“薄雾浓云愁永昼”，也是无法打发那漫长的白天。但那是一位闺中少妇在富贵清闲中的“闲愁”，而现在“守着窗儿”，听着细雨打在梧桐上的点点滴滴的声音，“独自怎生得黑”，却是一位孤独的老人的哀叹。这样的景况，也真不是一个“愁”字就能说得尽的。

小重山／昨夜寒蛩不住鸣　岳飞

昨夜寒蛩不住鸣。惊回千里梦，已三更。起来独自绕阶行。人悄悄，帘外月胧明。　白首为功名。旧山松竹老，阻归程。欲将心事付瑶琴。知音少，弦断有谁听？

岳飞是著名的抗金英雄，在人民的心目中地位是非常崇高的，中国的文圣是孔子，武圣则是关羽或者岳飞。历史上的卖国奸臣多如牛毛，最被人唾弃的是秦桧，因为他杀害的是岳飞。

岳飞是历史上罕见的文武全才，在宋代，大概只有辛弃疾才能与他相比。但是辛弃疾却没有他差一点直捣黄龙府，收复北方失地，打得金兵哀叹“撼山易，撼岳家军难”的辉煌战绩。他三十九岁被秦桧害死于风波亭，堪称自毁长城的千古奇冤。

岳飞不仅是一位能征惯战、武功盖世的将军，而且是著名的诗人、书法家。他的词作，《全宋词》收录了三首，除了两首《满江红》（其中一首就是著名的“怒发冲冠”）外，就是这一首《小重山》。

岳飞早年创作《满江红》时，少年气盛，一腔热血，大有“气吞万里如虎”（辛弃疾《永遇乐·京口北固亭怀古》）的气概，但是，世事并不像想象的那么简单。主和派的势力相当大，因为他们的后台是宋高宗赵构。宋徽宗是他的父亲，宋钦宗是他的哥哥，如果真正做到北伐成功，真正迎还“二圣”，他这个皇帝是不是该让位呢？所以清代郑板桥就有诗说“金人欲送徽钦返，其奈中原不要何”（《绍兴》），他倒是看得很清楚的。另外，抗金的将领之间也相互猜忌，并不能很好地协同

岳飞

黎孟德 《精忠旗》

作战。处处掣肘，处处使绊，使岳飞苦闷不已，他已经唱不出“怒发冲冠，凭栏处，潇潇雨歇。抬望眼，仰天长啸，壮怀激烈”了。虽然仍然坚定地要“待从头收拾旧山河，朝天阙”，但是，大概也和辛弃疾“江南游子，断鸿声里，把吴钩看了，栏干拍遍。无人会，登临意”（《水龙吟·登建康赏心亭》）一样，有志同道合的知音难觅，一片赤诚报国的丹心谁表的苦闷。

这首《小重山》，就是在这样的情况下写成的。

“昨夜寒蛩不住鸣，惊回千里梦，已三更。”不过是以此入题，为下文张本。有人说，作者梦见自己率领部队转战千里，收复失地。想象力太丰富了一点。

接下来的“起来独自绕阶行”才进入正题。本来，半夜梦醒是很平常的事，接着睡就行了，相信许多人常常都有这样的经历。为什么在“已三更”，“人悄悄，帘外月胧明”的时候会起来“绕阶行”呢？

“白首为功名”，是答案。这个功名，不是现在一般人理解的功名富贵，岳飞在《满江红》中说“三十功名尘与土，八千里路云和月”，说明岳飞对平常的“功名”是没有放在眼里的。他看重的“功名”，是收复失地，还我河山。这和陆游《汉宫春·初自南郑来成都作》中“君记取，封侯事在，功名不信由天”，辛弃疾《破阵子·为陈同甫赋壮词》“了却君王天下事，赢得生前身后名，可怜白发生”是一样的。

“故山松竹老，阻归程。”故山松竹已老，早就该回去了，但是，鞑虏未灭，功名未就，一直阻碍了归程。而自己这样的理想，自己这样的转战千里，出生入死，却并没有几个人能够理解，真正的知音太少了。一直到今天，还有人说岳飞是野心家，秦桧是大大的忠臣，真是可悲之极了。难怪岳飞会发出那样深深的感叹："欲将心事付瑶琴，知音少，弦断有谁听"了。

年轻的时候读岳飞的《满江红》，读得热血沸腾；年纪大一点读岳飞的《小重山》，才对他的落寞失望有更深的了解。我很欣赏缪钺先生在《灵溪词说》中那首论岳飞词的绝句：

将军佳作世争传，三十功名路八千。
一种壮怀能蕴藉，诸君细读《小重山》。

"一种壮怀能蕴藉"，应该是对这首词很精彩的评价。

 临江仙／《夜登小阁忆洛中旧游》　陈与义

忆昔午桥桥上饮，坐中都是豪英。长沟流水去无声。杏花疏影里，吹笛到天明。　二十余年如一梦，此身虽在堪惊。闲登小阁看新晴。古今多少事，渔唱起三更。

陈与义是著名的爱国诗人，他是被派入"江西诗派"的重要人物，与黄庭坚、陈师道一起，被尊为"江西诗派""一祖三宗"的"三宗"之一。南渡以后，曾受高宗赏识，做到翰林学士、知制诰，授参知政事（副宰相）。他是主战派人物，但却因看透了高宗的无意北伐，十分痛苦。

陈与义的词也写得很好，这一首《临江仙》是他的代表作。

上片"忆昔"，下片说"二十余年如一梦"，陈与义死的时候不过四十九岁。可见他当年与朋友在午桥桥上豪饮的时候，不过是二十多岁的热血青年。陈与义生于宋哲宗元祐五年（1090），北宋亡于宋钦宗靖康二年（1127），陈与义三十八岁。可知他回忆的"昔日"，应该是北宋灭亡前约十年宋徽宗宣和年间（1119—1126），那时虽然各种社会矛盾和民族矛盾都已经非常尖锐，但还掩藏在表面繁华的歌舞升平之中。陈与义与同为“豪英”的朋友们在午桥豪饮，酒酣耳热之际，指点江山，意气风发。“杏花疏影里，吹笛到天明”，是后人十分欣赏的名句。月移花影，洒一身碎琼乱玉；笛声悠扬，吹五更晓风残云。何等风流倜傥，何等潇洒豪放。

“二十余年如一梦”，这个梦却太苦涩，太凄惨了。岂止是昔日的繁华不再，半壁河山都已经沦陷在金人的铁蹄之下。自己虽然侥幸活着，面对如此现实，又岂是“堪惊”二字所能道尽。

陈与义是力主北伐的，但是，在他的晚年，已经完全明白了宋高宗是绝不可能北伐的了。救回徽、钦二帝，将置高宗于什么地位？后来郑板桥在《绍兴》诗中说：

丞相纷纷诏敕多，绍兴天子只酣歌。
金人欲送徽钦返，其奈中原不要何。

他倒是看得透彻、一针见血的。陈与义又何尝没有看透，只不过他不敢说，所以后来辞官不做，算是无声的抗议。“闲登小阁看新晴”，看到的是什么呢？“古今多少事，渔唱起三更。”后来杨慎在著名的《临江仙》中就化用了这句话：

滚滚长江东逝水，浪花淘尽英雄。是非成败转头空。青山依旧在，几度夕阳红。　白发渔樵江渚上，惯看秋月春风。一壶浊酒喜相逢。古今多少事，都付笑谈中。

扬州慢/淮左名都　姜夔

淳熙丙申至日，予过维扬。夜雪初霁，荠麦弥望。入其城则四壁萧条，寒水自碧，暮色渐起，戍角悲吟。予怀怆然，感慨今昔，因自度此曲。千岩老人以为有《黍离》之悲也。

二十四桥

淮左名都，竹西佳处，解鞍少驻初程。过春风十里，尽荠麦青青。自胡马窥江去后，废池乔木，犹厌言兵。渐黄昏、清角吹寒，都在空城。　杜郎俊赏，算而今重到须惊。纵豆蔻词工，青楼梦好，难赋深情。二十四桥仍在，波心荡、冷月无声。念桥边红药，年年知为谁生。

扬州是历史文化名城，经济和文化在唐代都达到鼎盛，成为天下最富庶的商业都会之一，有“扬一益二”的美誉。六朝以来，许多人的理想就是“腰缠十万贯，骑鹤下扬州”（语见南朝宋殷芸《小说》），只是有很多钱还不够，还得去扬州生活，去扬州消费，才算真正享受生活。

但扬州又是一个多灾多难的英雄城市，历史上多次成为抵抗外侮的坚强堡垒，南宋初年抵御金人的南侵，明末清初抗击清军的南下，扬州都是重要的据点。但也因此遭到极为残酷的报复性破坏。

南宋初年，宋高宗赵构先在金陵即位，在金人大兵压境的情况下，不顾群臣的反对，跑到扬州，在这里呆了差不多一年。建炎三年（1129）金兵奔袭扬州，赵构又仓皇出逃，最后跑到临安（今江苏杭州）。此后，金人于绍兴三十年（1160）、三十一年（1161）、隆兴二年（1164）多次南侵，扬州都遭到不同程度的破坏，几成空城。

这首词有《小序》说写作的时间是“淳熙丙申”，即宋孝宗淳熙三年（1176），据金人最后一次南侵扬州不过十二三年。当时姜夔二十二岁。上一年，他做客汉阳，现在沿江东下，路过扬州。虽然被金人破坏已经过去了十多年，但词人看到的，仍然是“四顾萧然，寒水自碧。暮色渐起，戍角悲吟”，所以“自度此曲”。千岩老人即著名诗人萧德藻，他很赏识姜夔，把侄女嫁给了他。

“黍离之悲”，《诗经·王风·黍离》写周代一位大夫，路过西周王城，看到满目苍凉，只有“彼黍离离”，即只有野高粱长得老高，所以发出哀悼故国的感叹，后人称之为“黍离之悲”。

姜夔与萧德藻相见，是在淳熙十三年以后，可见《小序》是后来增加的。

下面来讲这首词。

作者来到这号称“淮左名都，竹西佳处”的扬州，看到的是什么景象呢？是一望无际的“荠麦青青”。《小序》说到扬州是在“至日”，即冬至，为什么这里又说“春风十里”呢？原来这里的“春风十里”，是用杜牧《赠别》诗“春风十里扬州路，卷上珠帘总不如”意，指代扬州，和春一点关系都没有。“荠麦”，有人分开讲，是荠菜和麦子，有人合起讲，就是一种野生的麦子，有一点象汉乐府《十五从军征》中所说的“旅葵”“旅谷”，都是野生的。所以表面看来漫山遍野的一片青绿，更衬托了扬州此际的荒凉，和杜甫《春望》诗中“国破山河在，城春草木深”有异曲同工之妙。

“自胡马窥江去后，废池乔木，犹厌言兵”三句，是足以显示姜夔炼字炼句功夫的名句。用“胡马窥江”写金人南侵，已是神来之笔。而“废池乔木，犹厌言兵”以拟人手法，不说百姓对战争的厌倦，而说即使是“废池乔木”，对战争都感到深深的厌恶，较说人更进一层。后来陈廷焯在《白雨斋词话》中说：“‘犹厌言兵’四字，包括无限伤乱语，他人累千百言，亦无此韵味。”

“清角吹寒”，是与昔日的扬州形成鲜明对比的。昔日的扬州，是商业大都会，茶楼酒肆，尽日买醉；秦楼楚馆，夜夜笙歌。杜牧笔下的“谁知竹西路，歌吹是扬州”（《题扬州禅智寺》），哪里会有凄清的“角”声。这“角”，就相当于现在的军号，但没有今天军号的嘹亮，而是苍凉悲壮的，更何况，是在渐近黄昏的时候，回荡在“空城”之中。

古代的文人，到过扬州的不少，写过扬州的也不少，诗中描写扬州最有名的是杜牧。大和七年（833），杜牧被淮南节度使牛僧孺辟为推官，转掌书记，在扬州住了两年左右，留下了许多有关扬州的优美诗篇。词人假设，如果让杜牧重新到扬州来，他会感到震惊的，他肯定不能把现在残破空寂的扬州，和他当年做着“十年一觉扬州梦”的扬州相比较了。

“二十四桥明月夜，玉人何处教吹箫”（《寄扬州韩绰判官》），杜牧笔下的扬州，是如此引人遐思。现在，“二十四桥仍在”，但吹箫的玉人已经不知去了哪里，桥下水波荡漾着的，只有一弯无声的冷月。桥边，几株红药（芍药），还会一年一度静静地开放，但已经没有赏花之人了。

在南宋初年的词人中，姜夔是比较超然物外的。他不求仕进，优游于达官文士之间，过着他自得其乐的钱不多书多、酒不多客多的优闲生活。在他的词中，没有多少时代的声音，更没有辛弃疾、陆游那样慷慨激昂的爱国热情，但这一首《扬州慢》所表现的“黍离之悲”，还是相当感人的。

 点绛唇／《丁未冬过吴松作》 姜夔

燕雁无心，太湖西畔随云去。数峰清苦，商略黄昏雨。　第四桥边，拟共天随住。今何许？凭栏怀古，残柳参差舞。

这首词写于南宋淳熙十四年丁未（1187）冬，姜夔往返于湖州、苏州之间，经过吴松（今江苏吴江县）时。

吴松是地名，一说是今江苏吴县，一说是水名，即笠泽，即今太湖，一说即今吴县东一小湖。这不是太重要，重要的是这里曾隐居过一位唐朝有名的诗人，号“天随子”的陆龟蒙。陆龟蒙本来就是姜夔心仪之人，经过这里，不免发几句思古之幽思。

陆龟蒙是宋人尤其是南宋时人追慕的对象，原因是他的隐，而且，他不但隐，还隐得很雅。《唐才子传》说他“时放扁舟，挂篷席，赍束书、茶灶、笔床、钓具，鼓棹鸣榔，太湖三万六千顷，水天一色，直入空明”，这简直是神仙过的日子了。北宋熙宁年间（1068－1077），吴

（明）戴进 《春山积翠图》

江知县林肇建鲈乡亭，绘越范蠡、晋张翰、唐陆龟蒙在亭内，尊称“三高”，即后来的“三高祠”。据范成大《吴郡志·祠庙下》记载，宋孝宗乾道三年（1167），县令赵伯虚把祠迁到雪滩，“此祠人境俱胜，名闻天下”。

陆龟蒙的生活，与姜夔有一些相似，不过似乎比姜夔更洒脱一些，他至少不必像姜夔一样，还要去干谒一些有身份的人物，所以姜夔对他也是很有些羡慕的，在诗中就经常说“三生定是陆天随”（《除夜自石湖归苕溪》），“沉思只羡天随子，蓑笠寒江过一生”（《三高祠》）这样的话。

“燕雁无心，太湖西畔随云去”，是泛说，不过是燕雁本无机心，不过是随着季节南来北往而已，正像自己往来于湖州、苏州一样。燕雁，有释作北雁，以燕读平声，地名，即燕、赵之地的燕，所以“燕雁”就是北雁。也有人说就是燕子和大雁，因为都是候鸟，也讲得通。

“数峰清苦，商略黄昏雨”，是名句。从北宋王禹偁《村行》诗中的名句“数峰无语立斜阳”化出，但用“清苦”二字形容山峰，多多少少是包含着作者的主观情绪的。“商略”二字最有意思，也是这两句词生辉的地方。一般都把“商略”理解为“蕴酿”，意思是说，数座山峰静静地立那里，云蒸雾绕，正在蕴酿着一场黄昏时分就会落下的雨。

上片纯为写景，下片即转入抒情。第四桥，即吴县城外的甘泉桥。唐人品评天下水，以甘泉为泉品第四，陆龟蒙即隐居于此。姜夔来到这里，更产生了步天随子后尘的想法。然而斯人已往，到此凭吊，满目苍凉，只有凋零的柳枝，还在风中飞舞。

这首词是被后人激赏的。清陈廷焯在《白雨斋词话》中就说："白石长调之妙，冠绝南宋。短章亦有不可及者，如《点绛唇》（丁未过吴松作）一阕。"评价极高。

暗香 并序/旧时月色　姜夔

辛亥之冬，予载雪诣石湖。止既月，授简索句，且征新声，作此两曲。石湖把玩不已，使工妓隶习之，音节谐婉，乃名之曰《暗香》《疏影》。

旧时月色，算几番照我，梅边吹笛。唤起玉人，不管清寒与攀摘。何逊而今渐老，都忘却、春风词笔。但怪得竹外疏花，香冷入瑶席。　江国，正寂寂。叹寄与路遥，夜雪初积。翠尊易泣，红萼无言耿相忆。长记曾携手处，千树压西湖寒碧。又片片、吹尽也，几时见得。

这是姜夔一首非常著名的自度曲。

姜夔一辈子没有做官，但结交的差不多都是当世名人，其中就有"中兴四大诗人"之一的范成大。《暗香》《疏影》两词，包括这两个词牌，是他有一次在范成大那里做客，应范成大之请创作的。范成大非常喜欢这两首词，马上就让乐工歌妓学习和演唱。

因为这两首词都是咏梅之作，所以就取了号称古人咏梅诗中最好的、宋林逋《山园小梅》中的"疏影横斜水清浅，暗香浮动月黄昏"中的"暗香""疏影"作为两个新创词牌的调名。

《暗香》是著名的咏物词，被誉为姜夔词的代表作之一。题旨并不复

（明）陈宪章 《玉兔争清图》

杂，不过是借咏梅抒怀，寄寓了作者一些身世飘零、今昔盛衰的慨叹而已。

月下梅边吹笛，是非常风雅的事。陈与义那首著名的《临江仙》“杏花疏影里，吹笛到天明”，与此是有异曲同工之妙的。梅和笛的关系也很密切，我们所知道的第一首笛曲，就是东晋笛子大家桓温的《梅花落》。

由梅边吹笛，到爱梅的清香，爱梅的冷艳，于是就有了“唤起玉人，不管清寒与攀折”。这里凭空出现的“玉人”，也就是美人吧，清冷的月下梅边，景色一下子鲜活起来。折花干什么？我觉得不像有的人所说的是什么折梅相赠，就是为了瓶供。不然，就与下片“叹寄与路遥”语意重复了。

“何逊而今渐老，都忘却春风词笔”，用了一个大家都非常熟悉的与梅花有关的典故。何逊是南朝梁时的诗人，他曾任扬州法曹。廨舍有梅花一株，何逊常常吟咏其下。他曾经写过一首《咏早梅》（又名《扬州法曹梅花盛开》）的诗。杜甫《和裴迪登蜀州东亭送客逢早梅相忆见寄》中曾说：“东阁官梅动诗兴，还如何逊在扬州。”何逊咏梅之事因此著名。姜夔在此以何逊自喻，但感叹“已老”。《小序》说这首词作于“辛亥之冬”，即宋光宗绍熙二年（1191），这一年姜夔大约三十六岁，不应该有叹老的想法。其实，诗人的意思是在自谦，我的词写得不好，老了，“已忘却春风词笔”了。

“但怪得竹外疏花，香冷入瑶席”，是咏梅的名句。古人赏梅，有老、寒、孤、瘦之说，干欲老，境欲寒，枝欲孤，花欲瘦。“疏花”即符合此意境。与梅相伴的，最好是竹，不仅都是“岁寒四友”中物，而且一清峻，一冷艳，相得益彰。辛弃疾《沁园春·带湖新居将成》“要小舟行钓，先应种柳；疏篱护竹，莫碍观梅”，是深得其味的。“香冷”，就是“冷香”。一阵阵梅的清香，透过疏竹，飘入瑶席，不必去寻，不必去看，都会感觉到梅的存在。

下片由咏梅过渡到思人了。

“江国，正寂寂。叹寄与路遥，夜雪初积。”陆凯那首很有名的《赠范晔》：“折花逢驿使，寄与陇头人。江南无所有，聊寄一枝春。”这“一枝春”是梅花，所以后来折梅寄远就成为一个典故，虽然并不一定都会千里之外托人带一枝梅花。姜夔此处也用了这个典故，但却有一点反其意而用之的感觉。路太远了，根本就无法寄与。花没有寄，相思之切却表露无遗，尤其是在这江国寂寂、夜雪初积的时候。

“翠尊易泣”，端起酒杯，就会有流泪的感觉；“红萼无言”，面对红萼，不知道该说些什么。这一切，都缘于“耿相忆”，也就耿耿于心，不能忘怀。回想起当年西湖边携手同游，那千树万树的梅花，映着清寒凝碧的湖水，是多么的美，又是多么的温馨。而现在的心情，就像寒梅被片片吹尽，当年的景象，什么时候才能重见，心中的恋人，什么时候才能重逢。

词确实很美，景美、情美、语美。无怪乎张炎在《词源》中说：“诗之赋梅，唯和靖（林逋）一联（指“疏影横斜水清浅，暗香浮动月黄昏”）而已，世非无诗，无能与之齐驱耳。词之赋梅，唯白石《暗香》《疏影》二曲，前无古人，后无来者，自立新意，真为绝唱。”这个评价是相当高的。

刘熙载在《艺概》中有一段话也很值得玩味。他说：“姜白石幽韵冷香，令人挹之无尽。拟诸形容，在乐则琴，在花则梅也。”这是把姜夔比作“幽韵冷香”的梅，换句话说，姜夔得梅之精神，“更无花态度，全是雪精神”（辛弃疾《临江仙·探梅》），虽然有点过誉，但也是姜夔能传梅之神韵的一个重要原因吧。

疏影/苔枝缀玉　姜夔

苔枝缀玉，有翠禽小小，枝上同宿。客里相逢，篱角黄昏，无言自倚修竹。昭君不惯胡沙远，但暗忆、江南江北。想佩环月夜归来，化作此花幽独。　犹记深宫旧事，那人正睡里，飞近蛾绿。莫似春风，不管盈盈，早与安排金屋。还教一片随波去，又却怨玉龙哀曲。等恁时，重觅幽香，已入小窗横幅。

读了《暗香》，当然也得读读《疏影》。

如果说《暗香》还是借梅抒怀的话，《疏影》就全是咏物了。它不过是借用了历史上有关梅的几个典故，而这些典故又都和女子有关，所以就被有人误解为又写花又写人了。

“苔枝缀玉，有翠禽小小，枝上同宿”，写梅花极有匠心。长满苔藓的梅枝上，缀着一朵朵如玉一般晶莹净洁的梅花，苔枝上，还有同宿的一对小小翠禽，这简直就是一幅极美的淡彩折枝画。

如果说上面几句是近景，是特写镜头，那么镜头慢慢摇开，画面变成了一树寒梅的全景：黄昏时分，已有几分暮霭，篱笆的角落，一树寒梅静静地立着，旁边，是浓绿的修竹。

镜头再摇开去，夜渐渐降临了，一轮昏黄的月，远处朦胧的山影，近处清浅的流水，幻化出一个美丽的想象：这孤傲高洁的梅花，是不是那远嫁大漠的王昭君，受不惯远离故国的茫茫胡沙，她的魂魄归来变成的。这一句显然是受杜甫《咏怀古迹》的影响：

群山万壑赴荆门，生长明妃尚有村。
一去紫台连朔漠，独留青冢向黄昏。
画图省识春风面，环佩空归月夜魂。
千载琵琶作胡语，分明怨恨曲中论。

不过姜夔更进一层，把这“环佩空归月夜魂”的王昭君，幻化成了一树树寒梅。

“犹记深宫旧事，那人正睡里，飞近蛾绿”，用的是古人“梅花妆”的典故。

“那人正睡里，飞近蛾绿”，用南朝宋武帝寿阳公主典，已见前面欧阳修《诉衷情·眉意》的解说。“蛾绿”指眉。古人称眉为“蛾眉”，画眉用黑色或极深的绿色，所以称“蛾绿”。唐颜师古《大业拾遗记》：“绛仙（吴绛仙）善画长蛾眉……由是殿脚女争效为长蛾眉。司宫吏日给螺子黛五斛，号为蛾绿。”

“莫似春风，不管盈盈，早与安排金屋”句，极言爱梅之心。“金屋”的典故大家都很熟悉，就是汉武帝和陈皇后的故事。这里又将花比作美丽的女性，诗人叮嘱说，不要像春风吹落百花，任其随风飘零一样，要早早给梅花安排好金屋。“盈盈”在这里指春天的各色花朵。

但这只是诗人美好的愿望，毕竟还是“一片随波去”了，仍然是“花自飘零水自流”（李清照《一剪梅》），仍然是“吹梅笛怨”（李清照《永遇乐》）。“玉龙”即玉笛。马融《长笛赋》：“龙鸣水中不见己，截竹吹之声相似。”

词的结尾有点意思。有人说是花已残，重寻幽香，只剩下空枝的疏影，而美丽的梅花已入小窗横幅了。且不说通不通，且不说“美丽的梅花已入小窗横幅”是什么意思，意境也未免太衰飒了。其实，“恁时”，可以理解为梅花再开之时，或者如有的人说是照应开头，也可通。总之，是一幅清寒但美丽的图画，把小窗横幅当作画框，框中横斜一枝梅花，多么美的景象，虽然仍不免有些清冷。

忆王孙 /《春词》　李重元

萋萋芳草忆王孙，柳外楼高空断魂，杜宇声声不忍闻。欲黄昏，雨打梨花深闭门。

第一次读到“雨打梨花深闭门”，是在《红楼梦》中。第二十八回“蒋玉菡情赠茜香罗 薛宝钗羞笼红麝串”，贾宝玉和薛蟠、冯紫英、蒋玉函等人行酒令，“宝玉饮了门杯,便拈起一片梨来,说道：‘雨打梨花深闭门。’完了令。”当时就觉得这句诗非常美，但是不知道出处。

第二次看见这句诗，是读秦观的《淮海集》，读到《鹧鸪天》：

> 枝上流莺和泪闻，新啼痕间旧啼痕。一春鱼鸟无消息，千里关山劳梦魂。　无一语，对芳尊。安排肠断到黄昏。甫能炙得灯儿了，雨打梨花深闭门。

才知道是秦观的名句。

第三次读到，就是李重元这首《忆王孙·春词》了。

诗袭用别人的句子是比较忌讳的，例子不是没有，但是不多。词和曲就很普遍了，当然，前提是要用得贴切，用得不露痕迹。有时候，甚至效果比原诗更好。

这首《忆王孙》，主题很简单，就是一位女子思念情人。

第一句“芳草萋萋忆王孙”，直接点明主题。用的是白居易《赋得原上草饯别诸王孙》中“又送王孙去，萋萋满别情”诗意。

“柳外楼高空断魂”，也是泛说，登高望远，楼外柳色，前人诗词中已经司空见惯，没有什么新意。

“杜宇声声不忍闻”，稍有一点意趣。杜宇就是杜鹃，本来是一种很普通的鸟，因为有了古蜀望帝杜宇所化的传说，就显得有一点特别了。杜鹃的叫声，被认为是很悲的。李白《宣城见杜鹃花》诗：“蜀国曾闻子规鸟，宣城还见杜鹃花。一叫一回肠一断，三春三月忆三巴。”民间甚至有“杜鹃啼血”的说法。文天祥《金陵渡》诗说：“从今别却江南路，化作啼鹃带血归。”李重元的词没有这么深沉，不过是说杜鹃的叫声引起思人的忧伤，所以“不忍闻”。

最后两句虽然是从秦观词中拿过来，但是化用得非常自然。黄昏了，楼头远望也不成了，漫长的夜晚，雨打着梨花，还是早早地关上门，睡了吧。

贺新郎 /《送胡邦衡谪新州》　张元干

梦绕神州路。怅秋风连营画角，故宫离黍。底事昆仑倾砥柱，九地黄流乱注。聚万落、千村狐兔。天意从来高难问，况人情老易悲如许。更南浦，送君去。　凉生岸柳催残暑。耿斜河、疏星淡月，断云微度。万里江山知何处。回首对床夜语。雁不到、书成谁与。目尽青天怀今古，肯儿曹恩怨相尔汝。举大白，听《金缕》。

这首词的写作背景，我在前面介绍张元干的时候已经讲过了，这里就不再重复。

写这首词的时候，张元干和胡铨都在福州（今属福建）。胡铨将被押送去的新州，即今广东新兴县。

“梦绕”，即魂牵梦绕，放不下。“神州路”在这里专指沦陷的北方失地。惆怅秋风中的“连营画角”，应该是指金人的营地，所以让诗人产生了“故宫离黍”的感慨。这里用的是《诗经 · 王风 · 黍离》的诗意。《黍离》是写一位周大夫路过西周的京城镐京（也就是《诗序》中所说的“宗周”），看见一片荒凉破败的景象，从前宫室巍峨的地方，现在长满了“黍稷”，也就是野生的小米和高粱，十分心伤，“彼黍离离，彼稷之苗。行迈靡靡，中心摇摇”。后人就把这种悲悼故国的伤痛感叹称为“黍离之悲”。诗人在这里感叹伤悲的，是北宋都城汴梁（今河南开封）的沦陷和北方大片土地被金人占领的惨痛。

接下来连用了三个比喻，看似提出了三个问题，其实是诗人极度悲愤心情的表现。“昆仑倾砥柱”，指北宋王朝的覆亡。古人传说天是由四根巨大的柱子撑着的，西方的柱子就是昆仑山的不周山脉。天柱倾折，天也就垮塌了。“九地黄流乱注”，“黄流”，本指黄河水，既然是“九地”“乱流”，就是指黄河泛滥成灾。这里比喻金人猖狂侵略给国家人民带来的灾难。“聚万落千村狐兔”，不直接说中原在金人的破坏下已经是一片荒凉，田园荒芜，人民流离失所，而说千村万落聚居的

黎孟德 《送别》

都是狐狸鼠兔，其荒凉之状可想而知。

“天意从来高难问，况人情老易悲难诉”两句，从杜甫《暮春江陵送马大卿公恩命追赴阙下》“天意高难问，人情老易悲”句化出。“天意”，指以宋高宗为首的南宋朝廷的想法。“高难问”是搞不清楚。真是搞不清楚吗？不是，而是不能理解，无法改变而已。在“人情老易悲”后面加上“难诉”二字，既有悲愤之情，又有无可奈何之感，而且这种对投降派的悲愤，无处倾诉。

前面几乎是对靖康以来一段国事的概括，也是对自己和胡铨遭际的慨叹。在这里点出送别的主题“更南浦，送君去”，就力重千钧了。如果你还知道这两句是从江淹《别赋》“送君南浦，伤如之何”中化出，就更能理解作者当时的心情了。

下片开头，情绪稍微舒缓了一下，很得文章张弛有度的法度。“凉生岸柳”三句，写送别的时间和地点以及柳残凉生、疏星淡月的略带凄凉的景象。“万里江山知何处”，应该是说分别之后，万里江山，不知道你我今后会去到哪里。有的赏析文章说这一句是感叹祖国山河残破，何处寻求，好像是提高了作品的思想性，其实打乱了文章的章法。因为此句之前写送别，此句之后写别后的情况，“万里山河知何处”恰好是一个承上启下的句子，如果突然冒出一句豪言壮语，不仅突兀，而且完全没有章法可言了。

天高地迥，山河万里，此一分别，天各一方，恐怕今后再不能“对床夜语”了。“回首”即“回想”。只能“回想”，可见不能再实现了。“雁不到、书成谁与”，不是泛说，他们两人都因为得罪秦桧遭贬，而且迫害不断，作者是清醒地认识到，今后怕要书信往来都难了。

不过，张元干和胡铨都是正义豪爽之人，所以在分别的时候，也不愿做出儿女泣别，泪眼相望的事。“肯”，就是“岂肯”，也就是“岂能”。“儿曹恩怨相尔汝”，表面看，是用韩愈《听颖师弹琴》中“昵昵儿女语，恩怨相尔汝”的诗句，其实是承用了王勃《送杜少府之任蜀川》中“海内存知己，天涯若比邻。无为在歧路，儿女共沾巾”的诗意，“目尽青天怀今古”，是壮别。结句在“举大白，听《金缕》”，可谓悲壮至极。

《四库全书总目提要》称赞这首词和另一首送给主战派主将之一的李纲的《贺新郎·寄李伯纪丞相》“慷慨悲凉，数百年后，尚想其抑塞磊落之气”。

念奴娇 /《过洞庭》 张孝祥

洞庭青草，近中秋、更无一点风色。玉鉴琼田三万顷，著我扁舟一叶。素月分辉，明河共影，表里俱澄澈。怡然心会，妙处难与君说。　应念岭表经年，孤光自照，肝胆皆冰雪。短发萧骚襟袖冷，稳泛沧溟空阔。尽挹西江，细斟北斗，万象为宾客。扣舷独啸，不知今夕何夕！

这是作者泛舟洞庭湖时所写的一首名词。

洞庭湖和青草湖的风景本来就美，相信只要读过范仲淹那篇著名的《岳阳楼记》的人都知道。《岳阳楼记》中有一段写洞庭月下景色说：“而或长烟一空，皓月千里，浮光跃金，静影沉璧。渔歌互答，此乐何极。”张孝祥词写的也是洞庭湖、青草湖秋高气爽时候的月下景色。

“玉界琼田三万顷”，是对澄澈的湖面的赞美。“着我扁舟一叶”，既是实写，也是虚写。实写，他正泛舟湖上，月光如水，水波不

洞庭湖景色

兴，一叶扁舟，随意飘浮，确实是很美的意境。虚写，是希望在这三万顷玉界琼田中，容我一叶扁舟。他未必有“人生在世不称意，明朝散发弄扁舟”（李白《行路难》），“小舟从此逝，江海寄余生”（苏轼《临江仙》）的想法，他毕竟还年轻，张孝祥死的时候也才三十九岁。但是，如此美景，让他流连忘返，不忍暂离却是真的。

“素月分辉，明河共影，表里俱澄澈”，写月下之景极美。“分辉”，是说月光映在水面，上下交辉，是不是也就是范仲淹《岳阳楼记》中所描写的“浮光跃金，静影沉璧”？“明河共影”，是说天上银河繁星的影子，也映在湖中，是不是也就是四川乐山乌尤寺有幅对联的上联所说的“水映寒星天上下”？这两句明明白白，而“表里俱澄澈”，语意就有点双关了。既是说景，也是说人心，说一个人的境界，坦坦荡荡、磊磊落落、言行一致、表里如一。这是由湖上的景所引起的联想，所以诗人接下来才说“怡然心会，妙处难与君说”。

过片以后，就顺着这个思路写下去了。张孝祥因为支持张浚的北伐主张，受到秦桧等主和派的打击，被贬谪外放，曾为广南西路经略安抚使。“岭表”，指五岭（大庾、始安、临贺、桂阳、揭阳）之外，包括两广。他虽然遭贬，但是很自豪地说“应念岭表经年，孤光自照，肝胆皆冰雪”。古人常以“肝胆冰雪”形容内心的纯洁澄澈，表里如一，比如王昌龄那首著名的《芙蓉楼送辛渐》：

寒雨连江夜入吴，平明送客楚山孤。
洛阳亲友如相问，一片冰心在玉壶。

这一类的例子很多。

“短发萧骚襟袖冷”，不过是写失意之状；“稳泛沧溟空阔”，则是写自己虽在失意之中，但安然泛舟于洞庭、青草湖上，也会稳稳地把握人生之舟，稳泛于世事险恶之中。

写到这里，诗人不禁豪气勃发了。“尽挹西江，细斟北斗，万象为宾客”，把西来的江水当作酒浆，把天上的北斗当作酒杯，把自己当作主人，把天地万物当作宾客，这是何等豪情！何等气势！“西江”，即西来的江水。“细斟北斗”，以北斗星为酒杯，慢慢地酌饮西江。《诗经·小雅·大东》：“维北有斗，不可以挹酒浆。”这是因为北斗七星像一个有柄的勺而产生的联想。屈原就已经反其意而用之，《九歌·东君》说：“援北斗兮挹桂浆。”张孝祥词即用此意。

到了如此境界，诗人自己也醉了，是沉醉在这如诗如画的美景之中，是沉醉在自己营造的豪壮气势中，于是“扣舷独啸，不知今夕何夕”。“扣舷独啸”，是抒发激越的感情。现在的赏析文章都说是用苏轼《赤壁赋》“扣舷而歌之”意。但苏轼所歌，与张孝祥此时的心情是完全不一样的。所以，张孝祥用的是东晋祖逖北伐时渡江，中流击楫发誓的典。《晋书·祖逖传》记载，祖逖不顾势单力薄，锐意渡江北伐，在“中流击楫而誓曰：‘祖逖不能清中原而复济者，有如大江！’辞色壮烈，众皆慨叹”。张孝祥此时的心情，应该是和祖逖一样的。“击楫”，就是用船桨（楫）扣击船舷，也就是“扣舷”。“不知今夕何夕”，忘却了时间，忘记了地点，深深地沉醉了。一般的赏析文章说是用杜甫《赠卫八处士》“今夕复何夕，重上君子堂”或苏轼《念奴娇·中秋》“起舞徘徊风露下，今夕不知何夕”语意。要找出处，就应该找最早的，《诗经·唐风·绸缪》就有“今夕何夕，见此良人”的诗句。刘向《说苑》还记载了一首春秋战国时期鄂君子皙的《越人歌》，第一句就是“今夕何夕兮，搴舟中流。今日何日兮，得与王子同舟”。

张孝祥是大书法家，他大概自书了此词。南宋魏了翁在《跋张于湖念奴娇词真迹》说：“方其吸江酌斗，宾客万象时，讵知世间有紫薇青琐哉。”（《鹤山题跋》卷二）“紫薇”“青琐”都指朝廷。“紫薇”即“紫薇”星，也就是北极星，古人以之为“帝星”。“青琐”，本指皇宫中青色连环的窗饰。杜甫《秋兴八首》之五“一卧沧江惊岁晚，几回青琐点朝班”，就是回忆他任左拾遗上朝的往事。这里引申为荣华富贵。也难怪清王闿运《湘绮楼词评》说此词“飘飘有凌云之气，觉东坡《水调》犹有尘心”了。

摸鱼儿并序/更能消几番风雨　辛弃疾

淳熙己亥，自湖北漕移湖南，同官王正之置酒小山亭，为赋。

更能消几番风雨，匆匆春又归去。惜春长怕花开早，何况落红无数。春且住，见说道、天涯芳草无归路。怨春不语。算只有殷勤，画檐蛛网，尽日惹飞絮。　长门事，准拟佳期又误。蛾眉曾有人妒。千金纵买相如赋，脉脉此情谁诉？君莫舞，君不见、玉环飞燕皆尘土。闲愁最苦。休去倚危楼，斜阳正在，烟柳断肠处。

淳熙己亥，是宋孝宗淳熙六年（1179）。这一年，辛弃疾四十岁。他从湖北转运副使任上调任湖南转运副使。王正之来接替他，就在衙门内的小山亭置酒，大概也有饯行之意。

从湖北到湖南，官没有升也没有降，但仍然是去做管理财赋的“漕司”，和辛弃疾回归南宋的初衷相去太远，在与旧友置酒相会时，即席写了这首词，一吐胸中的郁闷。

上片伤春，也仅仅就是伤春。写这首词的时候，应该就是暮春时节，绿肥红瘦，落红满径，于是伤春了，感叹春天过得太快。

伤春的诗词太多了，一不小心，就会落了俗套。“更能消几番风雨，匆匆春又归去”，起得平平，似乎是老生常谈了。但接下来，就与众不同了。春天到了，人人都盼望草早一点绿，花早一点开，他却偏要说“长怕花开早”，为什么呢？因为“惜春”。花开得早，也就谢得早，让人感觉春也就去得早，不如开得晚一些，让春天的感觉长一些。更何况现在已经是落红无数，春天马上就要过去了。

接下来的两句，又是作者自出新意。“春且住”，春天你暂时停下来。“见说道、天涯芳草无归路”，听说芳草一直长到了天涯，已经阻断了你归去的道路，你是不是可以稍稍停留或者放慢匆匆离去的脚步。

再往下，就越翻越奇了。“怨春不语”，没有理睬我，而且不仅仅是春没有理睬，春花、春鸟、春风、春雨都没有理睬，全都默默地看着春天悄悄地离去。只有画檐的蜘蛛，在那里殷勤地结网，忙碌地沾挂着飞絮，似乎是想以此来把春天留住。

如此带有一丝感伤的美感，有时候，却会被一些赏析文章给完全破坏了。“落红无数”中，他们看到了讽刺南宋小朝廷的黑暗和腐败；“春且住”，他们看到了对南宋君王的规劝；更让人匪夷所思的，是看出画檐下织网的蜘蛛，就是辛弃疾等少数爱国志士，像辛勤的蛛网，沾惹飞絮一样，力图挽救败局。还因此看出了苟安江左的局面，不会维持太久了。如果辛弃疾这样来写词，他累不累？如果这样来解词，你累不累？但有一点可以肯定，读者如果这样来欣赏词，肯定会很累，而且会累得兴味索然。

换头以后，才是作者的兴寄感叹。由春天的归去，联想到人生的短促，功名未就，壮志未酬。词人没有直说，而是借汉武帝陈皇后的事写自己的遭遇。陈皇后就是有名的阿娇，汉武帝的表妹。汉武帝小的时候说，如果把阿娇给他当老婆，他要筑金屋贮之。成语“金屋藏娇”就是这样来的。他即位后，果然立阿娇为皇后。但是当阿娇年纪大了以后，就被冷落在长门宫。据说她以千金请大辞赋家司马相如写了一篇《长门赋》，希望汉武帝看了以后会回心转意。赋是写了，也确实写得好，但汉武帝并没有重拾旧爱。辛弃疾在这里把陈皇后的被贬居归结为小人嫉妒她的美貌，在汉武帝面前说她的坏话所致，是借以自况了。

辛弃疾南归已经十多年了，一直未被大用，你能说是皇上不赏识他，说皇上用人不明吗？当然不能。在封建社会中，皇帝本人可以说“万方有罪，罪在朕躬”，但做臣子的却只敢说“主上圣明，臣罪当诛”。辛弃疾以陈皇后事说自己，“蛾眉曾有人妒”，也就是屈原在《离骚》中所说的“众女嫉余之娥眉兮，谣诼谓余以善淫”。但是“荃不察余之中情兮，反信谗而齌怒”这句潜台词没有说出来。别人谗陷我，说我的坏话，最后还得看皇上你信不信呀，最终的决定权还是在你的手里。

许多大事，都是坏在小人手里的。“子系中山狼，得志便猖狂”（语见《红楼梦》），但这些祸国殃民的小人，一般都猖狂不了多久，最终身败名裂，留下千古骂名。“君莫舞，君不见，玉环飞燕皆尘土”，暂时得志的小人们，不要太得意，太猖狂了，你们未必会有好的结局。就像号称“环肥燕瘦”的美人——汉成帝的皇后赵飞燕和唐明皇的宠妃杨玉环。得势的时候，鸡犬升天，一但失势，连性命都保不住。

话虽然这样说，但是自己仍然没有北伐抗敌的机会，卖国的小人依然还在猖狂着。自己空有抗敌壮志，也有救国的谋略，却只能在这里替朝廷征收钱粮。近二十年的岁月蹉跎，使词人发出“闲愁最苦”的感慨。他的闲愁，不同于晏殊“无可奈何花落去”（《浣溪沙》）似的无法打发日子的“闲愁”，也不是李清照早年与丈夫别后相思的“一种相思，两处闲愁”（《一剪梅》），而是和岳飞一样，感叹“靖康耻，犹未灭。臣子恨，何时雪”，但朝廷被主和派把持，自己空有如山壮志，却没有实现理想的机会。这种“闲愁”真是苦不堪言。

词的结尾很凄美。“夕阳正在，烟柳断肠处”，且不说这是不是对国势日衰的隐喻，就是这样的景色，已经让人伤怀。如果再登高楼，倚危栏，就更要产生“平生塞北江南，归来华发苍颜”，“布被秋宵梦觉，眼前万里江山”（辛弃疾《清平乐》）的感慨了。

这首词被梁启超称为“回肠荡气”（《艺蘅馆词选》），被夏承焘称为“肝肠似火，色貌如花”，都说明了辛弃疾词在艺术上的另一特色，即将百炼精钢，化为绕指柔，以婉转含蓄的手法，细腻的笔调，去抒写胸中的豪壮之情和愤满之气，形成辛词的又一艺术特色。

水龙吟 /《登建康赏心亭》　辛弃疾

楚天千里清秋，水随天去秋无际。遥岑远目，献愁供恨，玉簪螺髻。落日楼头，断鸿声里，江南游子。把吴钩看了，栏干拍遍，无人会、登临意。　休说鲈鱼堪脍，尽西风，季鹰归未？求田问舍，怕应羞见，刘郎才气。可惜流年，忧愁风雨，树犹如此。倩何人、唤取红巾翠袖，揾英雄泪！

辛弃疾生在沦陷了的北方，历尽千辛万苦才来到南方。他是文武全才，但一直没有得到施展抱负的机会。他力主北伐，但却渐渐明白这不过是无法实现的奢望。“却将万字平戎策，换得东家种树书”（《鹧鸪天》），人生的悲剧，莫大于此。

这首词，一般认为写于宋孝宗淳熙元年（1174），他在建康留守叶衡幕中任参议官的时候。这时他三十五岁。

古人登高则望远，一望远，思乡、思亲、叹老、嗟卑等感叹就来了。从“建安七子”中的王粲《登楼赋》开始，似乎已经成为一种定式。乃至唐人诗中都说：“芳草有情皆碍马，好云无处不遮楼”（罗隐《绵谷回寄蔡氏兄弟》），怕引起你的乡思，白云干脆把楼遮起来了。但很多这一类作品，不过是应景文字，说说而已，很难引起读者的共鸣。

这首词，也是登临远望，引起思乡之情的作品，但却因为辛弃疾注入了真情实感，表现了巨大的悲剧情怀，所以感动人心，千古传诵。

既是登临望远之作，当然先道眼中之景。楚天千里，水随天去，如玉簪螺髻般的群山，带来的却是愁和恨。“水随天去秋无际”，是很美的句子。“玉簪螺髻”指山，当然是江南的青山。韩愈《送桂州严大夫》诗：“山如碧玉簪。”皮日休《缥缈峰》诗：“似将青螺髻，撒在明月中。”形容青山就像妇女头上的发髻。如此美景，而词人为什么感觉到是在向他“献愁供恨”呢？这大概就是美学中所说到的“移情作用”，即在客观对象身上赋予了审美主体的主观情绪，就像杜甫《春望》中所说的“感时花溅泪，恨别鸟惊心”一样。词人在“落日楼头，断鸿声里”，既不看秦淮河的繁华，也不看绿水青山的秀美，而是看罢吴钩，拍遍栏干，极目所望，是遥遥北地云天，他心中当然是充满着浓浓的乡愁。但是，他并不是在这里多愁善感，发思古之幽思，而是壮怀激烈，想到的，是提一旅之师，打回老家去。可惜，这样的豪情，却不被人理解，也几乎没有实现的可能，他只能发出“无人会，登临意”的浩叹了。

下片言志。虽然北伐的机会很渺茫，但自己不会放弃。不会像西晋时的张翰那样，“见秋风起，因思吴中菰菜羹、鲈鱼脍”就说：“人生贵得适意尔，何能羁宦数千里以要名爵！”于是就跑回家乡去了（《世说新语》）。更不会像刘备讥讽的许汜一样，胸无大志，只知道“求田问舍”。话虽是这样说，但岁月催人，青春转瞬即逝，壮志难酬，一回

宋王希孟《千里江山图卷》

头已是百年身，也许真的要抱恨终生了。

词的结尾，是以绮语作豪语。看似绮旎，但“揾英雄泪”四个字，却是力重千钧的。

 永遇乐／《京口北固亭怀古》　辛弃疾

千古江山，英雄无觅孙仲谋处。舞榭歌台，风流总被，雨打风吹去。斜阳草树，寻常巷陌，人道寄奴曾住。想当年、金戈铁马，气吞万里如虎。　元嘉草草，封狼居胥，赢得仓皇北顾。四十三年，望中犹记，烽火扬州路。可堪回首，佛狸祠下，一片神鸦社鼓！凭谁问、廉颇老矣，尚能饭否？

在投闲置散二十年后，六十四岁的辛弃疾被征召出山，并委以重任，原因是力主北伐的韩侂胄当权。

韩侂胄是一个被人以成败论英雄误解了千年的人物。他执政后，为岳飞平反，追复岳飞官职，加封为鄂王。又削去秦桧王爵，改谥为“缪丑”。他起用主战官员，积极进兵北伐，并取得了很大胜利。但是由于军事准备不够充分，朝廷内部主和派的破坏和部队内部的内奸作乱，葬送了大好的北伐局面。就在韩侂胄准备再次北伐的时候，投降派人物杨皇后和大奸臣史弥远派刺客在韩侂胄上朝的路上把他杀害了。

金人一直要南宋交出韩侂胄的首级。韩侂胄遇害后，史弥远等人照办了。当时太学生作诗讽刺说："自古和戎有大权，未闻函首可安边。生灵肝脑空涂地，祖父冤仇共戴天。晁错已诛终叛汉，於期未遣尚存燕。庙堂自谓万全策，却恐防边未必然。"灭了南宋的元人修《宋史》，把韩侂胄划入《奸臣传》，与秦桧同，可谓千古奇冤。遗憾的是后人不察，一直到今天，都还有人沿袭旧说，颠倒是非，认为韩侂胄北伐是为了提高自己的声望地位。

在韩侂胄起用的主战人物中，就有辛弃疾。遗憾的是此时辛弃疾已经是六十四岁的老人了。当刚听到韩侂胄准备北伐的消息的时候，辛弃疾是非常激动的。他在《六州歌头》中写道："君不见，韩献子，晋将军，赵孤存。千载传忠献，两定策，纪元勋。孙又子，方谈笑，整乾坤。"把韩侂胄比作春秋时赵国的名臣韩厥（韩献子）和韩侂胄的五世祖、北宋名臣韩琦（韩琦谥"忠献"），评价很高。

在具体的北伐措施中，辛弃疾和韩侂胄有些分歧。辛弃疾认为北伐不是小事，应该认真做好战备工作，甚至要有几十年抗战的准备。但韩侂胄希望速战，在准备不够充分的情况下仓促出战，也是这次北伐失败的重要原因之一。

宋宁宗嘉泰三年（1203），韩侂胄起用辛弃疾为绍兴知府兼浙东安抚使，但因为在作战方略上有分歧，辛弃疾被调离前线，改到镇江募兵去了。不久，辛弃疾就回瓢泉去了。

第一次北伐失败后，韩侂胄准备第二次北伐，也再次起用辛弃疾为枢密都承旨，让他立即到临安赴任。这一年，是宋宁宗开禧三年（1207），辛弃疾已经六十八岁了，而且重病在身，还没有赴任，就病逝了。

这首词，就是在这样的历史背景下写成的。它是开禧元年（1205），辛弃疾调任镇江，在任上登京口北固亭时所作。搞清楚这一段历史，我们才能很好地理解这首词的内容和所要表达的思想。

上片是登临怀古。

京口即今江苏镇江，三国时孙权曾治此，称"京都"，迁建业后改为"京口"。词人登上京口城北北固山上的北固亭，首先怀念的当然是孙权。辛弃疾对孙权是很佩服的。他在另一首也是登北固亭有怀的名词《南乡子》中就写道：

何处望神州，满眼风光北固楼。千古兴亡多少事，悠悠。不尽长江滚滚流。　年少万兜鍪，坐断东南战未休。天下英雄谁敌手？曹刘。生子当如孙仲谋。

在辛弃疾的眼中，孙权是“坐断江南战未休”，敢于与北方的曹操、西蜀的刘备抗衡的英雄。“英雄无觅孙仲谋处”，是有感而发的。虽然盼到了北伐，但是，准备不充分，缺乏真正的帅才，对北伐的前途，辛弃疾是并不看好的，所以才会有此叹。接下来的“舞榭歌台，风流总被风吹雨打去”，是生发开来说。镇江乃至整个江南历代的风流人物，都随着时光的流逝，成为历史。

接下来说到的第二个历史人物是“寄奴”。寄奴是南朝宋文帝刘裕的小名。东汉末年孕育了一个曹氏集团，灭了汉，建立了魏朝；魏朝又孕育了一个司马氏集团，灭了魏，建立了晋朝；晋朝也孕育了一个桓氏集团，如果不出意外，将取代晋而建立“楚”。事实上，东晋末年桓玄已经篡晋自立，建立了楚。但是，这时出了一位出身草莽的刘裕。他击败桓玄，让晋安帝复了位。他又带兵北上，灭了南燕和后秦，一度收复了长安、洛阳以及北方的青、兖、司三州。最后灭了东晋，自己称帝，建立了南朝刘宋王朝。刘裕曾在镇江居住，所以这里说“斜阳草树，寻常巷陌，人道寄奴曾住”。“想当年”三句，是想象中刘裕率兵北伐时的风貌。

过片以后，是以历史的教训给韩侂胄们敲敲警钟了。仗是要打的，但不能这样打。辛弃疾在《议练民兵守淮疏》中就指出：“事不前定不可以猝发，兵不预谋不可以制胜。”历史上是有这样的教训的。“元嘉草草”，说的是南朝宋文帝元嘉年间，在没有做好充分准备的情况下，听信一些“白面书生”的大言，想建立西汉卫青、霍去病击败匈奴在狼居胥山封山而还的伟绩，匆匆忙忙地就向北魏开战了，结果是一败涂地，被北魏的军队一直追到江边。“仓皇北顾”，是指逃跑的时候还着急地回头望着追兵。一般认为是影射宋孝宗隆兴元年（1163）张浚北伐失败的事，也是历史上有名的“符离之败”。

“四十三年，望中犹记，烽火扬州路。”辛弃疾自绍兴三十二年（1162）南归，如今已经四十三年了。但是，现在还清清楚楚地记得当年金人南侵的事。

“佛狸”，是北魏太武帝拓拔焘的小名。他打败宋文帝北伐的军队，一直追到长江北岸的瓜步山（在今江苏六合县东南），在山上修建行宫，后称“佛狸祠”。现在是表面的歌舞承平，人们又在箫鼓迎神，“一片神鸦社鼓”，哪里还有一点抗金的景象。

词的结尾是非常悲壮的。作者以战国时赵国名将廉颇自喻。廉颇晚年遭谗被罢官，居于梁。赵国多次败于秦，赵王就想到起用廉颇，但又觉得廉颇年纪很大了，不知道身体怎样，还能不能领兵杀敌，就派使者先去看一下。廉颇的仇人郭开贿赂使者，让他说廉颇的坏话。廉颇也想为国出力，知道使者来的目的，吃饭的时候，一顿就吃一斗米的饭、十斤肉。然后披甲上马，表示身体很好。但使者回去后对赵王说：“廉将军虽然老了，但还能吃饭，只是和我坐了一会儿，就去拉了三次屎。”赵王因此放弃了起用廉颇的打算。辛弃疾借此感叹，谁又来问一问我是否老当益壮，还能为国上阵杀敌呢？辛弃疾虽然已被起用，但并没有被委以重任，而且调到镇江，已经表现出了他和韩侂胄在具体的作战方略上有矛盾，他是很清楚的，这一次的北伐，自己也许出不了多大力了，而且他也清楚地预见到这次北伐可能会失败的前景，所以有很深的感慨。

这首词苍凉悲壮，感人至深。杨慎《词品》甚至说：“辛词当以《京口北固亭怀古·永遇乐》为第一。”后人对此作的评价也极高，虽然它确实有岳珂所说的用典太多的毛病。

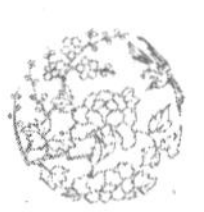

破阵子／《为陈同甫赋壮词以寄之》　辛弃疾

醉里挑灯看剑，梦回吹角连营。八百里分麾下炙，五十弦翻塞外声，沙场秋点兵。　马作的卢飞快，弓如霹雳弦惊。了却君王天下事，赢得生前身后名，可怜白发生。

辛弃疾闲居带湖、瓢泉，优闲的生活，并没有消磨他的壮志，他也从来没有忘记过北伐大业。淳熙十五年（1188）秋天，他还与陈亮、朱熹相约，到铅山紫溪商讨统一大计。后来，朱熹因故推辞了这次铅山之会。朱熹没有来，陈亮来了。

陈亮来得是如此地惊心动魄。当他过一座小桥的时候，马不肯走了。他赶了三次，马退了三次。于是他跳下马，一剑斩下马头，徒步向辛庄走去。辛弃疾恰好在楼上看见了，大惊，迎上来，两人遂定交。

其实，他们成为好朋友的最主要的原因，是有共同的理想抱负，那就是北伐北伐北伐。他们之间，有不少唱和之作。比如两首《贺新郎》。辛词说："我最怜君中宵舞，道男儿、到死心如铁。看试手，补天裂。"陈词说："男儿何用伤离别。况古来、几番际会，风从云合。千里情亲长晤对，妙体本心次骨。卧百尺、高楼斗绝。天下适安耕且老，看买犁卖剑平家铁。壮士泪，肺肝裂。"都是铮铮男儿语。

但最著名的，还是这首《破阵子》。

题目是"为陈同甫赋壮词"，也就是写这篇"壮词"给陈亮，词中所说，对辛弃疾来说，是年轻时候的亲身经历，现在说来，是两人共同的希望。这个希望，在现实中已经几乎没有实现的可能，只能一寄之于词，聊以抒发壮怀而已。

"醉里挑灯看剑，梦回吹角连营。"如此清清楚楚，明明白白的两句，我看到的解析赏析文章，包括一些大学教材，居然一开始就讲错。

全词除最后两句外，都是军营生活和战斗场面。词中的主人公，是一位正在带着部队操练、准备杀敌的将军。他豪气干云，视金人于无物。饮酒，是豪爽的表现。喝醉了，拔出宝剑，在灯下仔细打量，大有长剑一挥，敌阵立解的豪情。不知道有的人从什么地方看出他是借酒浇愁。"'醉里'点明在酒醉之中"，"'挑灯'点出时间是夜晚"，这不是废话连篇吗？"'看剑'一方面说明人物身份是武士"，能说明吗？李贺的《南园》诗："男儿何不带吴钩，收取关山五十州。请君暂上凌烟阁，若个书生万户侯。"这个玩"吴钩"的，就是"书生"。又说什么"'醉里'犹自'看剑'，醒时可想而知"。我就想不出他醒时会干什么。

因为"梦回"两个字，几乎所有的赏析文字都说第二句以后写梦境。有人说："由于境遇的艰难，思想无法平静，才使他夜难眠、梦不断。于是，‘梦回吹角连营’以下八句便详写梦境。”我实在不理解，简简单单的“梦回”两个字，为什么都读不懂。“梦回”，确实也可以作“梦中回到”讲，比如现在有歌曲叫《梦回唐朝》，有小说叫《梦回大清》。但这里的“梦回”就是“梦醒”，其实就是睡醒了。南唐中主李璟《浣溪沙》所说的“细雨梦回鸡塞远”，岳飞《小重山》里所说的“鸡唱惊回千里梦”，宋林景熙《梦回》诗所说的“梦回荒馆月笼秋，何处砧声唤客愁”，都是这个意思。如果说“挑灯”指明是夜晚，那“梦回”就指明是清晨。如此而已，岂有他哉。

所以，整首词写的都是实境，是想象中的实境，是虚拟的实境。首二句的意思是，晚上，唱醉了酒，剔亮银灯，看着手中的宝剑，心雄万夫；清晨，梦中醒来，晨风习习，听到连营的角声，豪情万丈。

接下来，是写雄壮的军旅生活。“八百里分麾下炙”，将士们用早餐。“八百里”是夸张，就是连营八百里的意思，比如《三国演义》第八十四回就是“陆逊营烧七百里，孔明巧布八阵图”，说刘备伐吴的部队“连营七百里”。所以这里的“八百里”和那头被东晋时王恺们吃掉的名牛“八百里骏”一点关系都没有。八百里连营的将士一起用餐，是多么壮观的景象。

“五十弦翻塞外声”中的“五十弦”，本指“瑟”。传说瑟这种乐器有五十条弦，后来黄帝嫌其弦太多，减为二十五弦。瑟在唐代就基本上失传了，只在宫廷雅乐中有时还在使用，而自来的军乐，比如汉代著名的鼓吹、骑吹乐中，都没有用到瑟，所以这里泛指军乐。古人在行军打仗，乃至操练点兵的时候，都有专门的军乐队奏乐。

上片最后一句点明是“沙场秋点兵”。

下片头两句“马作的卢飞快，弓如霹雳弦惊”，是继续写秋点兵的具体情况，还是写作战，作者没有明言，但两种理解都是可以的。

结尾两句，豪壮又带有一丝苍凉，但绝不悲观，并不是无可奈何的叹息，也不是由雄壮变为了悲愤。为什么呢？因为上一句“了却君王天下事”，也就是说，理想抱负得以实现了，具体的说，就是北伐大业成功了。“可怜白发生”，是壮语，不是悲语，就如宋人敖陶孙评曹操的诗“如幽燕老将，气韵沉雄”一样。

最后说一句，那些把堪称辛弃疾作品中第一豪放的词解得如此悲悲切切的人，忘记了辛弃疾自己所说，他所赋的是“壮词”。

菩萨蛮／《书江西造口壁》　辛弃疾

郁孤台下清江水，中间多少行人泪？西北望长安，可怜无数山。　青山遮不住，毕竟东流去。江晚正愁余，山深闻鹧鸪。

造口，又叫“皂口”，在今江西万安县西南六十里处。有皂口溪，溪水从此处入赣江。郁孤台，在今江西赣县西南，又叫“望阙”，当年曾经“隆阜郁然，孤起平地数丈”（《舆地纪胜》），是当地的名胜。清江，这里指赣江。先搞清楚这几个地名，对我们理解此词有所帮助。

这首词写于宋孝宗淳熙三年（1176），这一年，辛弃疾任江西提点刑狱，就住在赣州，在途经造口时，有感而发。

这得说一说发生在辛弃疾创作这首《菩萨蛮》之前约四十年的一段往事了。

据罗大经《鹤林玉露》说，是“南渡之初，金人追隆祐太后御舟至造口，不及而还，幼安自此起兴”。

宋高宗建炎三年（1129），金兵兵分两路，大举南侵。一路下建康，陷临安，猛追高宗，直捣福建。另一路从湖北进军江西，紧追隆祐太后。隆祐太后由南昌南逃，一直逃到赣州才摆脱金兵的追击。但是，江西一带却遭到金人的破坏侵扰，所过之处，一片焦土，人民流离失所，苦不堪言。

辛弃疾经过造口的时候，已经时隔四十余年，虽然此处已经恢复了平静，但是，北方的大片土地仍然沦陷金人之手，而对朝廷北伐收复失地越来越失望，感慨之余，写下了这首千古传诵的名词。

这是一首小令，不过寥寥八句，两句一组，实际上只有四句，但一句一转，蕴含却极为丰富。

词以“郁孤台下清江水，中间多少行人泪”起兴，这“行人泪”，既是当年躲避金人的逃难百姓之泪，也是后人到此追思往事的伤怀之泪。一句话，就把那一段不堪回首的往事说尽了。

“西北望长安，可怜无数山”是一转。“长安”是朝廷的代称，

“望长安”是对朝廷寄与希望的隐喻。前人的诗句中用得太多了，比如李白的“总为浮云能蔽日，长安不见使人愁”（《登金陵凤凰台》）；杜甫的“云白山青万余里，愁看直北是长安”（《小寒食舟中》）；贺铸的“满眼青山恨西照，长安不見令人老”（《蝶恋花·望长安》）等。“可怜无数山”，既是实写，也是虚写。山遮断了望目，看不见长安，就如李白所说的浮云蔽日一样。不过，这里的“长安”，是借指北宋的都城汴梁（今河南开封）。其实何止是“长安”，北方的大片土地都还在金人的手里。

下片再转，“青山遮不住，毕竟东流去”，青山能遮住望目，能遮住“长安”，却挡不住流水，台下的清江，毕竟要东流至海，一去不回的。诗人显然在暗喻自己北伐的决心和对收复失地的希望。

末二句再转，“江晚正愁余，山深闻鹧鸪”。据说鹧鸪的叫声有一点像“行不得也哥哥”，所以听到鹧鸪的叫声，诗人不由深深地感慨了。这“行不得也”，是主和派的声音，他们一直在高叫着北伐“行不得也”；这“行不得也”，也是诗人深深的落寞，他是很清醒地认识到，渡江之初那么自信的北伐希望，已经在以皇帝为首的主和派的打击下，变得是那样的渺茫了。读到这里，我们是能够体会到诗人壮志难酬的悲愤心情的。

西江月 /《夜行黄沙道中》　辛弃疾

明月别枝惊鹊，清风半夜鸣蝉。稻花香里说丰年，听取蛙声一片。　七八个星天外，两三点雨山前。旧时茅店社林边，路转溪桥忽见。

宋孝宗淳熙八年（1162），辛弃疾四十二岁，因遭人弹劾罢官，回到江西上饶带湖，在这里修筑带湖新居，并命名为“稼轩”，他在瓢泉也有田产和别墅。此后的二十多年，他基本上就在这里过着隐居生活，直到六十四岁出任绍兴知府兼浙东安抚使，但两年多以后仍然被免职归

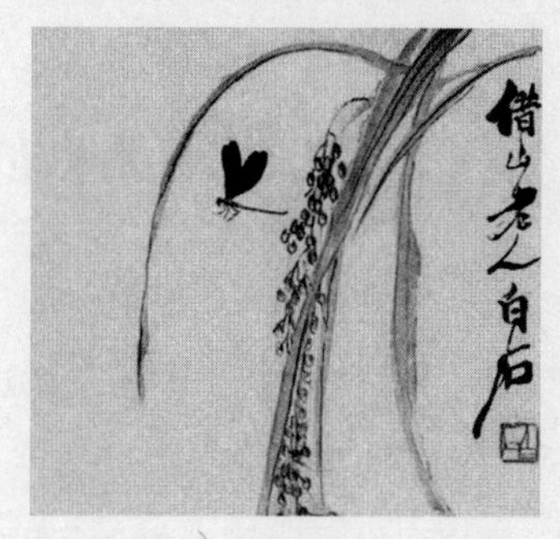

齐白石 《稻香》

瓢湖。他官不小，钱也多，不像陆游晚年回山阴故居，“身杂老农间”（陆游《晚秋农家》），“扶犁近可学野叟”（《稽山农》），“却从邻父学春耕”（《小园》）。他有一首《沁园春·带湖新居将成》：

三径初成，鹤怨猿惊，稼轩未来。甚云山自许，平生意气；衣冠人笑，抵死尘埃。意倦须还，身闲贵早，岂为莼羹鲈脍哉。秋江上，看惊弦雁避，骇浪船回。　东冈更葺茅斋，好都把、轩窗临水开。要小舟行钓，先应种柳；疏篱护竹，莫碍观梅。秋菊堪餐，春兰可佩，留待先生手自栽。沉吟久，怕君恩未许，此意徘徊。

五十七岁时，带湖别墅被焚，辛弃疾又移居瓢湖。所以他的词中，有不少农村题材的作品。他的生活富足而优游，所以他的农村词，着力在描写田园风光、自然景色，很少有与农民的直接交往，更没有像陶渊明那样亲身参加田间劳动的感受。

这首词，就是以轻松的笔调，写他夜行黄沙道中的所见所闻。黄沙，即黄沙岭，在上饶，又有黄沙塘，带湖就是黄沙塘水流积而成的。

夜行黄沙道，明月当空，清风拂面，眼里看到的，是明月惊起的鹊鸟；耳里听到的，是清风送来的蝉鸣蛙鼓；鼻里闻到的，是稻花的清香；嘴里说着的，是丰收的希望；身上淋到的，是山前疏疏落落的两三点微雨；头顶悬着的，是天边淡淡的几颗疏星。人行其间，是多么惬意的事。结尾的一句，极有情致。也许大家边走边说，土地庙旁边的那间茅店怎么不见了，原来是被竹林树木遮挡住了，转过溪桥，你看，那不就是吗？

平平常常的景，用平平常常的心去感受，再用平平常常的语言去把它描述出来，带给人的却是极不平常的艺术感受。这就是辛弃疾这样的大师的艺术功力。

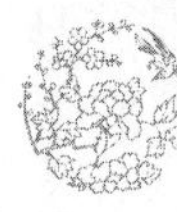

清平乐／茅檐低小　辛弃疾

茅檐低小，溪上青青草。醉里吴音相媚好，白发谁家翁媪。　大儿锄豆溪东，中儿正织鸡笼。最喜小儿无赖，溪头卧剥莲蓬。

这是辛弃疾农村词中最为人熟悉和喜爱的两首之一（另一首即上面的《西江月》）。

也是闲居江西上饶的别墅，也是微醉以后去庄园外的乡村随意转一转，就这样很自然地走近了一户平平常常的农家。

远远望去，是一座低矮的茅舍，说明了只是一户普普通通的人家。茅舍虽然低小，但是，舍旁坡上是一片青青的草地，当然也会有花的娇艳、树的浓荫，当然更会有鸡鸣狗吠、菜豆花香。

走近了，先是听见有人在用被称作“吴侬软语”的“媚好”的“吴音”交谈着。再走近，原来是一对白发的老夫妻。

大概是在老人的指点下，诗人看见了他们的大儿子在溪东锄豆，二儿子在编织着鸡笼，最可爱最有趣的是还没有成年的小儿子，正睡在溪边的草地上，手里拿着刚摘下的莲蓬，在那里一颗颗地剥着，吃着。

没有多余的笔墨，没有多余的描写，更没有刻意去作语言的雕饰，就这么娓娓道来，一幅恬静优美的风俗画就已经跃然纸上了。

祝英台近／《晚春》　辛弃疾

宝钗分，桃叶渡，烟柳暗南浦。怕上层楼，十日九风雨。断肠片片飞红，都无人管，更谁劝、流莺声住。　鬓边觑，试把花卜归期，才簪又重数。罗帐灯昏，哽咽梦中

黎孟德 《春女怨》

语。是他春带愁来，春归何处？却不解、带将愁去。

辛弃疾是豪放派词人的代表，他的词作，大部分确实大声镗鞳，如黄钟大吕。但是，他和苏轼一样，并非不能作合乎宋词审美要求的婉约词。其实，当某种技艺达到化境之后，对于多种风格的掌握就不再是难事。西方19世纪浪漫主义乐派的代表人物之一、有“钢琴之王”美誉的李斯特，演奏风格是比较阳刚的。他和有“钢琴诗人”美誉的肖邦是好朋友，肖邦的演奏风格是偏于阴柔的，李斯特有时候悄悄地在琴房中模仿肖邦的演奏，连肖邦本人都感到吃惊。

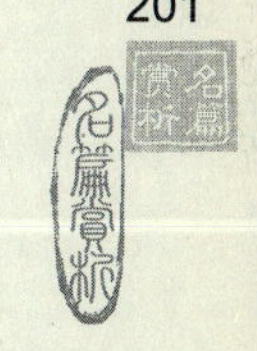

这一首《祝英台近》，是辛弃疾婉约风格词作的代表之一。

词的题目是“晚春”，写的却是晚春时所引起的怀人之情。

“宝钗分”指离别。古代情人分别，往往会留信物，以作他日重逢的寄托和凭证。比如把铜镜破为两半，各执一半，重逢后，镜也就重圆了，成语“破镜重圆”就是这个意思。另一种常见的方式，是将一对钗各留一股，即杜牧《送人》诗中所说的“明镜半边钗一股，人生何处不相逢”。

“桃叶渡”，泛指分别的地方。王献之有妾名桃叶，分别后他写了《桃叶歌》：“桃叶复桃叶，渡江不用楫。”这里的“桃叶渡”，未必是真有其地，大概借用王献之的诗，虚指分别之地。

这两句是虚写从前送别时的情景，但点明了此词的主题，是与情爱相思有关的。而“烟柳暗南浦”，则是实写了。这里的“南浦”，也就是上面所说的“桃叶渡”，仍然未必实指，但“烟柳暗”三字，是实指晚春景色了。

有了前面的铺垫，下面说“怕上层楼，十日九风雨。断肠片片飞红，都无人管，更谁劝，流莺声住”就不难理解了。看似句句伤春，但实际上是写情人远别后的愁怀。

下片让我们知道了词的主人公是一位女性，她盼望爱人归来，但什么时候回来，在通讯不发达的古代，是无法预知的。回来了就回来了，没有回来，就只能痴痴地等待。无奈之中，只好用卜算的方式来安慰自己。“花卜”，是古人卜算中非常简单的一种，拿一枝花，数一数花瓣，就是卜算的结果了。灵吗？不可能。但是，在痴等情郎的人眼中，却是一种自我慰藉了。“才簪又重数”是传神之笔，把女孩儿那种迫切的心情刻划得淋漓尽致。

下面又回到“晚春”的主题上。这种话说的人多，并没有多少新意，但要注意的是这个“愁”字，既是伤春，也是怀人。

又有人说这首词是借儿女之情，寄托家国之愁，表现了作者对国事的深切忧虑。词的下片写作者希望早日收复中原，连在睡梦中也念念不忘。再说一遍，词是不能这样解的。

清沈谦《填词杂说》说：“稼轩词以激扬奋厉为工，至‘宝钗分，桃叶渡’一曲，昵狎温柔，魂销意尽，才人伎俩，真不可测。”倒是说得很贴切的。

水调歌头／《送张德茂大卿使虏》　陈亮

不见南师久，漫说北群空。当场只手，毕竟还我万夫雄。自笑堂堂汉使，得似洋洋河水，依旧只流东？且复穹庐拜，会向藁街逢！　尧之都，舜之壤，禹之封。于中应有，一个半个耻臣戎！万里腥膻如许，千古英灵安在，磅礴几时通？胡运何须问，赫日自当中！

宋淳熙十二年（1185）十二月，宋孝宗命章德茂为使臣，到金朝贺万春节（金世宗完颜雍生辰）。

宋孝宗隆兴二年（1175），宋与金签定了屈辱的“隆兴和议”，确定金和宋是叔侄关系，其中规定每年元旦和双方皇帝生日，互派使臣祝贺。但金使到宋，非常跋扈，宋室待若上宾，而宋使到金，却多受歧视，实际并不平等。南宋有志之士常引以为耻。

章德茂名章森，出使之前，临时授予户部尚书衔，所以称他为“大卿”。陈亮写了这首词为他送行。

“不见南师久”，是说北方的人民很久没有见到南宋北伐的部队了。这让我想起了陆游那首著名的《秋夜将晓出篱门迎凉有感》：

三万里河东入海，九千仞岳上摩天。
遗民泪尽胡尘里，南望王师又一年。

还有范成大出使金国时写的那首著名的《州桥》：

州桥南北是天街，父老年年等驾回。
忍泪失声询使者，几时真有六军来？

他们是同时代的人，说的是同一件事。

但陈亮接下来就说“漫说北群空”，不要因此就说宋没有了人才。“当场只手，毕竟还我万夫雄”，这不就是人才吗？“当场只手”等于说“只手擎天”，独当一面。“万夫雄”，即“心雄万夫”（李白《与韩荆州书》）。这两句是对朋友的赞美，也是对朋友的期许，赞美他有出使金国的勇气和独当一面的才能，又希望他能为大宋争气。

“自笑堂堂汉使”三句，是说我们堂堂大宋的使臣，岂能像洋洋河水东流一样，永远去朝贺金人。“且复穹庐拜，会向藁街逢”，你就姑且再去穹庐朝拜一次吧，相信不久的将来，你会和那些金人在藁街相逢的，意思是说会把他们“悬头藁街”的。“穹庐”是北方少数民族居住的帐篷，这里指金国。“藁街”，本是汉代长安的街名，是当时少数民族使臣和外国使臣居住的地方。汉代陈汤出使西域，斩郅支单于，奏请“悬头藁街”（见《汉书·陈汤传》）。后来就把“藁街”作为处决外族侵略者地方的代名词。

下片一开始，就气势恢宏：“尧之都，舜之壤、禹之封，于中应有，一个半个耻臣戎。”我们是传自尧、舜、禹的伟大国家，虽然现在战败了，但是，如此泱泱大国，难道就没有几个耻于向敌人称臣的人吗？眼前是山河沦丧，“万里腥膻”，“千古英灵”在什么地方？什么时候，雷霆万钧的磅礴之气才能塞于天地之间？这是作者的愤激之言。因为上面虽然说了那么多，但是现实毕竟是“不见南师久”。

作者对此有愤慨，有焦虑，有期许，但并不悲观。“胡运何须问”，敌人的命运还用得着问吗？“赫日正当中”，大宋王朝将有如赫赫骄阳，照耀在天空。

这是一首豪放词的代表之作，读起来比辛弃疾还要豪放。但是，因此也就有人认为陈亮这首词过于直露，违背了“诗贵含蓄”的宗旨，所以算不得上乘之作。如果从宏观的角度看，陈亮的词确实不够含蓄，太直，太露，这也是他终于输辛弃疾一筹的主要原因。但是，对于每首作品，又是需要作具体分析的。送别朋友，朋友是去完成一件于国于己都是耻辱的使命，由此联想到国恨家仇，同时又要鼓励朋友，扬我国威，并且对前途充满了乐观的精神。此时此景，当得如荆轲高歌“风萧萧兮易水寒，壮士一去兮不复还”（《史记·刺客列传》），或者像岳飞一样，高唱“待从头收拾旧山河，朝天阙”（《满江红》）。不管怎么说，读这首词，是会让人感到一种振奋，一种大气磅礴的赏心悦目。清陈廷焯《白雨斋词话》说它“可作中兴露布（檄文）读”。陈亮的儿子陈沆把父亲的词编为《龙川词》，以此为压卷第一首，是有道理的。

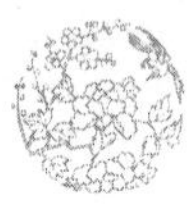

诉衷情／当年万里觅封侯　陆游

当年万里觅封侯，匹马戍梁州。关河梦断何处，尘暗旧貂裘。　胡未灭，鬓先秋，泪空流。此生谁料，心在天山，身老沧洲。

陆游是宋代著名的爱国诗人，同时，他也是一个很有名的词人。只不过和他的诗相比，他的词数量太少，词名也为诗史所掩。但是，他的《诉衷情》《钗头凤》《卜算子》，又几乎是家喻户晓，尽人皆知的。

这首词，就是他晚年在山阴老家所作。

“当年万里觅封侯”，几乎所有的赏析文章都引汉班超投笔从戎、建功西域、封定远侯的典故，太狭了一点。封侯，是古人都有的想法，陆游也不能例外。但是，靠什么封侯和为什么封侯，大家的想法又有很大不同。陆游生活在南宋初年，他的祖父陆宰、父亲陆佃、老师曾几都是爱国志士，他在《跋傅给事帖》中说他从小就看到他们忧心国事，受到强烈的爱国主义教育。所以，他从考中进士，一入仕途，就极力主张北伐，并且把它作为自己一生的追求。从他的诗歌中，我们早就有所感受。他孜孜以求的，是杀敌报国，他说“丈夫五十功未立，提刀独立顾八荒”（《金错刀行》），说“千年史册耻无名”（同上），但是他真正想到的，是“一身报国有万死”（《夜泊水村》），是“尚思为国戍轮台”（《十一月四日风雨大作》）。他太息的，是“笛里谁知壮士心”（《关山月》），是“太息燕然未勒铭”（《夜泊水村》）。

第二句说“匹马戍梁州”，就是指当年从军南郑，在王炎幕府的一段往事。梁州，泛指陕西南部和四川北部一带，正是宋利州东路和利州西路所辖之地。

陆游的诗中，说梦的很多，这里也说“关河梦断何处”。他“梦断”的，是“关河何处”，“关河”，即关塞河防，现在在哪里呢？就像他在诗中所说的是“三更抚枕忽大叫，梦中夺得松亭关”（《楼上醉书》），是“横槊赋诗非复昔，梦魂犹绕古梁州”（《秋晚登城北门》），是“夜阑更听风吹雨，铁马冰河入梦来”（《十一月四日夜风雨大作》）。可惜，这一切都只能在梦中出现，当年从军时的“貂裘”，早已是扑满了灰尘。

“胡未灭，鬓先秋，泪空流”，是豪壮而转为沧凉之极。比起辛弃疾“了却君王天下事，赢得生前身后名，可怜白发生”（《破阵子·为陈同甫赋壮词》）要惨痛得多。谁能想到，会是“心在天山，身老沧州”的结局。陆游的一生，都是在这种心雄万夫而又报国无门的悲愤中度过的。

卜算子／《咏梅》　陆游

驿外断桥边，寂寞开无主。已是黄昏独自愁，更著风和雨。　无意苦争春，一任群芳妒。零落成泥辗作尘，只有香如故。

中国人的审美理想，受儒家“比德”说的影响，总是和道德情操连在一起。爱松柏，是因为它经冬不凋；爱菊，是因为它“不随黄叶舞秋风”（朱淑贞《黄花》）；爱莲，是因为它出污泥而不染。而梅，因为能在严寒的冬季开花，不惧冰雪，象征了“富贵不能淫，贫贱不能移，威武不能屈”（《孟子·公孙丑下》）的品德，所以历来受到人们的普遍喜爱。诗歌史上第一首咏梅词、南北朝时鲍照的《梅花落》，就说“念其霜中能作花，露中能作实”。

梅花是高洁象征，不随流俗，孤芳自赏，很受文人雅士的喜爱，对它情有独钟。

陆游极爱梅。他写了一百六十多首咏梅诗，其中两首说：

当年走马锦城西，曾为梅花醉似泥。
二十里中香不断，青羊宫到浣花溪。

闻道梅花坼晓风，雪堆遍满四山中。
何方可化身千亿，一树梅花一放翁。

他还写了四首咏梅词，这首《卜算子》是最有名的。

梅花，是高士的象征，象征的是一种不慕荣利、不求闻达、洁身自好、苏世独立的品格。南宋时与陆游同时的张鎡撰《梅品》，归纳了适宜梅花的二十六种环境：“为澹阴，为晓日，为薄寒，为细雨，为轻烟，为佳月，为夕阳，为微雪，为晚霞，为珍禽，为孤鹤，为清溪，为小桥，为竹边，为松下，为明窗，为疏篱，为苍崖，为绿苔，为铜瓶，

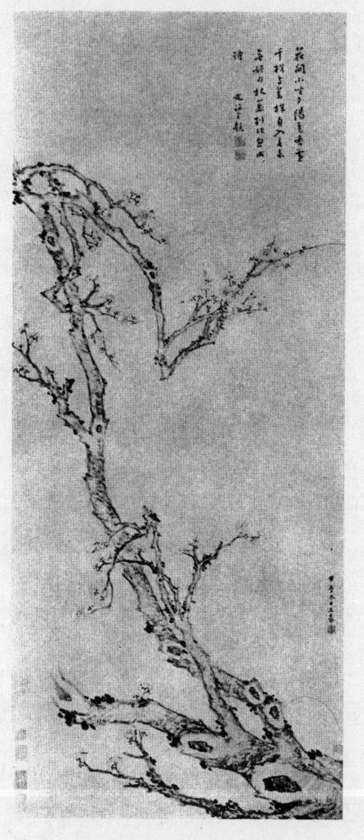

（明）王綦 《梅轴》

为纸帐，为林间吹笛，为膝上横琴，为石枰下棋，为扫雪煎茶，为美人淡妆篸戴。”其实这些环境，只有品味较高的“雅士”才会喜欢，就象孔子赞扬他最得意的弟子颜回所说的“一箪食，一瓢饮，在陋巷，人不堪其忧，回也不改其乐。贤哉，回也”（《论语·雍也》）一样，在一般人的眼中，是远不及高堂华屋、歌楼舞榭的。

这首词的上片，把梅安排在一个远离尘世，寂静到凄清，孤独到苦寒的环境：驿外、断桥边、黄昏、风雨，大概也就是“人不堪其忧”的境地了，除了梅，恐怕再没有什么花能够在这样的环境中生长，更不要说“凌寒独自开”（王安石《梅花》）了。

下片说“无意苦争春，一任群芳妒”，我自开在严寒的冬天，并不想与“群芳”在春风中争艳。那些不敢在冰雪世界中绽放的“群芳”，又嫉妒我的不畏严寒。随它去吧，我自行我素，哪怕是在春风中飘落，在春雨中成尘，但仍然清香如故。

如果只把它当作一首咏梅的诗词来欣赏，它已经是非常成功的了，但是，陆游显然并不仅仅是在赞美梅花，而是托物言志，以花自喻，也就是我们常说的“兴寄”。

陆游把自己比作高洁的梅花，但是却生长在一个极为险恶的环境。他的一生，除了四十多岁在剑南王炎幕府中准备北伐的两年多时间里过得意气风发以外，基本上都是遭受谗陷迫害、失意落寞的。早年，因主张北伐，“喜论恢复”被排挤，四十六岁时才等到一次准备北伐的机会，入王炎幕府，在剑南练兵。但仅两年多，北伐的准备工作就取消了，他被调往成都。理想的破灭，让他“佯狂施药成都市”（《楼上醉歌》），又被指责为“不拘礼法，恃酒颓放”（《宋史·陆游传》），他因此干脆自号“放翁”。晚年回山阴老家，“僵卧孤村”二十多年。连为韩侂胄修建的南园写了一篇《南园》，也“见讥清议”（同上）。最后在“但悲不见九州同”（《示儿》）的遗憾中含愤去世。词的上片，就是对自己这样的遭际的一种艺术化的描写。

词的下片，则是言志。既然不能兼济天下，那我总还可以坚持自己的理想，坚守自己的情操，做到“独善其身”吧。纵然是“零落成泥辗作尘”，我仍然“香如故”，不改爱国初衷。这正是陆游伟大的地方，也是这首词的成功之处。

双双燕 /《咏燕》　史达祖

过春社了，度帘幕中间，去年尘冷。差池欲住，试入旧巢相并。还相雕梁藻井，又软语、商量不定。飘然快拂花梢，翠尾分开红影。　芳径。芹泥雨润。爱贴地争飞，竞夸轻俊。红楼归晚，看足柳昏花暝。应自栖香正稳，便忘了、天涯芳信。愁损翠黛双蛾，日日画阑独凭。

燕子，是一种极受人们喜爱的候鸟，也是唯一一种把巢筑在人家屋檐房梁的鸟。每到大地春回，它们在田间飞翔，梁上呢喃，带来浓浓的春意。所以从《诗经》开始，人们就在赞美它。《诗经·邶风》中就有

（元）盛昌年 《柳燕图》

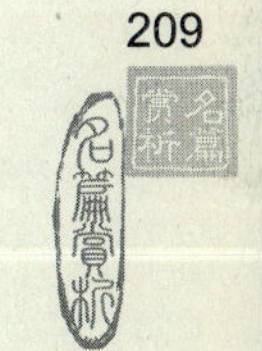

一首《燕燕》，一开头就说："燕燕于飞，参差其羽。"唐代大诗人杜甫也有好几首咏燕的诗，其中《双燕》诗说："旅食惊双燕，衔泥入此堂。"以燕的来来去去，喻自己寓居他乡"今秋天地在，余亦离殊方"的愁绪。张九龄、白居易、杜牧、司空图、杜荀鹤、韦庄等大诗人都有咏燕诗。尤其是郑谷的那首《燕》，写得很有韵致：

年去年来来去忙，春寒烟暝渡潇湘。
低飞绿岸和梅雨，乱入红楼拣杏梁。
闲几砚中窥水浅，落花径里得泥香。
千言万语无人会，又逐流莺过短墙。

宋人咏燕的诗词也很多，晏殊《浣溪沙》"似曾相似燕归来"，欧阳修《采桑子》"垂下帘栊，双燕归来细雨中"，晏几道《临江仙》"落花人独立，微雨燕双飞"，文天祥的《金陵驿》"满地芦花伴我老，旧家燕子傍谁飞”等都很有名。

这些诗词，大多是以旁观的角度去描写燕子，倒是陆游的一首咏燕诗《燕》，有一点拟人的手法，把春天的燕子写得十分可爱：

初见梁间牖户新，衔泥已复哺雏频。
只愁去远归来晚，不怕飞低打着人。

史达祖的这首《双双燕》，更是以拟人的手法，把燕子写活了。

“过春社了，并帘幕中间”，写春天到了，燕子归来，在帘幕中间飞来飞去，寻找去年的旧巢。“春社”，指立春后的第五个戊日，古时候这一天要祭祀土地神。“社”就是土地神。“去年尘冷，差池欲住，试入旧巢相并”，去年的旧巢找到了，飞进去，依偎在一起。但旧巢“尘冷”，不舒服，所以接下来就说“还相雕梁藻井，又软语商量不定”。打量着“雕梁藻井”，寻找建筑新巢的地方。“软语商量不定”，不仅把燕子写活了，而且非常温馨，非常传神，是千古传诵的名句。“飘然快拂花梢，翠尾分开红影”，既然商量好了要筑新巢，又找好了地方，说干就干，马上飞出去衔泥去了。

下片写燕子飞翔的情况。“红楼归晚，看足柳昏花暝”，也是后人激赏的名句。

词的结尾很有韵味：“应自栖香尘稳，便忘了，天涯芳信。愁损翠黛双蛾，日日画栏独凭。”古人寄书不易，就是用系于雁足、置于鱼腹的笨办法。这也是无可奈何之举，是不是能够送到，就只有听天由命了。就像现在社会中有的船只遇到海难，通讯设施破坏，无法向外界求救，就把求救信装在密封的瓶子中，把瓶子投入海中，希望侥幸被人捞出一样。传说唐代臣商的妻子郭绍兰，因为丈夫经商在外，很久都没有回来，就写了一首诗，捉了一只燕子，把诗系在燕子腿上。这只燕子还真就飞去落在她丈夫的肩上。她的丈夫看了诗，就回来和她团聚了。这当然只是一个美好的传说而已，但又是一个美好的希望。“栖香正稳”几句，是说燕子在新筑的巢中睡熟了，忘记了还要替人传信，害得寄信的少妇，天天独凭画栏，盼望着信寄到，夫婿能够回来。这几句词，是从五代时冯延巳《蝶恋花》“泪眼倚楼频独语，双燕来时，陌上相逢否”化出来的，但又比冯词更有味道一些。

风入松/听风听雨过清明　吴文英

听风听雨过清明，愁草《瘗花铭》。楼前绿暗分携路，一丝柳一寸柔情。料峭春寒中酒，交加晓梦啼莺。　西园日日扫林亭，依旧赏新晴。黄蜂频扑秋千索，有当时纤手香凝。惆怅双鸳不到，幽阶一夜苔生。

这是吴文英怀人之作，也有人说是悼念亡姬的。

有人一看到头两句，就说是伤春之作，再讲下去，又说是伤别，这样讲就混乱了。“听风听雨过清明，愁草《瘗花铭》”，不过是为下面的伤别怀人营造一种氛围。杜牧“清明时节雨纷纷，路上行人欲断魂”（《清明》）的诗句，似乎给清明定下了一个“愁”的基调。清明时节，春将尽，雨纷纷，加上又是扫墓祭奠的日子，确实容易引起人们的伤感之情。但清明又是春光明媚、桃红柳绿、杂花生树、群莺乱飞的季节，是踏青、秋千、蹴鞠等的好日子，似乎也可以高高兴兴的。其实悲也好，愁也好，欢也好，乐也好，主要还是看自己的心情。“愁草《瘗花铭》”，写的是葬花词，说明吴文英的心情是悲愁一路的，也就为全词定了基调。

古人有折柳送别的习俗。说离别，往往就会说到柳；看到柳，往往就会想到离别。“一丝柳一寸柔情”，上“一”字下因七言句型省掉了一个“寸”字，一寸柳丝就是一寸柔情。“楼前暗绿分携路”，有多少柳丝，这柔情也就多得很了。

下片怀人，胜在想象奇特。“黄蜂频扑秋千索”，本是无意之举，看在离人眼里，却成了因为那秋千索上留有佳人纤手的余香；屋前的台阶，因为佳人常至，没有绿苔，但是现在却因为“双鸳（指佳人的绣鞋）不到”，也就是佳人远去，一夜之间，就绿苔丛生，夸张的手法，表述的是深深的怀念。后人评“黄蜂”句“是痴语，是深语”（谭献评《词辨》），其实结句也是痴语、深语。

唐多令 /《惜别》 吴文英

何处合成愁，离人心上秋。纵芭蕉不雨也飕飕。都道晚凉天气好，有明月，怕登楼。　年事梦中休。花空烟水流，燕辞归客尚淹留。垂柳不萦裙带住，漫长是，系行舟。

在送别惜别的诗词中，吴文英的这一首《唐多令》也算是一首名作了，其实全篇并没有多少出色的地方，让大家感兴趣并记住的，是起句“何处合成愁，离人心上秋”。

“愁”字的本意显然不是这样解的。这是一个典型的形声字，“秋”是声符，只表读音，没有实际意思的。但是吴文英的这个释词法，却把“愁”字讲活了，所以有人干脆把“愁”字讲成会意字。

天下可愁之事多得很，最让人愁的，莫过于家人情侣朋友的离别，从江淹《别赋》那句著名的“黯然销魂者，唯别而已矣”，到元人散曲中“想人生最苦离别”（刘庭信〔双调·折桂令〕《忆别》），不仅引起无数离人的共鸣，也成为诗词曲赋反复吟咏的主题。

上片用了两件事物，加深对愁怀凄苦的描述。

芭蕉，因其叶大，雨打在上面的声音也很大很特别。当人在愁苦的时候，打在芭蕉叶上的雨声，会更增添了愁怀。李清照有一首《添字采桑子》：

窗前谁种芭蕉树？阴满中庭。阴满中庭，叶叶心心，舒展有余清。　伤心枕上三更雨，点滴霖霪，点滴霖霪。愁损北人，不惯起来听。

元徐再思在著名的〔水仙子〕《雨夜》中也说“一声梧叶一声秋，一点芭蕉一点愁”。吴文英在这里稍作了一点变化，说“纵芭蕉不雨也飕飕”，没有雨打在芭蕉叶上那引人烦乱的声音，但看到芭蕉，引起联想，也会给人以冷飕飕的感觉。

黎孟德 《蝉》

登楼，尤其是晚凉天、明月夜，应该是非常惬意的事，但是，对离人来说，就不是这么回事了。因为登高就会望远，望远就会思乡思人，这大概也是古人一种思维模式了，建安时期的王粲写了《登楼赋》以抒发思乡之情，后人诗词中写登楼怀乡怀人之作不胜枚举，以致于晚唐诗人罗隐干脆说“芳草有情皆碍马，好云无处不遮楼”（《魏城逢故人》）。吴文英说“有明月，怕登楼”，怕的也是登楼远望，更引起对离人的思念，更增加深深的离恨。

下片得力处，全在结尾二句。

送别说柳，是常谈，但一般说法都源于唐人折柳送别的习俗。但吴文英却因柳丝长软如绳，引起联想。那随风飘舞的长长的柳丝，当时不能为我系住情人的裙带，让她留下，但是现在却又牢牢地拴住了行舟，让我不能去寻找她。后来王实甫《西厢记·长亭送别》中著名的“柳丝长玉骢难系，恨不倩疏林挂住斜晖”（〔滚绣球〕），与此有异曲同工之妙。

齐天乐／《蝉》　王沂孙

一襟余恨宫魂断，年年翠阴庭树。乍咽凉柯，还移暗叶，重把离愁深诉。西窗过雨，怪瑶佩流空，玉筝调柱。

镜暗妆残，为谁娇鬓尚如许。　铜仙铅泪似洗，叹移盘去远，难贮零露。病翼惊秋，枯形阅世，消得斜阳几度。余音更苦。甚独抱清商，顿成凄楚。漫想薰风，柳丝千万缕。

这是一首很有名的咏物词，但是，读起来和北宋以及南宋前期的词有很大不同。直白地说，不太好懂。

王沂孙是南宋末年的人，入元以后，算是南宋遗民。南宋后期，骚雅派词人把词越做越讲究，越做越典雅，但是也越来越远离词来自民间的传统和本色，变成文人雅士小范围圈子里孤芳自赏的东西。另一方面，国事日非，元兵肆虐，说话写文章不得不小心一些，含蓄一些，也造成了这一时期许多词人的词较为晦涩难懂。

王沂孙这首词，见于他的《花间集》，又见于《乐府补题》。

《乐府补题》，是南宋遗民词的一个选本，作者都是南宋遗民词人。选了王沂孙、吴文英、张炎等十四家及佚名一家的词共三十七首。都是同调同题的唱和之作。其中，有咏蝉的《齐天乐》十首，以王沂孙的这首最为有名。

这些词皆为元僧杨琏真伽发掘六陵而作。

南宋一共一百五十二年，历九帝。浙江绍兴留下了自高宗到度宗的六座皇陵。1277年，元世祖忽必烈委派僧人杨琏真伽为江南释教总摄。元兵入会稽（今浙江绍兴），杨琏真伽发掘宋帝六陵，断残肢体，劫掠珍宝，大施暴虐。于是一些尚怀遗民之恸的文人，结为词社，托物寄情，分咏莲、蝉、龙涎香等物，以志其家国沦亡之悲。所以朱彝尊《乐府补题跋》说："诵其词可以观志意所存。虽有山林友朋之娱，而身世之感，别有凄然言外者。其骚人《桔颂》之遗音乎？"

"一襟余恨宫魂断，年年翠阴庭树"，用的是蝉由齐后含冤而死，魂变为蝉的典故。马缟《中华古今注》："昔齐后忿而死，尸变为蝉，登庭树嘒唳而鸣，王悔恨。故世名蝉为齐女焉。"词一开头说的"宫魂"就是此事。"乍咽凉柯，还移暗叶，重把离愁深诉"，"咽凉柯"，"移暗叶"，是对"年年翠阴庭树"的具体描写。"重把离愁深诉"，承上面的"宫魂余恨"，是不是对皇陵被掘有些影射呢？"佩瑶"，即佩玉，古人挂身上，走动的时候碰撞有声。佩瑶、玉筝都形容蝉的鸣声。

“镜暗妆残，为谁娇鬓尚如许”，写蝉鬓。晋崔豹《古今注·杂注》：“魏文帝宫人绝所宠者，有莫琼树……乃制蝉鬓。缥缈如蝉翼，故曰蝉鬓。”这种装束在唐、宋时期也很流行。据周密《癸辛杂识》记载，宋皇陵被发掘后，一村翁于孟后陵得一髻，发长六尺余，其色绀碧，其上尚簪有短金钗，宛如生前。“镜暗妆残，为谁娇鬓尚如许”，大概也有由孟后发髻引起的联想。

下片一开始引汉武帝金铜仙人承露盘的事。

有方士对汉武帝说，如果造一个很高的承露盘承接天露，用它来和玉屑饮用，可以长生不老。元鼎二年（前115）春，汉武帝“起柏梁台，作承露盘，高二十丈，大七围，以铜为之，上有仙人掌，以承露”（《资治通鉴》卷二十）。后来毁于天火，又在建章宫重造了承露盘。

不知道是魏明帝也想用它来承接甘露和玉屑服食，还是想把它作为胜利的象征，景初元年（237），下令把金铜仙人拆离汉宫，运往洛阳，后因“重不可致”，而被留在霸城。习凿齿《汉晋春秋》说：“帝徙盘，盘拆，声闻数十里，金狄（即铜人）或泣，因留霸城。”

“叹移盘去远，难贮零露”，是什么意思？古人不知道蝉是靠长嘴吸树汁，认为它是餐风饮露的。所以这里才和金铜仙人的故事联起来了。但是，王沂孙在这里也是有故宫黍离之感的。

“病翼惊秋，枯形阅世，消得斜阳几度。余音更苦。甚独抱清商，顿成凄楚。漫想薰风，柳丝千万缕。”全是身世之感了。“病翼”“枯形”是自伤，“消得斜阳几度”是自怜。“清商”指蝉声。“商”属五音之一，在四季属秋，“清商”是凄凉之声。“顿成凄苦”是伤目前，“想薰风”是忆往昔。整首词，感物伤怀，物我交融，极为凄婉悲凉。

虞美人 /《听雨》　蒋捷

少年听雨歌楼上，红烛昏罗帐。壮年听雨客舟中，江阔云低断雁叫西风。　而今听雨僧庐下，鬓已星星也。悲欢离合总无情，一任阶前点滴到天明。

每次读蒋捷的这首《虞美人》，总是会立刻联想到辛弃疾的那首《丑奴儿》：

少年不识愁滋味，爱上层楼，爱上层楼，为赋新词强说愁。　而今识得愁滋味，欲说还休，欲说还休，却道天凉好个秋。

辛词把人生斩成两段来说，而蒋词把人生斩成三段来说。

蒋捷的词，题目是“听雨”，但并没有对雨声和听雨的情景作具体的描写，而是通过听雨的不同地点以表现的不同心情，来描述世事的变迁，人生的沧桑之感。

蒋捷把人生分为了少年、壮年、老年三个阶段。这三个阶段的生理和心理都不一样，所以同样是听雨，地点就会分别是歌楼、客舟、僧庐，但这样说未免把人生说得太悲观了。

少年时期，固然也有歌楼听雨、罗帐灯昏的风流，但未必就没有“年少万兜鍪，坐断东南战未休”（辛弃疾《南乡子·登京口北固亭有怀》）这样的英武。

壮年时期，固然有因人生道路坎坷而生的客舟听雨、满耳西风断雁的悲凉，但也未必没有“壮岁旌旗拥万夫，锦襜突骑渡江初。燕兵夜娖银胡䩮，汉箭朝飞金仆姑”（辛弃疾《鹧鸪天》）这样的豪壮。

人老了，“鬓已星星也”，事业未成，心已成灰，看破尘世纷争，便觉僧庐道院，澄心净虑。但也未必不能有“一闻战鼓意气生，犹能为国平燕赵”（陆游《老马行》）那般烈士暮年的壮心。

当然，我们没有这样去要求蒋捷。他生活在宋、元易代的时期，一生颠沛流离，尝尽人生的辛酸。南宋亡后，深受亡国之痛，隐居不仕。入元后不受征召，以布衣终老，他的心情是可想而知的。“相看只有山如旧。叹浮云本是无心，也成苍狗。明日枯荷包冷饭，又过前头小阜。趁未发，且尝村酒”（吴文英《贺新郎·兵后寓吴》），大概也是蒋捷晚年生活的写照，此时听雨的心情，和少年，甚至和壮年时都有不同，是可以理解的。我所希望的，是不要让他的这首词，把我们也带进人生的宿命论中去了。

（清）边寿民 《芦雁图》

解连环/《孤雁》 张炎

楚江空晚。怅离群万里，怳然惊散。自顾影、却下寒塘，正沙净草枯，水平天远。写不成书，只寄得、相思一点。料因循误了，残毡拥雪，故人心眼。 谁怜旅愁荏苒。谩长门夜悄，锦筝弹怨。想伴侣、犹宿芦花，也曾念春前，去程应转。暮雨相呼，怕蓦地、玉关重见。未羞他、双燕归来，画帘半卷。

这是张炎的名作，他也因此被人称为“张孤雁”。

咏雁，总会用几个与雁有关的典故，苏武算一个。据说苏武在匈奴十九年，受尽折磨，汉朝多次向匈奴要人，匈奴都说他已经死了，后来汉使诡称汉武帝在上林苑射猎，在一只大雁的足上发现苏武的信，知道他在北海牧羝，匈奴不得已，才放苏武回去。这恐怕是与大雁有关的最著名的典故了。后来把书信称为雁足鸿书也来自于此，因此，凡是咏雁之作，好多都会提到此事，未必都和苏武的气节有关。

我们先来看一看上片吧。

大雁是候鸟，是群居的鸟类，失群的孤雁是非常悲惨的，它无法南来北去，只能留在炎热的南方或者寒冷的北方，而且充满了危险。所以，孤雁很能引起人们的同情，也会引起失意离群之人的身世之感。

“楚江空晚，怅离群万里，恍然惊散”，就是失群的描述。“自顾影欲下寒塘，正沙净草枯，水平天远”，如果站在一只孤雁的立场来说，是无比凄惨的事。“写不成书”，是说一只孤雁，既不能在天上写成“一”字，也不能写成“人”字。孤雁排队不成字，但尚可传书，即“只寄得相思一点”，不是如有的人所说的写不成“一”和“人”，只能写出笔划中的一“点”。当然更没有巧妙地表达出遗民对前朝的思念。但孤雁很难远行，所以才说“料因循误了，残毡拥雪，故人心眼”，意思是恐怕不能替尚在“残毡拥雪”的苏武传书，误了他的大事了。这里似乎没有什么对当时还囚禁在大都的被虏北去的那些坚持民族气节的爱国者的崇敬。

下片是对伴侣的的怀念。“长门夜悄”不过是用了杜牧《咏雁》诗中“长门灯暗数声来”的意思，和汉武帝的陈皇后一点关系都拉不上。“锦筝弹怨”，用钱起《孤雁》诗“二十五弦弹夜月，不胜清怨却飞来”。钱起也不过因为筝上面的音柱斜排，被称为“雁柱”而已。照应前一句“谁怜旅愁荏苒”，又引起下句“想伴侣犹宿芦花”，都是在怀念甚至担心着伴侣。

词的最后是美好而光明的愿望。虽然现在分离了，但明年春天，“去程应转”，恐怕突然之间，就会“玉关重见”了。“怕”字，张相《诗词曲语汇释》说“犹云如其也，倘也……怕蓦地云云，言倘忽然重见旧时伴侣也”。结句的“羞”字，也是许多人讲错了的，这里不是羞耻羞愧，是比不过，比不上的意思。“未羞”，就是未必比不过。虽然是孤雁等侯着伴侣归来，一但相聚，未必就不如双双归来的燕子。

当然，诗人写孤雁，不会是完全没有兴寄的，他是以孤雁失群自况，国家灭亡了，自己不正像失群的孤雁一样吗？

宋词故事

《苏轼回翰林院图》

乞赐金杯作照凭

《大宋宣和遗事》记载了这样一个故事：

宋徽宗宣和年间，每到上元佳节（元宵节），都要在皇宫宣德楼前张灯结彩，搭建鳌山，上面画满群仙故事，又在左右以五彩扎结成文殊、普贤，跨坐在青狮和六牙白象上。文殊和普贤伸出的两手五指各有五道如瀑布一样的水流出。又用草扎成巨龙，上面置灯万盏，就像两条真的巨龙在飞舞一样。晚上，徽宗皇帝和后妃们都到宣德楼上观灯，在楼前还悬挂一个大牌子，上面写着"宣和与民同乐"。这一天晚上，京城里万人空巷，都到宫门看灯（见耐得翁《都城纪胜》）。

宣和六年（1124）元宵节，宣德门外也搭了彩棚，扎了鳌山，京师百姓扶老携幼，都来看灯。有几个贵官，奉旨往人丛中撒钱，让大众争捡。又去内直门上赐酒。两壁有八厢，有二十四个内侍守着，喝道："一人只得吃一杯！"有光禄千人，把着金卮劝酒。那些看灯的百姓，不论富贵贫贱老少尊卑，尽到端门下被赐御酒一杯。一位女子也到楼前赏灯饮酒。盛酒的金杯很漂亮，那位女子顺手就把它揣在了怀里。不料，被守卫的卫士看见了，就把她押到徽宗面前听候发落。这位女子倒是不慌不忙地对宋徽宗说："我不是要偷金杯，是因为和夫婿一起出来看灯，被人群冲散了。现在有幸饮了陛下赐的酒，满脸春色，回去后怕公婆怀疑，以为我和别的男人幽会去了，那可就糟了，所以我拿了一个金杯回去做凭证，证明我是在宫门前看灯。"并随口吟了一首《鹧鸪天》：

月满蓬壶灿烂灯，与郎携手上端门。贪观鹤降笙箫举，不觉鸳鸯失却群。　天渐晓，感皇恩，传宣赐酒脸生春。归家切恐公婆责，乞赐金杯作照凭。

宋徽宗是个风流的文人皇帝，听了以后，很高兴，就准备把金杯赐给那位女子。教坊大使曹元宠说："刚才这个妇人的词，恐怕是早就准

备好了的，来骗陛下的金杯。如果她真会填词，就让她再做一首。如做不出来，应依律治罪。”宋徽宗答应了。让她再做一首《念奴娇》。

那个女子不慌不忙地略一思索，又口占道：

> 桂魄澄辉，禁城内、万盏花灯罗列。无限佳人穿绣径，几多妖艳奇绝。凤烛交光，银灯相射，奏箫韶初歇。鸣鞘响处，万民瞻仰宫阙。　妾自闺门给假，与夫携手，共赏元宵，误到玉皇金殿砌，赐酒金杯满设。量窄从来，红凝粉面，尊见无凭说。假王金盏，免公婆责罚臣妾。

徽宗见了此词，非常高兴。就把金杯赏赐给她。

把这个故事放在开头，不是因为这两首词好，而是想说明，词这种艺术形式，在宋代是多么普及，多么深入人心。

蓬山不远

宋祁是北宋时著名的史学家、文学家，也是著名的词人。他的诗词文章都写得很好，在当时有很大的名气。《东斋纪事》记宋代四大书家之一的蔡襄曾经说他“英采秀发，久视之，无一点尘气，真神仙中人也”。尤其是那一句“红杏枝头春意闹”，为他赢得了“红杏枝头春意闹尚书”的美名。

有一次，他在京师繁台街遇见宫内的车子，有女子拉开车窗帘说：“那是小宋。”宋祁回去后，就写了一首《鹧鸪天》：

> 画毂雕鞍狭路逢，一声肠断绣帘中。身无彩凤双飞翼，心有灵犀一点通。　金作屋，玉为笼，车如流水马游龙。刘郎已恨蓬山远，更隔蓬山一万重。

词中借用了李商隐《无题》诗和李煜《望江南》词的句子。

其实呢，这不过是文人寻得了一个写词的题材而已，可能宋祁连车内人的样子都没有看清楚，而且知道车内坐的是皇帝家的人，哪会有什么非份之想。

没想到词很快传唱开了，而且传入了宫禁。仁宗知道后，问当时是第几辆车中的人叫“小宋”。有一个内人说：“前不久侍御宴，见宣翰林学士，有人告诉我说那就是‘小宋’。那天在街上看见，就忍不住叫了一声。”

第二天，仁宗宣宋祁进宫，对他说起这件事。宋祁十分惶恐。仁宗笑着说：“蓬山不远。”就把那个内人赏赐给宋祁了。

三秋桂子，十里荷花

杭州是江南名城，风景秀美，尤其是西湖美景，更是秀甲天下。苏东坡的诗中描写它“水光潋滟晴方好，山色空蒙雨亦奇”，所以历来就是文人雅士、官宦市民的游赏之地。南宋时期，建都于此，更是繁华异常，让人留连忘返。南宋周密《武林旧事》（武林是杭州的别名）“西湖游幸”条记载了南宋时西湖游幸的盛况。但是，也有人因此指责士大夫们留连于西湖美景，不再想北伐之事了。南宋诗人林升那首著名的《题临安驿》诗，就是这样的作品：

山外青山楼外楼，西湖歌舞几时休。
暖风熏得游人醉，直把杭州作汴州。

南宋另外一位诗人谢驿（处厚）也写过一首类似的诗：

谁把杭州曲子讴，荷花十里桂三秋。
那知卉木无情物，牵动长江万里愁。

诗中提到的“荷花十里桂三秋”，是柳永那首著名的《望海潮》词中的名句。柳词全文是这样的：

> 东南形胜，三吴都会，钱塘自古繁华。烟柳画桥，风帘翠幕，参差十万人家。云树绕堤沙。怒涛卷霜雪，天堑无涯。市列珠玑，户盈罗绮，竞豪奢。　重湖叠巘清嘉。有三秋桂子，十里荷花。羌管弄晴，菱歌泛夜，嬉嬉钓叟莲娃。千骑拥高牙。乘醉听箫鼓，吟赏烟霞。异日图将好景，归去凤池夸。

这一首词确实是把西湖的美景写绝了。据说金主完颜亮读到柳永的这首词，被他所描写的“三秋桂子，十里荷花”的美景所吸引，才有了侵犯江南的打算。这当然是文人的附会之说。两国之间的战争，金人对中原的觊觎，绝不可能是因为这一首小词引起的，但却可以说明这首词在宋代的影响。

其实柳永写这首词，是为了通过一个歌妓去联络一位做官的朋友的。

柳永有一个朋友叫孙何，十四岁就通音韵，十五岁就善为文。后来与著名文人丁渭同榜中进士，而孙何是第一名状元，丁渭还有点不服气。宋真宗开玩笑说：“你姓丁，甲乙丙丁，中第四名不是刚好吗？”孙何后来仕途较畅达，一直做到判太常礼院、知制诰（相当于宰相一级），而柳永却久困场屋，混迹秦楼楚馆之中。

孙何在未发达的时候，和柳永是朋友。他任杭州太守的时候，门禁森严，一般人很难见到他。柳永听说孙何在杭州，就想去见他，请他提携提携，但是却没有门路。他就写了这首歌颂杭州的《望海潮》词，去找杭州名妓楚楚，对她说：“我和孙相是老朋友，但是现在没有办法见到他。你如果参加他的聚会，在宴席上请唱这首词。如果孙相问是谁写的，你就说是柳某人。”楚楚答应了。

中秋佳节，孙何与僚属饮酒赏月，楚楚在席上唱了这首《望海潮》。孙何一听，就问是谁写的。楚楚就把柳永的话转达给孙何了，孙何马上派人去请了柳永来参加聚会。

但是，好象此后也就没有下文了。

（清）钱杜 《人物山水册页》

宋高宗西湖改词

北宋亡后，宋高宗赵构在临安称帝，建立了南宋，但后来把皇位让给了宋太祖赵匡胤的后人赵伯琮，也就是孝宗皇帝，自己做了太上皇。

南宋建国不久，金国因发生内乱，无力南侵，就在隆兴二年（1164）与南宋签订了“隆兴和议”，此后的三十多年，双方都没有打仗。这一短暂的承平，使南宋经济得以发展，也麻痹了许多人的意志。京城杭州又成了醉生梦死的歌舞享乐之地。西湖，当然更成了上自皇室下至百姓日日游玩其间的胜地，当时皇室出游，乘大龙舟，随行的官员都乘大船，常常有数百艘之多。皇上要表示与民同乐，所以也不禁止老百姓游湖，湖中大大小小的画舫无数，还有各种歌舞表演，各色的饮食。有名的“宋嫂鱼羹”，本是湖中小船所买的普通食物。因为皇上吃过之后，觉得还不错，于是成为天下名食，宋嫂也因此成为富婆，至今好多地方都还有“宋嫂面”。杭人每天游湖所费金钱，不计其数，所以当时杭州人都称西湖为“销金窝儿”。

宋高宗禅位以后，还活了二十多年。孝宗皇帝当然要好好地侍奉他，在湖上有专供皇室憩息的御园，高宗常常到湖上游玩。

有一次，高宗游湖，御舟经过断桥，桥边有一个小酒肆，很干净雅致，高宗就上岸进去了。他看见墙壁上有一首词，调寄《风入松》，写的就是西湖游赏的事。词是这样的：

一春长费买花钱，日日醉湖边。玉骢惯识西湖路，骄嘶过、沽酒楼前。红杏香中箫鼓，绿杨影里秋千。　暖风十里丽人天，花压鬓云偏。画船载取春归去，余情付、湖水湖烟。明日重携残酒，来寻陌上花钿。

高宗看了很久，称赏不已，他笑着对左右的人说："这首词写得不错，但是最后两句'明日重携残酒，来寻陌上花钿'，未免有点穷酸，不如改成'明日重扶残醉，来寻陌上花钿'。"

其实原词也很不错，不过写的是普通老百姓的生活，看在帝王的眼中，自然不免"穷酸"。

高宗问词是谁写的，有人告诉他，是太学生俞国宝在这里喝酒，醉后所作。高宗马上命人去找到俞国宝，赏了一个官给他做。

谁念玉关人老

一首词，可以因此一辈子走霉运，如柳永；也可能因此改变命运，如蔡挺。

柳永考试落第，就要发发牢骚，写了那首惹祸的《鹤冲天》，因为词中的"明代暂遗贤，才子词人，自是白衣卿相"，"忍把浮名，换了浅斟低唱"，得罪了宋仁宗，让他"且去填词，何用浮名"。他的词，天下咏之，传入禁中，仁宗也很喜欢，饮宴的时候必使侍从歌之。柳永知道后，就写了一首《醉蓬莱》，托太监送进了宫内，希望因此得用。仁宗知道后，从此不再听柳永的词。他是怕大臣们也走这样的道路来搏得自己的好感，影响对大臣们的客观评价，柳永算是聪明反把聪明误了。

宋神宗时候，蔡挺以枢密直学士的身份镇守平凉（在今甘肃）。那是西北边陲，苦寒之地。有一年初冬，他在郡斋置酒，与宾客饮宴，席上写成了《喜迁莺》一词：

霜天秋晓，正紫塞故垒，黄云衰草。汉马嘶风，边鸿叫月，陇上铁衣寒早。剑歌骑曲悲壮，尽道君恩须报。塞垣乐，尽櫜鞬锦领，山西年少。　谈笑。刁斗静，烽火一把，时送平安耗。圣主忧边，威怀遐远，骄虏尚宽天讨。岁华向晚愁思，谁念玉关人老？太平也，且欢娱，莫惜金樽频倒。

词写得慷慨雄壮，但也有太平之日，久在边关，“岁华向晚愁思，谁念玉关人老”的身世之感。

词写好后，他到后园散步，遇到儿子蔡朦，就把词给他看。蔡朦看过以后，放在袖中，却不小心落在地上，被一个不识字的守门老兵捡到了，就拿去请那些幕僚师爷看。他们当然认得是主人的字迹。当地最有名的歌伎和师爷关系很好，就把词要去了。

朝廷给边塞军吏送来棉衣。蔡挺就在堂上宴请押送衣物的使者。宴席上当然离不开歌舞助兴，那个有名的歌伎也当然要当筵唱歌了。她就唱了蔡挺的这首词。

蔡挺很生气，一是没有经过他的允许，二是词中毕竟还是有一点点牢骚的。于是就把与之有关的一干人都抓起来了。大家请使者出面说情，蔡挺才放了他们。

使者回京，把这首词也带回去了。宫女们虽然不是很懂，但知道这首词中有“太平也”，是歌颂太平盛世的，所以争相传唱，最后被神宗皇帝听到了。

神宗问是谁写的，回答说是蔡挺。神宗就在一张白纸上写道：“玉关人老，朕甚念之；枢管有阙，留以待汝。”

不久，神宗果然把蔡挺召回，让他做了枢密副使。

营妓琴操的过人才气

在浙江临安城西八公里处，有一座风景秀美的玲珑山。这里双峰并峙，草木幽长，山间溪流淙淙，水声悦耳，山据说也因此得名。玲珑山虽然不太高，也不太大，但是却有很浓的文化内涵。山上有卧龙寺，有三休亭、醉卧石等。这里是宋代大诗人苏轼任杭州太守的时候常来的地方。三休亭，就是因他当年常和黄庭坚、佛印一起来此休息而得名的。醉卧石也因他曾醉卧其上而成了文物。但最值得一提的，是这里埋葬着一位才华出众而人生不幸的江南名妓琴操。

和词接触最多的，是那些歌伎，她们的职业，就是在饮宴游赏等场合歌舞助兴，唱词，是她们最主要的工作。看得多了，唱得多了，有一些歌伎也能够写一点了，其中还不乏写得相当好的。

琴操，可能是她们中最出色的一个。

琴操出身在官宦之家，不幸在十三岁时父亲因事入狱，家产被抄没，她也因此没籍做了官妓。她知书达理，聪明伶俐，很快就红极一时。大概在她十六七岁的时候，名满天下的苏东坡到杭州做太守，与琴操有了一段很不寻常的交往。

有一次，有个人唱秦观那首著名的《满庭芳》，唱到“画角声断谯门”的时候，误唱作了“画角声断斜阳”。琴操在旁边听到了，就告诉他唱错了。那个人就开玩笑说：“你能不能改了韵来唱？”

我们先来看一看秦观的《满庭芳》：

山抹微云，天连衰草，画角声断谯门。暂停征棹，聊共引离尊。多少蓬莱旧事，空回首、烟霭纷纷。斜阳外，寒鸦万点，流水绕孤村。　销魂，当此际，香囊暗解，罗带轻分，漫赢得青楼薄幸名存。此去何时见也？襟袖上、空惹啼痕。伤情处，高城望断，灯火已黄昏。

这首词确实写得非常好，晁无咎说：“‘寒鸦数点，流水绕孤

琴操墓

村’，虽不识字人，亦知是天生好言语。”因此，也是歌妓们很喜欢演唱的曲子。

秦观的《满庭芳》，押的是门字韵，而唱成“画角声断斜阳”，就变成阳字韵了，如果要改，全篇的韵都得改，难度可想而知。虽说是开玩笑，也有点想看琴操笑话的意思。

琴操没有在意，略一思索，就开口唱道：

> 山抹微云，天连衰草，画角声断斜阳。暂停征辔，聊共饮离觞。多少蓬莱旧侣，频回首、烟霭茫茫。孤村里，寒烟万点，流水绕红墙。　魂伤，当此际，轻分罗带，暗解香囊，漫赢得青楼薄幸名狂。此去何时见也？襟袖上空有余香。伤心处，长城望断，灯火已昏黄。

改得如此之好，是令人震惊的。要知道，在保留原作意思甚至字句的基础上，换一个韵来写，其难度有时比重新做一首还大。懂音乐的人可能会知道，同一首乐曲，如果换一个调来演奏，其难度往往会大很多。

苏东坡听说以后，非常欣赏，和琴操也成了忘年之交。

有一次，他们在西湖游玩。苏东坡对琴操说：“我做长老，你来参禅。”所谓参禅，就是禅宗的机锋问答，是含有很高悟性和机智的，没有禅学修养，或者悟性，也就是佛家所说的慧根，是根本不懂的。

琴操说：“好。”东坡问：“何谓湖中景？”琴操回答说：“落霞与孤鹜齐飞，秋水共长天一色。”东坡又问：“何谓景中人？”琴操回答说：“裙拖六幅湘江水，髻挽巫山一段云。”问：“何谓意中人？”回答说：“随他杨学士，鳖杀鲍参军。”琴操又问：“如此究竟如何？”东坡回答说：“门前冷落车马稀，老大嫁作商人妇。”

最后这一句说的是白居易《琵琶行》里面那位早年名动京师的著名歌妓，年老色衰后嫁作商人妇的琵琶女的不幸结局。苏东坡的本意，大概是想劝琴操脱了乐籍从良的。但琴操听了，顿时大彻大悟，即口占一词：

> 谢学士，醒黄粱。门前冷落稀车马，世事升沉梦一场。说什么鸾歌凤舞，说什么翠羽明档。　到后来两鬓尽苍苍。只剩得风流孽债，空使我两泪汪汪。我也不愿苦从良，我也不愿乐从良。从今念佛往西方。

马上就削发为尼，到玲珑山上出家了。

可能苏东坡也有些后悔，后来多次去玲珑山看望琴操。青灯古佛，也没有给琴操带来平静和幸福，苏东坡后来被贬谪到惠州、儋州，离开了杭州，琴操也在二十四岁的时候离开了人世，只在玲珑山上留下一抔黄土。

是花是人，婉曲缠绵

苏东坡虽然文才冠绝有宋一代，但仕途并不畅达，人生并不得意。王安石变法失败后，他因被划入旧党，被调回朝廷，但又与旧党中司马光等人意见不完全相合，于是自请外放，跑到风景秀丽的杭州做太守去了。

宋代设有官妓，负责官员们公务接待、私人饮宴等场合的歌舞助兴。但可以陪酒食，陪歌舞，陪游玩，不能陪宿。

有一次，苏东坡和府衙的同事在西湖文酒高会。太守在西湖饮宴，管理乐妓的营将赶紧让乐妓们赶去侍候，乐妓们也知道这是自己的本份工作，都急急忙忙地赶来了。只有一位叫秀兰的歌妓迟迟未到。营将去再三催促，她才姗姗而来。苏东坡见她来迟，就问她原因。秀兰说：“刚洗完澡睡下，就听见有人敲门，起来一看，是营将催促，我赶紧就化好妆赶来了，不想还是来迟了。”

黎孟德 《闺怨》

大概这位秀兰姑娘人长得特别漂亮，歌唱得特别好，舞也跳得特别棒，有点恃宠任性。府里的那些僚属都很喜欢她，听她这么说，都不答应了。说：“一定是有什么私情耽搁了。”秀兰竭力辩解，东坡也帮她说话，但是大家总是不高兴。

当时正是石榴花盛开的时候，秀兰就摘下一枝献座上，大家更生气了，说她不恭敬。秀兰左也不是，右也不是，没有办法，只好站在一边垂泪。

苏东坡很不忍心，就拿起那枝石榴花看了看，写了一首《贺新凉》：

> 乳燕飞华屋，悄无人、桐阴转午，晚凉新浴。手弄生绡白团扇，扇手一时似玉。渐困倚、孤眠清熟，帘外谁来推绣户？枉教人梦断瑶台曲，又却是，风敲竹。　石榴半吐红巾蹙，待浮花浪蕊都尽，伴君幽独。秾艳一枝细看取，芳心千重似束。又恐被、秋风惊绿，若待得君来向此，花前对酒不忍触，共粉泪，两簌簌。

词填好了，苏东坡就让秀兰当场演唱。秀兰的歌声实在是美妙，而苏东坡的词也写得实在是好，大家这才高兴起来，继续饮酒作乐，尽欢而散。

词的上片，就事而发，写的就是秀兰的情况，下片就说开去了。以榴花的“幽独”，写自己在新旧两党之争中不愿随声附和，虽遭排挤仍不变初衷的境遇，也写自己洁身自好的情操。但又对仕途的险恶风波心有所悸，“又恐被，秋风惊绿”就是这种心情的表现。所以后人评此，都说“是花是人，婉曲缠绵，耐人寻味不尽”（黄蓼园《蓼园词选》）。但胡仔《苕溪渔隐丛话》说“东坡此词，冠绝古今，托意高远，宁为一妓而发耶”，就有些着相了。苏东坡为一妓而发的诗词多得很呢。

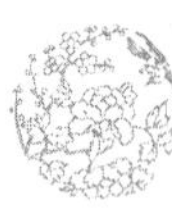

拣尽寒枝不肯栖

古代小说戏剧中，最多的就是才子佳人。不过佳人倒是真佳人，才子未必真才子。如果是真才子，有几个红颜知己，倒是很正常的事。比如李白晚年，就有一个金陵歌妓一直跟着他。陆游在四川，已经五十来岁了，有一个十六岁的小姑娘非常喜欢他。明代的汤显祖，以一曲《牡丹亭》名扬天下，有少女不远千里来找他，“愿为才子妇”。可惜见面才知道汤显祖已是皤然一翁了。

苏东坡一生不好女色。他平时待客，遇到不喜欢的，就大张筵席，盛陈女乐，有时连着几天宾主都不交一言。这些人不懂，还认为苏东坡很厚待自己。遇到佳客，苏东坡就尽去女乐，与之促膝而谈。但他也有几个红颜知己。

苏东坡晚年，因宋哲宗亲政，新党得势，他被一贬再贬，最后贬到惠州、儋州，也就今天的广东、海南，那时候可是苦寒之地。

苏东坡刚到惠州，有一个温姓人家的女儿超超，刚十五六岁，听说苏东坡来惠州了，就说：“这是我的夫婿来了。”她又不敢对苏东坡说，就天天到苏东坡的窗外听他吟诗诵词。当苏东坡感觉窗外有人，推开窗子看的时候，她就跑去躲起来。后来苏东坡知道了这件事，就说：“我让王郎来为你找一门好亲事。”但很快，苏东坡就被贬到儋州去了。

等他从儋州遇赦，渡海归来的时候，超超已经去世了，就埋葬在沙

（清）边寿民 《芦雁图轴》

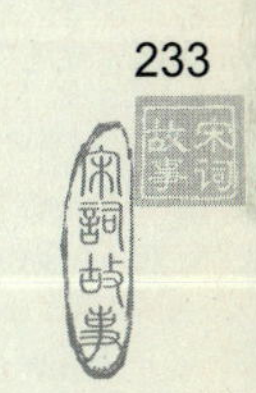

洲中。于是，苏东坡写了那首著名的《卜算子》：

缺月挂疏桐，漏断人初静。谁见幽人独往来？缥缈孤鸿影。 惊起却回头，有恨无人省。拣尽寒枝不肯栖，寂寞沙洲冷。

词写得极美，从表面看是写雁，但完全是词人自己的寄托。黄庭坚说它“语意高妙，似非吃烟火食人语。非胸中有数万卷书，笔下无一点尘俗气，孰能至此”。

东坡成人之美

苏东坡任杭州太守的时候，经常有各种各样的饮宴应酬，他本人最好喝酒，酒量却小得很。他自己说，从前在酒席上，还没有喝酒，看见酒杯就醉了，经过长期锻炼，也不过能喝“三蕉叶”（一种很浅的酒杯）。饮宴应酬太多，他有时也不胜其烦，戏称杭州为“酒食地狱”。

话虽这样说，酒还是得经常喝的。有一次，也是在众宾聚饮的时候，当然也要招来营妓歌舞助兴。有一位叫琼芳的营妓唱了一首《惜分飞》：

> 泪湿兰干花着露，愁到眉峰碧聚。此恨平分取，更无言语空相觑。　断雨零云无意绪，寂寞朝朝暮暮。今夜山深处，断魂分付潮归去。

苏东坡一听，这显然是一首新作，是一对恋人的惜别之作，词也写得很好。他就把琼芳叫过来，问他这首词是谁写的。琼芳说，这是刚刚离任的法曹毛泽民写的。

原来，毛泽民和琼芳关系很好，这次调任，又不可能把琼芳带走，所以就写了这首词，算是临别赠言吧。

苏东坡一想，属下还真有这么一个人，名叫毛滂，字泽民。平时没有什么来往，也不知道他能填词，所以也就像一般僚属那样对待他，今天如果不是听琼芳唱这首词，还不知道毛泽民的词写得这样好。

于是，苏东坡说：“我的僚属中有这样的词人，我却不知道而冷遇了他，这是我的罪过。”他马上派人去把毛泽民追回来，盘桓了几个月，才让他离开。

毛泽民在新旧党争中的立场是不够坚定的。他受知于苏东坡，当然被归入旧党。苏东坡遭贬后，他投靠新党人物曾布。曾布被蔡京陷害后，他又投靠蔡京。蔡京的弟弟蔡卞是王安石的女婿，而毛泽民的夫人大概是王安石的侄女，所以又拉上了点连襟的关系。王明清《挥麈后录》记载，蔡卞出守润州的时候，毛滂“倾心事之惟谨”。有一回蔡卞家宴，观赏池中的鸳鸯，蔡卞即席赋诗，末句云：“莫学饥鹰饱便飞。”这句诗已经很有嘲讽的味道了，毛滂却厚颜地当场和了一首诗：“贪恋恩波未肯飞。”信誓旦旦的表示忠诚。蔡卞的夫人顿时讥笑道：“说什么‘未肯飞’，难道不是刚刚从曾布相公的池子里飞过来的？”毛滂羞愧得无地自容。

此心安处即吾乡

因苏轼赏识而成名的人不少，受苏东坡牵连的人也不少。宋神宗时，新党失势，有人趁机投井下石，诬陷苏轼的诗文中有大不敬和谋反之语，苏轼被捕入狱一百多天（即“乌台诗案”）。受他的牵连，他的学生和朋友也有多人因此遭贬谪罢黜。其中，被发配最远的，是他的好友王巩。

王巩，字定国。他的祖父王旦是宰相，父亲王素是工部尚书，他本人进士及第，但官做得不大。养了一些歌儿舞女，其中最漂亮、也最受王巩宠爱的是一位叫柔奴的歌妓。

王巩被贬谪到宾州（今广西宾阳），在当时，是边远的苦寒之地。苏轼非常不安，认为是自己连累了朋友。王巩被开封府差役押往宾州之前，苏东坡去看望他，还为他作了《次韵和王巩六首》，其一说：

欲结千年实，先摧二月花。
故教穷到骨，要使寿无涯。
久已逃天网，何而服日华。
宾州在何处？为子上栖霞。

王巩去宾州之前，一些家人歌妓知道那不是什么好地方，都纷纷离去了。只有柔奴表示愿意跟随王巩前去。王巩在宾州，一个儿子死于贬所，一个儿子死在家中，他本人也差一点病死，但是柔奴始终不离不弃地跟着她。王巩与柔奴一起在宾州生活了三年多，直到奉旨北归。

王巩回来后，宴请苏轼。苏轼发现虽遭此一贬，但“定国坐坡累谪宾州，瘴烟窟里五年，面如红玉”。王巩又让柔奴为苏轼献歌。苏轼问柔奴：“岭南应是不好？”柔奴则顺口回答：“此心安处是吾乡。”没想到如此一个柔弱女子竟能脱口说出如此豁达之语，苏东坡对柔奴大为赞赏，立刻填了一首《定风波》。《小序》说：“王定国歌儿曰柔奴，姓宇文氏。眉目娟丽，善应对。家世京师。定国南迁归，余问柔：‘岭南风土，应是不好。’柔对曰：‘此心安处，便是吾乡。’因为缀词云。”词如下：

常羡人间琢玉郎，天教乞与点酥娘。自作清歌传皓齿，风起，雪飞炎海变清凉。　万里归来颜愈少，微笑，时时犹带岭梅香。试问：岭南应不好？却道：此心安处是吾乡。

苏词很快传开了，多情豁达的“点酥娘”的名声也传遍天下。

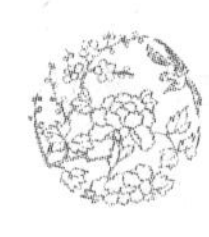

相思已是不曾闲

说情说谊，说海天那边的消息。
说奔向南方，无穷无尽的心意。
海比天高，恩比山高。
怎奈春雨把巉崖都化作软泥。
怎奈后园花枝又都高过竹篱。
叮当的风铃，代替了檐溜点滴。
相思已是不曾闲，更那得功夫咒你。
相思已是不曾闲，更那得功夫咒你。

这是许芥昱作词，卓以玉作曲，台湾歌手潘越云演唱的《相思已是不得闲》的歌词。歌词的最后两句很有味道，并且被取做了这首歌的歌名。其实，这两句是宋代一位无名女子的词作中的句子。

这位无名女子，据说是蜀中一位妓女，他和大诗人陆游相爱，陆游离开四川的时候也把她带走了。回到家乡后，当然不能把她带回家中，就另外找了房子把她安顿下来。

陆游在四川的时候，可能和一些歌儿舞女关系很好，他曾经写过一首诗：

碧玉当年未破瓜，学成歌舞入侯家。
如今憔悴蓬窗底，飞上青天妒落花。

从诗的内容看，女主人公应该是四川一位入了乐籍的妓女，而且年龄不大。陆游离开四川后，还对她很怀念。

陆游写过一首《风入松》：

> 十年裘马锦江滨，酒隐红尘。黄金选胜莺花海，倚疏狂，驱使青春。弄笛鱼龙尽出，题诗风月俱新。　自怜华发满纱巾，犹是官身。凤楼曾记当年语，问浮名，何似身亲？欲写吴笺说与，这回真个是闲人。

也是回忆当年在成都的情况。“凤楼曾记当年语，问浮名，何似身亲”，显然是与一位妓女的问答。“这回真个是闲人”，是多年后陆游的回答。

这位被带回山阴的蜀妓，应该和陆游的感情很好。但陆游有时候很忙，没有去看望她，她就有些思念，也就有些怨言，于是，陆游就写了一首词告诉她原因。蜀妓回了一首《鹊桥仙》：

> 说盟说誓，说情说意，动便春愁满纸。多应念得脱空经，是那个先生教底？　不茶不饭，不言不语，一味供他憔悴。相思已是不曾闲，又那得工夫咒你？

词近乎白话，但极为生动，不唯生动，又极有情致。尤其是最后两句，浓情蜜意，情见乎词，至今仍为人们所喜爱，所以，才会有上面所举的歌曲。

和梦也有时不做

历代的亡国之君，有不少聪明绝顶之人，在文学艺术上的造诣非常高。比如隋炀帝，诗写得极好。他说：“我做皇帝，你们不要不服气。如果通过诗文比赛，皇帝还是该我来做。”比如秦观《满庭芳》中那句被晁无咎称为“虽不识字人，亦知是天生好言语”的著名词句“寒鸦数点，流水绕孤村”，就是从隋炀帝的诗“寒鸦千万点，流水绕孤村”中化出来的。当然，诗比他写得好的人也有，比如薛道衡，那首著名的《昔昔盐》中“暗牖悬蛛网，空梁落燕泥”两句诗，就被人所激赏。隋炀帝把他杀了，还说：“看你还写不写得出‘空梁落燕泥’。”

还有南唐后主李煜，做皇帝，完全是一个昏君，最后把江山玩掉，做了大宋的俘虏。但是，他的词又写得实在是好，甚至被人称为“词国皇帝”。

李煜亡国后，命运十分悲惨，他被带到汴京，封为违命侯，受尽侮辱和折磨。他最喜爱的小周后，也必须随那些被俘的南唐命妇一起，隔一段时间要入宫去。小周后常常被留在宫中，几天后才回来，回来后就大骂宋太宗，其遭遇是可想而知的。李煜对此毫无办法，只能把一腔的悲和愤写在他的词中。就这样，最后被宋太宗用一种叫“牵机药”的毒药毒死，据说死的时候十分痛苦，“头手相触数十次”，大概是巨痛，人身体卷屈，头和手触在一起。

李煜后期的词，大多写自己的亡国之痛，而且多寄之梦境。如“多少限，昨夜梦魂中。犹是旧时游上苑，车如流水马如龙，花月正春风”（《望江南》）；“故国梦重归，觉来双泪垂”（《子夜歌》）。还有那首著名的《浪淘沙令》：

帘外雨潺潺，春意阑珊。罗衾不耐五更寒。梦里不知身是客，一晌贪欢。　独自莫凭栏，无限江山，别时容易见时难。流水落花春去也，天上人间。

往日的荣华富贵，往日的歌舞升平，往日的大好江山，往日的男欢女爱，都只能在梦境中才能再现，也因此更增加了醒时的痛苦。

其实如果和宋徽宗相比，他又还算是幸运的了。

宋徽宗也算是个亡国之君，他也是聪明绝顶之人，不过他的聪明没有用在治国上，而是用在了文学艺术方面。他不仅是非常杰出的画家和书法家，而且诗词也写得很好。

他大概是太喜欢艺术了，后来连皇帝都不想做了，把皇位让给儿子，自己去做太上皇。不过，估计也是看到国家已经到了不可收拾的地步。

他的儿子钦宗也是昏庸之人，很快就酿成“靖康之难”，不仅汴京失守，丢掉了长江以北的半壁河山，而且徽宗和钦宗都成了金人的俘虏。徽宗的儿子、女儿，除九子赵构在外勤王、幼女仅一岁外，都做了俘虏，连同宫廷后妃、宗室贵戚、大臣约三千人被金人掳到北方，被囚禁在五国城（今黑龙江省依兰县城北旧古城）。一路上，受尽种种非人的折磨，郑太后经不往旅途折磨“崩于林下，时年四十七岁”。“仓卒之际，于路旁用刀掘坑，以身上衣服裹而埋之”，葬仪还不及平民百姓。钦宗的朱皇后年轻貌美，时年才二十六岁。贵为皇后的朱氏去小解，押解金兵头目骨碌都“执后臂曰：‘能从吾否?’朱后泣下，战兢不能言，遂亦发疾，不能乘马”。骨碌都甚至假托治病“以手摩其腹”。押解兵头寻欢作乐，有病在身的朱后不得不“涕泣持杯作歌”。朱后很快就被折磨死了，死后“用黍席卷之而去”，和郑太后的遭遇也差不多。徽宗最后惨死在斗室之中，年仅五十四岁，比起李后主，他更不为幸。

他在被俘到北边以后，写过一首《燕山亭》：

裁翦冰绡，轻叠数重，冷淡燕脂匀注。新样靓妆，艳溢香融，羞杀蕊珠宫女。易得凋零，更多少、无情风雨。愁苦。问院落凄凉，几番春暮。　凭寄离恨重重，这双燕何曾，会人言语。天遥地远，万水千山，知他故宫何处。怎不思量，除梦里、有时曾去。无据。和梦也、有时不做。

有梦做，有时也成为一种奢侈，一种寄托。“和梦也、有时不做”，人生到了这样的境地，也算是惨到尽头了。

小红低唱我吹箫

古时候，妇女的地位是很低的，尤其是那些姬妾歌妓，不仅要以色艺侍奉主人，而且常常被当作礼物，赠送给别人。唐代的杜牧，以风流

（清）费丹旭 《小红低唱我吹箫》

狂放著称，他在任御史分司洛阳的时期，司徒李愿罢官闲居，家里声妓豪侈，洛阳的名士经常在他那里聚会，因为杜牧是在任的上级官吏，不敢邀请他。杜牧强烈要求参与，李愿不得已，只好邀请了他。杜牧喝了几杯酒后，就指着众歌妓问李愿说："听说你有个很有名的歌妓，名叫紫云，是她们中的哪一个？"李愿告诉了他。杜牧盯着紫云看了半天，说："果然名不虚传，你应该把她送给我。"李愿知道杜牧的性格，埋着头笑。那些歌妓也回过头去笑了。杜牧自饮三杯，写了一首很有名的诗："华堂今日绮筵开，谁唤分司御使来？忽发狂言惊满座，两行红粉一时回。"李愿把紫云送给杜牧没有，不得而知，但说明当时确实有歌妓甚至姬妾相赠的习俗。

宋代这种习俗似乎比唐代更甚。姜夔就因为《暗香》《疏影》二词，范成大就把歌妓小红送给了他。

姜夔以布衣终老，终身没有做官，但词名远扬，交往的都是当时的名士。他与范成大的关系非常好。范成大是南宋著名诗人，与杨万里、陆游、尤袤（一说萧德藻）并称"中兴四大家"。四人当中，他的官做得最大。晚年居故乡吴郡石湖（在今江苏吴县一带），优游于诗酒歌舞之中。他的很多乐妓中，有一位名叫小红的，人漂亮，歌喉宛转。有一次，姜夔去拜访他，范成大就请姜夔填写新词，最好是另创新调。姜夔就做了两首自度曲《暗香》《疏影》。范成大读了以后，击节赞赏，就让小红和其他歌妓学习演唱。姜夔离开的时候，范成大就把小红送给了他。

当天下着大雪，姜夔带着小红，乘船回家，一路上，他吹洞箫，小红低声歌唱，唱的都是他的词。经过垂虹桥的时候，姜夔心里十分高兴，就赋诗一首说：

自作新词韵最娇，小红低唱我吹箫。
曲终过尽松陵路，回首烟波十四桥。

此后，姜夔经常让小红唱他新创作的词，自己吹奏洞箫为她伴奏。

姜夔老了以后，就让小红嫁人了。后来，姜夔因病去世，苏石在所写的挽诗中有句说："所幸小红方嫁了，不然啼损马塍花。"马塍是地名，有东马塍和西马塍。当时的鲜花和药材，多出产在这里。西马塍更是名人的葬处，姜夔就埋葬在西马塍。

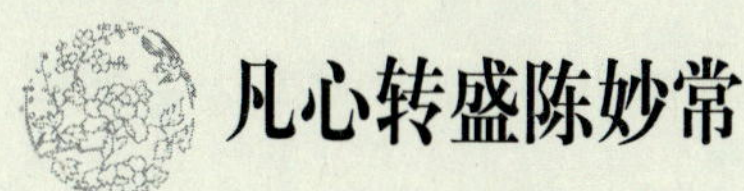

凡心转盛陈妙常

明代剧作家高濂的《玉簪记》，是一出很有名的戏剧，被誉为中国十大喜剧之一。它描写的是南宋时期出家为尼的陈妙常与潘必正的爱情故事。后来许多地方戏都有全剧或折子戏表演。如著名的《琴挑》《秋江》等。说起来，这个故事还与大名士张孝祥（于湖）有关。

南宋高宗绍兴年间，临江有一户陈姓的官宦之家，生有一个女儿，名叫陈妙常，从小就体弱多病，父母只好将她舍入空门，削发为尼，在临江县境青石镇的女贞庵中出家。

陈妙常不仅人长得非常漂亮，而且文才极好，又善弹琴。长到十五六岁的时候，长伴青灯古佛，有时候也不免有些落寞。

（明）刻本 《玉簪记》插图

有一次，大名士张孝祥出任临江县令，到达青石镇的时候，天色已晚，就到女贞庵中借宿。

当天晚上，月白风清，张孝祥在庵中花园中散步，突然听到一阵铮铮琮琮的琴声，月下听来，有如仙乐一般。他循着琴声走去，看见一位妙龄女尼，正在园中弹琴，旁边一炉好香，升起袅袅青烟，张孝祥仿佛置身仙境，不觉听得呆了。于是，他朗声吟了一词：

误入蓬莱仙洞里，松荫禅房睹婵娟，花样年华最堪怜；瑶琴横几上，妙手拂心弦。　云锁洞房归去晚，月华冷气侵高堂，觉来犹自惜余香；有心归洛浦，无计到巫山。

大概是缘份未到，陈妙常对大名士张孝祥却没有什么感觉，当即口占一词：

清净堂前不卷帘，景幽然；湖花野草漫连天，莫胡言。　独坐黄昏谁是伴，一炉烟，闲来月下理琴弦，小神仙。

张孝祥是旷达之士，听了以后，一笑置之。

张孝祥好友潘法成游学来到临江县，住在女贞庵中。他看到陈妙常，惊为天人。不知为什么，陈妙常对潘法成却有了感觉。

有一天，潘法成去找陈妙常，恰好妙常不在。他无意间看到了陈妙常夹在经卷中的一阙艳词：

松院青灯闪闪，芸窗钟鼓沉沉，黄昏独自展孤衾，欲睡先愁不稳。　一念静中思动，遍身欲火难禁，强将津唾咽凡心，怎奈凡心转盛。

他知道陈妙常并不是真正四大皆空的出家人了，于是展纸濡毫，也填词一首：

玉貌何傅粉，仙花岂凡品，终朝只去恋黄芽，不顾花前月下。

冠上星移北斗，案头经诵南华，未知何日到仙家，曾许彩鸾同跨。

两人既然展开了心扉，很快就坠入了爱河。

但是这样下去也不是长法。潘法成就去见张孝祥，一五一十地将来龙去脉和盘托出，请求老朋友帮忙成全。

张孝祥哈哈大笑，说道："此事不难料理，你可以到县衙说你与陈妙常自幼指腹为婚，后因战乱离散，而今幸得重逢，诉请完婚，我自有处置之道。"

后来，潘法成和陈妙常果然到县衙投状，张孝祥就判令陈妙常还俗，与潘法成结为夫妇。

潘法成与陈妙常婚后，张孝祥举潘法成为贤良方正，除授苏州府吴江县尹，后官至礼部侍郎。陈妙常生一男一女。夫妻衣锦荣归，享天年而终。

若得山花插满头，莫问奴归处

严蕊是天台的一位营妓，不仅长得很漂亮，而且善弹琴、弈棋，歌舞书画，冠绝一时。又会做诗填词，加上待人接物都很不错，所以名声远扬，很多人甚至不远千里跑来看她。

唐与正做天台刺史的时候，有一次春暖花开，酒过三巡以后，看到满园的花开了，红红白白的，煞是好看，就让严蕊以红白花为题填一首词。严蕊就写了一首《如梦令》：

道是梨花不是，道是杏花不是，白白与红红，别是东风情味。曾记、曾记，人在武陵微醉。

唐与正很高兴，赏了严蕊两匹绢。

又有一次，恰逢七夕，就在郡斋中开宴，与宾客饮酒作乐。当时有一位名叫谢元卿的名士，久闻严蕊的大名，就请严蕊以七夕为题填一首词，就以他的姓为韵。刚刚才开始喝酒，严蕊的词就已经写好了。这是一首《鹊桥仙》：

碧梧初出，桂花才吐，池上水花微谢。穿针人在合欢楼，正月露、玉盘高泻。　蛛忙鹊懒，耕慵织倦，空做古今佳话。人间刚道隔年期，指天上、方才隔夜。

元卿为之心醉，留其家半年，临走的时候把身边所有的财物都送给了严蕊。

后来，朱熹到天台。他是宋代理学的代表人物，是后世被称为大儒的人，学问不小，人品却并不太高，传统的儒家学说，几乎被他重新解释了一次，当然，是按照理学家那一套“存天理，灭人欲”来讲的。这种人做起官来尤其可怕。

朱熹一到，就想陷害前任唐与正。大概是找不到什么证据，就诬陷他和严蕊关系不正。宋代的官员是不能与营妓有男女关系的，虽然这几乎是一纸空文，但是不能公开，不能爆光，否则也会被治罪。于是，就把严蕊关进大牢，严刑拷打。严蕊受尽酷刑，就是没有一个字提到唐与正。朱熹又把她移送到绍兴大狱，狱吏对严蕊说：“你都关了这么久了，受了那么多次刑，你就算是承认与唐与正关系不正，按律也不过受杖刑。况且你已经挨了那么多次打了，就算承认了，也不会再打你了，你为什么要自苦如此呢？”严蕊回答说：“我是做营妓的，纵然与太守关系不清，也不至于得死罪，但是真的就是真的，假的就是假的，我不能睁着眼说瞎话陷害别人，即使是死，我也不做这种害人的事。”于是，她又遭到多次毒打，几乎被打死，但她宁死不屈。

不久，朱熹终于调走了，商岳霖继任，他很同情、佩服严蕊，有心要开脱她，就让她做一首词陈述自己的事。严蕊略不思索，立即口占了一首《卜算子》：

不是爱风尘，似被前缘误。花落花开自有时，总赖东君主。 去也终须去，住也如何住。若得山花插满头，莫问奴归处。

商岳霖大为叹赏，马上判她无罪释放，而且让她脱了乐籍从良。

梅比雪花多一出，雪如梅蕊少些香

朱端朝，字延之。北宋灭亡以后，他也南渡来到建康，在太学求学。她的夫人在老家，没有跟他一起到建康来。闲来无事，也不免和朋友一起去酒肆青楼。当时有一位很有名的妓女叫马琼琼，人长得漂亮，小有文才，而且歌也唱得好。朱端朝常到她那里听她唱歌，吟诗作对。马琼琼见朱端朝不像其他的纨绔子弟，而是一个谦恭有礼的读书人，又见他文才出众，知道他也不是久居人下之人，渐渐对他生出了爱慕之意。她多次对朱端朝说，自己愿意把终身托附给她。

朱端朝是结了婚的人，虽说在宋代，娶几房老婆，甚至妻妾成群都是很正常的事，但是他和夫人的关系不错，而且害怕马琼琼和夫人搞不好关系，家庭不和，麻烦就大了。所以一直迟迟没有答应。马琼琼也没有说什么，还是一如既往地资助他读书。

不久，朱端朝果然考中了进士，奉命到南昌为官。马琼琼对朱端朝说："我虽然是风尘女子，但承蒙你不嫌弃，一直对我很好，现在你要去做官了，希望你能帮我脱了乐籍，我愿意终身侍奉你。虽然你已经结了婚，但是我一定会和你的夫人搞好关系。而且我也有些积蓄，只要你愿意，帮助我脱了乐籍并不是什么难事。"

朱端朝很感动，而且他也确实喜欢马琼琼，就答应了，两人高高兴兴地一起回到朱的老家。

朱端朝的夫人看见丈夫带了一个千娇百媚的女子回家，心里老大不是滋味，但是，在那个时候，男人纳一两房妾是很正常的事，她也不好反对。

马琼琼很小心地伺候着夫人，而且她的积蓄不少，常资助家用，夫人也不好说什么。但是朱端朝为了不让她们产生矛盾，还是把家分为东西两阁，夫人住在东阁，马琼琼住在西阁。

见她们两人表面看来还能和睦相处，朱端朝就放心地上任去了。

转眼之间，半年过去了。有一天，朱端朝收到一封家书。打开一看，是夫人写来的，信中没有只字提到马琼琼。朱端朝觉得有些不妙，在回信中一再叮嘱她们要和睦相处。

信送回去以后，夫人也没有给马琼琼看。马琼琼就悄悄派人给朱端朝送了一封信去。朱端朝收到信后，打开一看，见里面只有一把画着雪梅的扇子，背面有一首《减字木兰花》：

雪梅妒色，雪把梅花相抑勒。梅性温柔，雪压梅花怎起头？　芳心欲诉，全仗东君来作主。传语东君，早与梅花作主人。

词虽然写得有点含蓄，但朱端朝还是明白，家里面出了问题了，两位夫人不和，马琼琼似乎很受气。

朱朝端觉得这样不是办法，比起仕途来，还是家庭更重要些，于是，他马上辞官回家了。

两们夫人见他辞官回家，都有点责怪他。朱端朝笑呵呵地也不作解释。家里当然安排了酒席给他接风。席上，朱端朝说："我本希望你们两人和和睦睦地，我也好放心在外做官，没有想到你们都争强好胜。其实我对你们两人的心是一样的，并没有偏颇。"他让人拿来纸笔，即席做了一首《浣溪沙》：

梅正开时雪正狂，两般幽宠孰优长？且宜持酒细端详。　梅比雪花多一出，雪如梅蕊少些香，天公非是不思量。

夫人和马琼琼看了以后，都低下了头，朱端朝呵呵大笑。从此，他也不再外出求仕，两位夫人也不再争风吃醋，一家人和和美美地在一起生活。

宋词格律

（宋）马远 《探梅图》

词的类型

诗、词、曲，从宽处讲，是一样的东西，都是讲究音律节奏，合辙押韵的。从严处讲，又完全不同。这不同，又有明暗两种情况。

所谓“明”，是指它们的外在形式，各有各的格律，押不同的韵，合不同的乐。这个很容易区别。

所谓“暗”，则是它们不同的表现手法，不同的语言习惯，这就不是一下子能区别开的了。清杜文澜《憩园词话》说：“近人第以诗词、词曲连类而言，实则各有蹊径。《古今词话》载周永年曰：‘词与诗、曲界限甚分，惟上不摹香奁，下不落元曲，方称作手。’又曹秋岳司农云：‘上不牵累唐诗，下不滥侵元曲，此词之正位也。’二就诗、曲并论，皆以不可犯曲为重。余谓诗、词分际，在疾徐、收纵、轻重、肥瘦之间。娴于两途，自能体认。至词与曲，则同源别派，清浊判然。自元以来，院本、传奇原有佳句，可入词林。但曲之径太宽，易涉粗鄙、油滑，何可混羼入词。”同样的意境，在诗是一种说法，在词则是另一种说法；有些句子，放在词中是千古绝唱，用在诗中就非常一般。清刘体仁《七颂堂词绎》说：“‘夜阑更秉烛，相对如梦寐’，叔原则云：‘今宵剩把银釭照，犹恐相逢是梦中。’此诗之与词分疆也。”这是第一种情况。清胡薇元《岁寒居诗话》说：“晏元献《珠玉词》集中《浣溪沙·春恨》‘无可奈何花落去，似曾相识燕归来’，本公七言律中腹联，一入词即成妙句，在诗中即不为工。此诗、词之别。学者须于此参之，则他词亦可由此会悟矣。”这是第二种情况。这两种情况，都要靠读者或者作者去慢慢体会。

词的格律远较诗复杂，格律诗，不过五、七言绝句，五、七言律诗，排律这几种形式，虽然每一种又还有平起、仄起，首句入韵、首句不入韵几种形式，但加在一起仍然不多。但是词不一样，一个词牌一种形式，无论是长短、句式、用韵、平仄以及曲调都不一样。唐、宋时期常用的词牌有一百多个，但到清代万树撰《词律》，收词调六百六十个。到清康熙年间编撰的《钦定词谱》，收词调八百二十个。加上变

体，一共二千三百零六体。如此多的词调，当然并不是都很流行，常用的也就是一两百个而已。

这么多词牌，可以根据长短、用韵、宫调等分成不同的类型。最常见的是根据字数把这些词牌分为小令、中调、长调三种。

一般来说，五十八字之内为小令，五十九字至九十字为中调，九十一字以上为长调。

小令一般不分片（又叫“阕”“叠”等），中调和长调一般分为上下两片，多的有三片、四片。

另外一种比较常见的分法，是按韵。

词不像格律诗，只能押平声韵，而且一韵到底，不能换韵。词有押平声韵、押仄声韵、平仄韵通押、平仄韵转换、平仄韵错押五类。

词的用韵

音韵的时代划分

我国的韵，大致经历过四个阶段：

先秦至魏、晋，是古音韵时期。这一时期，还没有专门的音韵方面的研究和韵书的出现，但是根据清代人的研究，对这一时期的音韵有了比较多的了解。比如《诗经·周南·关雎》的第三章“求之不得，寤寐思服。优哉游哉，辗转反侧”，如果用今天的发音去读，是不押韵的。于是清代的音韵学家告诉我们。“服”字在这里应该读如“别”，这样，就与“侧”字押韵了。再比如屈原《离骚》开始四句“帝高阳之苗裔兮，朕皇考曰伯庸。摄提贞于孟陬兮，惟庚寅吾以降”，用今音来读，也不押韵，于是清代的音韵学家告诉我们，“降”字在这里要读如“洪”，这样，就与上句的“庸”字押韵了。

南北朝时期至宋末，是第二阶段。这一时期对音韵的研究有了实质性的突破。原来只发一个音的字，都可以分解为“声”和“韵”两部分（少数零声母的字例外），分别出了四声，编辑了很多韵书。既方便了写诗填词的文人，也让大家有一定的规矩可以遵循。这一个时期的文化中心早已经从黄河流域转移到长江流域。所以当时的官方语言是江浙闽南两湖两广一带所使用的属于南方语系的语言。这些地方的语言，直到今天，仍然和以北京话为主的北方语系有很大区别。尤其是入声字，由于现在基本上已经消亡，所以使许多初学者十分头痛。

元至近代是第三阶段。元代北方人入主中原，自然也把北方语言变成了官方语言。这种语言和今天的北京话已经非常相似。周德清的《中原音韵》成为元杂剧和散曲的用韵标准。这种语言的最大特点是：第一，入声字消失，原来的入声字分别派入其他四声。第二，入声字消失后，本来只剩下平、上、去三声。但《中原音韵》把原来的平声分为阴平和阳平两种，这样，仍然是四声。第三，把原来最常用的《平水韵》的一百零七个韵部合并为十九部。

但是，在民间的戏曲创作中，实际上使用的是十三个韵部，即著名的“十三辙”。

这一时期的诗词，仍然使用唐、宋以来以《平水韵》为代表的诗韵。

“五四”以后是第四个阶段。白话新体诗的诞生，也是对传统诗韵的颠复。新诗的用韵十分灵活，大抵相近的音就可通押，甚至有人主张不用韵，但习惯还是要用韵。新诗究竟用什么韵，到现在也没有定论，但主要使用两种用韵方法。一、十三辙。二、《诗韵新编》所规定的十八部。说是十八部，但实际上是平声十八韵、仄声十八韵，入声八韵，一共四十四个韵部。

最早的韵书，是三国时期魏国的李登所著的《声类》，但书没有传下来。现在最早的韵书，是随代著名音韵学家陆法言所著的《切韵》，但现仅存残卷。唐人所用的韵书，是孙愐所刊定的《唐韵》，但现在也仅存残卷。现存最完整的韵书是《广韵》，它是宋代陈彭年、丘雍等人根据《唐韵》等书重修的。《切韵》《唐韵》都有二百零六个韵部，太烦琐。唐初许敬宗等人就上疏奏请将二百零八个韵部中有些声音相近的相邻韵部合并。《广韵》承《唐韵》也有二百零六个部。宋淳熙年间，东北平水人刘渊著《壬子新刊礼部韵略》，即《平水韵》，将韵部合并为一百零七个。这个《诗韵》为宋以后的人写诗填词所通用，也基本上可以看作是唐诗用韵的标准。清康熙时官修的《佩文韵府》，改为一百零六个韵部。

在使用这两部韵书研究诗、词的用韵和学写诗、词的时候，常常有三个问题困扰着初学者。

第一，为什么在今天读起来一点区别都没有的字会划分在不同的韵部？比如上平声的“一东”和“二冬”，包括这两个韵部中的许多字，我们感觉读音完全一样，为什么要分在两个韵部？为什么不能通押？这种情况还有上平声中的“十三元”“十四寒”“十五删”和下平声中的“一先”；下平声中的“二萧”“三肴”和“四豪”；“七阳”和“八庚”等（仄声略）。这个问题的解说很复杂，它们要涉及到古音与今音的区别，还有古人以发音时唇、齿、喉、舌、牙等器官的位置不同而造成声音的清、浊，轻、重不同等。

第二，同一个韵部中的字，今天读起来并不押韵，比如上平声“十灰韵”中的回、灰、杯、枚、培、崔、梅、盔、雷、堆等字，与同一韵部的才、台、材、灾、来、哀、哉、垓、开等字，完全是两类读音。用今天的标准来看，前一类字的韵母是“ui”或“ei”，后一类字的韵母是“ɑi”。但在古音中，读“ui”字的读音全部要变成“ɑi”，如回不读“huī”而读“huɑ́i”；“杯”不读“bēi”而读作“bāi”等。这种情况，各个韵目中多多少少都会有一些。现在朗读古诗词，不一定非要按古音来读。

第三，什么是入声字。我们先来比较一下这两个字：“乌”和“屋”。

在现在的普通话发音里，这两个字一点区别都没有，都读作“wū”。但是，在古语中，“乌”是平声字，而“屋”是入声字。原来在古音里，“乌”字的读音和今天没有什么区别，而“屋”字的读音是“wūk”。末尾的“k”并不发音，只是做出口形，起到阻挡气流的作用。因此，“乌”字的发音，可以舒缓而悠长，而“屋”字的发音却十分短促，根本无法延长。古语中有一类字，末尾被“k”“t”“ng”“n”等口形阻挡气流，只能发出很短促的音，这类字就是入声字。现在，只有闽南等少数地方语言中还有少量保存。

词的用韵

唐代格律诗的用韵较严，第一，基本上按《广韵》，至少是按《平水韵》所归纳的那样用韵。第二，只能押平声韵，而且一韵到底，不能中途换韵，也不能用同一个韵脚。

词的用韵，有比唐诗宽的地方，也有比唐诗严的地方。

宽的地方，第一，是词可以严格按照《平水韵》，也可以相同的韵部（条件是读音相同或相近）通押。清戈载把这些相近的韵部合并以后，编成《词林正韵》一书，共分十九部（平上去声十四部，入声五部）。比如原《平水韵》平声有“一东”“二冬”，上声有“一董”“二肿”，去声有“一送”“二宋”，《词林正韵》把它们合成一部，当然还是要分平、上、去、入声的。其余以此类推。比如辛弃疾的《汉宫春·立春日》：

> 春已归来，看美人头上，袅袅春幡。无端风雨，未肯收尽余寒。年时燕子，料今宵、梦到西园。浑未办、黄柑荐酒，更传青韭堆盘。　却笑东风从此，便薰梅染柳，更没些闲。闲时又来镜里，转变朱颜。清愁不断，问何人、会解连环？生怕见、花开花落，朝来塞雁先还。

此词押平声韵，按《平水韵》，“幡”“园”属“十三元”，“寒”“盘”属“十四寒”，“闲”“颜”“环”“还”属“十五删”。

再比如苏轼的《洞仙歌》：

> 冰肌玉骨，自清凉无汗。水殿风来暗香满。绣帘开，一点明月窥人，人未寝，倚枕钗横鬓乱。　起来携素手，庭户无声，时见疏星渡河汉。试问夜如何？夜已三更，金波淡、玉绳低转。但屈指西风几时来？又不道流年暗中偷换。

此词押仄声韵。按《平水韵》，“汗”“乱”“汉”“换”属去声“十五删”，“满”“转”属上声“十四旱”。不仅不在一个韵部，而且一在上声，一在去声。

第二，是可以押平声韵，也可以押仄声韵。比如上举两首词《汉宫春》和《洞仙歌》，就是一押平声韵，一押仄声韵。

第三，一首词中可以换韵。比如大家很熟悉的《清平乐》，上片押仄声韵，下片押平声韵。

清平乐

王安国

留春不住，费尽莺儿语。满地残红宫锦污，昨夜南园风雨。　小怜初上琵琶，晓来思绕天涯。不肯画堂朱户，春风自在梨花。

上片“语”“雨”押仄声韵，下片“涯”“花”转押平声韵。再比如《菩萨蛮》，两句一转韵。

菩萨蛮

书江西造口壁

辛弃疾

郁孤台下清江水，中间多少行人泪？西北望长安，可怜无数山。　青山遮不住，毕竟江流去。江晚正愁予，山深闻鹧鸪。

上片“水”“泪”仄声韵，“安”“山”转平声韵。下片“住”“去”仄声韵，“予”“鸪”转平声韵。

严的地方，是仄声韵还要分上、去、入三声。也就是上、去、入三声不能通押，尤其是上、去两声不能和入声通押。比如《满江红》，有平韵、仄韵两调。仄韵一体只能押入声韵，不能押上、去声韵。这和音乐有密切的关系。前面已经讲过，入声字很短促，与之相配的曲调也一定很短促，换成上、去声字可以诵，不能唱。

还有一种情况也是格律诗所不允许的，那就是平仄声通押。

什么是平仄声通押？以今天的普通话为例。同声母同韵母的音，又可以分一、二、三、四声。比如“wang”这个音，可以分四声读作“汪”“王”“往”“旺”。“汪”“王”属平声，在诗歌中可通押。但不能和属仄声的“往”“旺”通押。但是在词中有时候是可以的。要注意的是，这种通押是有限制的，只能在少数规定的词牌中通用，如《西江月》《醉翁操》《哨遍》《戚氏》等。在其他地方仍然是不能通押的。比如《西江月》：

愁黛颦成月浅，啼妆印得花残。只消鸳枕夜来闲，晓镜心情便懒。　醉帽檐头风细，征衫袖口香寒。绿江春水寄书难，携手佳期又晚。

这是晏几道的《西江月》。其中“残”“闲”“寒”“难”都是平声，而“懒”“晚”是仄声。但它们的音是一样的，不同的是调，所以在这里可以通押。但是，平韵和仄韵的位置是定死了的，不能变动。

戈载《词林正韵》是把这些声同调不同的平、仄声字划归在一起的，初学填词的人使用起来比较方便。比如它的第一部，就包括了平声的“一东”“二冬”，仄声中上声的“一董”“二肿”，去声中的“一宋”“二送”。第二部就包括了平声中的“三江”“七阳”，上声中的“三讲”“二十二养”，去声中的三“绛”“二十三漾”。翻检使用非常方便。

词的平仄

诗词为什么要讲究平仄，其原因不过两个。

第一，读着有抑扬顿挫的音乐感、节奏感。第二，和音乐的关系。诗和词都是要演唱的，曲调有高低抑扬的变化，语言有平上去入四声，两者必须和谐相配，才能相得益彰，否则就成抵牾，非但不美，且不可歌。李清照说苏东坡等人的词是“句读不葺之诗”（《词论》），后来明代临川派剧作家汤显祖的作品自称要“拗尽天下人嗓子”，也就是词曲不能相配，很难演唱。说的大概就都是这种情况。

举一个例子：

| 3 · 1 | 6 3 |

你是 灯塔

这是一首著名歌曲的第一句。旋律铿锵有力，但是大家可以试试，看这个“灯”字能否唱清楚。唱出来一定是“等”。为什么呢？因为“灯”字是阴平声，用现在普通话的说法，是一声，即从头至尾都是平的，既不上扬，也不下坠。而这一句的旋律是从高到低再上扬，而“灯”字正在从高到低再上扬的地方，所以，上声、去声字，也就是第三声、第四声字才与旋律相配。也就是说，如果先有这一句旋律，再按律填词，那么，第三个字只能是仄声字，而且最好是上声字，不能是平声字。

再以《我被青春撞了一下腰》为例：

3· 5 | 6 6 | 3·3 3 5 | 6 0 |
我 被 青 春 撞 了 一 下 腰

同样的道理，这个“腰”字是没有办法唱清楚的。如果把这个“6”改成高八度的“6”，就可以唱清楚了。

明明知道这种字没有办法唱，而演唱的人又想尽办法要把它唱出来，就是古人所说的“拗折嗓子”。

如果先有词，再按词配曲，那么词怎么写都没有关系，但是，如果先有曲调，再倚声填词，即古人所说的“由乐定词”，那么，就必须要让文字的四声调配与旋律的起伏变化一致。这就是诗词为什么必须要讲究平仄的原因。

词的句式，从一字句到十一字句都有。其中最重要的是三字句、四字句、五字句、六字句和七字句。但是，由于它们是分别出现在不同的词牌中，与之相配的旋律非常丰富，所以变化无穷，很难按照诗律的标准来套用。现在的一些讲词律的书，有许多都是按诗律来比附，或者按某种想象来规定某一种平仄要求，然后在那么多词作中去找适合自己理论的例句，而与自己所说不合的，当然就舍去不用。

比如四字句，一般讲词律的书说有平平仄仄、仄仄平平两种，还有特定形式的仄平平仄，其中第三字只能用平声，不能用仄声。但“卖花巷陌”“片帆岸远”就是仄平仄仄的句式。

其实，如果用数学排列组合的规律来看，以平仄排列为四字句，一共可以有十八种形式，在宋词中，这十八种形式几乎都能找到。既然是这样，是不是就等于说是没有规律可言，怎样填都行呢？那又不是。

平仄的安排既然与音乐有关，而每一个词牌，曲调是早就固定了的，那么，这一个词牌中的每一句的平仄，也就是固定的。离开了词牌来空谈平仄规律，是没有多大意义的。

按《词律》和《钦定词谱》，《清平乐》首句就是四字句，因为上片句句入韵，而且是仄声韵，所以第四字是仄声。按照词谱，一般是“仄平平仄”的句式，而第一字和第三字又是可平可仄，实际上，只是规定了第二字必平，第四字必仄。我们现在看到的《清平乐》，许多都是平平平仄和平平仄仄的形式。《踏莎行》首句也是四字句，但因为规定了最末一字是平声，所以一般是仄仄平平句式。《减字木兰花》《桂枝香》《霜天晓角》首句也是四字句，最后一个字押仄声韵，所以一般是平平仄仄句式。《庆春宫》《氐州第一》《山亭柳》首句也是四字句，一般是平仄平平。《华胥引》首句也是四字句，一般是平平平仄。

以上仅是随手举出的四字句的句型，而且只在首句，如果在其他词中去找一找，句型还很多，比如：

平仄仄仄　　风露渐变（柳永《戚氏》）
仄平平平　　楚峡云归（柳永《倾杯》）
仄仄平仄　　曾教风月（毛滂《减字木兰花》）
平平仄平　　花发路香（秦观《望海潮》）
平平平平　　归思难收（柳永《八声甘州》）
仄仄仄仄　　此夜厌厌（柳永《倾杯》）
仄平仄仄　　卖花巷陌（柳永《甘州令》）
平仄平平　　无语东流（柳永《八声甘州》）
仄仄仄平　　素景楚天（柳永《临江仙引》）
平平平仄　　西池烟草（晏几道《清平乐》）
平仄仄平　　烟柳画桥（柳永《望海潮》）
仄平平仄　　满川云树（秦观《钗头凤》）
平平仄仄　　浓云骤雨（黄庭坚《减字木兰花》）
仄仄平平　　拜月楼空（贺铸《忆秦娥》）

四言句如此，其他句式也差不多。由此可见，如果离开具体的词牌来分析词的平仄规律，是毫无意义的。

词是配合音乐演唱的，音乐的结构形式变化无穷，与之适应的文字，也是变化无穷的。

唐五代和两宋词人填词，是根据词牌所包含了的旋律因素。古人所说的“倚声填词”，已经说得十分清楚了，是“倚声”。当时习用的词牌，不过几十个，每个词人，还并不是全都用到，而且经常都在填，经常都在唱，即使自己不会唱，旋律也听熟了。后来词的唱法慢慢失传了，后人填词，没有曲调的限制，绝大部分的词，都不再用来演唱，变成了纯文学的东西。那么词的格律，包括字数、句读、分片、用韵、平仄、对偶等，又根据什么来定标准呢?

《词律》和《词谱》一类的著作，是把前人中最有代表性的词人的作品的格律，用作后人填词的标准。我们只要按着这些规定去填词就可以了。

但是，有几个问题需要注意。

第一，不必字字都依《词谱》，这是做不到的，也没有必要。《词谱》中有许多标明可平可仄的地方，就已经说明了这一点，而且《词谱》所标的远远不够，不信，你可以随便选一个词牌，按《词谱》的规定去分析宋人的词作，你会发现，宋人在填词的时候要随意得多。

第二，关键字不能随意。什么是关键字?比如“住字”，也就是每句的最后一个字，平仄是不能错的。

第三，词中有许多五、七言，是借用了近体诗的格律，但不能全以诗律来套词律。词的五、七言句式平仄变化很多，甚至出现了“仄平仄平仄”（柳永《望海潮》“怒涛卷霜雪”），这在格律诗中是绝对不允许出现的句式。

词的对仗

律诗的中间两联是必须要对的，词也有许多对仗句。和诗相比，词的对仗要宽一些，形式也要多一些。

有的词牌，某几句必须用对仗，比如：

《浣溪沙》下片第一、二句：

无可奈何花落去，似曾相识燕归来。（晏殊）

《西江月》前、后片第一、二句：

似有如无好事，多离少会幽怀。
不寄书还可恨，全无梦也堪猜。（晁补之）

《鹧鸪天》上片第三、四句：

舞低杨柳楼心月，歌尽桃花扇底风。（晏几道）

《满江红》上片第五、六句，下片第六、七句：

铁马晓嘶营壁冷，楼船夜渡风涛急。
生怕客谈榆桑事，且教儿诵《花间集》。（刘克庄）

《破阵子》上、下片第一、二句，三、四句：

醉里挑灯看剑，梦回吹角连营。
八百里分麾下炙，五十弦翻塞外声。
马作的卢飞快，弓如霹雳弦惊。
了却君王天下事，赢得生前身后名。（辛弃疾）

《沁园春》上片第八、九句，下片第七、八句：

斜谷山深，望春楼远。
漫结鸥盟，那知鱼乐。（吴文英）
（此词上片一、二句也用了对仗"澄碧西湖，软红南陌"）

《水调歌头》下片第五、六句：

人有悲欢离合，月有阴晴圆缺。（苏轼）

这种例子很多，不一一列举。词的对仗比较随意，可对可不对，只不过上举的一些例子习惯上要对。

词的对仗形式也比诗多，放得也宽一些。

（1）词中有四字句作"上一下三"，可与三字句对，如"念腰间剑，匣中箭"（张孝祥《六州歌头》）。五字句作"上一下四"，可与四字句对，如"有三秋桂子，十里荷花"（柳永《望海潮》），"纵豆蔻词工，青楼梦好”。

（2）有三句排比句式，实际上是三句对仗，这在近体诗是没有的，如“转朱阁，低绮户，照无眠”（苏轼《水调歌头》）；“叹隙中驹，石中火，梦中身”；“对一张琴，一壶酒，一溪云”（苏轼《永遇乐》）。这几句又可以作为（1）的例句。

（3）还有一种对，以四句成对，上两句与下两句对，叫“扇面对”或“隔句对”，如“要小舟行钓，先应种柳；疏篱护竹，莫碍观梅”（辛弃疾《沁园春》）；“怅荆州，同北望；剡溪兴，又东驰”（李曾伯《六州歌头》）。

（4）词的对仗在平仄和用字上比诗宽得多。诗的对仗，上下句不能用相同的字成对，但词可以。比如“人有悲欢离合，月有阴晴圆缺”（苏轼《水调歌头》），上下句第二字都是“有”字。“红了樱桃，绿了芭蕉”（蒋捷《一剪梅》），上下句第二字都是“了”字，这些在近体诗是绝对不允许的，而词允许。

（5）上下句平仄要求有时不严，比如“八百里分麾下炙，五十弦翻塞外声”（辛弃疾《破阵子》），上下句的平仄是“仄仄仄平平仄仄，仄仄平平仄仄平”，一、二、四、六字全同，这在近体诗也是不允许的。还有“三十功名尘与土，八千里路云和月”（岳飞《满江红》），结字都是仄声，这在近体诗是绝对不允许的，但词允许。

词牌选萃

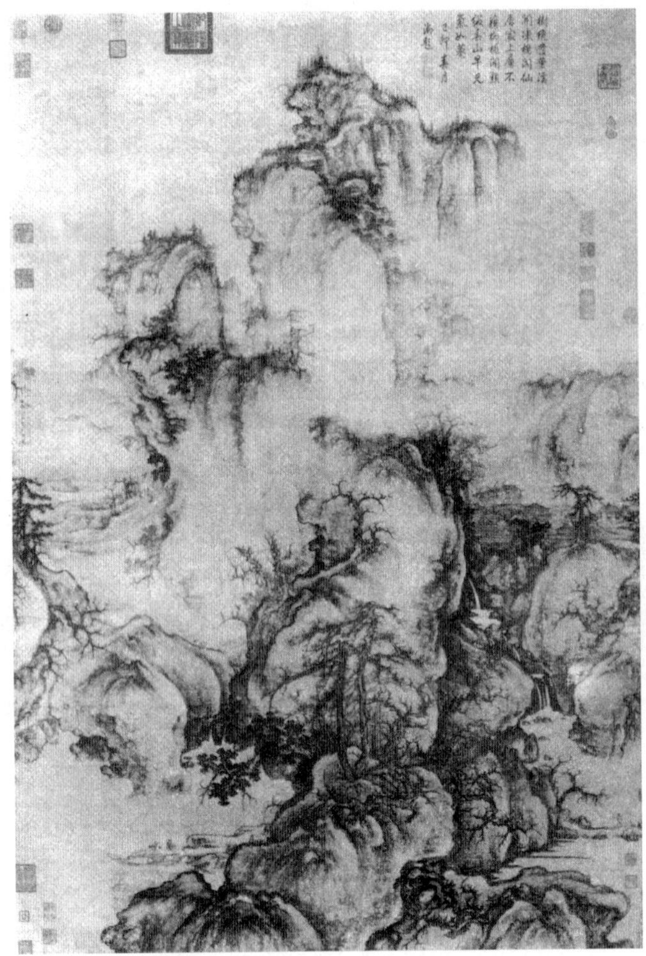

(宋) 郭熙 《早春图》

词牌的数量虽多，但经常被人使用的也不过几十个。尤其是如果要演唱，一些过于生僻的词牌，可能一般的歌妓都不会唱。就像交响乐，从巴洛克时期到现在，那么多作曲家，创作了那么多乐曲，但是，经常在音乐会上演出的，也仅是其中很小的一部分，更多的，大概首演以后，甚至还没有首演，就尘封起来了。所以如果要学填词，尽量选一些比较常见的词牌就可以了，不必过于好奇。当然，如果你有兴趣，想找几个生僻的词牌来玩玩，也没有什么不可以，去《词律》或《钦定词谱》里查一查，照着它的格律要求去填就行了。

下面，我们就介绍一些常用词牌的格律，为了方便，按字数多少排列，而不按用韵规律，但在每一词牌名后面注明用韵情况，以提起注意。另外，如果有词牌名有出处则简单介绍，没有出处，就只注明格律。

还有一点需要说明的是，虽然这些词牌格律主要是根据万树的《词律》和《钦定词谱》，但仍不能包括它们的变化。比较《词律》和《钦定词谱》所标明的可平可仄的地方就远远不够。我在前面说过词律的宽严问题，大家可以参考。严的地方一定要严，宽的地方不必自缚手足，尤其是现在的词已经几乎不可能再按古谱歌唱，而只能吟诵，有些地方，就不妨放得宽一些，尤其是不能以词害意。

还有一个问题要说明一下，也是宽严的问题。初学的时候要严，先把基础打好。熟练了以后可以稍宽，因为打好了基础，即使是宽，也不会完全没有规矩。就像习武一样。学的时候一招一式必须一丝不苟，真正对敌的时候哪可能让你“白鹤亮翅”“野马分鬃”，一个一个姿势地摆好再打，那是千变万化、随心所欲地运用了。但这种随心所欲，又完全合于拳理，和街头混混打架是完全不同的。

词有一韵到底的，也有中途换韵的，有时候一首词上片押仄声韵，下片押平声韵，或者上片押平声韵，下片押仄声韵。也有一片之中换韵，甚至一片之中既有平声韵，也有仄声韵。这种情况，一般是平声韵与平声韵相押，仄声韵与仄声韵相押，不可混淆。

加圈表示该字可平可仄，如“平⃝”，表示该字本应是平声，但也可以用仄声字。加方框表示韵，如“平⃞”“仄⃞”。例文则在字下加点表示韵脚，如“归̣”。

十六字令

平韵。单调。十六字。又名《苍梧谣》《归字谣》。例：

平，
仄下下仄平。
平平仄，
平仄仄平。

归，
猎猎薰风飐绣旗。
拦教住，
重举送行杯。

——张孝祥

南歌子

平韵。二十六字。首二句一般需对仗。又名《南柯子》《风蝶令》。例：

仄仄平平仄，
平平仄仄平，
仄仄仄平平。
仄平平仄仄，
仄平平。

手里金鹦鹉，
胸前绣凤凰，
偷眼暗形相。
不如从嫁与，
作鸳鸯。

——温庭筠

此调别体甚多，最常见的是二十六字、三平韵。又常常将二十六字体重复一次，成上下两片，五十二字。但也有一些在字数上句式上有些变化。今举辛弃疾词一首。

仄仄平平仄，	散发披襟处，
平平平仄平。	浮瓜沉李时。
平平平仄仄平平。	涓涓流水细侵阶。
仄仄平平，	凿个池儿，
仄仄仄平平。	唤个月儿来。
仄仄平平仄，	画栋频摇动，
平平仄仄平。	红蕖尽倒开。
仄平平仄仄平平。	斗匀红粉照香腮。
仄仄平平，	有个人儿，
仄仄仄平平。	把个镜儿猜。

忆江南

平韵。单调。二十七字。第三、四句一般要对仗。又名《望江南》《梦江南》《江南好》。唐段安节《乐府杂录》说："《望江南》始自朱崖李太尉（德裕）镇浙日，为亡妓谢秋娘所撰。本名《谢秋娘》，后改此名。如白居易词：

平平仄，	江南好，
仄仄仄平平。	风景旧曾谙。
仄仄平仄平仄仄，	日出江花红胜火，
仄平平仄仄平平。	春来江水绿如蓝。
平仄仄平平。	能不忆江南。

此调宋人多用双调，也不过把两首《忆江南》重叠起来。如苏轼词：

春未老，风细柳斜斜。试上超然台上望，半壕春水一城花，烟雨暗千家。　寒食后，酒醒却咨嗟。休对故人思故国，且将新火试新衣，诗酒趁年华。

如梦令

仄韵。单调。三十三字。又名《忆仙姿》《宴桃源》。后唐庄宗（李存勖）创。因词中有“如梦”字，故名。例：

仄平平平仄，　　曾宴桃源深洞，
仄仄仄平平仄。　　一曲舞鸾歌凤。
平仄仄平平，　　长记别伊时，
平仄仄平平仄。　　和泪出门相送。
平仄，　　如梦，
平仄，　　如梦，
平仄仄平平仄。　　残月落花烟重。

——后唐庄宗

诉衷情

平仄韵错押。单调。三十三字。此调例以第八句两字叠用。如“依依”。例：

平仄，　　莺语，
平仄。　　花舞。
平仄仄，　　春昼午，
仄平平。　　雨霏微。

平仄仄，　　金带枕，
平仄。　　宫锦，

仄平平，　　凤凰帷，
仄仄仄平平。　　柳弱燕交飞。
平平。　　依依。
平平平仄平，　　辽阳音信稀。
仄平仄。　　梦中归。

——温庭筠

长相思

平韵。双调。三十六字。又名《双红豆》。例：

仄仄平，　　汴水流，
仄仄平，　　泗水流，
平仄平平仄仄平。　　流到瓜洲古渡头。
平平仄仄平。　　吴山点点愁。

仄平平，　　思悠悠，
仄平平，　　恨悠悠，
仄仄平平平仄平。　　恨到归时方始休。
仄平平仄平。　　月明人倚楼。

——白居易

江城子

平韵。单调。三十五字。又名《江神子》。宋人多依原曲重叠一次，成上、下两片。

例一：单调

平平仄仄仄平平。　　鸡鹳飞起郡城东。
仄平平，　　碧江空，
仄平平。　　半滩风。
平平仄仄，　　越王宫殿，
仄仄仄平平。　　叶藕花中。
仄仄平平平仄仄，　　帘卷水楼鱼浪起，
平仄仄，　　千片雪，
仄平平。　　雨濛濛。

——牛峤

例二：双调

平平仄仄仄平平。　　十年生死两茫茫。
仄平平，　　不思量，
仄平平。　　自难忘。
平平仄仄，　　千里孤坟，
仄仄仄平平。　　无处话凄凉。
仄仄平平平仄仄，　　纵使相逢应不识，
平仄仄，　　尘满面，
仄平平。　　鬓如霜。

平平仄仄仄平平。　　夜来幽梦忽还乡。
仄平平，　　小轩窗，

仄平[平]。　　　　正梳妆。
(平)平(仄)仄，　　　相顾无言，
(仄)仄仄平[平]。　　惟有泪千行。
(仄)仄(平)平平仄仄，　料得年年肠断处，
平仄仄，　　　　　明月夜，
仄平[平]。　　　　短松冈。

——苏轼

醉太平

平韵。双调。三十八字。例：

平平仄[平]，　　　情高意真，
平平仄[平]。　　　眉长鬓青。
(仄)平(平)仄平[平]，　小楼明月调筝，
仄平平仄[平]。　　写春风数声。

(平)平仄[平]，　　　思君忆君，
平平仄[平]。　　　魂牵梦萦。
(仄)平平仄平[平]，　翠绡香暖银屏，
仄平平仄[平]。　　更那堪酒醒。

——刘过

生查子

仄韵。双调。四十字。此调各家平仄出入较大。与五律近似，但不

必对仗。

例一：

仄仄仄平平，　　侍女动妆奁，
平仄平平仄。　　故故惊人睡。
平平仄仄平，　　那知本未眠，
仄仄平平仄。　　背面偷垂泪。

仄仄仄平平，　　懒卸凤头钗，
平仄平平仄。　　羞入鸳鸯被。
平仄仄平平，　　时复见残灯，
平平仄平仄。　　和烟坠金穗。

——韩偓

例二：

平平平仄平，　　去年元夜时，
平仄平平仄。　　花市灯如昼。
平仄仄平平，　　月上柳梢头，
仄仄平平仄。　　人约黄昏后。

平平平仄平，　　今年元夜时，
平仄平平仄。　　月与灯依旧。
平仄仄平平，　　不见去年人，
平仄平平仄。　　泪湿青衫袖。

——朱淑真（一作欧阳修）

例三（四十一字）：

平平平仄平，　　春山烟欲收，
平仄平平仄。　　天淡星稀小。
平仄仄平平，　　残月脸边明，

仄仄平平仄。　　别泪临清晓。

仄仄平，　　语已多，
平平仄，　　情未了，
平仄平平仄。　　回首犹重道。
仄仄仄平平，　　记得绿罗裙，
仄仄平平仄。　　处处怜芳草。

——牛希济

点绛唇

仄韵。双调。四十一字。例：

平仄平平，　　不用悲秋，
平平平仄平平仄。　　今年身健还高宴。
仄平平仄，　　江村梅甸，
平仄平平仄。　　总作空花观。

平仄平平，　　尚想横汾，
平仄平平仄。　　兰菊纷相半。
平平仄，　　楼船远，
仄平平仄，　　白云飞乱，
仄仄平平仄。　　空有年年雁。

——苏轼

浣溪沙

平韵。双调。四十二字。下片一、二句多用对仗。例：

仄仄平平仄仄平，	麻叶层层荣叶光，
仄平平仄仄平平，	谁家煮茧一村香，
平平仄仄仄平平。	隔篱娇语络丝娘。
平仄仄平平仄仄，	垂白杖藜抬醉眼，
仄平平仄仄平平，	捋青捣麨软饥肠，
仄平平仄仄仄平。	为问豆叶几时黄。

——苏轼

此调还有仄韵一体。例：

平仄仄平平仄仄，	红日已高三丈透，
平平仄仄平平仄，	金炉次第添香兽，
平仄仄平平仄仄。	红锦地衣随步皱。
平平仄仄平平仄，	佳人舞点金钗溜，
仄仄平平平仄仄，	酒恶时拈花蕊嗅，
仄仄平平平仄仄。	别殿遥闻箫鼓奏。

——李煜

霜天晓角

仄韵。双调。四十三字。又名《月当窗》《踏月》《长桥月》。例：

平平平仄，　　吴头楚尾，
仄仄平平仄。　　一棹人千里。
平仄平平平仄，　　休说旧愁新恨，
平平仄，　　长亭树，
平平仄。　　今如此。

仄平平仄仄，　　宦途吾倦矣，
仄平平仄仄。　　玉人留我醉。
仄仄平平平仄，　　明日落花寒食，
仄仄仄，　　得且住，
平平仄。　　为佳耳。

——辛弃疾

菩萨蛮

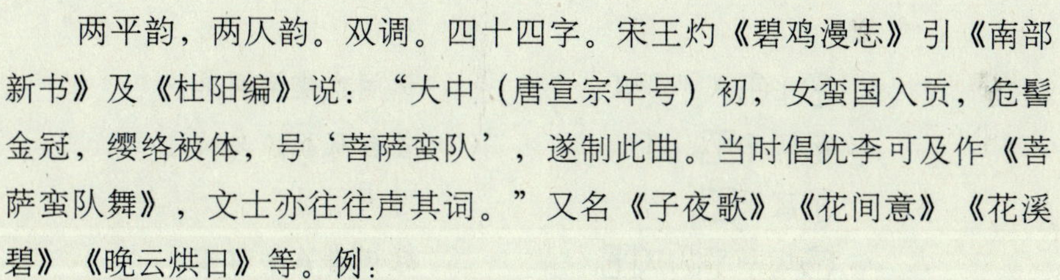

两平韵，两仄韵。双调。四十四字。宋王灼《碧鸡漫志》引《南部新书》及《杜阳编》说："大中（唐宣宗年号）初，女蛮国入贡，危髻金冠，缨络被体，号'菩萨蛮队'，遂制此曲。当时倡优李可及作《菩萨蛮队舞》，文士亦往往声其词。"又名《子夜歌》《花间意》《花溪碧》《晚云烘日》等。例：

平平仄仄平平仄，　　平林漠漠烟如织，
平平仄仄平平仄。　　寒山一带伤心碧。
仄仄仄平平，　　暝色入高楼，
仄平平仄平。　　有人楼上愁。

仄平平仄仄，　　玉梯空伫立，
仄仄平平仄。　　宿鸟归飞急。

(平)仄仄平[平]，　　何处是归程？
(平)平(仄)仄[平]。　　长亭更短亭。

——李白

采桑子

仄韵。双调。四十四字。另有四十八字和五十四字变体。唐教坊曲有《杨下采桑》，调名本此。又名《丑奴儿令》《丑奴儿》《罗敷媚》。

例一：

(平)平(仄)仄平平仄，　　花前失却游春侣，
(仄)仄平[平]。　　独自寻芳。
(平)仄平[平]，　　满目悲凉，
(仄)仄平平(仄)仄[平]。　　纵有笙歌亦断肠。

(平)平(平)仄平平仄，　　林间戏蝶梁间燕，
(平)仄平[平]。　　各自双双。
(平)仄平[平]，　　忍更思量，
(平)仄平平(仄)仄[平]。　　绿树青苔半夕阳。

——和凝

例二（平韵，双调，四十八字。上、平片第二、三句叠）：

平平平仄平平仄，　　窗前谁种芭蕉树？
平仄平[平]，　　阴满中庭，
平仄平[平]。　　阴满中庭。
仄仄平[平]，　　叶叶心心，
平仄仄平[平]。　　舒卷有余情。

平平仄仄平平仄，　　伤心枕上三更雨，
仄仄平平，　　点滴凄清，
仄仄平平。　　点滴凄清。
平仄平平，　　愁损离人，
仄仄仄平平。　　不惯起来听。

——李清照

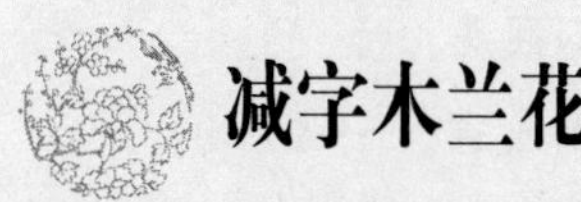

减字木兰花

上、下片各两仄韵，两平韵。双调。四十四字。又名《减兰》《木兰香》《天下乐令》。例：

平平仄仄，　　歌檀敛袂，
平仄平平平仄仄。　　缭绕雕梁尘暗起。
平仄平平，　　柔润清圆，
平仄平平仄仄平。　　百琲明珠一线穿。

仄平仄仄，　　樱唇玉齿，
平仄平平平仄仄。　　天上仙音心下事。
平仄平平，　　留住行云，
仄仄平平仄仄平。　　满座迷魂酒半醺。

——欧阳修

卜算子

仄韵。双调。四十四字。又名《缺月挂疏桐》《百尺楼》《楚天遥》《眉峰碧》。例：

仄仄仄平平，	缺月挂疏桐，
仄仄平平仄。	漏断人初静。
平仄平平仄仄平，	时见幽人独往来，
仄仄平平仄。	缥缈孤鸿影。
平仄仄平平，	惊起却回头，
仄仄平平仄。	此恨无人省。
仄仄平平仄仄平，	拣尽寒枝不肯栖，
仄仄平平仄。	寂寞沙洲冷。

——苏轼

好事近

仄韵。双调。四十五字。又名《钓船笛》《翠园枝》。例：

仄仄仄平平，	睡起玉屏风，
平仄仄平平仄。	吹去乱红犹落。
平仄仄平平仄，	天气骤生轻暖，
仄仄平平仄。	衬沉香帷箔。
平平仄仄仄平平，	珠帘约住海棠风，
平平仄仄仄。	愁拖两眉角。
仄仄仄平平仄，	昨夜一庭明月，
仄仄平平仄。	冷秋千红索。

——宋祁

清平乐

上片四仄韵，下片三平韵。双调。四十六字。又名《醉东风》。例：

仄平平仄，　　绕床饥鼠，
仄仄平平仄。　　蝙蝠翻灯舞。
仄仄平平仄平仄，　　屋上松风吹急雨，
平仄平平平仄。　　破纸窗间自语。

仄仄平仄平平，　　平生塞北江南；
仄平平仄平平。　　归来华发苍颜。
仄仄平平仄仄，　　布被秋宵梦觉。
平平平仄平平。　　眼前万里江山。

——辛弃疾

忆秦娥

仄韵。双调。四十六字。传为李白所创，因李白词中有“秦娥梦断秦楼月”句，故名。又名《秦楼月》《双荷叶》《蓬莱阁》《碧云深》等。例：

平平仄，　　箫声咽，
平平仄仄平平仄，　　秦娥梦断秦楼月，
平平仄。　　秦楼月。
平平仄仄，　　年年柳色，
仄平平仄。　　灞桥伤别。

仄平平仄平平仄，　乐游原上清秋节，
平平仄仄平平仄，　咸阳古道音尘绝，
平平仄。　音尘绝。
平平平仄，　西风残照，
仄平平仄。　汉家陵阙。

——李白

《忆秦娥》以押仄韵者为正格，但也有押平韵一体。例：

仄平平，　晓朦胧，
平平仄仄平平平，　前溪百鸟啼匆匆，
平平平。　啼匆匆。
平平平仄，　凌波人去，
仄仄平平。　拜月楼空。

平平平仄平平平，　去年今日东门东，
平平平仄平平平，　鲜妆辉映桃花红，
平平平。　桃花红。
平平平仄，　吹开吹落，
仄仄平平。　一任东风。

——贺铸

更漏子

上片两仄韵、两平韵，下片三仄韵、两平韵。双调。四十六字。例：

仄平平，　柳丝长，
平仄仄，　春雨细，
平仄仄平平仄。　花外漏声迢递。

(平)平仄，　惊塞雁，
仄平[平]，　起城乌，
(仄)平(平)仄[平]。　画屏金鹧鸪。

平(平)[仄]，　香雾薄，
(平)(平)[仄]，　透重幕，
(仄)仄(平)平(仄)[仄]。　惆怅谢家池阁。
(仄)(仄)仄，　红烛背，
仄平[平]，　绣帘垂，
(平)平(仄)仄[平]。　梦君君不知。

——温庭筠

阮郎归

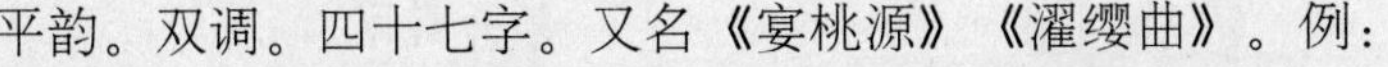

平韵。双调。四十七字。又名《宴桃源》《濯缨曲》。例：

平平(平)仄仄平[平]，　东风吹水日衔山，
(平)平(平)仄[平]。　春来长自闲。
(平)平平仄仄平[平]，　落花狼藉酒阑珊，
(平)平仄仄[平]。　笙歌醉梦间。

(平)(仄)仄，　春睡觉，
仄平[平]。　晚妆残。
平平(仄)仄[平]。　无人整翠鬟。
(平)平(平)仄仄平[平]，　留连光景惜朱颜，
(平)平(仄)仄[平]。　黄昏独倚栏。

——李煜

烛影摇红

仄韵。双调。四十八字。宋吴曾《能改斋漫录》说："王都尉诜有《忆故人》词，徽宗喜其词意，犹以不丰容宛转为恨。乃令大晟乐府别撰腔。周邦彦增益其词，而以首句为名，谓之《烛影摇红》。"

例一：

仄⃝仄平平，	老景萧条，
仄平平⃝仄平平仄⃞。	送君归去添凄断。
仄⃝平平仄仄平平，	赠君明月满前溪，
仄⃝仄平平仄⃞。	直到西湖畔。
平⃝仄仄⃝平平⃝仄⃞。	门掩绿苔应遍。
仄平平，	为黄花，
平⃝平仄仄⃞。	频开醉眼。
仄⃝平平仄，	橘奴无恙，
仄⃝仄平平，	蝶子相迎，
平⃝平仄⃝仄⃞。	寒窗日短。

——毛滂

例二（仄韵。双调。五十字）：

仄仄平平，	烛影摇红，
平仄平，	向夜阑，
仄仄仄，	乍酒醒，
平平仄⃞。	心情懒。
平平平仄仄平平，	尊前谁为唱《阳关》？
平仄平平仄⃞。	离恨天涯远。

平仄平平仄[仄]，	无奈云沉雨散。
仄平平、平平仄[仄]。	凭栏干、东风泪眼。
仄平平仄，	海棠开后，
仄仄平平，	燕子来时，
平平平[仄]。	黄昏庭院。

——王诜

例三（一作《忆故人》。仄韵。双调。九十六字）：

(平)仄平平，	香脸轻匀，
(仄)仄(仄)仄平平[仄]。	黛眉巧画宫妆浅。
平平平仄仄平平，	风流天付与精神，
(平)仄平平[仄]。	全在娇波转。
(平)仄(平)平平[仄]，	早是萦心可惯，
仄(仄)平、(平)平平[仄]。	那更堪、频频顾盼。
(仄)平(仄)[仄]，	几回得见，
仄仄平平，	见了还休，
平平仄[仄]。	争如不见。
(仄)仄平平，	烛影摇红，
(仄)平平仄平平[仄]。	夜阑饮散春宵短。
(平)平(平)仄仄平平，	当时谁解唱《阳关》？
(平)仄平平[仄]。	离恨天涯远。
(平)仄(平)平(仄)[仄]，	无奈云收雨散，
(仄)平平、平平仄[仄]。	凭栏干、东风泪眼。
(仄)平(平)仄，	海棠开后，
仄仄平平，	燕子来时，
平平(平)[仄]。	黄昏庭院。

——周邦彦

西江月

平仄韵通押（必须在同一韵部）。双调。五十字。又名《江月令》等。例：

(仄)仄(仄)平平仄，　　问讯湖边春色，
(平)平(仄)仄平[平]。　　重来又是三年。
(平)平(仄)仄仄平[平]，　　东风吹我过湖船，
(仄)仄平(平)[仄]。　　杨柳丝丝拂面。

仄仄平平(平)仄，　　世路如今已惯，
(平)平(仄)仄平[平]。　　此心到处悠然。
(平)平仄仄仄平[平]，　　寒光亭下水连天，
(仄)仄平平(仄)[仄]。　　飞起沙鸥一片。

——张孝祥

醉花阴

仄韵。双调。五十二字。例：

(仄)仄(平)平平仄[仄]，　　薄雾浓云愁永昼，
(仄)仄平平[仄]。　　瑞脑销金兽。
(平)仄仄平平，　　佳节又重阳，
仄仄平平，　　玉枕纱厨，
(仄)仄平平[仄]。　　夜半凉初透。

(平)平仄仄平平[仄]，　　东篱把酒黄昏后，

仄仄平平仄。　　有暗香盈袖。
仄仄仄平平，　　莫道不销魂，
仄仄平平，　　帘卷西风，
仄仄平平仄。　　人比黄花瘦。

——李清照

鹧鸪天

平韵。双调。五十五字。又名《思越人》《思佳客》《剪朝霞》《骊歌一叠》《醉梅花》等。例：

仄仄平平仄仄平，　　彩袖殷勤捧玉钟，
平平平仄仄平平。　　当年拚却醉颜红。
平平仄仄平平仄，　　舞低杨柳楼心月，
仄仄平平仄仄平。　　歌尽桃花扇底风。

平仄仄，　　从别后，
仄平平，　　忆相逢，
平平平仄仄平平。　　几回魂梦与君同。
平平仄仄平平仄，　　今宵剩把银釭照，
仄仄平平仄仄平。　　犹恐相逢是梦中。

——晏几道

虞美人

上、下片各两仄韵、两平韵。双调。五十六字。又名《玉壶冰》

《忆柳曲》《一江春水》。例：

平平仄仄平平仄，　　春花秋月何时了，
仄仄平平仄。　　往事知多少。
平平仄仄仄平平，　　小楼昨夜又东风，
仄仄平平平仄仄平平。　　故国不堪回首月明中。

平平仄仄平平仄，　　雕栏玉砌应犹在，
仄仄平平仄。　　只是朱颜改。
仄平平仄仄平平，　　问君能有几多愁，
仄仄平平仄仄仄平平。　　恰似一江春水向东流。

——李煜

鹊桥仙

仄韵。双调。五十六字。此调始见于欧阳修词，因词中有“鹊迎桥路接天津”句，故名。《风俗记》说：“七夕，织女当渡河，使鹊为桥。”因取以为名，以咏牛郎织女相会事。又名《鹊桥仙令》《金风玉露相逢曲》《广寒秋》等。例：

平平仄仄，　　纤云弄巧，
平平仄仄，　　飞星传恨，
仄仄仄平平仄。　　银汉迢迢暗度。
平平仄仄仄平平，　　金风玉露一相逢，
仄仄仄、平平仄仄。　　便胜却、人间无数。

平平仄仄，　　柔情似水，
平平仄仄，　　佳期如梦，
仄仄仄平平仄。　　忍顾鹊桥归路。

格律	例词
平平平仄仄平平，	两情若是久长时，
(仄)(仄)仄、(平)平(仄)[仄]。	又岂在、朝朝暮暮。

——秦观

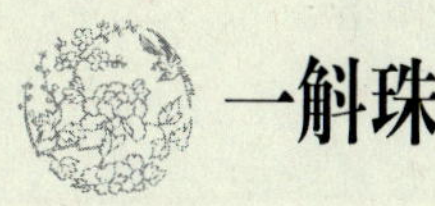

一斛珠

仄韵。双调。五十七字。又名《一斛夜明珠》《醉落魄》《怨春风》《醉落拓》等。例：

格律	例词
平平(平)[仄]，	晚妆初过，
(平)平(仄)仄平平[仄]。	沉檀轻注些儿个。
(平)平(仄)仄平平[仄]。	向人微露丁香颗。
仄仄平平，	一曲清歌，
(仄)仄平平[仄]。	暂引樱桃破。
(仄)仄平平平仄[仄]，	罗袖裛残殷色可，
平平(仄)仄平平[仄]。	杯深旋被香醪涴。
(平)平(仄)仄平平[仄]。	绣床斜凭娇无那。
仄仄平平，	烂嚼红茸，
仄仄平平[仄]。	笑向檀郎唾。

——李煜

踏莎行

仄韵。双调。五十八字。又名《柳长春》《踏雪行》。例：

格律	例词
(仄)仄平平，	雾失楼台

(平)平(仄)[仄]，	月迷津渡，
(平)平(仄)仄平平[仄]。	桃源望断无寻处。
(平)平(平)仄仄平平，	可堪孤馆闭春寒，
(平)平(仄)仄平平[仄]。	杜鹃声里斜阳暮。
(仄)仄平平，	驿寄梅花，
(平)平(仄)[仄]，	鱼传尺素，
(平)平(仄)仄平平[仄]。	砌成此恨无重数。
(平)平(仄)仄仄平平，	郴江幸自绕郴山，
(平)平(仄)仄平平[仄]。	为谁流下潇湘去。

——秦观

蝶恋花

仄韵。双调。六十字。此调本名《鹊踏枝》，晏殊词改今名。又名《黄金缕》《卷珠帘》《明月生南浦》《一箩金》等。例：

(仄)仄(平)平平仄[仄]，	庭院深深深几许？
(仄)仄平平，	杨柳堆烟，
(仄)仄平平[仄]。	帘幕无重数。
(仄)仄(平)平平仄[仄]，	玉勒雕鞍游冶处，
(平)平(仄)仄平平[仄]。	楼高不见章台路。
(仄)仄(平)平平仄[仄]，	雨横风狂三月暮。
(仄)仄平平，	门掩黄昏，
(仄)仄平平[仄]。	无计留春住。
(仄)仄(平)平平仄[仄]，	泪眼问花花不语，
(平)平(仄)仄平平[仄]。	乱红飞过秋千去。

——欧阳修

一剪梅

平韵。双调。六十字。周邦彦词有“一剪梅花万样娇”，故名。又名《腊梅香》《玉簟秋》。例：

(仄)仄平平(仄)仄[平]，　　一剪梅花万样娇。
(仄)仄平平，　　斜插疏枝，
(仄)仄平[平]。　　略点梅梢。
(平)平(仄)仄仄平平，　　轻盈微笑舞低回，
(仄)仄平平，　　何事尊前，
(仄)仄平[平]。　　拍手相招。

(仄)仄(平)平(仄)仄[平]，　　夜渐寒深酒渐消。
(仄)(仄)平平，　　袖里时闻，
(仄)仄平[平]。　　玉钏轻敲。
(平)平(平)仄仄平平，　　城头谁恁促残更，
(仄)仄平平，　　银漏何如，
(仄)仄平[平]。　　且慢明朝。

——周邦彦

破阵子

平韵。双调。六十二字。本唐教坊曲，一名《十拍子》。例：

(仄)仄(平)平(仄)仄，　　海上蟠桃易熟，
(平)平(仄)仄平[平]。　　人间秋月长圆。

(仄)仄(平)平平仄仄，　惟有擘钗分钿侣，
(仄)仄平平(仄)仄[平]，　离别常多会面难，
平平(仄)仄[平]。　此情须问天。

(仄)仄(平)平(仄)仄，　蜡烛到明垂泪，
(平)平(仄)仄平[平]。　熏炉尽日生烟。
(仄)仄(平)平平仄仄，　一点凄凉愁绝意，
(仄)仄平平(仄)仄[平]，　漫道秦筝有剩弦，
(平)平(仄)仄[平]。　何曾为细传。

——晏殊

渔家傲

仄韵。双调。六十二字。此调始自晏殊，因其词中有“神仙一曲渔家傲”句，故名。例：

(仄)仄(平)平平(仄)[仄]，　画鼓声中昏又晓，
(平)平(仄)仄(平)平[仄]。　时光只解催人老。
(仄)仄平平平仄[仄]，　求得浅欢风日好，
平(仄)[仄]，　齐揭调，
(平)平仄仄平平[仄]。　神仙一曲渔家傲。

(仄)仄(平)平平仄[仄]，　绿水悠悠天杳杳，
(平)平(仄)仄平平[仄]。　浮生岂得长年少？
(仄)仄(平)平平(仄)[仄]，　莫辞醉来开口笑，
平(仄)[仄]，　须信道，
(平)平(仄)仄平平[仄]。　人间万事何时了。

——晏殊

苏幕遮

仄韵。双调。六十二字。本唐教坊曲名。唐时有浑脱队（一种舞队），“骏马戎服，名‘苏幕遮’”。又名《鬓云松》。例：

仄平平，　　碧云天，
平仄仄。　　黄叶地。
平仄平平，　　秋色连波，
仄仄平平仄。　　波上寒烟翠。
仄仄平平平仄仄，　　山映斜阳天接水，
仄仄平平，　　芳草无情，
仄仄平平仄。　　更在斜阳外。

仄平平，　　黯乡魂，
平平仄。　　追旅思。
仄仄平平，　　夜夜除非，
仄仄平平仄。　　好梦留人睡。
仄仄平平平仄仄，　　明月楼高休独倚，
仄仄平平，　　酒入愁肠，
仄仄平平仄。　　化作相思泪。

——范仲淹

青玉案

仄韵。双调。六十七字。调名取自汉张衡《四愁诗》“何以报之青玉案”。又名《西湖路》。例：

平平仄仄平平仄，　　东风夜放花千树，
仄仄仄，　　更吹落
平平仄。　　星如雨。
仄仄平平平仄仄。　　宝马雕车香满路。
仄平平仄，　　凤箫声动，
平平仄仄，　　玉壶光转，
仄仄平平仄。　　一夜鱼龙舞。

平平仄仄平平仄，　　蛾儿雪柳黄金缕，
仄仄平平仄平仄。　　笑语盈盈暗香去。
仄仄平平平仄仄。　　众里寻他千百度。
仄仄平平，　　蓦然回首，
仄平平仄，　　那人却在，
仄仄平平仄。　　灯火阑珊处。

——辛弃疾

风入松

平韵。双调。七十四字。本古琴曲。又名《远山横》。例：

平平仄仄仄平平，　　柳阴庭院杏梢墙，
仄仄平平。　　依旧巫阳。
平平仄仄平平仄，　　凤箫已远青楼在，
仄平平，　　水沉烟，
仄仄平平。　　复暖前香。
仄仄平平仄仄，　　临镜舞鸾离照，
平平仄仄平平。　　倚筝飞雁辞行。

平平平仄仄平平，　　坠鞭人意自凄凉，
仄仄平平。　　泪眼回肠。

(平)平(仄)仄平平仄，	断云残雨当年事，
仄仄平[平]。	几度难忘。
(仄)仄平平(仄)仄，	两袖晓风花陌，
(平)平仄仄平[平]。	一帘夜月兰堂。

——晏几道

祝英台近

仄韵。双调。七十七字。又名《宝钗分》《月底修》《燕莺语》等。例：

仄平平，	宝钗分，
平仄仄，	桃叶渡，
(仄)仄(平)平[仄]，	烟柳暗南浦。
(仄)仄平平，	怕上层楼，
仄仄(仄)平[仄]。	十日九风雨。
(平)平仄仄平平，	断肠片片飞红，
(平)平(仄)仄，	都无人管，
仄平仄、(平)平(仄)[仄]。	倩谁劝、流莺声住。
仄(平)[仄]，	鬓边觑，
(仄)仄仄平平，	试把花卜归期，
平平平仄[仄]。	才簪又重数。
仄仄平平，	罗帐灯昏，
(平)仄仄平[仄]。	哽咽梦中人语。
(平)平仄仄平平，	是他春带愁来，
仄平平、仄平平[仄]。	却不解、带将愁去。

——辛弃疾

鹤冲天

仄韵。双调。有八十四字、八十六字、八十八字三体。今举八十八字体为例：

平平仄仄，
仄仄平平仄。
平仄仄平平，
平平仄。
仄仄平平仄，
平仄仄平仄。
平平平仄仄，
平仄平平，
仄仄仄平平仄。

平平仄仄，
平仄平平仄。
仄仄仄平平，
平平仄。
仄仄平平仄平，
平平仄，
平平仄。
平平平仄仄，
平仄平平，
仄仄仄平平仄。

黄金榜上，
偶失龙头望。
明代暂遗贤，
如何向？
未遂风云便，
争不恣狂荡？
何须论得丧，
才子词人，
自是白衣卿相。

烟花巷陌，
依约丹青屏障。
幸有意中人，
堪寻访。
且凭偎红倚翠，
风流事，
平生畅。
青春都一饷，
忍把浮名，
换了浅斟低唱。

——柳永

满江红

此调有平韵、仄韵两体，而且变体形式很多。一般以仄韵为正格，要求押入声韵。双调。九十三字。例：

(仄)仄平平，	怒发冲冠，
平(平)仄、(平)平仄[仄]。	凭栏处、潇潇雨歇。
平仄仄，	抬望眼，
(平)平平仄，	仰天长啸，
(平)平平[仄]。	壮怀激烈。
(仄)仄平平平仄仄，	三十功名尘与土，
(平)平仄仄平平[仄]。	八千里路去和月。
仄平平、(仄)仄仄平平，	莫等闲、白了少年头，
平平[仄]。	空悲切。
平平仄，	靖康耻，
平(仄)[仄]。	犹未雪。
平(平)仄，	臣子恨，
平平[仄]。	何时灭？
仄平平仄仄，	驾长车踏破，
(平)平平[仄]。	贺兰山缺。
仄仄平平平仄仄，	壮士饥餐胡虏肉，
(平)平仄仄平平[仄]。	笑谈渴饮匈奴血。
(平)(平)平、仄仄仄平平，	待从头、收拾旧山河，
平平[仄]。	朝天阙。

——岳飞

满庭芳

此调有平韵、仄韵两体。1.平韵。双调。九十五字。2.仄韵。双调。九十六字。但较常用的是平韵体。又名《锁阳台》《满庭霜》《江南好》。例：

格律	例词
(仄)仄平平，	风老莺雏，
(平)平仄仄，	雨肥梅子，
(平)平(仄)仄平[平]。	午阴嘉树清圆。
(平)平(仄)仄，	地卑山近，
(平)仄仄平[平]。	衣润费炉烟。
(仄)仄(平)平(仄)仄，	人静乌鸢自乐，
仄平仄，(仄)仄平[平]。	小桥外、新绿溅溅。
(平)平仄，	凭栏久，
(平)平(仄)仄，	黄芦苦竹，
(仄)仄仄平[平]。	拟泛九江船。
(平)[平]，	年年，
平仄仄，	如社燕，
(仄)平平仄，	飘流瀚海，
(仄)仄平[平]。	来寄修椽。
仄平仄平平，	且莫思身外，
(仄)仄平[平]。	长近尊前。
(仄)仄(平)平仄仄，	憔悴江南倦客，
(平)(平)仄、(仄)仄平[平]。	不堪听、急管繁弦。
平平仄，	歌筵畔，
(平)平仄仄，	先安枕簟，
(平)仄仄平[平]。	容我醉时眠。

——周邦彦

水调歌头

平韵。双调。九十五字。《水调》本唐人大曲。凡大曲，皆有“歌头”。此即截取《水调》歌头而成。此调变化较多，上片第三、四句和下片第四、五句有上四下七和上六下五两体，可平可仄处也很多，填写此词时要注意音调的搭配。例：

(平)平(平)仄仄，　　明月几时有？
(仄)仄仄平[平]。　　把酒问青天。
(仄)平平仄平仄，　　不知天上宫阙，
(仄)仄仄平[平]。　　今夕是何年。
(仄)仄(平)平(仄)仄，　　我欲乘风归去。
(仄)仄(平)平(仄)仄，　　又恐琼楼玉宇，
(仄)仄仄平[平]。　　高处不胜寒。
(平)(平)仄平仄，　　起舞弄清影，
仄仄仄平[平]。　　何似在人间。

(平)(平)仄，　　转朱阁，
(平)(平)仄，　　低绮户，
仄(平)[平]。　　照无眠。
(平)平(仄)仄，　　不应有恨，
平仄平仄仄平[平]。　　何事长向别时圆？
(仄)仄(平)平(仄)仄，　　人有悲欢离合，
(仄)仄(平)平(仄)仄，　　月有阴晴圆缺，
(仄)仄仄平[平]。　　此事古难全。
(仄)仄(平)平仄，　　但愿人长久，
(仄)仄仄平[平]。　　千里共婵娟。

——苏轼

八声甘州

平韵。又调。九十七字。《甘州》本唐教坊大曲。有“曲破”，有“八声”，有“慢”，有“令”。此调前后片共八韵，故名。例：

格律	例词
仄(平)平(仄)仄仄平平，	对潇潇暮雨洒江天，
(仄)仄仄平[平]。	一番洗清秋。
仄(平)平(仄)仄，	渐霜风凄紧，
(平)平(仄)(仄)仄，	关河冷落，
(仄)仄平[平]。	残照当楼。
(仄)仄(平)平(仄)仄，	是处红衰翠减，
(仄)仄仄平[平]。	苒苒物华休。
(仄)仄(平)平仄，	惟有长江水，
(仄)仄平[平]。	无语东流。
(仄)仄(平)平(仄)仄，	不忍登高临远，
仄(平)平(仄)仄，	望故乡渺邈，
(仄)仄平[平]。	归思难收。
仄(平)平(仄)仄，	叹年来踪迹，
(仄)仄仄平[平]。	何事苦淹留。
仄(平)(平)、(平)平(仄)仄，	想佳人、妆楼颙望，
仄(仄)平、(仄)仄仄平[平]。	误几回、天际识归舟。
平平仄、(平)平(仄)仄，	争知我、倚阑干处，
(仄)仄平[平]。	正恁凝愁。

——柳永

暗香

仄韵。双调。九十七字。此为姜夔自度曲。姜夔应范成大请，自度新声咏梅花，取林逋《山园小梅》诗“疏影横斜水清浅，暗香浮动月黄昏”句，成《暗香》《疏影》二曲。张炎以此二调咏荷，改名《红情》《绿意》。例：

仄平仄仄，	旧时月色，
仄平平仄仄，	算几番照我，
平平平仄。	梅边吹笛。
仄仄平平，	唤起玉人，
仄仄平平仄平仄。	不管清寒与攀摘。
仄仄平平仄仄，	何逊而今渐老，
平平仄、平平仄仄。	都忘却、春风词笔。
仄仄仄、仄仄平平，	但怪得、竹外疏花，
仄仄平平仄。	香冷入瑶席。
平仄。	江国，
仄仄仄。	正寂寂。
仄仄仄仄平，	叹寄与路遥，
仄仄平仄。	夜雪初积。
仄平仄仄，	翠尊易泣，
平仄平平仄平仄。	红萼无言耿相忆。
仄仄平平仄仄，	长记曾携手处，
平仄仄、平平平仄。	千树压、西湖寒碧。
仄仄仄、平仄仄，	又片片、吹尽也，
仄平仄仄。	几时见得。

——姜夔

扬州慢

平韵。双调。九十八字。此为姜夔自度曲。例：

(仄)仄平平，	淮左名都，
(平)平(仄)仄，	竹西佳处，
(平)平(仄)仄平[平]。	解鞍少驻初程。
仄平平(仄)仄，	过春风十里，
(仄)(仄)仄平[平]。	尽荠麦青青。
仄(仄)仄、平平仄仄，	自胡马、窥江去后，
(平)平(仄)仄，	废池乔木，
(仄)仄平[平]。	犹厌言兵。
仄平[平]，	渐黄昏，
(仄)仄平平，	清角吹寒，
(仄)仄平[平]。	都在空城。
(平)平仄仄，	杜郎俊赏，
仄平平、(仄)仄平[平]。	算而今、重到须惊。
(仄)仄仄平平，	纵豆蔻词工，
平平仄仄，	青楼梦好，
(仄)仄平[平]。	难赋深情。
仄仄(平)平平仄，	二十四桥仍在，
平平仄、(仄)仄平[平]。	波心荡、冷月无声。
仄平平平仄，	念桥边红药，
(平)平(仄)仄平[平]。	年年知为谁生。

——姜夔

声声慢

此调本平韵，但李清照《漱玉词》所载用仄韵，因其影响极大，今以李词仄韵为准。双调。九十七字。例：

平平仄仄，　　寻寻觅觅，
仄仄平平，　　冷冷清清，
平平仄仄仄仄。　　凄凄惨惨戚戚。
仄仄平平平平，　　乍暖还寒时候，
仄仄平仄。　　最难将息。
平平仄仄仄仄，　　三杯两盏淡酒，
仄仄平、仄平平仄。　　怎敌他、晚来风急。
仄仄仄，　　雁过也，
仄平平，　　正伤心，
仄仄仄平平仄。　　却是旧时相识。

仄仄仄平平平仄，　　满地黄花堆积，
平仄仄，　　憔悴损，
平平仄平平仄。　　如今有谁堪摘？
仄仄平平，　　守著窗儿，
仄仄仄平仄仄。　　独自怎生得黑。
平平仄平仄仄，　　梧桐更兼细雨，
仄平平、仄仄仄仄。　　到黄昏、点点滴滴。
仄仄仄，　　这次第，
仄仄仄、平仄仄仄。　　怎一个、愁字了得。

——李清照

念奴娇

仄韵。双调。一百字。念奴为唐玄宗天宝时期的著名女歌唱家。元稹《连昌宫词》注："念奴，天宝中名倡，善歌。每岁楼下酺宴，累日之后，万众喧隘，严安之、韦黄裳辈辟易不能禁，众乐为之罢奏。玄宗遣高力士大呼于楼上曰：'欲遣念奴唱歌，邠十二郎吹小管逐，看人能听否？'未尝不悄然奉诏。"《开元天宝遗事》"眼色媚人"条："念奴者，有姿色，善歌唱，未尝一日离帝左右。每执板当席顾眄，帝谓妃子曰：'此女妖丽，眼色媚人。'每啭歌喉，则声出于朝霞之上，虽钟鼓笙竽嘈杂而莫能遏。"曲名本此。又名《百字令》《酹江月》《大江东去》《壶中天》《湘月》等。例：

(平)平(仄)仄，　　大江东去，
仄(平)平，　　浪淘尽，
(仄)仄(仄)(平)平[仄]。　　千古风流人物。
(仄)仄(平)平，　　故垒西边，
平仄仄、(仄)(仄)仄(平)平平[仄]。　　人道是、三国周郎赤壁。
(仄)仄平平，　　乱石穿空，
(平)平(仄)仄，　　惊涛拍岸，
(仄)仄平平[仄]。　　卷起千堆雪。
(平)平平仄，　　江山如画，
仄平平仄(仄)仄。　　一时多少豪杰。

(仄)仄(仄)仄平平，　　遥想公瑾当年，
(平)平(仄)仄，　　小乔初嫁了，
(仄)(仄)平平[仄]。　　雄姿英发。
(仄)仄(平)平，　　羽扇纶巾，
平仄仄，　　谈笑间，
(平)仄(仄)平平[仄]。　　强虏灰飞烟灭。

(仄)仄平平，	故国神游，
平(仄)平(仄)仄、仄平平[平]。	多情应笑我、早生华发。
(仄)平平仄，	人间如梦，
(仄)平平仄平[仄]。	一尊还酹江月。

——苏轼

桂枝香

仄韵。双调。一百零一字。又名《珠帘淡月》。例：

(平)平(仄)[仄]，	登临送目，
仄(仄)仄(仄)平，	正故国晚秋，
(平)(仄)平[仄]。	天气初肃。
(仄)仄平平仄仄，	千里澄江似练，
仄平平[仄]。	翠峰如簇。
(平)平(仄)仄平平仄，	征帆去棹残照里，
仄平平，	背西风，
(平)(平)平[仄]。	酒旗斜矗。
仄平平仄，	彩舟云淡，
(平)平(仄)仄，	星河鹭起，
(平)平平[仄]。	画图难足。
仄(仄)(仄)、平平仄[仄]。	念往昔、豪华竞逐。
仄(仄)仄平平，	叹门外楼头，
(平)(仄)平[仄]。	悲恨相续。
(平)仄平平，	千古凭高，
(仄)仄仄平平[仄]。	对此漫嗟荣辱。
(仄)平(仄)仄平平仄，	六朝旧事如流水，
仄平平(平)(仄)平[仄]。	但寒烟衰草凝绿。

仄⃝平平⃝仄，　　至今商女，
平⃝平平⃝仄⃝，　　时时犹唱，
仄平平仄⃞。　　后庭遗曲。

——王安石

水龙吟

仄韵。双调。一百零二字。又名《丰年瑞》《鼓笛慢》《龙吟曲》《小楼连苑》《庄椿岁》。例：

平⃝平平⃝仄平平仄，　　霜寒烟冷蒹葭老，
仄⃝仄平⃝平平仄⃞。　　天外征鸿嘹唳。
平⃝平平⃝仄，　　银河秋晚，
平⃝平平⃝仄，　　长门灯悄，
仄⃝平平⃝仄⃞。　　一声初至。
平⃝仄平平，　　应念潇湘，
仄⃝平平⃝仄，　　岸遥人静，
仄⃝平平⃝仄⃞。　　水多菰米。
仄仄⃝仄⃝平⃝平⃝，　　乍望极平田，
平⃝平仄⃝仄，　　徘徊欲下，
平⃝平仄，　　依前被，
平平仄⃞。　　风惊起。

仄⃝仄平⃝平仄⃝仄⃞。　　须信衡阳万里。
仄平平，　　有谁家，
仄⃝平平⃝仄⃞。　　锦书遥寄。
仄⃝平平仄，　　万重云外，
平⃝平平⃝仄，　　斜行横阵，
平⃝平仄⃝仄⃞。　　才疏又缀。

(平)仄(仄)平，　　仙掌月明，
(仄)平平仄，　　石头城下，
仄平平[仄]。　　影摇寒水。
仄平平仄仄，　　念征衣未捣，
平平(仄)仄，　　佳人拂杵，
(仄)平平[仄]。　　有盈盈泪。

——苏轼

齐天乐

仄韵。双调。一百零二字。又名《台城路》《五福降中天》《如此江山》。例：

(仄)平(平)仄平平仄，　　绿芜凋尽台城路，
平(平)仄平(平)[仄]。　　殊乡又逢秋晚。
(仄)仄平平，　　暮雨生寒，
(平)平(仄)仄，　　鸣蛩劝织，
(平)仄(平)平(平)[仄]。　　深阁时闻裁剪。
(平)平(仄)[仄]。　　云窗静掩。
仄(平)仄平平，　　叹重拂罗裀，
(仄)平平[仄]。　　顿疏花簟。
(仄)仄平平，　　尚有綀囊，
(仄)平(平)仄仄平[仄]。　　露萤清夜照书卷。

平平(平)仄(仄)仄，　　荆江留滞最久，
仄平平仄仄，　　故人相望处，
(平)(仄)平[仄]。　　离思何限。
(仄)仄平平，　　渭水西风，
(平)平(仄)仄，　　长安乱叶，

平仄不平平仄仄。　空忆诗情宛转。
平平仄仄。　凭高望远，
仄仄仄平平，　正玉液新篘，
仄平平仄。　蟹螯初荐。
仄仄平平，　醉倒山翁，
仄平平仄仄。　但愁斜照敛。

——周邦彦

永遇乐

此调有平韵、仄韵两体，但以仄韵体为正格。双调。一百零四字。例：

平仄平平，　明月如霜，
仄平平仄，　好风如水，
平仄平仄。　清景无限。
仄仄平平，　曲港跳鱼，
平平仄仄，　圆荷泻露，
仄仄平平仄。　寂寞无人见。
平平仄仄，　紞如五鼓，
平平仄仄，　铮然一叶，
仄仄仄平平仄。　黯黯梦云惊断。
仄平平，　夜茫茫，
平平平仄，　重寻无处，
仄平仄平平仄。　觉来小园行遍。

平平仄仄，　天涯倦客，
平平平仄，　山中归路，
仄仄仄平平仄。　望断故园心眼。
仄仄平平，　燕子楼空，

平平平⃝仄，	佳人何在，
平⃝仄平平仄⃞。	空锁楼中燕。
仄⃝平平⃝仄，	古今如梦，
平⃝平仄⃝仄，	何曾梦觉，
仄⃝仄仄⃝平平仄⃞。	但有旧欢新怨。
仄⃝平仄、平⃝平⃝仄⃝仄，	异时对、南楼夜景，
仄⃝平仄仄⃞。	为余浩叹。

——苏轼

望海潮

平韵。双调。一百零七字。例：

平⃝平平仄，	东南形胜，
平平平⃝仄，	三吴都会，
平⃝平仄⃝仄平平⃞。	钱塘自古繁华。
平仄仄平，	烟柳画桥，
平平仄仄，	风帘翠幕，
平平平⃝仄平平⃞。	参差十万人家。
平仄仄平平⃞。	云树绕堤沙。
仄平⃝仄⃝平⃝仄，	怒涛卷霜雪，
平仄平平⃞。	天堑无涯。
仄⃝仄平平，	市列珠玑，
仄⃝平平仄，	户盈罗绮，
仄平平⃞。	竞豪奢。
平⃝平仄⃝仄平平⃞。	重湖叠巘清佳。
仄平平仄仄，	有三秋桂子，
仄仄平平⃞。	十里荷花。

玉仄仄平，	羌管弄晴，
平平仄仄，	菱歌泛夜，
平平仄仄平平。	嬉嬉钓叟莲娃。
平仄仄平平。	千骑拥高牙。
仄仄平平仄，	乘醉听箫鼓，
平仄平平。	吟赏烟霞。
仄仄平平仄仄，	异日图将好景，
平仄仄平平。	归去凤池夸。

——柳永

疏影

仄韵。双调。一百一十字。又名《绿意》《解佩环》。例：

平平仄仄，	苔枝缀玉，
仄仄平仄仄，	有翠禽小小，
平仄平仄。	枝上同宿。
仄仄平平，	客里相逢，
平仄平平，	篱角黄昏，
平平仄仄平仄。	无言自倚修竹。
平平仄仄平平仄，	昭君不惯胡沙远，
仄仄仄、平平平仄。	但暗忆、江南江北。
仄仄平，	想佩环，
仄仄平平，	月夜归来，
仄仄仄平仄。	化作此花幽独。
平仄平平仄仄，	犹记深宫旧事，
仄平仄仄仄，	那人正睡里，
平仄平仄。	飞近蛾绿。

仄仄平平。　莫似春风，
(仄)仄平平。　不管盈盈，
(仄)仄(平)平(平)[仄]。　早与安排金屋。
平平(仄)仄平平仄，　还教一片随波去，
(仄)(仄)仄，　又却怨，
(仄)平平[仄]。　玉龙哀曲。
仄(仄)平、平仄平平，　等恁时、重觅幽香，
(仄)仄仄平平[仄]。　已入小窗横幅。

——姜夔

沁园春

平韵，双调，一百十四字。词牌气势较大，宜抒发较为豪壮之情。例：

平(仄)平平，　斗酒彘肩，
(仄)(仄)(平)(平)，　风雨渡江，
(仄)(仄)(仄)[平]。　岂不快哉！
仄平平(平)仄，　被香山居士，
(平)平(仄)(仄)，　约林和靖，
(平)平(平)(仄)，　与坡仙老，
(平)仄平[平]。　驾勒吾回。
(仄)仄平平，　坡谓西湖，
(平)平(仄)仄，　正如西子，
(仄)仄平平(平)仄[平]。　浓抹淡妆临照台。
平平仄、(仄)(平)平(平)仄，　二公者、皆掉头不顾，
(仄)仄平[平]。　只管传杯。

(平)平(平)仄平[平]，　白言天竺去来，
(仄)(仄)仄、平平(平)仄[平]。　图画里、峥嵘楼阁开。

仄平平（平）仄，　　爱纵横二涧，
平平（仄）仄，　　东西水绕；
（仄）平（平）仄，　　两峰南北，
（仄）仄平[平]。　　高下云堆。
（仄）仄平平，　　逋曰不然，
（平）平（仄）仄，　　暗香浮动
（仄）仄平平（平）仄[平]。　　不若孤山先访梅。
平平仄、仄（平）平（仄）仄，　　须晴去、访稼轩未晚，
（仄）仄平[平]。　　且此徘徊。

——刘过

 摸鱼儿

仄韵。双调。一百一十六字。又名《摸鱼子》《买陂塘》《陂塘柳》《山鬼谣》《双蕖怨》。例：

仄平平，　　买陂塘，
（仄）平平仄，　　旋栽杨柳，
（平）平（平）仄平[仄]。　　依稀淮岸湘浦。
平平（仄）仄平平仄，　　东皋雨足轻痕涨，
平仄（平）平平[仄]。　　沙嘴鹭来鸥聚。
平仄[仄]。　　堪爱处，
（仄）仄仄，　　最好是，
（仄）平（仄）仄平平[仄]。　　一川夜月光流渚。
（平）平（仄）[仄]，　　无人独舞。
仄（仄）仄平平，　　任翠幕张天，
平平（仄）仄，　　柔茵藉地，
（仄）仄（仄）平[仄]。　　酒尽未能去。

平平仄，　　青绫被，

仄仄平平仄仄。　　休忆金闺故步。
平平平仄平仄。　　儒冠曾把身误。
平平平仄平平仄，　　弓刀千骑成何事，
平仄仄平平仄。　　荒了邵平瓜圃。
平仄仄。　　君试觑，
仄平仄，　　满青镜，
平平仄仄平平仄。　　星星鬓影今如许。
平平平仄。　　功名浪语，
仄平仄平平，　　便做得班超，
平平仄仄，　　封侯万里，
平仄仄平仄。　　归计恐迟暮。

——晁补之

贺新郎

仄韵。双调。一百一十六字。又名《金缕歌》《乳燕飞》《贺新凉》《风敲竹》《貂裘换酒》。例：

仄仄平平仄。　　睡起流莺语。
仄平平、平平仄仄，　　掩苍苔、房栊向晓。
仄平平仄。　　乱红无数。
平仄平平平平仄，　　吹尽残花无人问，
平仄平平仄仄。　　惟有垂杨自舞。
仄仄仄、平平平仄。　　渐暖霭、初回轻暑。
仄仄平平平仄仄，　　宝扇重寻明月影，
仄平平，　　暗尘侵，
仄仄平平仄。　　上有乘鸾女。
平仄仄，　　惊旧恨，
仄平仄。　　镇如许。

平平平仄平平仄，　　江南梦断蘅皋渚，

仄(平)平，	浪黏天，
平(平)(仄)仄，	蒲萄涨绿，
仄平平[仄]。	半空烟雨。
平仄平平平平仄，	无限楼前沧波意，
(平)仄(平)平(仄)[仄]。	谁采蘋花寄取。
仄(仄)仄，	但怅望，
(平)平(平)[仄]。	兰舟容与。
(仄)仄(平)平平(平)仄，	万里云帆何时到，
仄平，	送孤鸿，
(仄)仄平平[仄]。	目断千山阻。
(平)仄仄，	谁为我，
(仄)平[仄]。	唱《金缕》。

——叶梦得

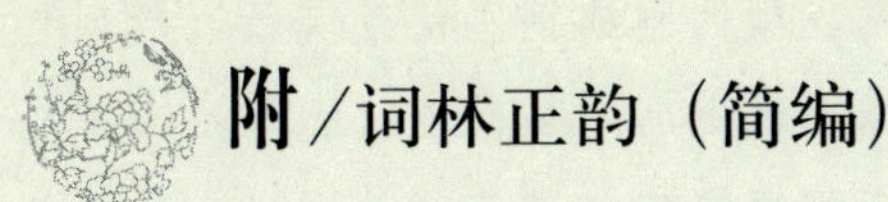

附/词林正韵（简编）

第一部

平声：一东二冬通用

【一东】东同童僮铜桐峒筒瞳中（中间）衷忠盅虫冲终忡崇嵩（崧）菘戎绒弓躬宫穹融雄熊穷风枫疯丰充隆窿空公功工攻蒙（濛）朦瞢笼胧栊咙聋珑砻泷蓬篷洪荭红虹鸿丛翁嗡匆葱聪骢通棕烘崆

【二冬】冬咚彤农侬宗淙锺钟龙茏舂松淞冲容榕蓉溶庸佣慵封胸凶匈汹雍邕痈浓脓重（重复）从（服从）逢缝峰锋丰蜂烽葑纵（纵横）踪茸蛩邛筇跫供（供给）蚣喁

仄声：上声一董二肿去声一送二宋通用

【一董】董懂动孔总笼（东韵同）拢桶捅蓊蠓汞

【二肿】肿种（种子）踵宠垅（陇）拥冗重（轻重）冢捧勇甬踊涌俑蛹恐拱竦悚耸巩怂奉

【一送】送梦凤洞众瓮贡弄冻痛栋恸仲中（击中）粽讽空（空缺）控哄赣

【二宋】宋用颂诵统纵（放纵）讼种（种植）综俸供（供设，名词）从（仆从）缝（隙也）重（再也）共

第二部

平声：三江七阳通用

【三江】江缸窗邦降（降伏）双泷庞撞豇扛杠腔梆桩幢蛩（冬韵同）

【七阳】阳扬杨洋羊徉佯芳妨方坊防肪房亡忘望（漾韵同）忙茫芒妆庄装奘香乡湘厢箱镶芗相（相互）襄骧光昌堂唐糖棠塘章张王常长（长短）裳凉粮量（衡量）梁粱良霜藏（收藏）肠场尝偿床央鸯秧殃郎廊狼榔踉浪（沧浪）浆将（持也送也）疆僵姜缰觞娘黄皇遑惶徨煌仓苍舱沧伤殇商帮汤创（创伤）疮强（刚强）

墙樯嫱蔷康慷（养韵同）囊狂糠冈刚钢纲匡筐荒慌行（行列）杭航桁翔详祥庠桑彰璋漳獐猖倡凰邙臧赃昂丧（丧葬）阊羌枪锵抢（突也）蛲跄篁篢璜潢攘瓤亢吭（漾养韵并同）旁傍（侧也）孀骦当（应当）裆珰铛泱炀蝗隍怏肓汪鞅滂螂怆（漾韵同）缃琅颃怅螳

仄声：上声三讲二十二养去声三绛二十三漾通用

【三讲】讲港项棒蚌耩

【二十二养】养痒象像橡仰朗桨奖蒋敞鳖厂枉往颡强（勉强）惘两曩丈杖仗（漾韵同）响掌党想鲞榜爽广享向飨幌莽纺长（长幼）网荡上（上升）壤赏仿罔谠倘魍魉谎蟒漭嗓盎恍脏（肮脏）吭沆慷襁镪抢肮犷

【三绛】绛降（升降）巷撞（江韵同）戆

【二十三漾】漾上（上下）望（阳韵同）相（卿相）将（将帅）状帐唱让浪（波浪）酿旷壮放向忘仗（养韵同）畅量（数量）葬匠障瘴谤尚涨饷样藏（库藏）舫访贶嶂当（适当）抗桁妄怆宕怅创酱况亮傍（依傍）丧（丧失）恙谅胀鬯脏（内脏）吭砀伉圹纩桄挡旺炕亢（高亢）阆防

第三部

平声：四支五微八齐十灰（半）通用

【四支】支枝肢移簃为（施为）垂吹陂碑奇宜仪皮儿离施知驰池规危夷师姿迟龟眉悲之芝时诗棋旗辞词期祠基疑姬丝司葵医帷思滋持随痴维卮麾墀弥慈遗肌脂雌披嬉尸狸炊湄篱兹差（参差）疲茨卑亏蕤骑（跨马）歧岐谁斯澌私窥熙欺疵赀羁彝髭颐资糜饥衰锥姨夔祗涯（佳、麻韵同）伊追缁萁箕治（治国）尼而推（灰韵同）匙陲魑锤缡璃骊羸帔罴縻蘼脾芪畸牺羲曦攲漪猗崎崖萎筛狮蛳鸱绥虽粢瓷椎饴嫠痍惟唯机耆逵岿丕吡枇貔楣霉辎蚩嗤媸飔坩莳鲥鹚笞漓怡贻禧噫其琪祺麒嶷螭栀鹂累踟琵嵋

【五微】微薇晖辉徽挥韦围帏违闱霏菲（芳菲）妃飞非扉肥威祈畿机几（微也、如见几）讥玑稀希衣（衣服）依归饥（支韵同）矶欷诽绯唏葳巍沂圻颀

【八齐】齐黎犁梨妻（夫妻）萋凄堤低题提蹄啼鸡稽兮倪霓西栖犀嘶撕梯鼙赍迷泥溪蹊圭闺携畦嵇跻奚脐醯黧蠡醍鹈奎批砒睽荑篦畲藜猊鲵瓶

【十灰（半）】灰恢魁隈回徊槐（佳韵同）梅枚玫媒煤雷颓崔催摧堆陪杯醅嵬推（支韵同）诙裴培盔偎煨瑰茴追胚徘坯桅傀儡（贿韵同）莓

仄声：上声四纸五尾八荠十贿（半）去声四寘五未八霁九泰（半）十一队（半）通用

【四纸】纸只咫是靡彼毁委诡髓累技绮觜此泚蕊徙尔弭婢侈弛豕紫旨指视美否（否泰）痞兕几姊比水轨止徵（角徵）市喜已纪跪妓蚁鄙晷子仔梓矢雉死履垒癸趾址以已似耜祀史驶耳使（使令）里理李起杞圮跂士仕俟始齿矣耻麂枳峙鲤迩氏玺巳（辰巳）滓苡倚匕迤逦旖旎舣蚍秕芷拟你企诔捶屣棰揣豸祉恃

【五尾】尾苇鬼岂卉几（几多）伟斐菲（菲薄）匪篚娓悱榧韪炜虺玮虮

【八荠】荠礼体米启陛洗邸底抵弟坻柢涕悌济（水名）澧醴诋眯娣棨递昵睨蠡

【十贿（半）】贿悔罪馁每块汇（汇合）猥璀磊蕾傀儡腿

【四寘】寘置事地意志思（名词）泪吏赐自字义利器位戏至次累（连累）伪寺瑞智记异致备肆翠骑（车骑，名词）使（使者）试类弃饵媚鼻易（容易）辔坠醉议翅避笥帜炽粹莳谊帅厕寄睡忌贰萃穗二臂嗣吹（鼓吹，名词）遂恣四骥季刺驷寐魅积（积蓄）被懿觊冀愧匮恚馈蒉篑柜暨庇豉莉腻秘比（近也）鸷毖啻示嗜饲伺遗（馈遗）薏祟值惴屣毗詈企渍譬跛挚燧隧悴尿稚雉莅悸肄泌识（记也）侍踬为（因为）

【五未】未味气贵费沸尉畏慰蔚魏纬胃汇（字汇）谓渭卉（尾韵同）讳毅既衣（着衣，动词）蜚溉（队韵同）翡诽

【八霁】霁制计势世丽岁济（渡也）第艺惠慧币弟滞际涕（荠韵同）厉契（契约）敝弊毙帝蔽髻锐戾裔袂系祭卫隶闭逝缀翳替细桂税婿例誓筮蕙诣砺励瘗噬继脆睿毳曳蒂睇妻（以女妻人）递逮蓟蚋薜荔唳捩粝泥（拘泥）媲娑彗睥睨剂嚏谛缔剃屉悌俪锲贳掣羿棣螮　娣说（游说）赘憩鳜彘呓谜挤

【九泰（半）】会旆最贝沛霈绘脍荟狈侩桧蜕酹外兑

【十一队（半）】队内辈佩退碎背秽对废悔诲晦昧配妹喙溃吠肺耒块碓刈悖焙淬敦（盘敦）

第四部

平声：六鱼七虞通用

【六鱼】鱼渔初书舒居裾琚车（麻韵同）渠蕖余予（我也）誉（动词）舆胥狙锄疏蔬梳虚嘘墟徐猪闾庐驴诸储除滁蜍如畲淤妤苴菹沮伹龉茹榈於袪蘧疽蛆醵纾樗躇（药韵同）欤据（拮据）

【七虞】虞愚娱隅无芜巫于衢癯瞿氍儒襦濡须需朱珠株诛硃铢蛛殊俞瑜榆愉逾渝窬谀腴区躯驱岖趋扶符凫芙雏敷麸夫肤纡输枢厨俱驹模谟摹蒲逋胡湖瑚乎壶狐弧孤辜姑觚菰徒途涂荼图屠奴吾梧吴租卢鲈炉芦颅垆蚨孥帑苏酥乌污（污秽）枯粗都茱侏姝禺拘喁蹰桴俘臾萸吁滹瓠糊醐呼沽酤泸舻轳鸬驽匍葡铺（铺盖）菟诬呜迂盂竽趺毋臑酴鸪骷刳蛄晡蒱葫呱蝴劬殂猢郛孚

仄声：上声六语七麌去声六御七遇通用

【六语】语（语言）圉圄吕侣旅杼伫与（给予）予（赐予）渚煮暑鼠汝茹（食也）黍杵处（居住、处理）贮女许拒炬距所楚础阻组沮叙绪序屿墅巨去（除也）苣举讵溆浒钜醑咀诅苎抒楮

【七麌】麌雨宇舞府鼓虎古股贾（商贾）估土吐圃庾户树（种植，动词）煦诩努辅组乳弩补鲁橹睹腐数（动词）簿竖普侮斧聚午伍釜缕部柱矩武五苦取抚浦主杜坞祖愈堵扈父甫禹羽怒（遇韵同）腑拊俯罟赌卤姥鹉拄莽（养韵同）栩窭脯妩庑否（是否）麈褛篓偻酤牡谱怙肚踽虏孥诂瞽牯　祜沪雇仵缶母某亩蛊琥

【六御】御处（处所）去虑誉（名词）署据驭曙助絮著（显著）箸豫恕与（参与）遽疏（书疏）庶预语（告也）踞倨薯淤锯（虚见）狙（鱼韵同）蓄薯

【七遇】遇路辂赂露鹭树（树木）度（制度）渡赋布步固素具务雾骛数（数量）怒（麌韵同）附兔故顾句墓慕暮募注住注驻炷祚裕误悟寤戍库护屦诉妒惧趣娶铸绔傅付谕喻妪芋捕哺互孺寓赴冱吐（麌韵同）污（动词）恶（憎恶）晤煦酤讣仆（偃仆）赙驸娄

铟蛀飓怖铺（店铺）塑愫蠹溯镀璐雇瓠迕妇负阜副富（宥韵同）醋措

第五部

平声：九佳（半）十灰（半）通用

【九佳（半）】佳街鞋牌柴钗差（差使）崖涯（支麻韵同）偕阶皆谐骸排乖怀淮豺侪埋霾斋槐（灰韵同）睚崽楷秸揩挨俳

【十灰（半）】开哀埃台苔抬该才材财裁栽哉来莱灾猜孩徕骀胎唉垓挨皑呆腮

仄声：上声九蟹十贿（半）去声九泰（半）十卦（半）十一队（半）通用

【九蟹】蟹解洒楷（佳韵同）拐矮摆买骇

【十贿（半）】海改采彩在宰醢铠恺待殆怠乃载（岁也）凯闿倍蓓迨亥

【九泰（半）】泰太带外盖大（个韵同）濑赖籁蔡害蔼艾丐奈柰汰癞霭

【十卦（半）】懈廨邂隘卖派债怪坏诫戒界介芥械薤拜快迈败稗晒瀣湃寨疥届蒯篑蒉喟聩块惫

【十一队（半）】塞（边塞）爱代载（载运）态菜碍戴贷黛概岱溉慨耐在（所在）鼐玳再袋逮埭赉赛忾暧咳嗳昧

第六部

平声：十一真十二文十三元（半）通用

【十一真】真因茵辛新薪晨辰臣人仁神亲申身宾滨槟缤邻鳞麟珍瞋尘陈春津秦频蘋颦濒银垠筠巾呠民岷泯（轸韵同）珉贫莼淳醇纯唇伦轮沦抡匀旬巡驯钧均榛遵循甄宸纶椿鹑嶙辚磷呻伸绅寅姻荀询峋氤恂嫔彬皴娠闽纫湮肫逡菌臻亟

【十二文】文闻纹蚊云分（分离）氛纷芬焚坟群裙君军勤斤筋勋薰曛醺芸耘芹欣氲荤汶汾殷雯贲纭昕熏

【十三元（半）】魂浑温孙门尊（樽）存敦墩炖暾蹲豚村屯囤（囤积）盆奔论（动词）昏痕根恩吞荪扪裈昆鲲坤仑婚阍髡馄喷狲饨臀跟瘟飧

仄声：上声十一轸十二吻十三阮（半）去声十二震十三问十四愿（半）通用

【十一轸】轸敏允引尹尽忍准隼笋盾（阮韵同）闵悯菌（真韵同）蚓牝殒紧蠢陨哂诊疹赈肾蜃膑黾泯窘吮缜

【十二吻】吻粉蕴愤隐谨近忿抆刎揾槿瑾恽韫

【十三阮（半）】混棍阃悃捆衮滚鲧稳本畚笨损忖囤遁很沌恳垦龈

【十二震】震信印进润阵镇刃顺慎鬓晋骏闰峻衅振俊舜赆吝烬讯仞迅汛趁衬仅觐蔺浚赈（轸韵同）龀认殡摈缙躏僅谆瞬韧浚殉馑

【十三问】问闻（名誉）运晕韵训粪忿（吻韵同）酝郡分（名分）紊愠近（动词）抆拚奋郓捃靳

【十四愿（半）】论（名词）恨寸困顿遁（阮韵同）钝闷逊嫩溷诨巽褪喷（元韵同）艮揾

第七部

平声：十三元（半）十四寒十五删一先通用

【十三元（半）】元原源沅鼋园袁猿垣烦蕃樊喧萱暄冤言轩藩媛援辕番繁翻幡璠鸳鹓蜿湲爰掀燔圈谖

【十四寒】寒韩翰（翰韵同）丹单安鞍难（艰难）餐檀坛滩弹残干肝竿阑栏澜兰看（翰韵同）刊丸完桓纨端湍酸团攒官观（观看）鸾銮峦冠（衣冠）欢宽盘蟠漫（大水貌）叹（翰韵同）邯郸摊玕拦珊狻鼾杆跚姗殚箪瘅谰獾倌棺剜潘拚（问韵同）槃般蹒瘢磐瞒谩馒鳗钻抟邗汗（可汗）

【十五删】删潸关弯湾还环鬟寰班斑蛮颜奸攀顽山闲艰间（中间）悭患（谏韵同）孱潺擐圜菅般（寒韵同）颁鬘疝讪斓娴鹇鳏殷（赤黑色）纶（纶巾）

【一先】先前千阡笺天坚肩贤弦烟燕（地名）莲怜连田填巅鬈宣年颠牵妍研（研究）眠渊涓捐娟边编悬泉迁仙鲜（新鲜）钱煎然延筵毡旃蝉缠廛联篇偏绵全镌穿川缘鸢旋船涎鞭专圆员乾（乾坤）虔愆权拳椽传焉嫣鞯褰搴铅舷跹鹃筌痊诠悛邅禅婵躔颛燃涟琏便（安也）翩骈癫阗钿（霰韵同）沿蜒胭芊鳊胼滇佃畋咽湮狷蠲蔫骞膻扇棉拴荃籼砖挛儇欢璇卷（曲也）扁（扁舟）单（单于）溅（溅溅）犍

仄声：上声十三阮（半）十四旱十五潸十六铣去声十四愿（半）十五翰十六谏十七霰通用

【十三阮（半）】阮远（远近）晚苑返反饭（动词）偃蹇琬沅宛婉畹菀蜿绻巘挽堰

【十四旱】旱暖管琯满短馆（翰韵同）缓盥（翰韵同）碗懒伞伴卵散（散布）伴诞罕瀚（浣）断（断绝）侃算（动词）款但坦袒纂缎拌潓谰莞

【十五潸】潸眼简版板阪盏产限绾柬拣撰馔赧皖汕铲孱楝栈

【十六铣】铣善（善恶）遣（遣送）浅典转（霰韵同）衍犬选冕辇免展茧辨篆勉剪卷显饯（霰韵同）践喘藓软蹇（阮韵同）演兖件腆跣缅缱鲜（少也）殄扁匾蚬岘畎燹隽键变泫癣阐颤膳鳝舛娩辗邅（先韵同）脔辫捻

【十四愿（半）】愿怨万饭（名词）献健建宪劝蔓券远（动词）侃键贩畈曼挽（挽联）瑗媛圈（猪圈）

【十五翰】翰（寒韵同）瀚岸汉难（灾难）断（决断）乱叹（寒韵同）观（楼观）干（树干，干练）散（解散）旦算（名词）玩烂贯半案按炭汗赞漫（寒韵同。又副词，独用）冠（冠军）灌爨窜幔粲灿璨换焕唤涣悍弹（名词）惮段看（寒韵同）判叛绊鹳伴畔锻腕惋馆旰捍疸但罐盥婉缎缦侃蒜钻谰

【十六谏】谏雁患涧间（间隔）宦晏慢盼篆栈（潸韵同）惯串绽幻瓣苋办谩讪（删韵同）铲绾孪篡裥扮

【十七霰】霰殿面县变箭战扇煽膳传（传记）见砚院练链燕宴贱馔荐绢彦掾便（便利）眷倦羡奠遍恋啭眩钏倩卞汴片禅（封禅）谴溅饯善（动词）转（以力转动）卷（书卷）甸电咽茜单念（念书）眄淀靛佃钿（先韵同）镟漩拣缮现狷炫绚绽线煎选旋颤擅缘（衣饰）撰唁谚媛忭弁援研（磨研）

第八部

平声：二萧三肴四豪通用

【二萧】萧箫挑貂刁凋雕迢条髫调（调和）蜩枭浇聊辽寥撩寮僚尧宵消霄绡销超朝潮嚣骄娇蕉焦椒饶硝烧（焚烧）遥徭摇谣瑶韶昭招镳瓢苗猫腰桥乔娆妖飘逍潇鸮骁祧鴞鹪缭獠嘹夭（夭夭）幺邀

要（要求）姚樵谯憔标飚嫖漂（漂浮）剽佻韶苕岧噍哓跷侥了（明了）魈峣描钊轺�铫鹞翘枵侨窑礁

【三肴】肴巢交郊茅嘲钞包胶苞梢姣庖匏坳敲胞抛蛟崤　鞘抄蝥咆哮凹淆教（使也）跑艄捎爻咬铙茭炮（炮制）泡鲛刨抓

【四豪】豪劳毫操（操持）髦绦刀萄猱褒桃糟旄袍挠（巧韵同）蒿涛皋号（号呼）陶鳌曹遭羔糕高搔毛艘滔骚韬缫膏牢醪逃濠壕饕洮淘叨啕篙熬遨翱嗷臊嗥尻鏖螯獒敖牦漕嘈槽掏唠涝捞痨芼

仄声：上声十七筱十八巧十九皓去声十八啸十九效二十号通用

【十七筱】筱小表鸟了（未了，了得）晓少（多少）扰绕绍杪沼眇矫皎杳窈窕袅挑（挑拨）掉（啸韵同）肇缥缈渺淼茑赵兆缴缭（萧韵同）夭（夭折）悄舀侥蓼娆硗剿晁藐秒殍了（了望）

【十八巧】巧饱卯狡爪鲍挠（豪韵同）搅绞拗咬炒吵佼姣（肴韵同）昴茆獠（萧韵同）

【十九皓】皓宝藻早枣老好（好丑）道稻造（造作）脑恼岛倒（跌到）祷（号韵同）捣抱讨考燥扫（号韵同）嫂保鸨稿草昊浩镐杲缟槁堡皂瑙媪燠袄懊葆褓芼澡套涝蚤拷栲

【十八啸】啸笑照庙窍妙诏召邵要（重要）曜耀调（音调）钓吊叫眺少（老少）诮料疗潦掉（筱韵同）峤徼跳嘹漂镣廖尿肖鞘悄（筱韵同）峭哨俏醮燎（筱韵同）�鹞轿骠票铫（萧韵同）

【十九效】效教（教训）貌校孝闹豹罩棹觉（寤也）较窖爆炮（枪炮）泡（肴韵同）刨（肴韵同）稍钞（肴韵同）拗敲（肴韵同）淖

【二十号】号（号令）帽报导操（操行）盗噪灶奥告（告诉）诰到蹈傲暴（强暴）好（爱好）劳（慰劳）躁造（造就）冒悼倒（颠倒）燥犒靠懊瑁燠（皓韵同）耄糙套（皓韵同）纛（沃韵同）潦耗

第九部

平声：五歌（独用）

【五歌】歌多罗河戈阿和（和平）波科柯陀娥蛾鹅萝荷（荷花）何过（经过）磨（琢磨）螺禾珂蓑婆坡呵哥轲沱鼍拖驼跎佗（他）颇（偏颇）峨俄摩么娑莎迦疴苛蹉嵯驮箩逻锣哪挪锅诃窠蝌髁

倭涡窝讹陂鄱皤魔梭唆骡　靴瘸搓哦瘥酡

仄声：上声二十哿去声二十一个通用

【二十哿】哿火舸弹舵我拖娜荷（负荷）可左果裹朵锁琐堕惰妥坐（坐立）裸跛颇（稍也）夥颗祸椏婀逻卵那坷爹（麻韵同）簸叵垛哆硪么（歌韵同）峨（歌韵同）

【二十一个】个贺佐大（泰韵同）饿过（歌韵同。又过失，独用）座和（唱和）挫课唾播破卧货簸轲（轗轲）驮髁（歌韵同）磋作做剁磨（磨磐）懦糯缚锉挼些（楚些）

第十部

平声：九佳（半）六麻通用

【九佳（半）】佳涯（支麻韵同）娲蜗蛙娃哇

【六麻】麻花霞家茶华沙车（鱼韵同）牙蛇瓜斜邪芽嘉瑕纱鸦遮叉奢涯（支佳韵同）巴耶嗟遐加笳赊槎差（差错）蟆骅虾葭袈裟砂衙呀琶耙芭杷笆疤爬葩些（少也）佘鲨查楂渣爹挝咤拿椰珈跏枷迦痂茄椏丫哑划哗夸胯抓洼呱

仄声：上声二十一马去声十卦（半）二十二　通用

【二十一马】马下（上下）者野雅瓦寡社写泻夏（华夏）也把厦惹冶贾（姓贾）假（真假）且玛姐舍喏赭洒椵剐打耍那

【十卦（半）】卦挂画（图画）

【二十二祃】祃驾夜下（降也）谢榭罢夏（春夏）霸暇灞嫁赦籍（凭籍）假（休假）蔗化舍（庐舍）价射骂稼架诈亚麝怕借卸帕坝靶鹧贳炙嗄乍咤诧　罅吓娅哑讶迓华（姓华）桦话胯（遇韵同）跨衩柘

第十一部

平声：八庚九青十蒸通用

【八庚】庚更（更改）羹盲横（纵横）觥彭亨英烹平枰京惊荆明盟鸣荣莹兵兄卿生甥笙牲擎鲸迎行（行走）衡耕萌甍宏闳茎罂莺樱泓橙争筝清情晴精睛菁晶旌盈楹瀛嬴赢营婴缨贞成盛（盛受）城诚呈程酲声征正（正月）轻名令（使令）并（并州）倾萦琼峥

嵘撑粳坑铿撄鹦鶁蘅澎膨棚浜坪苹钲伧檠嘤轰铮狰宁狞瞪绷怦璎砰氓鲭侦柽蛏茔赪茕赓黉瞠

【九青】青经泾形陉亭庭廷霆蜓停丁仃馨星腥醒（醉醒）惺俜灵龄玲铃伶零听（径韵同）冥溟铭瓶屏萍荧萤荣扃坰蜻硎苓聆瓴翎娉婷宁暝瞑螟猩钉疔叮厅町泠棂囹羚蛉咛型邢

【十蒸】蒸烝承丞惩澄陵凌绫菱冰膺鹰应（应当）蝇绳升缯凭乘（驾乘，动词）胜（胜任）兴（兴起）仍兢矜征（征求）称（称赞）登灯僧憎增曾矰层能朋鹏肱薨腾藤恒罾崩滕誊崚嶒絙塍冯症簦瞢凝（径韵同）棱楞

仄声：上声二十三梗二十四迥去声二十四敬二十五径通用

【二十三梗】梗影景井岭领境警请饼永骋逞颖颍顷整静省幸颈郢猛丙炳杏秉耿矿冷靖哽绠荇艋蜢皿儆悻婧阱狰（庚韵同）靓惺打瘿并（合并）犷眚憬鲠

【二十四迥】迥炯茗挺艇梃醒（青韵同）酩酊并（并行，并且）等鼎顶肯拯謦刭溟

【二十四敬】敬命正（正直）令（命令）证性政镜盛（茂盛）行（学行）圣咏姓庆映病柄劲竞靓净竟孟诤更（更加）并（梗韵同）聘硬炳泳迸横（蛮横）摒阱檠迎郑獍

【二十五径】径定听胜（胜败）罄磬应（答应）赠乘（名词）佞邓证秤称（相称）莹（庚韵同）孕兴（兴趣）剩凭（蒸韵同）迳甑宁胫暝（夜也）钉（动词）订饤锭謦泞瞪蹭蹬亘（亘古）镫（鞍镫）滢凳磴泾

第十二部

平声：十一尤（独用）

【十一尤】尤邮优忧流旒留骝榴刘由油游猷悠攸牛修羞秋周州洲舟酬雠柔俦畴筹稠丘邱抽瘳遒收鸠搜驺愁休囚求裘仇浮谋牟眸侔矛侯喉猴讴鸥楼陬偷头投钩沟幽纠啾楸蚯踌绸惆勾娄琉疣犹邹兜呦咻貅球蜉蝣辀帱阄瘤硫浏庥湫泅酋瓯啁飕鳌篌抠篝诌骰偻沤（水泡，名词）蝼髅搂欧彪掊虬揉蹂抔不（与有韵“否”通）瓿缪（绸缪）

仄声：上声二十五有去声二十六宥通用

【二十五有】有酒首口母（麌韵同）妇（麌韵同）後柳友斗狗久负（麌韵同）厚手叟守否（麌韵同）右受牖偶走阜（麌韵同）九后咎薮吼帚垢舅纽藕朽臼肘韭亩（麌韵同）剖诱牡（麌韵同）缶酉苟丑糗扣叩某莠寿绶玖授蹂（尤韵同）揉（尤韵同）溲纣钮扭呕殴纠耦掊瓿拇姆擞绺抖陡蚪篓黝赳取（麌韵同）

【二十六宥】宥候就售（尤韵同）寿（有韵同）秀绣宿（星宿）奏兽漏富（遇韵同）陋狩昼寇茂旧胄宙袖岫柚覆复（又也）救厩臭佑右囿豆饾窦瘦漱咒究疚谬皱逅嗅遘溜锼逗透骤又侑幼读（句读）堠仆副（遇韵同）锈鹫绉味灸籀酎诟蔻僦构扣购彀戊懋贸袤嗽凑鼬甃沤（动词）

第十三部

平声：十二侵（独用）

【十二侵】侵寻浔临林霖针箴斟沈心琴禽擒衾钦吟今襟（衿）金音阴岑簪（覃韵同）壬任（负荷）歆森禁（力所胜任）祲喑琛涔骎参（参差）忱淋妊掺参（人参）椹郴芩檎琳蟫愔喑黔嵚

仄声：上声二十六寝去声二十七沁通用

【二十六寝】寝饮（饮食）锦品枕（枕衾）审甚（沁韵同）廪衽稔凛懔沈（姓氏）朕荏婶沈（沈阳）葚禀噤谂怎恁任覃

【二十七沁】沁饮（使饮）禁（禁令）任（信任）荫浸谮谶枕（动词）噤甚（寝韵同）鸩赁喑渗窨妊

第十四部

平声：十三覃十四盐十五咸通用

【十三覃】覃潭参（参考）骖南楠男谙庵含涵函（包函）岚蚕探贪耽眈龛堪谈甘三酣柑惭蓝担簪（侵韵同）谭昙坛婪戡颔痰篮襤蚶憨泔聃邯蟫（侵韵同）

【十四盐】盐檐廉帘嫌严占（占卜）髯谦奁纤签瞻蟾炎添兼缣沾尖潜阎镰黏淹钳甜恬拈砭詹蒹歼黔钤佥觇崦渐鹣腌襜阉

【十五咸】咸函（书函）缄岩谗衔帆衫杉监（监察）凡馋芟搀喃嵌掺巉

仄声：上声二十七感二十八俭二十九（豆兼）去声二十八勘二十九艳三十陷通用

【二十七感】感览揽胆澹（淡，勘韵同）啖坎惨敢颔（覃韵同）撼毯糁湛菡萏罱椠喊嵌（咸韵同）橄榄

【二十八俭】俭焰敛（艳韵同）险检脸染掩点簟贬冉苒陕谄俨闪剡忝（艳韵同）琰奄歉芡崭堑渐（盐韵同）罨捡弇崦玷

【二十九（豆兼）】　槛范减舰犯湛巉（咸韵同）斩黯范

【二十八勘】勘暗滥啖担憾暂三（再三）绀憨澹（咸韵同）瞰淡缆

【二十九艳】艳剑念验堑赡店占（占据）敛（聚敛）厌焰（俭韵同）垫欠僭酽潋滟俺砭坫

【三十陷】陷鉴泛梵忏赚蘸嵌站馅

第十五部

入声：一屋二沃通用

【一屋】屋木竹目服福禄谷熟肉族鹿漉腹菊陆轴逐苜蓿宿（住宿）牧伏夙读（读书）犊渎牍椟黩毂复（恢复）粥肃碌骕鬻育六缩哭幅斛戮仆畜蓄叔淑倏独卜馥沐速祝麓辘镞蹙筑穆睦秃縠覆辐瀑郁（忧郁，郁郁葱葱）舳掬蹴蹴踘茯袱鹏鸽髑槲扑匐簌蔟煜复（复杂）蝠菔孰塾矗竺曝鞠嗾谡篪国（职韵同）副

【二沃】沃俗玉足曲粟烛属录辱狱绿毒局欲束鹄蜀促触续浴酷躅褥旭欲笃督赎渌纛碡北（职韵同）瞩嘱勖溽缛梏

第十六部

入声：三觉十药通用

【三觉】觉（知觉）角桷榷岳乐（音乐）捉朔数（频数）卓啄琢剥驳雹璞朴壳确浊擢濯渥幄握学龌龊榘搦镯喔邈荦

【十药】药薄恶（善恶）作乐（哀乐）落阁鹤爵弱约脚雀幕洛壑索郭错跃若酌托削铎凿箔鹊诺萼度（测度）橐钥龠瀹着著虐掠获（收获）泊搏藿嚼勺谑廓绰霍镬莫铎缚貉各略骆寞膜鄂博昨柝格拓轹铄烁灼疟蒻箬芍躇却噱矍攫醵踱魄酪络烙珞膊粕簿柞漠摸酢

怍洄郝垩谔鳄噩锷颚缴扩椁陌（陌韵同）

第十七部

入声：四质十一陌十二锡十三职十四缉通用

【四质】质日笔出室实疾术一乙壹吉秩率律逸佚失漆栗毕恤密蜜桔溢瑟膝匹述黜弼跸七叱卒（终也）虱悉戌嫉帅（动词）蒺侄踬怵蟋筚篥必泌荜秫栉唧帙溧谧昵轶聿诘耋垤捽茁觱鹬窒

【十一陌】陌石客白泽伯迹宅席策册碧籍（典籍）格役帛戟壁驿麦额柏魄积（积聚）脉夕液尺隙逆画（动词）百辟赤易（变易）革脊翮屐获（猎获）适索厄隔益窄核舄掷责坼惜癖僻掖腋释译峄择摘弈奕迫疫昔赫瘠谪亦硕貊跖鹡碛踖只炙（动词）踯斥穸鬲骼舶珀吓磔拆喀蚱舴剧檗擘栅啧帻箦扼划蜴辟帼蝈刺嵴汐藉螫蓦摭襞虢哑（笑声）绎射（音亦）

【十二锡】锡壁历枥击绩勣笛敌滴镝檄激寂觌溺觅狄荻幂戚鹢涤的吃沥雳霹惕剔砾翟籴倜析晰淅蜥劈甓嫡轹栎阒菂踢迪皙裼逖鼰阒汨（汨罗江）

【十三职】职国德食（饮食）蚀色力翼墨极殛息熄直值得北黑侧贼饰刻则塞（闭塞）式轼域蜮殖植敕亟棘惑忒默织匿慝亿忆臆薏特勒肋幅仄昃稷识（知识）逼克即唧（质韵同）弋拭陟恻测翊洫啬穑鲫抑或匐（屋韵同）

【十四缉】缉辑戢立集邑急入泣湿习给十拾袭及级涩楫（叶韵同）粒汁蛰执笠隰汲吸絷挹浥悒岌熠葺什芨廿揖煜（屋韵同）歙笈（叶韵同）圾褶翕

第十八部

入声：五物六月七曷八黠九屑十六叶通用

【五物】物佛拂屈郁（馥郁，郁郁乎文哉）乞掘（月韵同）吃（口吃）讫绂弗勿迄不怫绋沸茀厥倔黻崛尉蔚契屹熨（未韵同）绂

【六月】月骨发阙越谒没伐罚卒（士卒）竭窟笏钺歇突忽袜曰阀筏鹘（黠韵同）厥（物韵同）蹶蕨殁橛掘（物韵同）核蝎勃渤悖（队韵同）孛揭（屑韵同）碣粤樾鳜脖饽鹁捽（质韵同）猝惚兀讷（呐）羯凸咄（曷韵同）矻

【七曷】曷达末阔钵脱夺褐割沫拔（挺拔）葛闼渴拨豁括抹遏挞跋撮泼秣掇（屑韵同）聒獭（黠韵同）剌喝磕蘖瘌袜活鸹斡怛钹捋

【八黠】黠拔（拔擢）八察杀刹轧戛瞎刮刷滑辖鎍猾捌叭札扎帕茁鹘揠萨捺

【九屑】屑节雪绝列烈结穴说血舌洁别缺裂热决铁灭折拙切悦辙诀泄锲咽（呜咽）轶噎彻澈哲鳖设啮劣玦截窃孽浙孑桔颉拮撷揭褐（曷韵同）缬碣（月韵同）挈抉亵薛拽（曳）爇冽瞥迭跌阅餮耋垤捏页阕觖谲鴂撇蹩篾楔惙辍啜缀撤绁杰桀涅霓（蜺，齐、锡韵同）批（齐韵同）

【十六叶】叶帖贴牒接猎妾蝶叠箧惬涉鬣捷颊楫（缉韵同）聂摄慑镊蹑协侠荚挟铗浃睫厌靥蹀躞燮摺辄婕谍堞霎嗫喋碟鲽捻晔躐笈（缉韵同）

第十九部

入声：十五合十七洽通用

【十五合】合塔答纳榻阁杂腊匝阖蛤衲沓鸽踏拓拉盍塌咂盒卅搭褡飒磕榼遢蹋蜡溘邋趿

【十七洽】洽狭峡法甲业邺匣压鸭乏怯劫胁插锸押狎夹恰蛱硖掐劄袷眨胛呷歃闸霎（叶韵同）